KB008802

네 이름은

어디에

Before You Knew My Name
Copyright © 2021 by Jacqueline Bublitz
All rights reserved.

No part of this book may be used or reproduced in any manner whatsoever without written permission except in the case of brief quotation embodied in critical articles or reviews.

Korean Translation Copyright © 2022 by Balgunsesang
Korean edition is published by arrangement with Jonathan Clowes Limited through Imprima Korea Agency.

이 책의 한국어판 저작권은 Imprima Korea Agency를 통해
Jonathan Clowes Limited와의 독점 계약으로 도서출판 밝은세상이 소유합니다.
저작권법에 의해 한국 내에서 보호를 받는 저작물이므로 무단 전재 및 복제를 금합니다.

네 이름은

Before You Knew My Name

Jacqueline Bublitz

어디에

재클린 부블리츠 장편소설

|

송섬별 옮김

밝은세상

네 이름은 어디에

초판 1쇄 발행일 2022년 5월 18일 | **초판 1쇄 발행일** 2022년 5월 30일
지은이 재클린 부블리츠 | **옮긴이** 송섬별 | **펴낸이** 김석원 | **펴낸곳** 도서출판 밝은세상
출판등록 1990. 10. 5 (제 10 - 427호) | **주 소** (10881) 경기도 파주시 문발로 119, 202호
전 화 031-955-8101 | **팩 스** 031-955-8110 | **메일** wsesang@hanmail.net
블로그 blog.naver.com/balgunsesang8101 | **인스타그램** www.instagram.com/wsesang
ISBN 978-89-8437-446-1 (03840) | **값** 16,500원
잘못된 책은 구입한 곳에서 교환해 드립니다.

집으로 돌아가고자 하는 욕망은 완전해지고자 하는 욕망,

당신이 어디에 있는지 알고자 하는 욕망,

모든 별을 이루는 모든 선이 교차되는 지점에 있고자 하는 욕망,

별자리를 만드는 사람이자 세상의 중심,

사랑이라고 불리는 중심이 되고자 하는 욕망이다.

잠에서 깨어나고자 하는, 깨어남에서 휴식을 취하고자 하는,

짐승을 길들이고자 하는, 영혼을 미친 듯이 날뛰게 하고자 하는,

어둠 속에 깃들고 눈부시게 빛나고자 하는,

말하기를 멈추고서 완벽하게 이해받고자 하는 욕망이다.

_리베카 솔닛, 《이 폐허를 응시하라》

일러두기

* 각주는 모두 옮긴이의 주입니다.

뉴욕에서 할 수 있다면 어디서든 해낼 수 있을 거야.

_프랭크 시나트라, 〈뉴욕 뉴욕〉

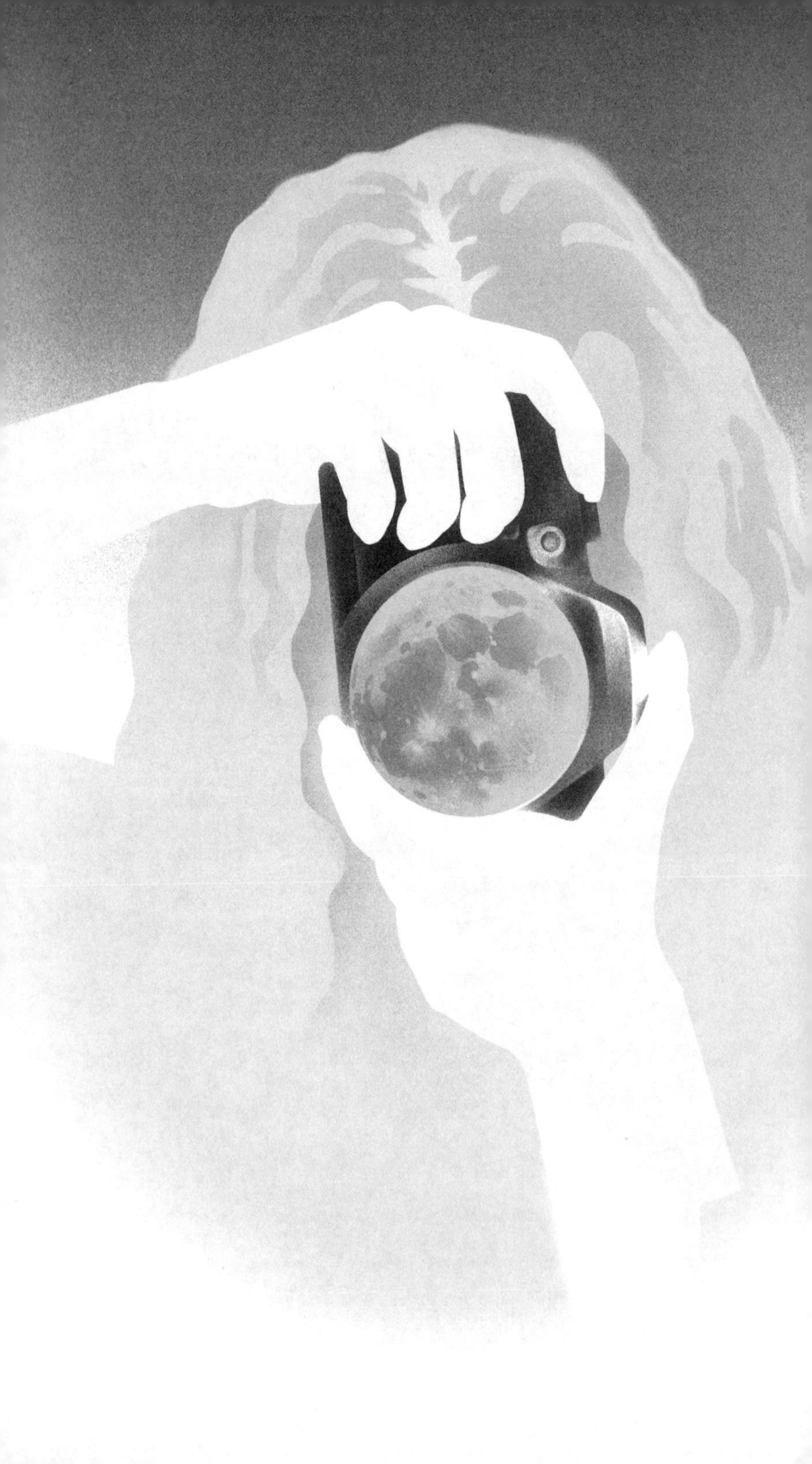

당신은 이미 나에 대해 알고 있을 거야.

이 세상에는 우리들처럼 죽은 여자들이 정말 많아. 멀리서 보면 우리의 이야기는 대부분 비슷해 보이기도 하지. 간혹 우리에 대해 전혀 모르는 사람들도 마치 잘 안다는 듯이 우리 이야기를 하니까 어쩔 수 없는 일이야. 그들은 우리의 유해를 들쑤시고 화장한 재를 파헤치며 우리를 실제와는 전혀 다른 인물로 재구성하기도 해. 그들이 알 수 있는 건 그저 우리가 살아있는 동안 어떤 인물이었는지 기억하고 있는 사람들이 말하는 인상일 뿐이야. 나는 그런 방식이 아니라 당신에게 직접 내 이야기를 들려주려고 해. 나에게 무슨 일이 있었는지 듣고 나면 당신은 비로소 내가 어떤 인물이었는지 정확하게 알게 될 테니까. 어쩌면 당신은 다른 사람들의 입을 통해 들은 이야기보다는 내가 직접 말해준 진실이 더 마음에 들지도 몰라. 당신은 앞으로 죽은 여자들 모두가 자신에 대한 이야기를 직접 들려줄 수 있는 기회를 갖게 되길 바라게 될지도 몰라. 그 여자들이 자기 자신에 대해 직접 말할 수 있는 기회. 그렇게 하면 우리는 그저 부정확한 인상이 아니라 제대로 된 모습으로 알려질 수 있는 기회를 누리게 되겠지.

매우 중요한 일이야. 우리가 이미 모든 걸 잃고 난 뒤라고 하더라도.

1

내가 죽게 될 도시에 대해 처음 알게 된 사실이 뭔지 알아? 이 도시는 마치 살아있는 심장처럼 끊임없이 박동한다는 거야. 나를 태우고 온 버스가 눈앞에서 사라지고 나서 발이 미처 바닥에 닿기도 전에 나는 쿵쾅거리며 뛰는 뉴욕의 맥박을 느꼈으니까. 사람들이 사방에서 도시의 리듬에 맞추어 발걸음을 재촉하는 모습이 시야에 들어왔고, 나는 널따란 대로 가장자리에서 입을 딱 벌리고 서서 난생 처음 대하는 이 도시의 향기와 맛을 폐부 깊숙이 들이마셨지. 내 이름은 토끼 굴속으로 떨어진 아이 이름과 같은 앨리스야. 이상한 나라의 앨리스와 반대로 나는 지금 이 순간 캄캄한 굴속에서의 일그러진 삶을 박차고 밖으로 탈출한 기분을 느꼈어. 나는 방금 전 위스콘신의 작은 마을과 작별 인사를 하고 뉴욕으로 왔지. 제대로 정비를 하지 않아 여기저기 파인 도로, 공터에 있던 창문 없는 편의점 건물, 그 집의 미닫이 유리문 옆에 놓인 냉동고와 먼지 낀 선반 위에 놓인 9달러짜리 술병들이 눈에 선해. 유통기한이 지난 포테이토 과자 봉지와 빛바랜 살사소스 병에 낀 먼지에 적혀있던 내 이름도 선명하게 떠올라.

앨리스 리.

그 아이는 먼지투성이 삶을 등지고 뉴욕으로 왔지. 뉴욕에 온 이후 알게 된 사실은 내가 두 번 다시 토끼 굴속 같은 그 마을로 돌아가지 않으리라는 거야. 잭슨 선생님이 설령 간절하게 돌아오라는 손짓을 보내더라도 나는 결코 돌아가지 않기로 결심했어. 나는 무엇이든 혼자 해낼 수 있고, 잭슨 선생님의 도움을 받지 않고도 충분히 잘 살아갈 수 있다는 걸 증명해 보이고 싶으니까. 미안하다는 말 한 마디면 남자들을 용서해 주었던 엄마처럼 살고 싶지는 않아. 나는 엄마의 실패를 보고 교훈을 얻었어. 남자들은 여자들의 아픈 부위가 어디인지 알고 나면 대하는 눈빛부터 달라지지. 그때부터 남자들은 자꾸만 여자들의 아픈 곳을 사정없이 눌러대지. 아무리 울며 하소연해도 결코 멈추지 않아. 나는 더 이상 남자들이 내 아픈 곳을 꾹꾹 눌러 눈물을 흘리게 하도록 방치하지 않을 거야.

나는 허리께에 걸쳐져 있는 가방을 몸 앞쪽으로 돌려놓았어. 가방 안에 손을 집어넣어 에보나이트 재질의 검정색 라이카 카메라를 손으로 더듬어보고, 착탈식 렌즈의 굴곡을 만져보며 길을 걷고 있는 중이야. 길을 걷는 동안 허벅지에 닿는 카메라의 무게감과 촉감을 충분히 느꼈으면서 왜 굳이 손으로 만져 봐야겠다는 생각이 들었는지 모르겠어. 스웨터와 양말, 속옷 따위로 둘둘 감아놓은 카메라가 설마 가방에서 사라져 버렸을 리 없었지만 나는 손으로 직접 만져보고 나서야 안심할 수 있었지. 카메라는 내가 현재 갖고 있는 소지품 가운데 가장 가치 있는 물건이야. 잭슨 선생님이 이제 곧 내가 라이카 카메라를 가져갔다는 사실을 알게 될 거라고 생각하면 기분이 짜릿해. 그가 나를 그리워하지 않을지는 몰라도 이 카메라 렌즈를 통해 나를 바라보던 순간들을 잊을 수는 없을 테니까.

누구든 소중하게 생각하는 무언가를 잃게 되는 법이지.

전에 잭슨 선생님이 나에게 해준 말이 아니었나?

1995년 늦여름 3주 동안 엄마는 타임스스퀘어 대형 광고판에 등장한 적이 있어. 내가 태어나기 전 몇 달 동안 오래된 〈로이 로저스〉 레스토랑 앞에 서서 길 건너편을 바라보면 널찍한 건물 벽을 차지하고 있는 필 도나휴 토크쇼 광고와 개봉이 임박한 영화 〈쇼걸〉 광고 사이에서 엄마의 아름다운 얼굴을 발견할 수 있었을 거야. 내가 태어나기도 전 일인데 어떻게 알게 되었냐고? 엄마가 그해 여름 이야기를 자세히 들려주었기 때문이야. 엄마는 외할아버지에게 심하게 두들겨 맞고 나서 집을 나와 뉴욕으로 갔다고 했어. 엄마가 생각하기에 아무리 외할아버지의 구타라고 해도 참을 수 있는 한계가 있는 법이었는데 열여덟 살 때 도저히 견딜 수 없을 만큼 심하게 맞았나 봐. 엄마는 입술에서 피가 멎기도 전에 외할아버지 지갑을 뒤져 훔친 돈으로 위스콘신 주 베이필드 카운티에서 가장 먼 곳으로 알고 있었던 뉴욕 행 버스표를 샀다고 했어. 뉴욕에 도착한 첫날 밤 엄마는 8번가에 있는 어느 우중충한 다이너의 구석 자리에 앉아 쏟아지는 졸음을 참으려고 애쓰다가 유명세가 조금 있는 어느 사진작가를 만나게 되었어. 그날 밤, 사진작가는 엄마를 자기 집으로 데려가 샤워를 할 수 있게 해주었고, 깨끗하고 아름다운 모습으로 돌변한 엄마와 사랑을 나누게 된 거야. 그는 엄마에게 사랑한다고 말했지만 진심일 리 없었지. 물론 아주 잠깐 동안은 진심이었을 수도 있겠지만 그 사람은 햄튼스에 사는 돈 많은 여자를 더 많이 사랑했기에 결국 엄마를 버리고 떠났어. 그 여름의 무더위 속에서 3주 동안 타임스스퀘어 광고판에 걸릴 사진을 찍고 있었을 때 엄마는 나를 임신 중이었지.

"그때는 이미 네가 엄마 배 속에 들어 있었지."

엄마는 자주 그렇게 말했어.

"마치 우리가 이 거리에 속한 사람이라도 되듯이 다들 타임스스퀘어 광고판에 붙어 있는 우리를 올려다 보았지."

아직 태어나지 않은 아이가 사진작가가 들여다보고 있던 카메라의 프레임 속에 존재하고 있었던 거야. 그 사진을 찍을 당시 엄마가 그에게 나를 임신한 이야기를 했는지에 대해서는 확실하지가 않아. 내 출생을 둘러싼 자세한 내막은 엄마가 그 이야기를 들려줄 무렵 이미 희미해진 이후였으니까.

나는 오히려 다른 부분에 관심이 많았어. 사람들이 북적거리는 레스토랑, 반짝이는 간판들, 처음 보는 근사한 건물들의 벽을 타고 십자말풀이 단어처럼 흘러내리는 유명 인사들의 이름 사이를 걷고 있는 지금의 나와 마찬가지로 어느 누구도 알지 못했던 그 시절 나의 존재에 대해 알고 싶었지.

이런 휘황찬란한 건물에 자신의 이름을 걸기 위해서는 도대체 무슨 일을 하는 사람이어야 할까?

지금부터 불과 몇 주 후 세상 사람들은 온통 내 이야기를 하게 되지. 그때 이 도시는 나에게 전혀 낯선 이름을 붙여주게 돼. 한동안 내 진짜 이름을 아는 사람이 나타나지 않았기 때문이야. 내 이름을 알기 전에 사람들은 나를 제인 혹은 리버사이드 제인이라고 불렀지.

이제 나에 대해 긴 이야기를 시작하려고 해. 내 이름은 앨리스 리, 방금 후끈거리는 장거리 버스에서 내려 뉴욕 7번가 거리를 걷기 시작했어. 나는 뉴욕에 첫 발을 내디딘 한 시간 전부터 코를 간질이는 판지 냄새, 지린내, 쇠 냄새를 들이마시며 경계심을 늦추지 않고 있어. 난 아직 살아있고, 감각이 무척 예민한 상태야. 내 이야기도 순서를 따라야 하니까 내가 점점이 뿌려놓은 빵 부스러기를 따라와 주기를 바랄게. 휴대폰에서 뉴욕 지도를 열고 나의 현재 위치를 표시하는 깜박거리는 점을 따라 이리저리 길을 찾아 헤매는 나와 함께해주길 바랄게. 아직 나는 지도에 표시된 선과 동그라미를 제대로 이해할 수 없어 자꾸만 길을 헤매는 중이야.

나는 여행 가방 두 개, 현금 600달러 그리고 휴대폰에 저장해둔 낯선 주소를 찾아가기 위해 버스 터미널에 도착했어. 이제 막 열여덟 살 성인이 되었고, 세상에는 내가 할 수 없는 일들이 너무 많아. 엄마와 마찬가지로 떠나기 위한 조건을 만들기 위해 일 년을 꼬박 기다렸지. 그깟 나이라는 게 뭔지 아무리 생각해도 그저 황당할 뿐이야. 미국에서는 나이를 한 살 더 먹으면 갑자기 모든 일을 할 수 있는 권리가 생기니까. 열일곱 살에서 열여덟 살이 되기까지 고작 일 년 차이일 뿐인데 나는 이제 성관계에 동의할 수 있는 법적 권리가 생겼어. 성관계가 가능한 시간이 생일날 자정부터일까, 아니면 자정 일 분 뒤부터일까? 아니면 계산하는 방식이 따로 있을까? 성관계에 *동의할* 수 있는 자격이라니? 그럼 지금까지는 성관계에 동의해서는 안 된다는 뜻일까?

잭슨 선생님은 분명 그렇게 생각했던 것 같아.

지금 내 손가락은 카메라 본체와 렌즈를 더듬고 있어. 잭슨 선생님이 주인이었던 라이카 카메라를 만지지 않으면 그의 모습이 떠오르지 않아.

나는 한때 잭슨 선생님의 소유물이나 다름없었지만 이제는 온전한 나 자신일 뿐이야. 더는 국가의 보호를 필요로 하는 미성년자가 아니니까. 고작 법적 성인이 된 지 하루가 지났을 뿐이지만 앞으로 나를 위협하거나 내 인생을 좌지우지하려 드는 사람이 없도록 하겠다고 마음속으로 다짐했어. 열여덟 살이 되었으니 이제 어느 누구도 내 동의를 얻지 않고는 내 몸에 손끝 하나 대게 할 생각이 없으니까. 나는 그런 권리를 갖게 된 사실이 너무나 짜릿하고 신나 가방들이 무겁지 않았다면 그 자리에서 펄쩍 뛰어올랐을지도 몰라. 경쾌한 엔진 소리와 짧은 경적을 울리며 지나가는 차들, 휴대폰에 대고 목소리를 한껏 높이는 사람들이 함께하는 뉴욕에서의 아름다운 첫날이야. 맨해튼의 들썩이는 거리는 위로 펄쩍 뛰어오르기에 딱 좋아.

나는 도시의 각종 소음들과 사람들 사이를 헤치며 앞으로 걸어가는 동안 지하로 통하는 문에서 사람들이 꽃을 담은 상자나 과일 봉투를 안고 계단을 올라오는 모습을 보았지.

그런 물건들을 도대체 어디에서 구해오는지 이해가 되지 않았어.

내 발 아래 지하에 꽃과 과일을 키우는 정원이 있나? 어쩌면 지하에 또 다른 도시가 번성하고 있을지도 모른다는 생각이 들었어. 그런 생각이 드는 순간 지하로 통하는 문을 재빨리 벗어나려고 걸음을 재촉했지. 이제껏 굴속에 있다가 어렵사리 새로운 세계로 올라왔기 때문에 다시는 지하로 끌려 내려가고 싶지 않았으니까.

나는 북쪽을 향해 걸어가는 동안 고개를 좌우상하로 돌리며 처음 대하는 사물들을 들여다보고, 초록색과 흰색으로 된 도로 표지판과 선물 가게에 비치되어 있는 자유의 여신상 기념품을 향해 반갑게 인사를 건넸어. 어린아이만큼 큰 자유의 여신상도 있었지. 〈할랄과 코셔〉라는 표지판이 안으로 들어오라는 듯 깜박였고, 초록색 신호등에 그려진 남자가 나를 보며 어서 건너라고 깜박이는 모습이 보였지. 낯선 풍경을 대하는 내 심장의 박동 소리가 이 도시의 소음만큼이나 커졌고, 나는 영화에 나오듯 손가락을 튕겨 택시를 잡고 싶은 충동을 느꼈어. 이 거리의 차들은 남쪽을 향해 달려가고 있었고, 좌우로 방향을 틀어 힘겹게 나를 비껴갔지. 이 도시는 교통 정체 현상이 심해 차라리 걸어가는 편이 더 빠를 것 같다는 생각이 들었어.

오랫동안 걸었더니 다리도 아프고, 버스를 오래 타서인지 몸이 심하게 쑤셔댔어. 노아에게 전화해 최단 시간에 집으로 갈 수 있는 지름길을 알려달라고 해야겠다는 생각이 들었지. 하지만 아직 노아와 정식으로 대화를 나눈 적이 단 한 번도 없었어. 서로 문자메시지를 주고받았을 뿐인데 정식으로 대화를 나누었다고 치부할 수는 없잖아. 나는 노아라는 이름만 알고 있을 뿐 그의 성이 뭔지도 몰라. 그런 생각이 들자 갑자기 전화하기가 꺼려졌지.

노아는 왜 생판 모르는 타인에게 자기 집 문을 스스럼없이 열어주려고 할까?

노아가 낸 광고에는 분명 *숙박 가능*이라고 적혀 있었어.

침대 개별 사용, 욕실 공동 사용

침대를 공동으로 사용하는 경우도 있나?

주당 300달러, 제반 비용 포함

나는 *제반 비용 포함*이 무슨 뜻인지 알 수 없었지. 아침식사, 아니면 적어도 커피 한 잔이라도 제공해준다는 뜻이었으면 좋겠다는 생각이 들었어. 노아의 집에서 일주일 동안 숙박하게 될 경우 내가 가진 돈의 절반 이상이 사라지게 될 테니까. 일주일 후에 어떻게 될지는 생각하지 않기로 했어.

일주일이면 일거리를 찾아내기에 충분한 시간이라고 애써 마음먹기로 했지. 노아라는 사람을 만나보고 신뢰감이 들지 않을 경우 다른 집을 찾아봐야 한다는 생각이 들기도 했어.

다리도 아프고 몸도 쑤셔댔지만 이 도시가 내 몸에 탄산수를 흘려 넣기라도 한 듯 짜릿한 설렘이 느껴지기도 했어. 마침내 내가 엄마 배 속에 들어있을 때 머물렀던 도시로 되돌아온 거야. 반 아이들과 친해질 사이도 없이 전학을 가야 하고, 엄마의 새 남자친구 이름도 모르고, 집에 들어오지 않은 엄마가 어디에 있는지도 모르고 지냈던 시절과는 작별을 고할 생각이야. 중서부 지역을 떠돌며 겪었던 지난 일들은 모두 이 도시에 발을 들여놓기 위한 사전 연습이고 준비였다고 생각하기로 했어. 내가 그 누구의 보살핌도 받지 않고 독립적으로 살아가기 위한 준비. 오래 전, 엄마는 이 도시에 도착한 지 미처 하루도 지나지 않아 낯선 남자의 동정심에 기대는 바람에 인생을 망치게 되었지. 나는 어느 누구에게도 기대지 않을 생각이야. 막상 노아를 만나본 결과 뉴욕에서 가장 신뢰할 수 있는 사람이라고 해도 내 결심은 결코 바뀌지 않을 거야. 이 도시에서 만나는 어느 누구에게도 의존하지 않고 내 스스로 살아갈 수 있는 방법을 찾아낼 거야. 이제 비로소 독립적인 삶을 살 수 있는 계기를 마련했고, 힘들게 얻은 기회를 허망하게 날려버릴 생각은 추호도 없으니까. 나에게는 적어도 79.1년에서 18년을 뺀 시간이 남아 있어. 79.1년은 1996년에 태어난 여성들의 평균 수명이래. 초등학교 2,3학년 때였을 거야. 이제는 기억조차 희미한 어느 동네의 초등학교에서 들었던 79.1이라는 숫자에서 내가 그때까지 살았던 날들을 제하면 앞으로 대략 얼마나 더 살 수 있을지 계산이 나왔지. 내가 앞으로 살아가야 할 날들이 얼마나 남았는지 알게 되었을 때 느꼈던 묘한 기분을 아직도 생생하게 기억해. 오늘이 열여덟 번째 생일이니까 아직 내 앞에는 61.1년이라는 세월이 남아 있는 셈이야. 이제부터 나에게 주어진 시간들을 효과적으로 활용해 내가 바라는 나만의 세계를 만들어나갈 작정이야.

앞으로 내 이야기를 계속 읽다보면 내 생각이 틀렸다는 걸 알게 될 거야. 난 어떤 남자에게 목이 졸려 죽으니까. 나만의 세계를 만들어 가겠다는 내 결심을 알았다면 크게 비웃었을 거야. 그는 내 몸에 대한 권리가 자기에게 있다고 믿어 의심치 않는 존재였으니까.

내 이야기는 결국 허드슨 강가의 자갈밭으로 가게 될 거야. 내가 당신의 주의를 다른 곳으로 돌리려고 아무리 애써도 피할 수 없는 사실이야. 희망이 가득 찬 마음으로 들썩이던 이 밤은 내 이야기의 일부에 불과하니까. 그 뒤에는 허드슨 강가 자갈밭에 쓰러져 있던 한 소녀의 이야기가 이어질 수밖에 없어.

끔찍한 살인을 저지른 그 남자는 내 시체를 그 자리에 방치해두고 집으로 돌아갔어. 얼마 지나지 않아 어느 외로운 여자가 그 자리를 지나다가 죽은 소녀의 시신을 발견하게 되었지. 그 외로운 여자가 다가오는 모습이 보였어. 아니, 이미 그 자리에 와있었지. 그녀의 얼굴을 보니 나보다 더 슬퍼 보였어. 그 이유는 그녀의 슬픔이 아직 뭉근하게 끓고 있기 때문이었지. 다만 아직은 슬픔이 끓어 넘쳐 그녀의 인생에 치유 불가의 화상을 입히지는 않았어. 그녀는 이제 곧 쓰러져 있는 나를 찾아내게 될 거야.

2

루비 존스는 자신의 나이가 서른여섯 살이 되었다는 걸 의아하게 생각한 적이 많았다. 정확하게 말하자면 달력에 날짜로 표시되는 나이가 서른여섯일 뿐이라고 생각했다. 그녀가 살아온 날들을 숫자로 표시한 나이인 서른여섯은 여전히 낯설고 어색했다. 누구에게나 산술적인 나이가 있는 법이었고, 지도 위에 표시된 지형지물처럼 반박할 수 없는 사실이긴 했지만 그녀는 아직 자신의 나이가 서른여섯이라는 느낌이 들지 않았다.

루비는 서류를 작성할 때 써넣어야 하는 생년월일과 생일 케이크에 꽂아야 하는 초의 숫자 때문에 늘 혼란스러웠다. 그녀는 가끔 TV에 나오는 유명 여성들이 자기보다 나이가 훨씬 어리다는 사실을 알게 될 때마다 깜짝 놀랐다. 다양한 경력, 여러 번의 재혼, 다수의 아이들을 가진 그 여자들의 인생 경력으로 미루어볼 때 적어도 자기보다는 나이가 많거나 동년배라야 납득할 수 있을 텐데 오히려 적었으니까.

루비는 자신의 얼굴이 예뻤던 시절은 3년 전에 이미 끝났다고 생각했다. 요즈음에는 외모의 단점을 숨겨주는 화장품이 개발되어 있었지만 매일 아침 거울을 볼 때마다 씁쓸한 현실을 감출 수는 없었다. 늘어진 턱살, 처지는 입가, 불룩한 배, 살이 투실투실하게 붙은 엉덩이. 루비는 누군가와 함께 나이를 먹어갈 기회가 없었기에 아침에 잠에서 깨어날 때마다 홀로 거울에 비친 자신의 모습을 보았다. 이제 생기발랄하고 예뻤던 시절은 지나버렸지만 아직은 섹시한 모습이 어느 정도 남아 있었다. 하지만 이제 한창 나이 때의 아름다움은 발견하기 힘들었다. 일일이 꾸미지 않고는 젊어 보이지 않는다는 사실을 부정할 수 없을 듯했다.

서른여섯 살답게 살아가려면 어떻게 해야 하지? 서른여섯 살이라는 나이에 대한 그들과 나의 생각이 일치하지 않는데 어떻게 나이의 의미를 뼛속 깊이 이해할 수 있을까? *그들이란* 엄마, 여성 잡지, 어린 시절에 가장 좋아했던 책을 쓴 작가들이었다. 분명한 건 자신이 생각보다 나이가 많다는 것뿐이었다. 루비는 멜버른에서 차로 세 시간 떨어진 아폴로 베이의 급조된 댄스플로어에서 새된 소리로 흘러나오는 80년대 노래에 맞춰 의미 없이 누적된 서른여섯 해를 허공에 날려 보내기로 마음먹었다. 그녀는 눈을 지그시 감고 지난 날들이 흩어져 사라져가는 모습을 보고 싶었다. 그런 다음 전격 지구 반 바퀴 떨어진 곳으로 떠날 결심이었다.

루비는 아무 생각 없이 춤을 출 테고, 잘못 기억하고 있는 가사들이 귓가에 울려 퍼지는 가운데 친구들은 서로 몸을 부딪쳐 가며 그녀를 원 안으로 끌어들이려고 애쓸 것이다. 루비와 친구들은 이미 흠씬 취했으니까. 자정이 가까워지면 신부 샐리는 해변에서 구토를 해 울렁거리는 속을 비울 것이다. 그때 루비가 뒤에서 샐리의 머리카락을 잡아주며 말할 것이다.

"오늘은 마법 같은 날이었어."

구토를 마친 샐리는 마스카라가 흘러내린 얼굴로 말할 것이다.

"하루빨리 널 사랑해줄 남자를 만날 수 있길 바랄게. 친구라서 하는 말이 아니라 넌 정말 괜찮은 여자니까."

샐리가 해준 말, 결혼식, 술잔을 부딪치고 나서 맨발로 추었던 춤, 안개비가 내리는 늦여름 밤에 벌어진 이 모든 일들이 루비에게는 너무나 가혹했다. 친구들은 대부분 커플이어서 밴드의 연주가 울려 퍼지는 동안 와인에 약을 넣어 마셨다. 술에 취해 눈물이 많아진 샐리는 여름 내내 다이어트를 한 덕분에 겨우 입을 수 있게 된 드레스 차림으로 일 년 전 틴더(Tinder)에서 만난 남자와 결혼했다.

루비는 친구들과 주말을 함께 보내기로 약속하고 빌린 바닷가 별장에서 베개와 이불을 꺼내와 일층 발코니에 잠자리를 만들었다. 새벽 3시에 커플들은 저마다 침대를 차지하고 누워 서로의 몸을 꼭 끌어안거나 상대의 등에 얼굴을 묻고 잠에 빠져들었다. 별장에 온 친구들 가운데 루비만이 싱글이었다. 물론 루비는 자신을 싱글이라고 생각하지 않았다. 루비는 현재의 상태를 가장 잘 표현할 수 있는 말이 뭔지 생각해 보았다.

이 별장에서는 혼자.

루비는 *'그 말이 딱이네.'* 라고 생각하며 축축한 등나무 소파에 앉아 몸을 웅크렸다. 누군가 소파에 깔려 있던 방석을 치워버려 엉덩이가 아팠다. 발코니 가장자리에 방석이 쌓여 있었지만 일어나서 가져올 기력이 없었다. 안개비는 어느새 장대비로 변해있었다. 이제는 얼굴을 흥건하게 적시는 빗물도, 엉덩이에 배기는 소파의 딱딱한 느낌도 상관없었다. 취기가 올라오면서 세상이 빙글빙글 돌기 시작했으니까. 시커먼 바다가 보였고, 잉크 빛 바닷물이 모래사장으로 밀려와 철썩이는 소리가 들려왔다. 파도 소리가 마치 몸 안에서 울려 퍼지는 듯했다. 루비는 높이 솟구쳤다가 곤두박질치는 파도가 자기 자신처럼 느껴졌다. 장대비가 내리고, 파도가 치고, 별 하나 없는 밤하늘 아래에서 딱딱하기 그지없는 소파에 혼자 앉아있는 신세가 못내 서글펐다. 루비는 한동안 눈물이 흐르고 있다는 사실을 알아차리지 못했다. 지난 몇 년 동안 쌓인 슬픔이 밖으로 흘러넘치기라도 하듯 울음이 소나기처럼 격해지기 시작했다. 이런 우중충한 자리에서 혼자 몸을 웅크리고 앉아 비를 맞고 싶지 않았다.

그 순간 루비는 깨달았다. 수많은 여름과 겨울에 다른 이들을 위해 마련한 파티에 참석했고, 다음날 일어나면 어김없이 나이가 들어 있었다. 정작 그녀 자신의 신변은 오랫동안 아무것도 달라지지 않았다. 루비는 계속 정지 상태로 그 자리에 머물러 있었고, 사랑하는 남자는 그녀를 방치하고 자기 자신의 삶을 만들어 가느라 여념이 없었다. 그녀를 잡아두기 위해 큰 선심이라도 쓰듯 겨우 비집고 들어갈 수 있을 만큼 좁은 공간을 허용해 주면서 계속 몸을 웅크리고 대기 상태로 있으라고 했다.

그러다 보니 어디서나 혼자였다.

이제 더는 혼자 있고 싶지 않았다.

동이 트면서 주변의 사물이 시야에 들어왔다. 파도와 빗물이 몸을 적시고, 눈물이 말라비틀어져 있었지만 아직 무엇을 어떻게 해야 할지 계획이 서지 않았다. 며칠 뒤 돈을 있는 대로 긁어모아 멜버른의 툴라마린 공항에서 뉴욕 JFK 공항에 도착하는 편도 항공권을 예약할 때조차 루비는 자신이 무엇을 하고 있는지 이해하지 못했다. 루비가 알고 있는 건 더는 *혼자* 있을 수 없다는 것뿐이었다. 그녀는 무슨 일이 있더라도 지금 이 상태에서 벗어날 수 있길 간절히 바랐다. 무언가를 새로 시작하기에는 뉴욕이 더없이 좋을 듯했다.

이렇게 루비와 나의 거리는 점점 가까워지고 있었다.

*

나는 멜버른에서 비행기를 탄 루비가 뉴욕으로 점점 다가오는 모습을 상상해 보았어. 3만 5천 피트 상공에 떠있는 동시에 아직 삶의 갈피를 잡지 못하는 루비의 모습이 떠올랐지. 루비가 이미 닳도록 들은 믹스 테이프처럼 기억을 재생하는 모습이 보였어. 아주 사소한 순간조차 루비에게는 비극이 깃들어 있는 장면처럼 느껴졌지. 그가 그녀를 바라보았던 순간, 그들이 처음으로 키스했던 순간, 그들이 마지막으로 키스했던 순간이 하나같이 비극적인 모습으로 다가왔지.

루비는 비행기의 현창을 검지로 세게 누르며 겨우 눈물을 참고 있는 중이었어. 손톱이 하얗게 변하면서 두꺼운 현창의 반대편에 희고 작은 서리가 맺히는 모습이 눈에 들어왔지. 주변 사람들은 어느새 등받이를 뒤로 젖히고 코를 곯아대기 시작했지만 루비는 잠시도 눈을 붙이지 못했어. 마치 내가 위스콘신에서 뉴욕으로 오는 버스 안에서 도저히 잠을 이룰 수 없었듯이. 루비와 내가 뉴욕을 향해 가던 그날의 모습이야.

나도 그랬지만 루비도 뉴욕으로 가는 동안 호주에 두고온 연인 생각을 멈출 수 없었어. 나에게 남은 그의 증거는 라이카 카메라야. 루비에게 남은 그의 증거는 비행기에 오르기 직전 그가 보낸 문자메시지였어.

보고 싶었어.

분명 과거형이야.

루비와 그가 헤어진 게 불과 몇 시간 전이 아니라 몇 년이 흐르기라도 한 듯이.

*

루비는 마침내 JFK 공항에 도착했다.

"어디로 가세요? 아, *어디로* 가냐고요?"

JFK 공항 정류장에서 대기하던 택시 기사가 목청을 높여 행선지를 물었다. 루비는 목적지의 주소가 떠오르지 않아 눈만 깜박이며 서 있었다. 택시 기사가 어서 주소를 말해달라고 재촉했다. 루비는 주소를 알고 있었고, 택시 기사에게 말해주면 되었지만 잠을 한 숨도 못 잔 탓인지 정신이 몽롱해 쉽사리 떠오르지 않았다.

"저어……."

루비는 휴대폰에 저장해둔 주소와 건물 번호를 찾아내 겨우 택시 기사에게 말해주었다. 택시는 이내 공항을 벗어나기 위해 길게 늘어선 차량 행렬 속으로 합류했다. 루비는 서른 시간 넘는 비행으로 쌓인 피로감을 떨쳐버리고 마음속에 깃들어있는 작은 설렘을 꺼내보려고 애썼다. 로스앤젤레스 국제공항에 도착했을 때 잠시나마 마음이 설레기는 했었다. 두 팔을 크게 벌리고 눈앞에 펼쳐진 자유를 품 안 가득 안고 싶은 심정이었다. 로스앤젤레스 국제공항에서 진한 커피를 마시고 나서 몇 시간 동안 JFK 공항으로 가는 비행기를 기다리다가 세 시간을 더 날아왔다. 태양을 두 번이나 못 본 탓에 지금이 몇 시인지 알 수 없었다.

루비는 차창 밖으로 휙휙 지나가는 풍경을 보면서 뉴욕의 유명한 스카이라인이 눈에 들어오는 순간 기분이 나아질 수도 있겠다는 생각이 들었다. 뉴욕을 상징하는 다리와 눈에 익은 건물을 봐도 가벼운 기분 전환을 할 수 있을 것이다. 지금 눈에 보이는 것이라고는 새처럼 허공을 날아다니는 비닐봉지, 초라한 슬레이트 지붕 집들이 포진한 언덕과 맞닿은 고속도로가 전부였다. 이제 눈을 뜨고 기다리기만 하면 이 허름한 주택가, 교회의 대형 광고판, 쇠사슬 울타리는 사라지고 아름다운 항구와 바다, 화려한 네온사인, 손가락처럼 가느다랗게 보이는 고층 빌딩들이 눈앞에 나타나게 될 것이다. 루비는 지금 정신이 몽롱했고, 깨어 있다기보다는 꿈을 꾸고 있다는 느낌이 들었다.

(루비가 조수석 창에 이마를 대고 있는 동안 나는 거리를 오가는 사람들을 피해 춤추듯이 걸으며 도로 표지판과 자유의 여신상 기념품들을 향해 손을 흔들고 있었어. 우리 두 사람은 이 여정의 어느 시점에서 조우하게 될까?)

루비는 저절로 감기려는 눈에 힘을 주며 내심 택시가 좀 더 빨리 달려주길 바랐다. 택시 기사는 지금 자신이 그녀를 새로운 세상, 모든 일을 다시 시작하는 출발 지점으로 데려다주는 중차대한 역할을 맡고 있다는 사실을 알고 있을 턱이 없었다. 택시 기사가 알아듣기 힘들 만큼 목소리를 낮추고 누군가와 통화하기 시작했고, 루비는 그가 두근두근 뛰고 있는 자신의 심장에 대해서는 일말의 관심도 없다는 걸 알 수 있었다. 희망에 부풀어 있는 낯선 영혼을 뉴욕의 어디론가 데려다주는 일이 택시 기사에게는 그다지 새로운 일이 아닐 테니까.

택시 기사의 손이 핸들을 꺾는 모습을 바라보면서 루비는 자신이 어떤 계획이나 일정을 따져보지 않고 뉴욕에 왔다는 것이 사람들에게는 아무런 의미도 없으리라는 사실을 깨달았다. 택시 기사는 그저 목적지에 도착해 그녀를 내려주고 나서 계속 통화를 이어가거나 자신을 기다리는 누군가를 향해 가면 그만일 테니까. 그의 입장에서 보자면 그녀는 쳇바퀴 돌듯 매일이다시피 이어지는 일을 하는 가운데 스치듯 만난 존재일 뿐이니까.

루비는 그런 생각을 하며 쓴웃음을 지었다.

어쩌면 뉴욕에서 이름을 바꾸고 새 인생을 살 수 있지 않을까? 여기에서 나는 완전한 익명이니까.

그 순간 택시 기사가 말했다.

"도착했습니다."

"네?"

택시 기사가 갑자기 차를 멈춰 세우더니 루비 쪽으로 반쯤 몸을 돌렸다.

"목적지가 여기라고 했잖아요?"

택시 기사가 오른쪽의 5층 건물을 가리켰다. 커다란 정문 위에 적힌 주소를 보니 JFK 공항에서 자신이 택시 기사에게 불러준 그대로였다. 지갑에서 지폐를 꺼내 팁을 넉넉하게 주자 택시 기사는 처음으로 미소를 지으며 감사를 표하고 나서 트렁크를 열고 짐을 내려주었다.

루비는 택시가 돌아가는 모습을 지켜보는 동안 손을 흔들어 멈춰 세운 다음 JFK 공항으로 다시 데려가 달라고 부탁하고 싶은 충동을 가까스로 억눌러 참았다. 노란색 택시는 이내 시야에서 사라졌고, 루비는 짐 가방을 들고 콘크리트 계단을 힘겹게 오른 뒤 팔꿈치로 초인종을 눌렀다. 그녀는 초인종 소리를 들으면서 떨리는 마음으로 문이 열리길 기다렸다.

*

문을 노크하자 금세 열렸어.

루비가 문 앞에 도착했을 때 나는 휴대폰에 뜬 파란 점을 따라 센트럴파크 외곽까지 걸어간 다음 지도가 시키는 대로 방향을 돌렸어. 허드슨 강을 왼편에 두고 걷고 있자니 상가들이 이내 아파트로 바뀌고 집집마다 길가에 내놓은 쓰레기 봉투가 보이기 시작했지. 도로변에 앙상한 가지만 남은 가로수들이 정강이까지 오는 쇠 울타리에 둘러싸여 있어 저마다 작은 정원을 이루고 있는 것처럼 보였어. 뉴욕에서 대하는 풍경들이 하나같이 낯설게 보였지만 내가 비로소 꿈을 이루어줄 도시에 도착했다는 느낌이 들었지. 나는 어두운 밤하늘이 어깨를 무겁게 짓누르는 가운데 어퍼웨스트사이드에 도착했고, 미드타운의 빠른 속도감 때문에 마치 다른 세상에 온 것 같은 느낌이 들었어. 그래도 그다지 걱정하지 않은 건 그리 멀지 않은 곳에 사람들이 존재하고 있었고, 내 가까운 곳에서 활기찬 삶이 이루어지고 있다는 사실을 알 수 있었기 때문이지. 어느 집 문 앞에서 담배를 피우고 있던 남자가 나를 보고 휘파람을 불어대는 바람에 흠칫 놀랐던 걸 빼면 이상할 만큼 차분한 마음으로 노아가 사는 아파트 건물 앞에 서 있었어. 하지만 현관문을 노크할 때는 내가 가진 용기를 모두 짜내야 할 만큼 잔뜩 긴장하지 않을 수 없었지. 어찌나 긴장했던지 심장이 목으로 튀어나올 것만 같았어. 라이카 카메라, 몇 안 되는 옷가지, 간단한 소지품이 들어있는 가방을 메고 사람들이 북적거리는 거리를 지나쳐오고 나서 건물의 좁다란 계단을 오르느라 내 얼굴에서는 땀이 흘러내리고 있었지. 복도로 들어서자 많은 출입문들이 있었고, 나는 그 중에서 내가 찾던 문을 발견했어.

방 있음, 침대 개별 사용, 욕실 공동 사용, 제반 비용 포함

네, 현금으로 지불할게요.
아니요, 개 알레르기는 없어요.

주소를 보내드리죠. 열차를 이용할 경우
가장 가까운 역은 96번가 역과 브로드웨이 역입니다.

버스로 갈 거예요. 9시에 도착해요.

네, 그럼 편한 대로 하세요.

방을 예약할 당시 노아가 불필요한 말을 전혀 하지 않는다는 게 마음에 들었어. 우린 문자메시지로 간단하게 계약을 마쳤지. 노아는 전혀 질문이 없었고, 과도한 친절을 보이거나 농담을 건네지도 않았어. 문을 두드리는 동안 새삼 노아의 목소리를 한 번도 들은 적이 없다는 걸 깨달았지. 마침내 문이 열렸고 파란 눈 하나와 남색 야구모자의 차양이 가장 먼저 눈에 띄었어. 그 다음은 윤이 날 정도로 반질반질하게 닦은 검정색 구두였지. 다음 순간 손에서 차갑고 축축한 감촉이 느껴졌어. 반쯤 열린 문틈으로 덩치 큰 초콜릿색 개 한 마리가 빠져나와 내 손을 핥아대고 있었지.

"프랭클린!"

초콜릿색 개가 나에게 한 발짝 더 다가서려는 순간 노아가 재빨리 개목걸이 줄을 잡아당겼어. 나는 개와 한 덩어리가 되어 문 안쪽으로 나동그라졌지. 나도 모르게 웃음이 터져 나왔어. 내 안에 아직 웃을 힘이 남아 있었다는 걸 그때서야 처음으로 알게 되었지. 내 웃음은 무더운 여름날 들이켠 냉수처럼 즉시 분위기를 부드럽게 만드는 효과를 발휘했어. 그때까지 줄곧 팽팽하게 유지되던 긴장감이 바닥에 닿은 가방끈처럼 느슨해졌지. 노아와 프랭클린이 나를 방으로 안내한 다음 잠시 자리를 비켜주었어. 나는 난생처음 아름다운 집의 내 방에 혼자 서 있었지. 깨끗이 닦은 바닥에서는 윤기가 흘렀고, 쿠션이 놓인 의자들 뒤로 천장까지 이어진 커다란 창이 있었어. 한쪽 벽면은 다양한 책들이 꽂혀 있는 책장과 누워도 충분할 만큼 긴 소파가 놓여 있었지. 바닥에는 뼈, 닭, 공 모양의 고무로 된 강아지 장난감들이 흩어져 있었고, 반짝반짝 광택이 도는 검정색 피아노 한 대가 비치되어 있었어. 입이 벌어질 정도로 마음에 드는 방이었지. 피아노 위 천장에서는 지금껏 한 번도 본 적 없는 샹들리에가 눈부신 빛을 발하고 있었어. 샹들리에에 달린 크리스털 조각들이 마치 빗방울이나 눈물방울처럼 반짝였지.

그 순간 엉뚱한 생각이 깃털처럼 어깨 위로 내려앉았어.

이 방은 얼마나 많은 슬픔을 보았을까?

그제야 나는 노아가 개목걸이 줄을 단단히 잡고 나를 바라보고 있다는 걸 알아차렸지. 내가 방이 어찌나 마음에 들었던지 모래밭으로 떠밀려온 물고기처럼 넋을 잃고 입을 한껏 벌리고 있었나 봐. 지금 이 순간이 지갑에서 600달러를 꺼내 내가 가진 전 재산이라고 털어놓기에 적당한 시점 같았어. 내가 이처럼 화려한 집에 어울리는 사람이 아니라는 건 덩치 큰 초콜릿색 개의 눈에도 확연히 드러나 보일 거야. 나는 이 집에 사는 남자 즉, 피아노와 샹들리에, 책장에 꽂혀 있는 책들과 개의 주인인 노아를 *뚫어지게* 바라보았어. 노아는 왼쪽 입가를 살짝 끌어올려 절반의 미소를 지으며 나를 마주 보고 있었지. 그제야 나는 그가 *나이가 엄청 많다*는 사실을 깨달았어. 그는 예순다섯에서 일흔 살쯤 되어 보이는 나이에 키가 나보다 조금 작았지. 셔츠 칼라를 밖으로 빼내 입는 폴로 스웨터 차림에 뉴욕 양키스 모자를 쓰고 있었고, 머리카락이 보이지 않았어. 무성한 눈썹, 연푸른색 눈, 절반만 웃는 표정, 길고 가느다란 손가락이 차례로 눈에 들어왔지.

"안녕하세요."

"앨리스 리, 만나서 반가워요."

노아는 내게로 다가오려고 안달하는 덩치 큰 초콜릿색 개를 가리키며 말을 이었어.

"프랭클린도 당신이 반갑나 봐요. 자꾸 눈치 없이 달려드는 걸 보면."

훗날, 돌이켜보니 그때가 가장 가슴 설레고 기분 좋은 날이었어. 노아가 부드럽고 따스한 손을 내밀어 악수를 청하고 나서 커다란 초콜릿색 개와 함께 집 안을 돌며 안내를 해주었던 그때가 내게는 가슴 설레는 순간이었지. 침실 서랍장 위에는 수건들이 놓여 있었고, 옷장 안에는 빈 옷걸이들이 걸려 있었어.

"소지품은 이 옷장에 넣어 정리하면 되겠네요."

노아가 그렇게 말한 뒤 물었어.

"밤이 늦었지만 커피 한잔 할래요?"

"네, 부탁드려요."

내가 일주일치 집세를 선불로 내겠다고 하자 노아는 고개를 저었어.

"집세는 나중에 천천히 계산해도 괜찮아요."

노아는 그 말을 남기고 커피를 만들러 갔고, 나는 침대 끄트머리에 풀썩 주저앉았어. 그러자 프랭클린이 내 발치로 다가와 앉았지.

일주일이 지나면 내가 가진 돈의 절반이 사라지겠지?

"걱정하지 마, 앨리스 리. 괜찮을 거야."

나는 수건을 향해, 옷걸이를 향해, 초콜릿색 개를 향해 그렇게 말했어. 그 말을 믿고 싶었고, 그러자 정말 기분이 좋았지.

*

루비는 전혀 괜찮지 않았다. 우선 시차 적응이 잘 되지 않았다. 뉴욕에 도착한 지 몇 시간이 지나도록 시간 감각이 돌아오지 않아 벌써 며칠이 지난 것 같기도 하고, 고작 몇 분이 흐른 것 같기도 한 느낌이 계속 이어졌다. 루비는 원룸의 문을 열었을 때 한 발짝 떨어진 곳에 놓여 있는 널찍하고 낮은 침대로 당장 기어들고 싶은 욕망을 떨쳐버릴 수 없었다. 하지만 아직은 너무 이른 시간이라 뭉친 다리 근육을 풀 겸 코트를 걸치고 한 블록 떨어진 브로드웨이로 향했다. 긴 여행을 하느라 지친 루비의 눈에 거리의 상점들, 건물에 설치

된 비계가 보였다. 거리를 오가는 사람들의 걸음이 유난히 빨랐고, 목소리도 커 마치 영화 세트장의 소품과 엑스트라들 사이를 걷고 있는 듯했다. 루비는 현실과 환각 사이를 오가며 추위 속을 떠돌다가 1달러 27센트를 주고 치즈 피자 한 조각을 산 다음 59달러를 내고 그레이구스 보드카 한 병을 구입했다. 뉴욕에서 첫 저녁식사를 해결하기 위해 먹을거리를 사들고 원룸으로 돌아온 그녀는 침대 한가운데에 책상다리를 하고 앉아 손가락에 묻은 피자의 기름기를 빨아가며 보드카를 병째 들이켰다.

루비는 침대 맞은편에 놓인 천장 높이 전신 거울에 비친 자신의 모습을 보는 순간 절로 웃음이 터져 나오는 바람에 손으로 입을 틀어막아야 했다. 거울에 비친 여자는 피자만큼이나 기름기가 흐르는 머리카락에 얼굴이 벌겋게 상기되어 있었고, 입술은 부르트고 갈라져 있었다. 뉴욕에서의 첫날이 너무 볼품없이 지나가고 있다는 생각에 보라색이 된 눈 밑의 처진 살을 잡아당기며 피곤에 찌든 모습을 쳐다보다가 다시 보드카 병을 입으로 가져갔다.

정말 신나겠다, 루비! 완전 멋져! 세상에! 넌 진짜 용감하구나!

루비가 6개월 동안 뉴욕에서 지낼 계획이라고 하자 모두들 대단하다며 문자메시지에 느낌표를 붙여주길 주저하지 않았다. 루비가 일을 그만두고, 가구와 옷을 주변 사람들에게 나눠주고 나서 메탈블루 색상의 슈트케이스 두 개에 인생을 압축해 담고 뉴욕으로 떠나기로 한 결정이 그들에게 영감을 주기라도 했는지 만나는 사람마다 먼 산을 바라보는 눈빛으로 부럽다는 고백을 쏟아냈다.

나도 옛날부터 꼭 도전해보고 싶었던 일이야. 언젠가는 꼭…….

루비와 그리 친하게 지내지 않은 사람들도 저마다 가슴 깊이 숨겨온 소망을 털어놓았다. 루비는 보드카를 마시는 바람에 방 안이 조금씩 흔들리기 시작한 지금 사람들이 뉴욕보다 빠른 멜버른 시간대로 내일을 살고 있는 게 이상하다는 생각이 들었다. 루비는 뉴욕 시간대로 살아가야 하는 지금 이 순간부터 그들보다 언제나 더 늦은 시간, 호주에서는 이미 지나가버린 시간을 살게 될 거라고 생각했다. 고향 사람들 눈에는 루비가 뉴욕에서 자체 안식년을 보내기로 한 결정이 대단히 용감한 모습으로 비칠 수도 있었다. 달에 가서 살겠다고 한 건 아니었지만…….

난 용감한 걸까? 미친 걸까?

루비는 거울에 비친 자신의 모습과 방, 보드카 병에 대고 물었지만 만족스런 대답을 듣지 못하고 잠에 빠져들었다.

새벽 2시, 뉴욕에서 맞는 두 번째 날에 너무 일찍 잠에서 깨어났다. 침대 시트에 땀이 흠뻑 젖어들어 있었고, 화장실에 가려고 일어선 순간 몸이 여기 아닌 다른 곳으로 가려는 듯 휘청거렸다.

여기 아닌 다른 곳? 여기가 이미 다른 곳인걸.

뉴욕은 인구가 몇 명이었더라? 800만 명? 900만 명? 그 많은 사람들 가운데 루비가 알고 있는 사람은 단 두 명밖에 없었다. 예전 직장 동료들인데 그들은 루비에게 뉴욕에 오면 연락하라고 했었다.

조만간 뉴욕에서 만나, 루비. 일단 적응을 좀 하고 나서.

음, 난 여기에 왔는걸! 난 그리 용감하지는 않지만 적응은 이미 끝났어.

멜버른의 친구들과 지인들은 어떻게 생각할까?

루비가 비틀거리는 걸음으로 화장실에 다녀와 침대 모서리에 걸터앉는 순간 창 밖에서 사이렌이 울려 퍼졌다. 익숙한 느낌이 들면서도 왠지 멜버른에서 듣던 소리와는 조금 다르게 느껴졌다. 루비는 어느새 창문 앞으로 다가가 텅 빈 거리를 내려다보고 있었다. 사이렌 소리에서 멜랑콜리한 느낌이 나기도 했고, 한층 더 체념 어린 소리처럼 느껴지기도 했다. 이미 세상에서 끔찍한 비극들이 너무 많이 벌어져 지친 소리처럼 들리기도 했다. 일상에서 흔히 접할 수 있는 현상을 특별한 느낌으로 받아들이긴 했지만 술을 마셔 정신이 혼미한 상태라서 그런 공상을 했다고 할 수는 없었다. 뉴욕에서 시작된 새로운 고독의 서막일 수도 있었다. 앞으로 대화를 나눌 상대가 없어 머리빗, 보드카 병, 침대에 놓인 베개와 이야기를 나누어야 할 수도 있었다. 루비는 뉴욕에서 처음으로 맞이한 아침에 앞으로 밀어닥칠 고독, 아침식사를 주문할 때나 문을 잡아 준 사람에게 고맙다고 인사할 때를 제외하면 어느 누구와도 대화를 나누지 못할 수도 있다는 사실을 어렴풋이 감지했다. 그녀는 바깥에 내놓은 쓰레기봉투들, 정글짐을 닮은 비계, 여기저기 주차된 차들이 보이지 않도록 블라인드를 내리며 마음이 몹시 심란해 다시 잠을 이룰 수 있을 것 같지 않았다. 슈트케이스를 풀어 드레스와 재킷을 벽장에 걸고, 신발을 꺼내놓았다. 짐 정리를 마친 그녀는 텅 빈 슈트케이스를 문간에 두고, 원룸을 좀 더 아늑하게 만들어 줄 물건 목록을 작성하기 시작했다. 보드카를 따라 마실 잔, 양초, 구석자리에 놓인 전자레인지를 사용할 때 필요한 접시들, 분위기를 밝게 해주는 꽃을 꽂아둘 꽃병이 필요했다. 그런 물건들이 이 원룸에 그녀가 산다는 걸 증명해줄 작은 닻이자 증표들일 수 있었다.

멜버른에서 1만 마일 떨어진 곳. 그에게서 1만 마일 떨어진 곳.

*

루비와 나는 둘 다 오랫동안 살아왔던 곳을 떠나야 했어. 전날 마신 보드카와 시차 적응이 안 돼 일찍 눈을 뜬 루비가 창문을 통해 들이비치는 이른 아침의 회색빛 햇살에 시달리며 다음과 같은 생각을 한다면 공감할 수 있을 거야.

나는 용감한 게 아니라 그냥 해야 할 일을 했을 뿐이야. 익숙한 삶을 포기하고 멀리 떠나는 건 용감하기 때문이 아니라 다른 선택지가 없기 때문이지. 그동안 살아온 곳에서는 더는 잃을 게 없다는 사실을 깨달았기 때문이야.

뉴욕에 도착해 처음으로 맞이하는 아침에 루비가 구입해야 할 물건 목록을 만들고 나서 몽롱한 정신으로 생각에 잠겨 있는 동안 나는 깊은 잠에 빠져들어 있었어. 그렇다고 오해할 필요는 없어. 루비와 나는 전혀 다른 곳을 출발해 뉴욕에 왔지만 오게 된 이유를 따져보면 결국 같은 목적으로 왔다는 걸 알게 될 테니까.

3

뉴욕에 와서 보낸 첫 일주일 이야기를 들려줄게.

마치 일요일 오후에 TV로 즐겨 보았던 오래된 뮤지컬 영화 속에 들어와 살고 있는 기분이야. 처음에는 끝까지 볼 생각이 없었지만 예상외로 재미있어서 눈을 떼지 못하고 보았던 영화야. 뉴욕은 비가 자주 내리지만 흐린 날에도 하늘은 이상하게 회색빛이 아니야. 가끔 미드타운을 서성이다가 잠시 멈춰 서서 동쪽으로 몇 블록 떨어진 곳에 우뚝 솟아있는 크라이슬러 빌딩을 바라보기도 해. 은빛으로 반짝이는 크라이슬러 빌딩은 마치 어깨띠와 왕관으로 치장하고 있는 미인대회 우승자처럼 보이기도 했어. 크라이슬러 빌딩을 볼 때마다 나는 살짝 손을 흔들어주고 나서 시내버스와 경적을 울리는 옐로캡(Yellow Cab)을 피해 서둘러 길을 건너가지.

이제 뉴욕의 지리를 제법 많이 익혀두었어. 업타운과 다운타운을 구분할 수 있게 되었고, 브로드웨이가 뉴욕을 길게 가로지르는 길이란 것도 알게 되었지. 버러(Borough)와 블록의 개념이 뭔지 이해했고, 길을 걸을 때 어느 쪽에서 걸어야 하는지도 알게 되었어. 지난주에 뉴욕에 왔는데 마치 일 년쯤 산 것 같아. 내가 살았던 작은 마을에서는 말도 안 되던 일들이 뉴욕에서는 다 이해할 수 있을 것처럼 느껴져.

물론 아직 가보지 못한 곳들이 많아서 뉴욕 지도 위에 나타난 모든 장소들이 여전히 새롭게 보이지만 크라이슬러 빌딩을 향해 손을 흔들어주고 나서 몇 블록 걸어가며 새로운 볼거리가 눈에 띌 때마다 사진에 담는 것만으로도 충분히 흥미로웠어. 카메라 렌즈를 통해 이 도시를 바라보는 게 너무나 좋아. 내가 관찰의 대상이 아니라 관찰자가 되면 모든 게 달라진다는 걸 알게 되었지. 아마도 내 아버지였던 사람이나 잭슨 선생님도 알고 있을 거야. 필름을 감고, 초점을 맞춘 다음 *찰칵* 셔터를 누를 때 맛볼 수 있는 차분한 통제감이 무엇인지에 대해. 카메라 맞은편에서 모델 역할에 만족했던 엄마는 전혀 다른 느낌을 받았을지도 몰라. 엄마는 이 도시를 사랑했지만 너무 이른 나이에 다른 곳으로 떠났어. 이제라도 엄마에게 내가 이 도시에서 찍은 사진들을 보여주고 싶은 마음이 간절해.

내가 사용하는 라이카 카메라는 골동품에 가깝고, 예전에 사용해본 제품들과 조작법이 완전히 달라. 아직 카메라를 다루는 기술이 익숙하지 않아서 한 손으로 본체를 받치고, 다른 손 엄지로 초점 레버를 조절하고 있는데 뭔가 많이 어색하게 느껴져. 처음에는 뷰파인더를 들여다 봐도 언제 셔터를 눌러야 할지 감을 잡을 수 없었는데 일주일 동안 끼고 살았더니 이제야 조금은 알 수 있을 것 같아. 카메라로 사진을 찍으려고 돌아다니다 보니 완전히 다른 눈으로 세상을 바라보는 방법을 알게 된 기분이야. 세상을 내가 있는 쪽으로 좀 더 가까이 끌어당긴 것 같아. 그래서인지 이제는 그 무엇도 그리 멀게 느껴지지 않아.

이 모든 게 노아 덕분이야. *실제로* 난 잠들기 전 매일 밤마다 노아에게 고마워하고 있어. 처음에 약속한 일주일이 지났지만 노아는 내가 일자리를 구해 방세 문제를 해결할 수 있을 때까지 그의 브라운스톤에서 계속 머물도록 배려해주었으니까. 노아는 나에게 커피와 베이글을 만들어주며 그런 제안을 했어. 그 말을 듣는 순간 나는 마치 불우 이웃 취급을 받고 있는 것 같아 살짝 거부감이 들긴 했지. 하지만 나는 이미 내 방의 피아노와 원통 모양 돌출 창과 깊은 사랑에 빠진 데다가 프랭클린이 젖은 가죽 같은 코로 내 손을 꾹꾹 눌러대는 촉감을 그리워하게 되리라는 걸 알고 있었기에 다른 이야기를 할 수 없었어. 게다가 노아는 함께 지내기에 더없이 편한 사람이었지. 그는 내가 이 도시에서 꼭 가봐야 할 곳이 어딘지, 그곳에 가면 뭘 유념해서 봐야 하는지 물을 때마다 흔쾌히 대답해준 반면 나에게 아무것도 묻지 않았으니까. 그런 대화를 나눈 날 아침식사 자리에서 노아에게 내가 살아온 이야기를 조금 털어놓긴 했어.

"일단 방세 문제는 외상으로 해둘게요. 지금껏 겪었던 일들을 생각하면 어느 누구에게도 의존하고 싶지 않아요. 하지만 이 집에서 계속 지내고 싶으니까 돈을 벌어서 갚는 것으로 해주시면 감사하겠어요."

우리는 간단하게 해결책을 찾아냈어. 냉장고 문에 달력을 붙여두고 내가 노아의 집에서 지낸 날들을 표시해두기로 한 거야. 매일 아침 노아가 달력에 표시한 대로 나중에 밀린 숙박비를 지불하기로 약속했지. 한 달이 지나면 달력이 가득 차겠지만 결과적으로 그런 일은 발생하지 않았어. 아무튼 달력의 표시들을 보면서 내가 뉴욕에서 살았던 날들의 총합이 며칠인지 알 수 있었지.

뉴욕에서 할 수 있다면…….

뉴욕을 주제로 한 노래들이 정말 많았어. 뉴욕에서 산다는 건 이 도시가 간직한 비밀을 공유한다는 거야. 내가 자유를 허비하지 않겠다고 말했던 걸 기억해? 내가 뉴욕에 오기 전 어떤 일을 겪었는지 알게 된다면 당신도 충분히 이해할 거야. 내가 노아에게 해준 이야기 말고, 오래 전부터 뉴욕에 오기 직전까지 벌어졌던 일들 말이야. 그 이야기를 들으면 당신도 내가 왜 사람이 아니라 장소에 마음을 주게 되었는지 이해할 수 있을 거야.

마치 뉴욕이 사람처럼 느껴진다는 걸 상상할 수 있겠어? 뉴욕이라는 도시가 나를 위로해주고, 노래해주고, 놀라게 해주고 있어. 뉴욕에서 지하철역을 나와 거리를 향해 한 발짝 내딛었을 뿐인데도 마치 누군가와 키스하기 직전처럼 피부 속에서 보글보글 거품이 이는 느낌이 들었지. 내가 뉴욕과 사랑에 빠지게 된 것 같다고 했을 때 노아는 묘한 미소를 지으며 나를 *베이비 존*이라고 불렀는데 아직 왜 그렇게 부르는지 의미를 모르겠어.

노아는 사실 내가 이해할 수 없는 이야기를 무척이나 많이 해.

무엇보다 중요한 건 내가 뉴욕에 와서 행복하다는 거야. 미래에 대한 걱정이 스멀스멀 밀려들 때면 현재 몇 시이든 상관하지 않고 밖으로 나가 거리와 대로, 허드슨 강가를 돌아다녔어. 내가 자주 밖에 나가서 돌아치자 노아가 나를 위해 운동화를 한 켤레 사주었지. 뉴욕에 온 지 닷새째 되던 날에 오랜 산책을 마치고 돌아왔더니 침대에 낯선 상자 하나가 놓여 있더군. 가격표 스티커를 떼어버렸는데 말끔히 제거되지 않아 97센트라고 적힌 부분만 남아 있었지. 밑창이 두툼한 보라색 운동화로 고무와 염색약 냄새, 새 신발에서 나는 특유의 냄새가 났어. 운동화를 신는 순간 미래의 세계에 발을 들여놓은 것 같은 기분이 들었지. 내 앞에 펼쳐진 수많은 가능성들 속으로 들어서는 기분 말이야. 만감이 교차하며 조금 눈물을 흘렸지만 노아에게는 울었다는 얘기를 하지 않았고, 큰소리로 고맙다고 말하지도 않았어. 노아는 그런 말을 좋아하지 않는 사람이라는 걸 알고 있었으니까. 나는 포스트잇에 '운동화'라고 쓴 다음 냉장고의 달력 옆에 붙여두었어.

일주일 전, 얼마 남지 않은 돈, 라이카 카메라 안에 들어 있는 흑백 필름 한 통, 바닥이 얇은 운동화 한 켤레, 내가 소유한 것들 모두가 점점 줄어들거나 닳아 없어지고 있다는 사실을 생각하자니 기분이 찜찜해졌어. 내 인생은 남아 있는 물건이 얼마나 되는지 하루하루 따져가며 살아야 하는 뺄셈 같았어. 지금은 노아가 계산 방식을 바꿔준 덕분에 얼마나 마음이 놓이는지 몰라. 나는 뉴욕이라는 낯선 도시에서 초면인 사람의 집에 살고 있었지만 배려심이 많은 집주인 덕분에 이 도시 생활에 자연스럽게 적응하게 되리라는 걸 느끼게 되었어. 노아는 냉장고에 붙여둔 달력에 하루하루 표시를 해나가는 것으로 숙박비 문제를 해결해 주었고, 내가 하루 종일 돌아다니느라 발이 아플 거라고 염려하며 새 운동화를 사주었지. 마침 봄비가 내렸고, 내 모든 걱정이 빗물에 깨끗이 씻겨 내려간 느낌이 들었어.

뉴욕에서는 왼쪽, 오른쪽, 위를 볼 때마다 풍경이 휙휙 바뀌는 걸 확인할 수 있었지. 나는 뉴욕의 다양한 모습들 가운데 널찍한 대로들이 만들어 보이는 완벽한 선들을 무엇보다 좋아하게 되었어. 낯설고도 먼 길을 눈으로 보면서 걷다보니 그런 사실들을 확인할 수 있었지. 어제는 남쪽으로 행선지를 잡고 걸었는데 길을 가다보니 처음 대하는 낯선 거리가 나타났어. 고작 왼쪽으로 방향을 살짝 틀었을 뿐인데 완벽하게 길을 잃게 된 거야. 널찍하게 뚫려 있는 콜럼버스 애비뉴나 암스테르담 애비뉴의 익숙한 대로들이 그리워 얼른 열차를 타고 집으로 돌아왔지.

집.

바깥으로 나가 거리를 돌아다니다 보면 하얀 운동화에 파워 슈트 차림으로 바삐 스쳐가는 직장인들을 보게 돼. 그 사람들은 늘 어디론가 서둘러 걸어가느라 다리와 팔을 분주하게 놀리지. 그들이 웬만해서는 걸음을 멈추거나 주변을 여유롭게 둘러보지 않고 곧장 걸어가는 게 마음에 들지 않았어. 그들은 바삐 걷느라 상하좌우로 눈길을 돌려가며 이 도시를 다른 각도로 살펴볼 심리적인 여유가 없어 보였지. 나는 그들이 바삐 걸어가는 모습을 볼 때마다 그 나이가 되더라도 거동을 불편하게 만드는 펜슬 스커트에 구두를 신고 다니지 않을 거라 다짐했어. 그들처럼 주변에 눈길 한 번 주지 않고 잰걸음으로 걷고 싶지도 않았지. 나는 하이힐이나 구두를 신고, 펜슬 스커트 차림으로 바삐 걷는 직장인들을 피해 우아하고 느릿느릿 대로를 걷는 방법을 익혀두고 싶었어.

뉴욕에서 보낸 첫 번째 일주일 동안 나는 여전히 나의 미래가 내 선택과 결정에 달려 있다고 생각했지.

*

노아의 아파트에서 불과 몇 블록 떨어진 원룸 아파트에 숙소를 마련한 루비는 하루 종일 방 안에 틀어박혀 침대에서 노닥거리며 지냈다. 이제 더는 직장이나 친구들과의 브런치 약속, 일주일에 두 번 있는 피트니스 센터의 PT 수업에 가지 않아도 된다는 사실을 알게 된 순간 오히려 참기 힘든 슬픔이 엄습해왔다. 내가 라이카 카메라 렌즈 너머의 세상을 둘러보며 맨해튼 거리를 걸어 다니는 동안 루비는 침대에 누워 천장만 하염없이 바라보며 시간을 흘려보내고 있었다. 루비는 침대에 누워 있자니 지금 자신이 어떤 곤경에 처해있는지 생각할 시간이 차고 넘쳤다.

나에게 중년의 위기가 벌써 찾아온 걸까? 심신이 극도로 피곤해진 걸까? 상황성 우울증일까? 아니면 그 어떤 희망도 없이 마음이 텅 비어버린 상태일까?

무엇이든 결국 바닥을 치게 되어 있어.

어떻게 하면 불운을 벗어던질 수 있을지 고민하던 시절에 친구가 해준 충고의 말이었다. 괴로움에도 한계가 있는 만큼 *아무리* 힘들어도 하루하루 견디며 살아가다 보면 어느 순간 바닥을 치고 솟아오르게 될 것이라는 뜻이었다. 루비는 어퍼웨스트사이드에서 울려 퍼지는 소음을 들으며 이불을 턱까지 끌어올렸다. 그때 혹시 그 말을 잘못 받아들인 건 아닐까 하는 생각이 들었다.

그때 친구가 해준 말은 혹시 슬픔을 피해 달아날 수 없다는 뜻이 아니었을까?

달아나 봐야 곧 슬픔에게 꽁무니를 따라 잡힐 테니까. 루비는 멜버른에서 불쌍하게 살아가는 자신의 현실을 직시하지 않기 위해 감정을 숨기면서 살았다. 어쩌면 그때 이미 바닥을 친 것일 수도 있었다. 꼭꼭 숨기고 억눌렀던 감정이 굳어 옴짝달싹할 수 없는 닻이 되어버렸을 수도 있었으니까. 어디로 가야 할지 알 수 없었고, 만날 사람도 아무도 없는 지금 문득 자신이 옴짝달싹할 수 없는 처지가 된 건 아닌지 의심스러웠다.

루비가 애써 외면한 진실, 겨울이 봄으로 바뀔 때까지, 뉴욕에서의 첫 일주일을 고스란히 침대에서 보내게 만든 현실은 무엇이었나?

루비가 사랑하는 남자 애시가 다른 여자와 결혼한다는 사실이었다.

애시를 처음 만난 순간부터 그 사실을 알고 있었지만 대수롭지 않게 생각했다. 루비가 다니던 광고대행사에서 함께 일하게 된 애시는 얼마 전 약혼한 남자였다. 그 나이에 흔히 약혼도 하고 결혼도 하니까 전혀 이상할 게 없는 일이었다. 그가 약혼한 사실이 루비를 괴롭게 한 건 그녀의 골반 뼈에 닿는 그의 손길, 어깨에 닿는 입술의 느낌을 알고 난 이후였다. 애시의 결혼식 날짜가 정해진 이후 그를 만날 수 있는 시간도 급격히 줄어들었다. 만나는 횟수가 줄어들면서 루비는 오히려 자기만의 일정을 만들 수 없게 되었다. 그녀는 애시가 실수였다는 걸 깨닫고 결혼을 포기하길 바랐다. 애시에게 실수라는 걸 느끼게 해줄 시간이 점점 줄어들고 있었기에 루비는 다른 약속을 잡을 수 없었다. 애시가 원할 경우 그에게 즉시 달려가야 했으니까. 하루하루가 힘들었지만 애시가 마음을 바꾸기만 한다면 후회하지 않을 자신이 있었다. 하지만 애시는 끝내 마음을 바꾸지 않았다.

6개월 후에 애시는 결혼하기로 되어 있었다. 벌써 결혼식의 테마 색상을 정했고, 행사 때 사용할 집기 주문도 모두 마쳤다. 청첩장을 보낸 사람들로부터 참석 유무를 알리는 답장들이 도착하고 있었다. 애시의 약혼 상대인 에마는 결혼식 때 입을 네 벌의 드레스 가운데 두 벌의 가봉을 이미 마무리했다.

에마는 첫 번째 드레스를 입어보고 나서 눈물을 흘렸다.

"당신도 결혼식에 올 거지?"

애시가 그런 질문을 한 이유가 순진한 탓인지 잔인한 탓인지 알 수 없었다. 애시의 가슴이 루비의 벌거벗은 등에 닿아 있었고, 그의 손이 그녀의 몸을 안고 애무하는 가운데 흘러나온 말이었다. 루비는 바다 건너 다른 침대에 홀로 누워 있는 지금 이 순간 애시가 했던 말은 두 가지 의도를 담고 있었다는 생각이 들었다. 그 순간 루비의 내면에서 분노가 꿈틀거리기 시작했다. 그녀의 몸 안에 도사리고 있던 불씨에서 불길이 타올랐고, 후끈한 열기가 느껴졌다. 그녀의 내면에 산소가 공급된 순간 첫 번째 폭발이 일어났다. 침대에서 벌떡 일어나 운동화를 신어야 할 만큼 큰 폭발이었다.

잠깐 동안 밖으로 나가 음식과 보드카를 사들고 돌아온 걸 빼면 일주일 만에 처음으로 침대에서 일어나서인지 몸이 불안정하게 기우뚱거렸다. 루비는 신발 끈을 매듭지어 묶었고, 온몸에서 분노가 강물처럼 흐르는 걸 느꼈다. 애시가 그녀의 몸을 애무하며 결혼식에 초대한 건 그녀를 밀어내는 한편 교묘하게 둘의 관계가 계속 이어지도록 하기 위한 의도를 담고 있었던 게 분명했다. 루비의 생각, 감정, *마음*을 밀어내는 동시에 그녀의 몸을 애무한 건 다분히 그런 계산을 깔고 의도적으로 한 행동이 틀림없었다. 그 말을 처음 들었을 때만 해도 그다지 큰 충격을 받지 않은 이유는 애시가 애초부터 그런 뻔뻔한 말을 아무렇지 않게 하는 사람이었기 때문이다. 그런 말을 자주 듣다 보니 감정을 억누르는 데 익숙해진 건 당연했다.

루비는 바깥에서 폭우가 쏟아지고 있었지만 개의치 않았다. 그녀는 기름기가 뜬 시커먼 물웅덩이를 철벅철벅 밟고, 얼굴을 타고 흘러내리는 빗줄기를 가끔 손으로 훔치며 동쪽에 위치한 센트럴파크를 향해 힘껏 달렸다. 며칠 동안 침대에서 꼼짝도 하지 않고 누워 있는 바람에 근육이 말을 듣지 않았지만 고통을 감수하며 최대한 빨리 달리려고 애썼다. 며칠 동안 침대에 붙박여 있게 만든 무감각을 떨쳐버려야 했다. 무의미하게 하루를 흘려보내느니 바짝 긴장한 넓적다리 네 갈래 근의 통증, 심장이 뿜어내는 쇠 맛을 감수하며 달리기를 하는 편이 낫다고 생각했다. 젖은 자갈 위를 밟으며 공원으로 들어선 루비는 결의에 찬 표정으로 언젠가 지도에서 본 호수를 향해 달려갔다.

루비는 호수에 도달한 직후 방향을 잘못 잡게 되었다. 호주에서처럼 왼편에서 시작해 시계방향으로 호숫가를 달리던 그녀는 곧 실수를 알아차렸다. 맞은편에서 달려오는 사람들이 옆으로 지나쳐가며 인상을 찌푸리고 한숨을 쉬며 고개를 절레절레 저었다. 개중에는 아예 몸을 피했다가 가는 사람도 있었다.

루비는 그들에게 사과하려다가 마음을 바꾸었다. 그들처럼 시계 반대 방향으로 달리지 않은 이유는 그녀의 고집 때문만은 아니었다. 지난 몇 년 동안 운신의 폭을 줄이려고 애쓰다 보니 언제나 자그마한 공간을 차지하고도 만족하게 되었고, 다른 사람들이 *그녀*를 피해가도록 만드는 게 짜릿했기 때문이었다.

루비는 한 시간 뒤 다시 원룸으로 돌아올 때까지 달리기의 도취감에 젖어들었다. 폭우에 온몸이 젖어들어 원룸으로 들어가기 전 길에 서서 티셔츠에 흠뻑 밴 물을 짜내야만 했다. 아파트 안내데스크에 있던 남자가 안타깝다는 듯 미소를 지어 보였고, 루비는 그를 향해 웃으며 말해주었다.

"비 내리는 날이 오히려 달리기에 좋아요. 비를 맞으며 달리니까 기분이 정말 상쾌하네요!"

데스크의 남자는 갑작스레 친근해진 루비의 모습을 보고 걱정스런 표정을 지었다. 그는 루비가 포장한 음식과 보드카를 사서 나르는 모습을 보았고, 지난 며칠 동안 두문불출하며 지낸 새 입주자가 일주일 내로 떠날 거라는 결론을 마음속으로 내리고 있었으니까.

"원하는 분들에게 우산을 빌려주고 있습니다."

데스크 남자는 홀 끝에 위치한 엘리베이터를 향해 걸어가는 루비의 등에 대고 그렇게 말했다. 하지만 이내 엘리베이터 문이 소리 없이 닫혔다.

루비는 따스한 물로 샤워를 하면서 안내데스크 남자의 당황한 표정이 떠올라 슬며시 웃음이 나왔다. 뉴욕에서 특이한 사람으로 보인 자신이 승리자처럼 느껴졌다. 그녀는 눈을 감고 샤워기에서 쏟아지는 물을 온몸으로 맞으며 눈물이 나도록 웃어대는 동안 덜 마른 페인트처럼 뒤섞인 감정들이 몸에서 툭툭 떨어져나가는 느낌이 들었다. 이제부터 진짜 뉴욕 생활이 시작된 느낌이었다.

이 따스한 물줄기는 뉴욕이 나에게 내린 세례이고, 샤워를 마치고 나면 나는 다시 태어나는 거야.

루비는 물줄기가 닿아 따끔따끔한 몸에 수건을 감고 욕실을 나와 작은 벽장으로 다가가 가장 예쁜 드레스를 찾아냈다. 그녀는 부드러운 면으로 된 드레스의 스커트를 손으로 어루만지면서 화사하고 아름다운 색채들을 잔상처럼 남기며 여름을 맞은 뉴욕 거리를 활보하는 자신의 모습을 그려보았다.

벽돌담 너머에 새로운 세상이 존재하고, 드디어 나는 밖으로 나갈 준비가 되었어.

루비가 그런 생각을 하며 미소를 짓고 있을 때 침대 머리맡 탁자에 놓아둔 휴대폰이 울렸다. 벽장 앞에 서있던 루비는 돌아서서 휴대폰을 집어 들고 화면을 바라보았다.

안녕.

아름다운 드레스, 따스한 뉴욕의 여름과 화사한 색채들이 순식간에 사라졌다. 닻이 바짝 당겨지는 느낌과 함께 두 번째 메시지가 도착했다.

당신이 여기에 있었으면 좋았을 텐데 많이 아쉬워.

애시가 보낸 메시지였다.

루비는 침대에 털썩 주저앉았다. 그녀는 휴대폰을 아예 보이지 않는 곳으로 치워 버리려다가 다시 가슴에 꼭 끌어안았다. 그렇게 5분 동안 가만히 앉아 있다가 콩닥콩닥 뛰는 가슴과 떨리는 손가락으로 답장을 썼다.

*

루비만 싱숭생숭한 날들을 보낸 게 아니었어. 비록 지난날보다 더 잘 지내고 있다고 해도 나 역시 과거가 현재처럼 나를 끌어당기는 느낌이 드는 순간들이 있지. 문제는 비행기나 버스에 예전의 나 자신을 두고 내릴 수는 없다는 거야. 아무리 빨리 달려가거나 갑작스런 깨달음을 얻어도 자조 모임이나 낮 시간 토크쇼에서 이야기하듯 완전한 새 사람이 될 수는 없는 법이지. 나는 예전에 태미와 함께 그런 토크쇼를 많이 봤어. 상처는 슈트케이스 안에 차곡차곡 쌓이고, 사람들은 우리의 살갗에 머무는 것 같아. 어느 날 아침에 잠을 깨면 간밤에 몰래 숨어들기라도 한 듯 내 눈꺼풀 안에 잭슨 선생님이 들어 있었어. 가끔 엄마가 나타나는 경우도 있었지. 영문을 알 수 없지만 파우더와 장미향, 엄마 특유의 살 냄새가 방 안을 가득 채우고 있는 거야. 그럴 때면 정말 기분이 우울했어. 나도 루비처럼 심장이 쿵쿵 뛰고 손가락이 떨려왔지. 하지만 루비와 달리 나는 별다른 반응을 보이지는 않았어. 그저 쿵쾅거리며 뛰는 심장박동이 잠잠해지고, 몸의 떨림이 멈추기만 기다리며 앞을 똑바로 바라보았지. 엄마가 나를 찾아와도 괜찮아. 원한다면 잭슨 선생님도. 다만 너무 오래 머물지만 않는다면.

나는 단단히 마음먹고 그곳을 떠나왔어. 루비가 그랬듯이 원치 않는 삶에서 탈출한 거야. 루비와 달리 난 어느 누구에게도 어디로 가는지 알리지 않았어. 가장 친한 친구인 태미에게도. 태미는 여전히 내가 잭슨 선생님 집에 머물러 있다고 생각할지도 몰라. 난 아무도 모르게 예전의 삶에서 빠져나오고 싶었지. 누군가 내 살갗에 찰싹 달라붙거나 내 슈트케이스에 숨어서 따라왔다고 한들 내게 새로운 상처를 입힐 수는 없을 거야. 나에게 탈출은 새로운 출발이었고, 온갖 상처를 회복할 수 있는 기회로 만들 생각이니까.

그래, 난 다시 시작하고 싶었어. 그곳으로부터 완전히 사라지기를 *바랐지.*

그건 잊히는 것과는 달라. 분명히 말하지만 난 결코 잊히길 바란 적은 없어.

4

여드레째 되는 날 아침식사 자리에서 노아는 나에게 일자리를 한 가지 제안했어. 생각지 않게 받은 여러 가지 선물들 가운데 하나였지. 일주일 동안 노아는 소소한 물건들을 내 방에 가져다 두었어. 도시를 탐험하고 나서 집으로 돌아와 보면 침대 머리맡에 노아가 가져다 둔 물건들이 보였지. 은색 물병과 방수 양말. 내가 그 물건들을 들고 방을 나서자 냉장고 앞에 서있던 노아가 손을 흔들어 보이며 미소를 지었지. 아무튼 냉장고 문에 붙여둔 내 외상 쪽지가 점점 늘어나고 있어.

어제는 내가 서랍장 위에 놓인 보라색 재킷을 보고 무슨 옷이냐고 묻자 노아가 말했지.

"어차피 필요한 물건들인데 가급적 빨리 구입하는 게 낫잖

아. 나중에 다 갚을 텐데, 뭐."

노아는 내 걱정을 무시하며 차분하게 말을 이었어.

"얇은 옷을 입고 돌아다니다가 감기에 걸리게 내버려둘 수는 없잖아, 베이비 존."

언젠가 까마귀에 대한 책을 읽은 적이 있어. 어릴 때는 까마귀의 새카만 털에서 나는 광택이 무서운 한편 매혹적으로 보이기도 했지. 그때는 까마귀를 태피터* 새라고 불렀어. 까마귀는 가끔 마음에 들고 신뢰하는 사람에게 선물을 물어다 준대. 예쁘고 쓸모 있는 물건들을. 까마귀가 사람과 소통하는 방식이라는데 노아의 선물도 비슷한 의미로 받아들이기로 했어. 도대체 나를 왜 그토록 빨리 신뢰해주고, 따스한 날개로 품어주려 하는지 알 수 없었지만 말이야.

엄마는 까마귀를 *죽음의 새*라고 했어. 머리 위를 빙빙 돌면서 누군가 죽기를 기다린다고. 엄마가 믿는 미신에는 결코 동의할 수 없었지.

노아가 일자리를 제안한 건 그 무엇보다도 놀라운 일이었어. 내가 어서 돈을 벌어 자립하게 해주겠다는 거야. 노아는 개 산책을 시킬 때 조수가 필요하다며 도와달라고 했지. 노아의 직업은 도그워커(Dog Walker)이고, 어퍼웨스트사이드에서 개를 산책시키는 일을 하고 있어. 예전에는 정장 차림에 넥타이를 매고 출근하는 회사원이었다고 해. 노

* Taffeta 주로 드레스를 만드는 데 쓰이는 광택 나는 빳빳한 견직물.

아가 돌출 창과 피아노, 샹들리에가 있는 집에서 사는 걸 보면 분명 대단한 회사에 다녔겠지만 요즘의 그는 사람보다는 주로 개와 어울리길 더 좋아하는 것 같아. 이 동네에는 일일이 산책을 시켜야 하는 개들이 많았지. 개들이 맘껏 뛰어 놀 수 있을 만큼 넓은 마당을 갖춘 집이 없었으니까. 이 동네에서는 혼자 돌아다니는 개를 한 번도 본 적이 없었어. 노아가 왜 예전부터 강아지를 돌봐주는 홈 케어 서비스를 시작할 생각을 했는지 이해가 되었지. 동네 사람들이 출장을 가거나 부자들이 즐겨 찾는 햄튼스 같은 곳으로 주말여행을 떠날 때 근사한 순종견이나 귀여운 잡종견들을 돌봐줄 도그워커가 필요한 법이었으니까.

노아는 친구가 그리 많지 않나 봐. 가끔 전화가 오는데 대부분 개 때문이었어. 아파트 벽에 그림이 잔뜩 걸려 있는데 집 안에 사진 액자는 전혀 없었지. 나 또한 사진을 가져오지 않았으니 그리 이상한 일은 아니야. 만약 이상한 일이라면 나 역시 똑같으니까. 노아에게도 눈꺼풀 안에 깃든 누군가가 있을 거야. 눈을 깜박여 지워버려야 하는 사람이 누군지 내가 굳이 알아야 할 필요는 없겠지만 말이야. 노아는 개들과 나에게 친절했잖아. 지금 다른 건 중요하지 않아. 오로지 그게 전부야.

나는 베이글과 크림치즈를 잔뜩 입에 물고 노아에게서 업무 조건에 대한 설명을 들었어. 이 시간 이후로 숙박비는 내가 받을 급여에서 제하기로 했고, 식비와 공과금도 해결된다고 했지. 노아는 내가 알아볼 수 없는 글자와 공식을 뒤섞어 휘갈겨 쓴 노란색 노트패드를 보면서 설명을 하다가 고개를 들고 나와 눈을 맞추더니 매주 모든 비용을 제하고 남는 150달러를 현금으로 주겠다고 했어.

"일주일에 나흘 일해야 하고, 업무 시간은 오전 8시부터 오후 3시까지야. 개를 산책시키고 돌보는 일이 주요 업무야. 그러니까 주어진 상황에 따라 개를 산책시키거나 돌봐주면 돼. 개들에게도 각기 정해진 일과가 있어. 너는 두 마리의 개와 프랭클린까지 돌봐야 할 거야."

노아는 노트에 썼던 어떤 글씨에 엑스 자를 그어 지우고 나서 반짝이는 눈으로 나를 바라보다가 손을 내밀었어. 까마귀의 검은 깃털이 물결치는 모습이 내 눈에 들어왔지.

"나랑 일할 수 있겠니?"

나는 갑자기 예기치 않은 울음이 터지려고 하는 바람에 고개를 끄덕이면서 혀끝으로 입천장을 세게 눌렀어. 그렇게 하면 눈물을 참을 수 있다고 책에서 읽은 적이 있거든. 그럼에도 노아의 손을 잡고 악수를 나눌 때 저절로 눈물이 고였어. 노아가 노트에 휘갈겨 쓴 어떤 조건을 적용하더라도 숙박비와 식비, 공과금을 제하고 나면 남는 돈이 없을 거라는 사실을 알아. 노아가 개를 돌보는 건 돈 때문이 아니라 개들과 함께 지내는 게 즐거운 한편 때때로 세상과 담을 쌓고 지내고 싶어서라는 것도 알아. 내가 사람들의 마음을 잘 읽는 편은 아니었지만 노아가 홈 케어 서비스를 하려는 건 오로지 나 때문이었어. 노아가 나를 이 집에서 계속 머물게 하고 싶어 하는 마음을 읽을 수 있었지.

여러 가지 생각들이 머릿속에서 소용돌이치는 가운데 나는 노아가 활짝 열어준 문 앞에서 어쩔 줄 몰라 하고 있어.

노아는 왜 나를 도우려고 할까?

베풀기 쉽지 않은 친절이었지. 나중에 우리가 솔직한 이야기를 주고받을 수 있을 만큼 가까워지면 왜 방을 빌려준다는 광고를 냈는지, 조용하고 내향적인 분이 내 삶의 문을 열어준 이유가 무엇인지 물어보고 싶었어. 지금은 그저 내가 이 집에 살 수 있도록 해준 것에 대해 가슴 깊이 감사할 뿐이야. 노아와 나는 앞으로 우리가 해야 할 일들에 대해 함께 구상하기 시작했어.

나는 앞으로 다시 시작될 삶을 누릴 자격이 있을까? 내가 속할 수 있는 공간이 주어진 삶의 시작 말이야.

나를 둘러싸고 있던 삶의 경계가 이처럼 쉽게 허물어질 수 있다는 사실이 놀라웠어. 만약 다른 상황이었다면 당신은 내가 잘했다고 생각했을 거야. 나와 처지가 비슷한 여자아이들이 너무 쉽게 예전의 삶으로 돌아가는데 나는 금세 새로운 시작을 받아들였으니까.

우리, 이 환상 속에서 깨어나지 말고 조금만 더 오래 머물러 있을까?

*

루비의 몸은 열에 들떠 있었고, 그런 몸 상태가 혹시 섹스와 관련되어 있을지도 모른다는 생각이 들었다. 애시가 보낸 문자메시지를 받은 이후 루비의 몸은 미세한 자극에도 예민하게 반응했다. 맨다리에 닿는 시트의 서늘한 감촉, 샤워할 때 등을 타고 흘러내리는 물줄기, 심지어 사과를 한 입 베어 물거나 포크로 음식을 찍어 혀에 댈 때조차 왠지 모르게 에로틱한 느낌이 들었다. 섹스를 하는 꿈을 꾸다가 온몸이 땀에 흠뻑 젖은 상태로 깨어나기도 했다. 욕망의 전깃줄로 온몸을 감고 있기라도 한 듯 매일 아침 눈을 뜰 때마다 쇄골이 뜨거웠다. 주체하기 힘든 욕망이 느껴질 때마다 자꾸만 애시가 떠올랐다. 애시와 떨어져 지내는 동안 그를 원하는 몸의 반응에 익숙해졌지만 현재의 느낌은 그런 상태와 완벽하게 일치하지는 않았다. 애시가 애무에 열중하는 입술과 손길이 떠오를 때마다 곧장 가슴이 울렁거렸지만 오롯이 그를 향한 반응은 아니었다. 할머니가 다양한 연애사로 이름을 날린 사촌 동생 이야기를 하면서 '그 아이는 밤낮으로 몸이 달아올라 있었어.'라고 표현했는데 경멸의 감정이 깃든 그 말이 뉴욕에서 일주일을 보낸 끝에 찾아온 몸의 반응을 가장 잘 설명해주고 있었다. 작은 폭발의 순간, 루비는 샐리의 결혼식 날 댄스플로어에서 춤추던 기억을 잊어버렸다. 중요한 순간들이라고 해서 늘 우리의 기억 속에 남아있는 건 아니니까.

루비는 뉴욕에서 보내기 시작한 둘째 주에 애시에 대한 관심을 다른 쪽으로 돌리기 위해 가보고 싶은 장소 목록을 만들었다. 일기장에 적어둔 뉴욕의 명소들에 형광펜을 칠해가며 메트로폴리탄 미술관에도 가고, 스태튼아일랜드에서 페리를 타보기도 하고, 브루클린으로 가는 열차에 올라보기도 하며 하루 종일 돌아다니다가 추적추적 내리는 비를 맞으며 다리를 건너 원룸으로 돌아왔다. 하염없이 내리는 봄비, 거리에 나뒹구는 쓰레기, 건물 외곽에 설치해둔 비계, 골목마다 보이는 체인점들은 두꺼운 종이로 된 메트로 카드와 마찬가지로 뉴욕의 일부였다.

루비는 이틀 전 링컨센터에 연극을 보러 가려고 다이앤 본퍼스텐버그 드레스를 구입했듯이 예금 계좌의 도움을 받아 마티니를 만들어 마실 보드카, 원룸을 부드럽게 밝혀줄 프랑스산 양초를 사며 서서히 뉴욕에 대해 알아가고 있었다. 링컨센터의 무대 위에서 루비가 좋아하는 영화배우가 반라의 몸으로 등장했는데 거리가 어찌나 가까운지 커피색으로 착색된 유두가 눈에 들어왔다.

역시 뉴욕이야!

뉴욕은 루비가 SNS에 남기는 게시물, 엄마에게 보내는 문자메시지, 멜버른에서 가족들과 함께 사는 캐시 언니와 전화 통화를 할 때에도 자주 등장했다. 이제 루비에게는 또 다른 뉴욕이 존재했다. 이른 아침, 애시가 보낸 문자메시지가 답지할 때마다 울려 퍼지는 휴대폰의 전자음을 들으며 괴로운 마음으로 천장만 바라보다가 휴대폰을 더듬어 찾아 들었다. 루비는 늘 옷을 벗은 상태로 잠자리에 들었고, 애시는 흐뭇해하며 반겼다. 그녀가 떠나온 호주의 멜버른만큼이나 뉴욕에서도 애시의 존재감은 여전했다. 지난 일주일 동안 침묵한 탓에 애시는 부쩍 더 자주 문자메시지를 보내오는 것 같았고, 이제 두 사람이 문자로 나누는 대화는 마치 전생처럼 느껴지는 호주에서의 지난 시절만큼이나 간절했다.

루비, 당신을 생각하느라 흥분해서 잠이 안 와. 하루 종일 당신만 생각했어. 보여줄래.

어젯밤 루비는 캐시와 통화하며 이렇게 말했다.

"뉴욕에 온 이후 애시와 연락한 적 없어."

거짓말을 하긴 싫었지만 애시와 연락을 주고받는다는 사실을 알게 되면 캐시가 얼마나 실망할지 잘 알고 있었기 때문에 어쩔 수 없었다. 루비는 사소한 거짓말일 뿐이라고 자신을 다독였다. 면적이 784제곱킬로미터나 되는 이 거대 도시에 비견하자면 티끌보다 작은 부분이라고.

내일은 코니아일랜드에 다녀올 생각이었다. 아메리칸 발레 시어터, 그리니치빌리지의 카바레를 둘러보고 루프탑 바에 들러 말도 안 되게 비싼 칵테일을 마셔보기로 마음먹었다. 호주에서 지낼 때보다 더 나아지려고 애쓰고 있었지만 완벽해지겠다고 약속한 적은 없었다.

완벽? 애시의 약혼 상대 에마는 완벽한 사람일지 상상해보았다. 애시의 약혼녀를 깎아내리고 싶지 않았다. 속이 훤히 들여다보이는 속물이 되긴 싫었다. 에마를 굳이 깎아내리지 않으려고 애쓰다 보니 단 한 번도 만나거나 대화를 나누어본 적 없는 그녀가 이상적인 인물로 느껴졌다. 깨끗하고 가지런한 치아, 단정하게 정리한 손톱, 투명 립글로스와 옅은 파운데이션, 카프리 팬츠를 입은 긴 다리, 실용적인 손목시계, 묵직한 다이아몬드 반지를 낀 네 번째 손가락, 길고 윤기 나는 머리카락, 어렵지 않게 취득한 학위, 일 년간 해외 봉사 경험이 있는 인물이 그려졌다. 독서를 즐기고, 파티가 열리는 곳에 손수 요리한 특제 음식을 가져가 약혼자인 애시를 기쁘게 하는 사람. 파티를 연 주인이 특별히 부탁했을 수도 있었다. 다들 에마가 만든 요리를 좋아했으니까.

SNS에서 보거나 누군가로부터 언뜻 들은 이야기를 토대로 에마의 생김새를 떠올려보았다. 다만 그렇게 상상해낸 그녀에게 현실 상황에 어울리는 역할을 맡기자니 괴로웠다.

루비는 그런 상상을 할 때마다 자신은 백지 위에 휘갈겨 쓴 낙서에 불과하고, 에마는 문장부호를 제대로 갖추어 쓴 완성형 문장이라는 생각이 들어 가슴이 아팠다. 에마는 애시를 문장이라고 할 때 꼭 필요한 단락이었다.

이미 지나가버린 일들을 곱씹어보는 건 바보짓이었다. 애시와 무엇을 주고받았는지 생각해 보았다. 언젠가 애시는 '당신 아닌 다른 사람에게는 이러지 않아.'라고 말한 적이 있었다. 적어도 그 말만은 진실이라는 느낌이 들었다.

(우리가 다른 누군가와 똑같은 사람인 적이 있을까? 만약 아닐 경우 그 누군가가 사라지면 어떻게 되지? 내가 아는 버전의 그 사람은 어디로 가는 거지? 엄마가 나를 떠난 이후 많이 해본 생각이야.)

몸에서 열이 펄펄 끓었다. 어쩌면 날씨 탓일 수도 있었다. 비가 하염없이 쏟아지는 날 오후 내내 침대에서 보낸 기억들, 뒤얽힌 팔다리와 입맞춤, 애시의 품에 안겨 있던 순간들을 떠올리게 했으니까. 지난 며칠 동안 혼자서 낯선 뉴욕 거리를 거닐다 보니 오래도록 내면에 잠들어 있던 갈망이 깨어나고, 누군가와 연결되고 싶다는 열망이 샘솟았다. 애시와 침대에서 보낸 긴 오후에 대한 기억은 대부분 상상에 불과했다. 애시를 만난 이후 오로지 그가 전부였다. 반면 그는 그녀에게 한두 시간을 할애했을 뿐이었다. 서글픈 진실을 떠올리자 손가락으로 튕긴 기타 줄처럼 가슴이 찌르르 울렸다. 지금 이 순간 타인의 손길이 절실히 필요하다는 생각이 들었다. 벌써 몇 주째 사람들과 접촉하지 않고 지냈다. 계속 이렇게 지내다가는 애정 결핍으로 미쳐버릴 수도 있겠다는 생각이 들었다.

이틀 전, 루비는 암스테르담 애비뉴에 있는 컴퓨터 가게와 수표를 현금으로 교환해주는 가게 사이에 위치한 작은 마사지 숍 앞을 지나친 기억이 났다. 창문에 손으로 쓴 간판이 보였고, *근막 마사지, 시간당 55달러, 주중 특가*라고 적혀 있었다.

마사지를 받아볼까?

루비는 마음이 바뀌기 전 집을 나서 비 내리는 길을 걸어 동쪽으로 향했다. 그녀는 *'서서히 이 도시를 알아가고 있는 거야.'* 라고 생각하며 길을 여러 번 건너 목적지에 도착했다. 마사지 숍 출입문 안으로 들어서자 작은 종소리가 울렸고, 안내데스크에서 실크 파자마처럼 생긴 옷을 입은 왜소한 체구의 남자가 고개를 까딱해 인사했다. 다른 손님들은 눈에 띄지 않았다. 남자는 곧 침대 하나와 옷을 벗어 담아두는 등나무 바구니 하나가 있는 좁은 방으로 루비를 안내했다.

"속옷은 벗지 않아도 됩니다."

루비가 옷을 벗는 동안 남자는 그렇게 말한 다음 몸을 돌렸다. 남자가 우두둑 소리를 내며 손가락 관절 마디를 꺾고 나서 루비의 몸에 손을 올리는 순간 눈꺼풀 안쪽에서 오렌지색 불꽃이 튀었다. 생각보다 힘이 센 남자가 몸을 누르고, 뼈에서 뚝 소리가 나도록 어루만져 주고, 근육을 풀어주는 행위들은 썩 즐겁다고 할 수는 없었지만 내면의 욕구불만을 충족시켜 그녀 자신에게 집중하게 만드는 효과가 있었다. 신경과 힘줄, 연골로 이루어진 그녀의 몸은 뉴욕에 있었고, 보드카를 많이 마시고, 절정에 오르게 할 만큼 자위 솜씨가 뛰어나고, 옷값을 지나치게 많이 지출하고, 가끔 정오까지 침대에서 일어나지 않고 잠을 자고 있었다. 루비는 머리에 볼륨을 주어 포니테일로 묶고, 치열이 비뚤어진 왜소한 남자가 왼쪽 날개 뼈 안쪽의 우묵한 부위를 팔꿈치로 짓누르는 바람에 안구에서 불꽃이 튀고 있는 지금 자신이 어쩌면 완벽해지려는 욕심에 지나치게 무게를 두고 있는 건 아닌가 하는 생각이 들었다. 좁아터진 방에서 마사지를 해준 남자가 루비의 몸을 묶고 있던 밧줄의 매듭을 풀어 바다로 밀어 보내기라도 한 듯 몸이 가볍고 산뜻해진 느낌이 들었다.

내게 필요한 건 고작 이게 전부였는지도 몰라.

그런 생각이 든 순간 루비는 지나치게 단순한 자신이 부끄럽기 그지없었다.

겨우 한 시간 동안 진행된 마사지를 받고 만족해 하다니?

만약 지금 같은 만족을 얻을 수 있다면 매일이다시피 마사지를 받으러올 수도 있을 것 같았다. 왜소한 남자가 그녀의 몸에서 얼마나 많은 매듭을 풀어줄 수 있을지 궁금했다.

루비가 한껏 여유로운 기분으로 미소를 짓고 있을 때 재킷 주머니에 넣어둔 휴대폰이 진동했다. 지구 반대편에 있는 누군가가 잠에서 깨어났다는 뜻이었다.

한밤중에 아이들 때문에 잠이 깬 캐시일 거야.

주머니에서 휴대폰을 꺼낸 루비는 화면에서 발산되는 빛을 손바닥으로 가려가며 메시지를 세 번이나 읽고 나서야 무슨 뜻인지 이해했다.

7월에 콘퍼런스 참석차 뉴욕에 출장을 가게 되었어. 믿을 수 없을 만큼 기막힌 일이지? 근처에서 가장 멋진 루프탑 바를 미리 알아봐 둬.

애시가 뉴욕에 온다는 문자메시지를 보내왔다. 다른 사람과의 결혼을 두 달 앞두고.

끈질기게 내리는 비가 머리를 세게 친 느낌이 들었다. 이제부터 자유로워질 수 있을 거라 믿었는데 애시가 보낸 문자메시지에 또다시 마음이 흔들리고 있었다.

5

나는 뉴욕에서 보내는 둘째 주 어느 날에 저녁식사를 하면서 노아에게 이 도시에 대한 이야기를 들려달라고 졸랐어. 이제 우리는 동업자라서 함께 식사를 하며 이야기를 나누는 데 익숙해졌지. 처음 몇 번의 대화는 마치 신상 자료가 적힌 카드를 서로에게 건네며 기본 정보들을 알려주는 정도에 그쳤지만 우리가 시리얼과 소시지를 먹으며 나누는 대화는 과학, 정치, 종교를 비롯해 다양한 주제들을 넘나들게 되었어. 노아는 내가 빈약한 교육을 받은 것 같다고 솔직하게 말했지. 내가 거쳐 온 촌구석 학교들과 현재의 내 처지를 생각해보면 반박하기 어려웠어. 이제는 많은 시간을 함께 보내는 사이라 노아의 솔직한 말이 그다지 거북하거나 기분 나쁘지는 않았지. 물론 그 말을 들었을 때 마음 한구석이 아프긴 했어. 그동안 진실은 좋고, 거짓은 나쁘다고 생각해 왔는데 이상한 일이었지.

나는 이렇게 말했어.

"대부분 혼자 공부했어요. 도서관에서 빌린 책이나 TV 교육방송 프로그램이 나름 훌륭한 선생님이 되어주었죠."

"그러고 보니 넌 똑똑한 독학자로구나."

그렇게 말한 노아가 내게 독학자가 무슨 뜻인지 설명해 주었어.

나는 스스로 연구하고 공부하는 사람을 일컫는 말이 독학자라면 좀 더 듣기 좋은 명칭을 붙여줘야 할 것 같다고 말해주었지.

"그래, 네 말에도 일리가 있어."

노아가 미소를 지으며 대답한 걸 보면 내가 진실을 말하는 게 듣기 좋았나 봐.

그가 나에게 뉴욕에 대해 뭘 알고 싶은지 물었을 때 나는 어깨를 으쓱하고 나서 내가 반드시 알아두어야 한다고 생각되는 게 있으면 즉시 말해달라고 부탁했어. 내가 고개를 돌리면 쉽게 보이는 것 말고 다른 것에 대하여.

노아는 테이크아웃 해온 중국 음식을 함께 먹으며 흥미로운 이야기들을 들려주었어. 뉴욕에는 지하철역이 472개 있고, 매일 550만 명을 실어 나른다고 했어. 지하철 안내 방송에서 흘러나오는 언어 가운데 플랫폼에서 한 걸음 뒤로 물러서라고 하는 건 *실제로* 매우 중요한데, 뉴욕에서만 매년 150명이 넘는 사람들이 400톤이나 되는 전동차에 치여 다치거나 죽기 때문이라는 거야. 나는 열차에 치일 경우 삼분의 일이 치명상을 입는다는 말을 듣고 살아남은 사람들은 어떻게 되는지 궁금했어.

"열차에 치인 사람들은 어디에서 치료를 받아요?"

"뉴욕 시와 민간 업체들이 운영하는 앰뷸런스들이 현장으로 출동해 다친 사람들을 병원으로 옮기지. 뉴욕에서는 9분당 한 사람이 죽어가지만 신생아는 둘이 태어나. 사이렌 소리를 요란하게 울리며 달리는 앰뷸런스의 목적지가 새로운 생명이 태어나는 현장인지 죽음의 장소인지 알 수 없다는 게 아이러니 하네."

"저도 뉴욕의 사이렌 소리에 점점 익숙해지고 있어요."

노아는 내 말에 고개를 끄덕였어.

"그래, 빨리 익숙해질수록 좋아, 베이비 존. 사이렌 소리에 지나치게 예민해져 있으면 다른 소리는 전혀 들을 수 없을 테니까."

노아의 말에 따르면 뉴욕에는 6천 개가 넘는 종교 건물이 있다고 했어. 나는 사람들의 신앙과 기도, 그들이 받드는 신들에 대해 잠시 생각해 보았어. 내가 먹다 남은 내 몫의 에그 롤을 프랭클린에게 먹이는 동안 노아는 뉴욕에서 사람들의 기도 소리에 귀를 기울인다면 이디시어, 우르두어, 프렌치 크리올어에 이르기까지 800여 개의 언어를 들을 수 있을 거라고 했지. 그 말을 듣자 뉴욕 사람들은 어떻게 서로 소통하는지 궁금했어.

"그게 바로 784제곱킬로미터 멜팅팟(Melting Pot)에서 사는 마법이라고 할 수 있지."

노아는 그렇게 말한 다음 뉴욕 사람들 가운데 절반이 외국이나 미국의 다른 지역에서 왔다고 했어.

"위스콘신 출신은 몇 명이나 될까요?"

내가 그렇게 묻자 노아는 저명한 건축가 프랭크 로이드 라이트가 위스콘신 출신이라는 사실을 알고 있을 뿐이라고 했어.

"위스콘신은 그다지 가보고 싶지 않은 곳이야."

"저도 위스콘신이 그립지 않아요."

혹시라도 내가 위스콘신을 그리워한다고 생각할까 봐 나는 얼른 그렇게 말했지.

노아와 함께 뉴욕 거리에서 울려 퍼지는 앰뷸런스와 기도 소리에 대한 이야기를 나누다가 도심에서 본 두 개의 커다란 구멍이 뭔지 물었어. 하늘 높이 솟은 건물들이 가득 들어찬 도심에 커다란 구멍이 뚫려있으니 이상할 수밖에.

9·11테러 당시만 해도 나는 너무 어려서 정확하게 무슨 일이 발생했는지 알지 못했어. 나는 어제 9·11 메모리얼 센터를 방문해 그날 목숨을 잃은 사람들의 이름을 새겨놓은

동판을 손으로 더듬어보고, 그들의 희생을 기리는 동안 다시는 돌이킬 수 없는 뭔가가 사라졌다는 걸 깨달았어. 두 개의 커다란 인공호수와 희생자들의 이름을 새겨놓은 탑 앞에서 포즈를 취하며 사진을 찍는 사람들이 다수 있었지만 나는 단 한 컷도 찍을 수 없었지.

노아가 내게 말해주었어.

"9 · 11테러 당시 그라운드 제로인 세계무역센터 건물에서 3천 명에 달하는 사람들이 목숨을 잃었단다. 그 이후 수많은 구조대원과 소방대원들도 목숨을 잃었지. 커다란 구멍 속에 남아 있던 잔해와 먼지, 재가 사람들의 생명을 앗아가는 유독 물질이었던 거야. 아직도 그 당시의 후유증으로 암 진단을 받는 사람들이 많이 나오고 있어."

그 말을 듣자 나도 모르게 몸을 떨었어. 커다란 구덩이에 가득 찬 자욱한 먼지와 재를 생각하자 문득 입 안에서 유독 가스의 맛이 느껴지는 듯했지. 노아가 그런 나를 보며 미소를 지었어.

"별의 생명이 다하면 먼지와 가스가 성운을 형성하지. 성운은 인간의 눈으로 볼 수 있는 가장 아름다운 자취 가운데 하나야. 더욱 의미심장한 건 성운이 있던 자리에서 새로운 별이 만들어진다는 거야. 성운을 별의 산실이라고 부르는 이유야. 별의 먼지는 끝인 동시에 새로운 시작이기도 하지. 우주는 성운과 별을 통해 탄생과 죽음이 그리 다르지 않다는 걸 우리에게 가르쳐주고 있는 거야."

나는 노아에게 솔직하게 말했어.

"저는 별이 생명체라는 걸 전혀 몰랐어요."

나는 사실 모든 사물들이 영원히 그 자리에 머물러 있을 거라고 생각했어. 지금 생각해보면 모든 사물들이 변화한다는 건 지극히 당연한데 전혀 몰랐던 거야. 노아가 노트북으로 성운 사진을 보여주었어. 인간의 눈으로 볼 수 있는 것들 가운데 가장 아름답다는 노아의 말은 결코 과장이 아니었지. 성운이 별의 산실이고, 별도 때가 되면 생명이 다하게 된다고 생각하자 마음이 아팠어. 새삼 영원한 건 없다는 말이 떠올랐지. 나는 사실 모든 게 영원히 유지되길 간절히 바라는 사람이었으니까. 노아와 매일 마주앉아 저녁을 먹을 수 있고, 내일 내가 돌봐줄 다리가 짧고 뭉툭한 웰시 코기 두 마리를 기다리고 있고, 그 다음 날에도 내가 어디에 있을지 예측할 수 있길 바랐으니까.

나는 아름다운 것들이 세상에서 사라져야 한다는 게 슬펐어. 나는 그저 모든 걸 있는 그대로 사랑하고 싶을 따름이니까. 노아가 내게 사물의 진실을 곧이곧대로 알려주는 게 부담스러웠어.

나는 네가 세상이 어떻게 돌아가는지 알고 싶어 하는 줄 알았는데, 베이비 존.

노아가 갑자기 축 처지는 내 어깨를 보며 그렇게 말하는 소리가 들리는 듯했어. 나는 식탁에 놓인 접시들을 치우고 나서 잠들 준비를 하는 동안 노아가 내게 새롭게 가르쳐준 것들에 대해 감사를 표하는 미소를 지었지. 나는 다시는 성운이나 도심에 뚫려있는 거대한 두 개의 구멍을 보고 싶지 않다는 말을 차마 하지 못했어.

뉴욕에 온 지 13일째 되는 날 나는 라이카 카메라로 엠파이어스테이트 빌딩을 찍기로 했어. 개인적으로 크라이슬러 빌딩을 더 선호하지만 엠파이어스테이트 빌딩에서 어느 예술가의 전시회가 열리고, 해가 진 뒤 밖에서 작품을 슬라이드로 영사한다기에 꼭 보고 싶었기 때문이야. 나는 잘 모르는 사람이지만 엠파이어스테이트 빌딩에서 작품을 전시해줄 정도면 대단히 뛰어난 예술가일 테니까. 오늘 밤, 1번 지하철은 반밖에 차 있지 않아 자리를 차지하고 앉을 수 있었지. 시내로 향하는 동안 나는 열차에 부착해놓은 보험 광고, 커뮤니티 칼리지 광고 따위를 무심결에 들여다보다가 창밖으로 스쳐 지나는 터널 벽에 스프레이 페인트로 그린 그라피티가 전하는 메시지가 뭔지 알아내기 위해 애를 써보았어.

지하철 터널 벽에 그림을 그린 사람들은 누구일까? 왜 하필이면 불꽃이 튀는 철로의 더러운 콘크리트 벽면에 그림들을 그려 넣을 생각을 했을까? 열차가 다음 역에 정차하기 위해 속도를 줄이는 동안 나는 이제 막 쓴 듯 페인트가 피처럼 뚝뚝 흘러내리는 그라피티를 보았어.

당신에게 남아 있는 날들은 얼마 없다

터널 벽면을 타고 흐르는 핏빛 글씨를 보는 순간 가슴이 죄어왔어. 열차는 김빠지는 소리를 내며 터널을 벗어나 역에 정차했지. 쥐와 쓰레기들이 득실거리는 터널 벽면에 누군가가 적어놓은 메시지에 불과했지만 나는 또 죽어가는 별들과 도심에 뚫린 두 개의 커다란 구멍을 떠올리지 않을 수 없었어. 갑자기 엠파이어스테이트 빌딩을 카메라로 찍고 싶었던 마음이 오간 데 없이 사라지고 말았지.

열차에 타고 있는 동안 갑자기 세상이 착한 이들에게 갖가지 속임수를 쓴다는 걸 아는 또 다른 나를 외면해서는 안 된다는 생각이 들었어. 어쨌거나 나는 뜻하지 않게 인생의 굴곡을 많이 알게 된 사람이잖아. 삶이란 1초 전에 얼마나 행복했던지 여부를 떠나 주방 문 손잡이를 돌리는 순간 갑자기 바뀔 수도 있다는 사실을 잘 알고 있으니까.

28번 가에 도착한 순간 열차에서 내리고 싶지 않다는 충동을 느꼈어. 그냥 계속 이대로 열차에 몸을 내맡기고 싶었지. 사람들이 열차에서 내리는 모습을 보며 나는 마치 한 방향으로 헤엄치는 것 말고는 다른 방법을 모르는 물고기처럼 그들을 따라갔어. 몹시 붐비는 승강장에서 걸음걸이를 바로잡다가 박자를 놓치지 않도록 조심하면서 사람들의 물결을 따라 앞으로 나아갔지. 사람들은 자기도 모르게 줄을 맞춰 계단을 올라갔어. 고개를 아래로 숙이자 꼬질꼬질해진 내 운동화가 한 발자국씩 착착 앞으로 옮겨지는 모습이 보였지. 이내 계단참이 나타났다가 또 다른 계단으로 이어졌어. 사람들은 새로운 계단이 나올 때마다 열을 깨고 뿔뿔이 흩어졌지. 굳이 줄을 맞추지 않아도 될 만한 공간이 생겼으니까. 신발만 내려다보고 계속 걷고 있는데 사람들이 자꾸만 몸을 부딪치며 지나갔어. 마치 일부러 내 앞길을 막아서는 것 같은 느낌이 들었는데 그들이 내가 있는 쪽으로 밀려드는 이유가 뭔지 알게 되었지. 내가 걷고 있는 왼쪽 바닥에 장애물이 있었기 때문이야. 사람들이 피해 다니는 장애물이 바닥에 쓰러져 있는 사람이라는 사실을 깨닫기까지 조금 시간이 걸렸어. 사람들의 다리와 쇼핑백, 코트 자락 사이로 언뜻언뜻 쓰러져 있는 사람의 자취가 보였지. 그 사람은 천장을 보고 누워 있는 상태였고, 단추가 풀어헤쳐진 셔츠 사이로 매끈한 가슴팍이 드러나 보였어. 남자라기보다는 소년에 가까운 어린아이였지. 그 사실을 알아차린 나는 바삐 걸음을 옮겨놓는 사람들을 헤집고 게걸음을 걸어 아이에게로 다가갔어. 아이는 눈을 감고 입을 꼭 다물고 있었는데, 아직 숨을 쉬고 있는지 알 수 없었지. 손가락을 아이의 코 가까이 대고 숨을 쉬는지 확인하고 싶었지만 팔이 말을 듣지 않았어. 사람들은 어깨 너머로 호기심어린 시선을 던질 뿐 어느 누구도 걸음을 멈추고 관심을 보이지 않았지. 내 몸은 마치 사람들이 보내는 무언의 경고에 반응하듯 움직이지 않았어.

위험해! 물러서! 안전하지 않아!

가까이 다가가보니 마치 잠든 아이 같았어. 팔이 얼어붙은 듯 말을 듣지 않아 만져볼 수도 없었고, 다리가 붙박인 듯 움직이지 않아 다른 곳으로 옮겨갈 수도 없었지. 사람들이 모두 사라진 자리에 우리 둘만 남게 되었어. 천장을 보고 누운 아이와 그저 몸을 숙여 바라보기만 할 뿐 뭘 어떻게 해야 할지 모르는 나 그렇게 둘뿐이었지. 아이는 맨발이고 분홍색 발바닥에 달라붙은 진흙이 굳어 있었어. 발이 시리겠다는 생각이 들어 운동화와 양말을 벗었어. 희고 두꺼운 새 양말이야. 양말을 아이의 발에 신겨주는 동안 노아가 떠올랐지. 운동화는 사이즈가 맞지 않아 신겨줄 수 없었어. 아이는 여전히 미동도 하지 않고 누워 있었지만 피부가 손에 닿을 때 따스한 느낌을 받았어. 죽은 사람의 몸은 절대로 따스하지 않다는 걸 알고 있었지. 아이는 다행히 죽지 않고 살아 있었던 거야. 나는 용기를 내 무릎을 꿇고 앉아 아이의 셔츠를 오므리고 단추를 채워주었어. 낡고 해진 셔츠를 여며 가슴을 가려준 다음 아이 옆에 꿇어앉아 있는데 느닷없이 눈물이 흘러나왔지.

내가 아이를 위해 할 수 있는 일은 이게 전부일까? 양말을 신겨주고, 셔츠로 가슴을 가려주는 것?

이 아이도 분명 누군가의 아이겠지?

오래지 않아 나는 이런 생각을 하게 될 거야.

그는 내가 누군가의 아이라는 사실을 모르는 걸까? 내가 사랑받는 존재란 걸 모를까?

지금 이 순간, 지하철역을 오가는 사람들은 마치 이 아이가 존재하지 않는다는 듯 피해 다니고 있어. 나는 차가운 콘크리트 바닥에 누워 있는 아이를 내려다보며 눈물을 흘렸지. 열차가 도착했는지 사람들이 계단을 향해 몰려오는 소리가 들리는 순간 지갑에서 10달러 지폐를 한 장 꺼내 아이의 셔츠 주머니에 집어넣어 주었어. 그런 다음 나는 누군가에게 쫓기기라도 하듯 지하철역 계단을 뛰어올라 사람들이 북적거리는 거리로 나갔지. 어느새 해는 자취를 감추었지만 눈부신 조명이 거리를 비추고 있어 마치 대낮처럼 환했어. 도시의 밤은 눈이 아플 정도로 밝다는 걸 새삼 알게 되었지. 나는 양손에 운동화를 한 짝씩 나누어 들고 두 블록을 걸어갔어. 맨발로 걷다 보니 발바닥이 시리고, 흙이 묻었지만 아무도 나에게 눈길을 주거나 괜찮은지 묻지 않았지. 지하철역의 차가운 콘크리트 바닥에 누워 있는 아이를 모른체하며 지나쳐간 사람들이 이번에는 마치 내가 투명인간이라도 된다는 듯 무심코 외면하고 지나갔어.

집에 가고 싶어.

내가 가야 할 집은 어디일까? 지난 2주 동안 벌어진 일들이 꿈결처럼 아스라해. 마치 코앞으로 다가와 있는 냉랭하고 두꺼운 벽을 마주보며 딱딱한 침대에서 눈을 뜬 느낌이 들었어.

열네 살, 숨이 끊어진 엄마가 주방 바닥에 쓰러져 있었지. 책가방을 손에 든 나는 엄마의 피로 범벅이 된 손가락으로 911에 신고했어.

열다섯 살, 나는 다른 마을의 작은 집에서 엄마와 가장 친했던 친구와 함께 살게 되었지.

열일곱 살, 잭슨 선생님이 옷을 모두 벗고 벌벌 떨고 있는 내 몸을 향해 카메라를 들이대었어.

열여덟 살, 나는 혼자 밀워키에서 뉴욕으로 향하는 버스에 올라 그 남자로부터, 그 삶으로부터 27시간 떨어진 곳으로 떠나왔지.

당신에게 남아 있는 날들은 얼마 없다.

그 삶으로부터 떠나오기 위한 정확한 방정식은 무엇일까?

내가 그 시절로 다시 끌려가지 않도록 완벽하게 떠나오려면 시간과 거리를 어떻게 대입해야 할까? 노아는 내 손을 잡아 주었고, 운동화를 사주었고, 뉴욕에 대한 이야기를 들려주었지만 만약 내가 집으로 돌아가지 않는다면 나를 그리워할까? 아니면 그의 삶에 자리한 외로움, 지난 13일 동안 내가 차지했던 빈 공간을 채워줄 또 다른 떠돌이를 찾아내려고 애쓸까?

잭슨 선생님은 내가 그리울까? 내가 떠난 걸 알았을 때 마음이 아팠을까?

나는 솔직히 잭슨 선생님이 그리웠어. 그에 대해 그런 감정을 느끼면 안 된다는 걸 알지만 부인할 수 없는 진실이야. 나는 예전 삶으로부터 당당하게 도망쳐 나왔어. 하지만 오늘 사람들이 지하철역 콘크리트 바닥에 누워 있던 아이를 외면하며 피해가던 모습을 목도하면서 예전의 나로 되돌아간 느낌이 들었어. 누가 내 몸에 밧줄을 묶어 힘껏 잡아당기기라도 한 듯이 나를 제자리로 돌려놓은 것 같았지. 밧줄의 한쪽 끝은 내 손에 있었지만 반대편 끝은 누가, *무엇이* 붙들고 있을까?

내가 여길 떠난다면 날 그리워하는 사람이 있을까?

6

이 이야기가 처음 시작된 곳은 밀워키에서 서쪽으로 96킬로미터 떨어진 작은 마을이었어. 내가 뉴욕에 온 건 내 얼굴 앞에서 흔들리던 종잇조각 하나에서 비롯되었지.

"앨리스, 어서 잭슨 선생님에게 전화해. 그러고 싶어 했잖아."

태미는 우스꽝스러운 표정을 지어 보이며 말을 이었어.

"그렇지 않으면 얼른 다른 방법을 찾아봐야 해. 이제 오두막집에는 네가 있을 곳이 없어. 게다가 아빠가……."

태미는 말끝을 흐렸지만 나는 무슨 말을 하고자 했는지 충분히 알아들었어. 태미 아빠는 술을 끊으려고 애쓰는 중이야. 벌써 여러 번 실패했지만 이번만큼은 하느님이 자기 편이 되어줄 거라며 자신감을 보였어. 호숫가에 위치한 교회에 다니기 시작하면서 예수님을 만나 다시 태어났다면서. 태미 아빠는 딸과 같은 집에서 함께 살며 관계를 개선해 보고 싶어 하지. 그는 딸이 옆에 있으면 심리적인 안정을 찾는 데 도움이 될 거라 믿고 있어. 태미에게 성 패트릭 축일 전까지 집으로 와달라고 한 이유야. 그는 교회에서 얼마 떨어져 있지 않은 곳에 사는 태미의 새로운 남자친구 라이가 지하실에 옥시콘틴부터 헤로인에 이르기까지 각종 마약을 보관해두고 팔고 있다는 사실을 모르고 있지.

태미는 한 가지 장점이 단점을 무마할 수 있다고 생각하는 아이야.

나랑 가장 친한 친구지만 호숫가 오두막집까지 그 아이를 따라갈 생각은 없어. 오두막집, 교회, 감옥에 가지 않는 한 이 나라는 고사하고 이 지역조차 떠날 일이 없는 남자아이들이 득시글거리는 지하실에서 무슨 좋은 일이 날 기다리고 있겠어. 태미와 나는 고등학교를 졸업한 지 9개월이 되었고, 새해 초부터 이 작은 마을이 나랑 전혀 맞지 않다는 걸 새삼 더욱 분명하게 느끼고 있었지. 내가 태어난 곳도 아니었고, 이 작은 마을에서 살다가 죽을 생각은 추호도 없어. 이 지긋지긋한 마을을 벗어나려면 일자리가 필요했지. 이 마을을 영원히 떠날 수 있을 만큼의 돈을 모을 수 있는 일자리.

열여덟 살이 되었으면 지미의 바에서 서빙이라도 하며 돈을 모을 수 있겠지만 아직은 법적으로 미성년자라 불가능했어. 태미의 사촌인 지미는 늘 내게 친절하게 대해주었지. 지미의 바에서 받는 팁만 모아도 어디론가 떠날 수 있는 버스표를 구할 수 있을 거야. 아직 열여덟 살 생일이 되려면 꼬박 4주나 남아 있었고, 내 생활과 은행계좌는 법적 후견인인 글로리아가 관리해주고 있었지.

"네가 열여덟 살이 될 때까지 보살펴 주겠다고 네 엄마와 약속했단다."

글로리아는 늘 그렇게 말했지만 내가 열여덟 살이 되면 정부에서 주는 보조금이 끊기기 때문에 그때가 되면 더는 나를 데리고 있고 싶지 않을 거야.

태미가 들고 있는 메모지에 잭슨 선생님의 전화번호가 적혀 있었어.

여느 날과 마찬가지로 몹시 추운 데다 하늘에 회색빛 구름이 짙게 드리워진 아침이야. 우리는 태미의 침대에 함께 누워 있는 중이야. 바짝 붙어 있는 태미의 목에서 샤넬 넘버5와 말보로 라이트 냄새가 뒤섞여 났어. 코를 파묻고 싶을 만큼 익숙한 냄새야. 내일이 되면 태미와 헤어져야 한다고 생각하니 눈물이 나려고 했어. 울어봐야 달라질 건 아무것도 없어. 자기연민에 빠지면 절대로 이곳을 벗어날 수 없을 거야. 더 이상 내가 있어서는 안 되는 이곳에 발이 묶여 있고 싶지는 않아. 나는 지금 빠져나오기 힘든 덫에 걸려 있어. 바람이 다른 마을의 오염 물질을 우리의 머리 위 하늘로 실어온 듯 공기가 무겁고 답답해. 엄마는 왜 나를 이런 곳에 데려왔는지 모르겠어. 차라리 뉴욕에 있었다면 훨씬 좋았을 거야.

"내가 태어난 곳에 대해 이야기해줘요."

엄마가 들려주는 뉴욕 이야기는 아무리 들어도 질리지 않았어. 맨해튼이 섬이라는 걸 처음 알았지.

"모든 섬들이 열대지방에 있는 건 아니란다."

뉴욕에서는 아무 때나 열차를 탈 수 있고, 식당들이 밤새 문을 열고, 가끔 영화에 나오는 사람들이 눈앞을 스쳐가는 곳이라는 것도 알게 되었지. 뉴욕을 로맨틱한 곳이라 생각했어. 그 시절의 나는 솔직히 *'로맨틱하다.'* 라는 말이 무슨 뜻인지 정확하게 알지는 못했지만 그 말의 어감과 혀끝으로 굴리는 느낌이 무척이나 좋아 자주 사용했지.

엄마와 나를 이 마을에 데려다준 사람은 어느 남자였어. 엄마와 그 남자는 모종의 사전 약속을 하고 이곳에 왔던 것 같은데 결국 약속이 깨졌나 봐. 엄마는 물가가 싼 이 동네에서 계속 머물기로 했고, 이내 다른 남자를 만났지. 엄마와 나는 오래 전부터 늘 몸을 눕힐 곳을 찾아다녀야 했어. 솔직히 말하자면 짐을 싸서 떠날 때마다 오히려 마음이 놓였을 정도야. 새로운 남자가 떠나고 다시 엄마와 단둘이 있게 되어서 안심했었지. 나는 엄마와 단둘이 있는 게 늘 좋았으니까.

"엄마는 왜 나를 *여기에* 두고 혼자 떠났을까?"

태미가 손바닥으로 턱을 괴고 나를 쳐다보았어.

"방금 전에 뭐라고 했어?"

태미가 대답하기 힘든 본질적인 질문을 입 밖으로 꺼낼 생각은 없었어. 규칙 위반이니까. 입에서 무슨 말이 튀어 나오게 될지 전혀 알 수 없을 만큼 싸구려 술을 잔뜩 들이켜야만 내뱉을 수 있는 말들이 있는 법이니까. 술에 흠씬 취할 때마다 내 가슴은 늘 슬픔으로 미어졌어. 그 슬픔이 여전히 얼마나 절실한지 더는 숨길 수가 없었지. 마치 그 사건이 내가 열네 살 때 벌어진 게 아니라 마치 어제 일처럼 선명해. 가장 친한 친구인 태미가 내 뒤에서 머리카락을 다듬어주던 와중에 어젯밤 대마초를 피우며 마신 술을 토해내는 그런 순간이면 마음 깊이 담아두었던 온갖 감정들이 제멋대로 튀어나오곤 했어. 목구멍을 쓰리게 하는 담즙처럼 난폭한 말들이었지. 주방 바닥에 쓰러져 피를 쏟으며 죽고 싶었고, 엄마의 시신을 화장할 때 관이 들어가고 검은 커튼이 닫히는 순간 나도 불구덩이로 뛰어들고 싶었다는 말이 거침없이 흘러나오지.

엄마가 총으로 자신의 머리를 쏘았을 때 나는 열네 살이었어. 내가 학교에 갔다가 집으로 돌아오기 30분 전에 엄마는 방아쇠를 당긴 거야. 내가 집에 오면 차마 방아쇠를 당길 수 없었을 테니까.

취기에 기대 마음 깊숙한 곳에 숨겨두었던 고통의 말을 쏟아내고 나면 그나마 후련한 느낌이 들기도 했어. 다음 날 아침에는 마치 아무 일도 없었다는 듯이 덤덤하게 굴고, 술을 마시지 않았을 때는 절대로 그 이야기를 꺼내지 않았지. 태미가 어린 시절에 침대 아래에 괴물 대신 삼촌들이 있었다고 했을 때 무슨 뜻인지 되묻지 않았듯이, 초대받지 않은 금요일 밤에 파티에 갔다가 대학교 풋볼 선수 두 명에게 당할 뻔했던 그 아이를 구해주었듯이.

태미와 나는 늘 서로를 보살펴주는 사이였어. 다음날 아침이면 우린 늘 아무 일도 없었던 척했지. 우리가 살아가기 위한, 우리가 살아남기 위한 규칙이었으니까.

"난 아무 얘기도 못들은 것으로 할게."

태미는 다시 내 눈 앞에서 잭슨 선생님의 전화번호가 적힌 메모지를 흔들어 보였어.

"얼른 잭슨 선생님에게 전화해 봐. 이제 졸업했으니 넌 학생이 아니고, 그 사람이 선생님도 아니잖아."

태미가 눈을 반짝이며 얼굴을 바짝 들이댔어.

"게다가 섹시하게 생겼잖아. 완전 섹시하다니까. 까놓고 말해 이 동네에서 모델 일을 하는 것만큼 쉽게 돈을 벌 수 있는 방법이 있을까? 내가 너의 반만이라도 예뻤더라면 당장 내가 하겠다고 나섰을 거야. 나에게는 아무도 그런 제안을 하지 않으니까 문제지."

태미가 메모지를 접어 내 손에 쥐어주고 나서 내 손가락을 여며주었어.

"당장 전화하라니까. 잃을 게 없잖아."

태미는 내 대답을 기다리지 않고 한 마디 덧붙였어.

"내가 보기에 넌 손해볼 게 전혀 없다니까."

*

"어디 불편한 데는 없니?"

"네, 없어요."

솔직히 거짓말이었어. 다리도 아프고, 왼쪽 팔 근육이 몹시 욱신거렸어. 잭슨 선생님이 내 팔을 움직이다가 멈추고, 자세를 그대로 유지해야 한다고 했을 때만 해도 그리 힘들 거라고 생각하지 않았어. 활동하기 편한 데님 반바지와 흰색 민소매 차림으로 작은 소파에 기대 그가 원하는 포즈를 취할 때만 해도 그리 어렵지 않은 일이라고 확신했지. 가만히 앉아 모델을 해주는 대가로 200달러를 벌 수 있다는 게 신기할 지경이었어. 정말이지 너무 수월한 일이라 미안한 마음이 들 정도였는데 얼마 지나지 않아 온몸이 쑤셔왔어.

"지금은 연습일 뿐이야."

잭슨 선생님이 내 양 팔을 붙들고 머리 위로 들어 올리며 말을 이었어.

"어떻게 하면 너를 가장 멋지게 그릴 수 있는지 알아보는 중이야. 사람의 몸은 전부 다르거든. 지금은 너의 몸에 대해 알아가고 있는 거야."

잭슨 선생님이 포즈를 잡아주기 위해 몸을 기울였을 때 입에서 대마초와 스카치위스키 냄새가 났어. 그의 손가락 끝이 검게 물들어 있는 것도 보았지. 짧게 깎은 그의 지저분한 손톱을 보는 동안 그가 한쪽 무릎을 굽히더니 내 다리를 조금 더 벌렸어. 그의 손가락이 내 몸을 스치는 순간 배 속이 꿈틀 하고, 바짝 긴장이 되면서 바보처럼 웃음이 터질 뻔했지. 그의 앞에서 실수하고 싶지 않았어. 그가 내 옆 탁자에 놓아둔 20달러짜리 지폐 다발이 아니더라도 그의 마음에 들고 싶었지. 내가 다닌 고교의 여자아이들 대부분이 잭슨 선생님의 마음에 들고 싶어 했으니까.

고등학교 3학년 때 잭슨 선생님이 내 자리로 다가온 적이 있었는데 그때도 대마초와 스카치위스키가 섞인 냄새가 났어. 그때 나는 바를 잡고 있는 발레리나를 스케치하고 있었지. 잭슨 선생님이 내가 표현하고자 했던 발레리나의 긴장된 근육을 바라보는 동안 나는 숨을 죽이며 기다렸어. 내가 목탄으로 그린 발레리나의 다리를 그가 손가락으로 말없이 훑어 내렸어. 순간적인 동작이라 교실에 있던 어느 누구도 그 사실을 알아차리지 못했지만 난 분명히 느꼈지. 그의 손가락이 내 허벅지를 훑어 내리는 것 같은 기분이었어.

잭슨 선생님이 내 자리를 떠났을 때 배 속에서 나비가 날갯짓을 하는 것 같은 감각이 느껴졌어. 그 느낌이 쾌감인지 아니면 교실을 뛰쳐나가고 싶은 열망인지 알 수 없었지.

마지막 학기 수업 시간에 잭슨 선생님이 라이프 드로잉에 대해 설명해줄 때 사람의 몸에서 피부와 뼈가 이루는 곡선을 이해하지 못할 경우 인체를 제대로 표현할 수 없다고 말했어. 화가들이 사람의 몸을 그릴 때 누드부터 시작하는 건 반드시 그런 이유가 있기 때문이라고. 학생들을 위해 당장 누드모델을 데려와 그림을 그리게 하고 싶지만 학교에서 허락해줄 리 없으니 졸업하고 나서 직접 알아보라고.

"아니면 거울을 보면서 직접 모델이 되어 봐도 좋겠지."

그 말을 할 때 잭슨 선생님이 나를 똑바로 쳐다보았지.

"이제부터 잭슨 선생님 대신 제이미라고 불러."

그날 오후에 내 코트를 벗겨줄 때 그가 말했어.

"이제 넌 학생이 아니잖아."

나는 반사적으로 대답했지.

"죄송해요, 잭슨 선생님."

그러자 그가 웃음을 터뜨리더니 내 뺨을 살짝 건드리며 내가 연락해서 기뻤다고 말했어.

"이 동네에서는 모델을 구하기 쉽지 않으니까."

그는 그렇게 말하며 손을 휘휘 내저었지.

이 동네에서 모델을 구하기 쉽지 않다는 건 나 역시 잘 알고 있었어.

태미가 내 손에 쥐어준 광고지에는 이렇게 적혀 있었지.

인체 모델 구함. 현금 200달러. 추후 다른 작업도 가능

광고에 적힌 잭슨 선생님의 휴대폰으로 전화를 걸 때 손이 떨렸어.

"네, 지금 열여덟 살이에요. 네, 전에도 해봤어요. 네, 아직도 가끔 그림을 그려요. 만나 뵙고 이야기를 나누면 좋을 것 같아요."

내가 전화로 했던 말이야.

나는 처음으로 잭슨 선생님과 단둘이 마주앉아 그가 혀끝을 잇새에 물고 스케치북과 나를 번갈아 쳐다보는 모습을 보았어. 잭슨 선생님은 이 동네 남자들과 스타일이 전혀 다른 사람이야. 마른 체형에 짙게 태운 피부, 다른 남자들처럼 턱수염을 텁수룩하게 기르는 대신 그루터기만 살짝 남겨두고 짧게 자르고 다녔지. 양말을 신지 않은 맨발이었고, 발목 부분의 올이 풀린 청바지가 팽팽한 허벅지의 느낌을 제대로 드러내주고 있었어. 학교에서는 정장 바지를 주로 입었기 때문에 그의 체형을 제대로 본 적이 없었거든. 청바지 차림인 그의 몸은 날씬하고 단단했지. 나는 그의 몸에 드러난 울퉁불퉁한 굴곡을 보며 마음속으로 어떻게 생겼을지 스케치를 하고 있었어.

그의 피부, 뼈, 곡선.

"제법 심각한 표정이네."

그가 이젤 뒤에서 걸어 나오며 말했어.

"넌 포즈를 제대로 잡았다가 달라지는 게 문제야."

"너무 긴장해서 그러나 봐요. 한 가지 자세로 계속 있으려니까 팔다리가 아프긴 해요."

나는 팔을 내리고 나서 허리를 똑바로 펴고 소파에 앉았어.

"생각보다 포즈를 계속 잡고 있기가 힘들어요."

분명한 말실수였지. 내가 모델 일이 처음이라는 걸 그가 눈치 챈 듯했어.

"긴장을 풀게 해줄까?"

그가 손목시계를 들여다보며 말했어.

내가 고개를 끄덕이자 잭슨 선생님은 조인트를 단단하게 말아 들고 내 옆에 앉았지. 소파 위에는 하얀 시트가 덮여 있었어. 우리의 허벅지가 맞닿았지만 그는 피하지 않았지.

그가 건네주는 조인트를 한 모금 깊숙이 빨아들이는 순간 목구멍과 콧구멍이 불에 덴 것 같았어. 분명 이전에 피워본 조인트보다 품질이 좋은데 두 모금을 빨자 기침이 터져 나왔지. 나는 몸을 거의 반으로 접듯이 구부리고 거듭 기침을 했어.

"아직 아마추어구나, 앨리스."

잭슨 선생님은 나지막이 웃으며 내 등을 두들겨 주었어. 그가 두 다리 사이로 고개를 숙이고 있는 내 등에 손을 올려놓았지. 방이 빙글빙글 돌면서 머리를 혼란스럽게 했어. 조인트 때문인 것 같기도 하고, 수업 시간에 나를 바라보던 그와 단둘이 있기 때문인 것 같기도 했지. 그 순간, 그가 손을 뻗어 내 배에 올려놓고 나를 소파에 똑바로 앉혔어.

"옷을 벗겨도 되겠니?"

내게 질문을 한 것 같았어. 그 시간이 지나고 나서 그 말이 질문이었는지 생각해 보았지. 내가 그 자리에서 대마초를 거절할 수 있었을까? 검게 물든 손가락이 내 살갗에 닿고, 민소매 끈을 아래로 내리는 걸 거부할 수 있었을까? 나는 왜 단호하게 싫다고 하지 않았는지 모르겠어.

나는 눈을 감고 천천히 고개를 끄덕였지. 그가 내 민소매와 반바지를 벗길 때 짓고 있는 표정을 차마 볼 수 없었기 때문이야. 나는 눈을 감고 있었기 때문에 그가 20달러짜리 지폐 다발 옆에 놓여 있던 카메라를 집어 들고 내 몸을 향해 렌즈를 들이댈 때 이글거리던 눈도 볼 수 없었지.

내가 옷을 벗겨도 된다고 대답하지 않았다는 사실이 그리 중요할까?

인체 모델, 현금 200달러

잭슨 선생님은 내가 무엇을 해주길 원하는지 분명히 밝혔어. 그러니까 그가 옷을 벗기고 카메라 렌즈를 들이댔다고 해서 새삼 놀랄 필요는 없었지. 아마도 그에게는 자연스러운 과정으로 느껴졌을 테니까. 심지어 그는 내가 먼저 그래 주길 원했다고 생각할지도 몰라.

*

멜버른에 있을 당시 루비는 어퍼웨스트사이드에 예약해 둔 장기 투숙 원룸 아파트의 웹사이트를 캐시에게 보여주었다.

루비는 와인을 홀짝이며 말했다.

"원룸이라 집이 좁긴 하지만 필요한 건 다 있어."

두 사람은 원룸 아파트가 위치한 곳의 지도를 살펴보았다.

"여기서 달리기를 할 생각이야."

루비는 푸른색으로 표시된 재클린 케네디 오나시스 저수지를 손끝으로 짚어보였다. 그녀의 손가락이 지도의 서쪽 끝, 허드슨 강을 따라 난 구불구불한 초록색 선을 향해 움직였다.

"여기가 바로 리버사이드 파크인데 그다지 사람들이 많이 오가지는 않는 곳이래. 지역 공원인 셈이야."

"여자들에게도 안전한 곳이래?"

캐시가 묻자 루비가 눈망울을 굴렸다.

"요즘에는 뉴욕이 세상에서 가장 안전하다던데."

"하지만 넌 혼자잖아. 혼자 여행할 때는 각별히 조심할 필요가 있어."

"난 여기서도 *원래* 혼자였잖아."

루비가 그렇게 대답하자 이번에는 캐시가 눈망울을 굴렸다.

"그래, 네가 뉴욕으로 떠나려는 이유를 나도 알아. 뉴욕에서 더욱 열심히 달리기를 할 너를 위해 한잔 해야지."

캐시는 눈을 가늘게 뜨고 루비를 향해 와인 잔을 기울였다.

"열심히 달려 그 빌어먹을 남자에게서 벗어날 내 동생을 위해 건배!"

*

잭슨 선생님과 동거하기 시작했어. 그날 오후, 나는 집으로 돌아가지 않았지. 그날 밤에 우리는 딱히 뭔가를 *하지*는 않았어. 그러니까 아직은 아무것도 안 했지. 내 민소매 셔츠를 벗긴 지 일주일이 지났지만 그는 카메라로 내 몸을 찍기만 했어. 반바지를 벗길 때 그의 손이 내 살갗에 조금 닿았을 뿐이야. 처음 통화할 때 그는 몇 시까지 집으로 오라면서 '속옷은 입지 마.'라는 말을 했었지.

"부드러운 옷을 입고 와. 난 피부에 옷 자국이 생기는 걸 싫어하니까."

잭슨 선생님의 말대로 하느라 바깥 날씨가 섭씨 4도인데 32도는 되어야 입는 옷 위에 가벼운 울 코트를 걸치고 몸을 덜덜 떨었어. 첫날 오후에 내 몸에 걸친 옷이 별로 없어 그가 시트를 두른 작은 소파 위에 나를 앉히고 발가벗기기까지 그리 오랜 시간이 걸리지 않았지.

일주일이 지났지만 아직 그 순간을 떠올리면 배 속이 울렁거려. 남자 앞에서 알몸이 된 건 난생처음이었으니까. 누군가 내 몸을 그리 유심히 들여다본 것도 처음이야. 아, 섹스는 해봤어. 과연 섹스라고 할 수 있을지 모르지만 몇 번의 어설픈 경험이 있었지. 파티에서 내 몸을 스치던 손가락이나 이불을 덮은 상태로 아랫도리를 들썩이던 남자아이의 몸짓이 떠올랐지만 서툴고 어색한 행위였어.

잭슨 선생님은 미끄러지듯 바닥에 내려앉아 내 몸을 유심히 올려다보았지. 그때껏 그런 눈길을 받아본 적이 없었어.

"이렇게."

잭슨 선생님이 손을 뻗어 내 다리를 벌렸어. 그러더니 무릎을 꿇고 내 허벅지 안쪽으로 손을 가져와 다리를 좀 더 벌리게 했지.

"지금 이대로의 널 사진으로 찍고 싶어."

방이 옆으로 기울어지는 느낌이 들었어. 잭슨 선생님이 내 옷을 벗기면서 이글거리는 눈빛으로 바라보았던 때처럼 내 몸이 바닥으로 푹 꺼지는 느낌이 드는 동시에 허공 위로 두둥실 떠오르는 기분이었지. 그가 내 몸을 계속 만져주면 좋겠다는 생각과 부끄러워 몸을 가리고 싶은 생각이 교차했어. 당장 일어나 도망치고 싶기도 했지. 하지만 겨우 떨리는 몸을 추스르며 꼼짝하지 않고 그 자리에 가만히 앉아 있었어. 잭슨 선생님이 그렇게 해주길 바랐으니까.

"꼼짝하지 말고 그대로 있어줘."

그때 난 이렇게 대답했어.

"네, 그럴게요. 전에도 해봤어요."

잭슨 선생님은 내 말이 거짓이라는 걸 알고 있는 듯했지만 내 나이에 대해서는 제대로 모르는 눈치였어. 글로리아에게 태미와 함께 호숫가 오두막집에서 몇 주 지내고 오겠다고 거짓말을 했듯이 그를 속였다기보다는 그냥 말하지 않았을 뿐이야. 굳이 내 나이를 밝힐 이유가 없었고, 말하지 않는 편이 유리했으니까. 카메라 셔터 소리가 울릴 때마다 몸을 움찔하는 바람에 모델 경력이 있다고 했던 내 말이 죄다 거짓으로 드러난 것만으로도 충분하잖아.

잭슨 선생님이 내 알몸을 카메라에 담고 있는 동안 나는 차라리 렌즈 앞이 아니라 다른 곳에 있다고 상상했지. 셔터 소리가 들릴 때마다 그가 너무 가까이에 있고, 내 몸을 지나치게 빤히 들여다보고 있어 몸이 떨려왔지만 차마 그만두라고 말하지는 못했어. 잭슨 선생님은 사진을 다 찍고 나서 내 몸에 부드러운 담요를 둘러주더니 직접 만든 나초를 먹으라고 권했고, 우린 밤새도록 예술과 신에 대한 이야기를 나누었지.

"나는 예술과 신은 하나라고 생각해."

잭슨 선생님은 그렇게 말했지. 그는 내 몸을 만지지는 않았어. 그러니까 그의 손길이 다른 행위로 이어지지는 않았다는 뜻이야. 다음날 아침 샤워를 하는데 그가 반쯤 열린 샤워부스 문 앞에 서서 다시 내 몸을 찍었어. 내가 샤워를 마치고 소파로 돌아오자 또 사진을 찍었지.

"빛이 너무 좋잖아. 사진을 찍기에 제격이야."

이번에는 나도 다른 곳에 있다고 상상하지 않았어. 그 대신 내 몸을 향한 채 열렸다가 닫히는 카메라 렌즈를 빤히 바라보았지. 카메라 렌즈를 바라보는 동안 내 자신이 강해진 기분이 들었어. 잭슨 선생님이 나중에 인화한 사진을 보여주었는데, 창백한 살갗이나 다리 사이의 삼각형 모양 음모 따위는 내게 아무런 의미가 없었지. 나는 불타는 내 눈과 살짝 비틀린 입술에서 눈을 뗄 수 없었어.

잭슨 선생님은 내가 천의 얼굴을 가졌다고 칭찬하면서 그 날도 소파에 내 잠자리를 마련해 주었지.

그렇게 일주일이 지났어. 우리는 많은 대화를 나누었고, 그가 학교에 가있는 동안 혼자 남은 나는 그의 서재에서 이름을 들어본 적 있는 철학자들이 쓴 책들을 읽는 재미에 푹 빠져들었지. 니체, 사르트르, 융. 키르케고르는 *'철학은 무에서 시작하므로 언제든 다시 시작할 수 있다.'* 라고 썼는데 난 그 말이 무슨 뜻인지 이해할 수 있을 것 같았고, 썩 마음에 들었어.

잭슨 선생님은 학교에 출근했다가 식료품과 맥주를 사 들고 퇴근했어. 우리는 맥주를 곁들인 저녁식사를 먹었고, 그는 또 새로운 포즈를 요구하며 내 몸을 촬영했지.

어느 날 그가 말했어.

"이건 포르노 사진이 아니야."

그가 나에게 '긴장을 풀고, *이렇게*' 하면서 다리 사이에 손을 넣어보라고 했어. 내가 '다음에는 어떻게 되는 걸까?'하는 마음에 혼란스러워하며 머뭇거리자 그가 말했어.

"포르노 사진도 나름 목적과 가치가 있어. 넌 제발 이 동네 사람들의 보수적인 헛소리에 현혹되지 마. 아무튼 내가 찍는 사진은 포르노가 아니야. 아름다운 네 몸을 카메라 렌즈에 담아 세상 사람들에게 보여주고 싶어. 넌 온갖 놀라운 모습들을 다 보여줄 수 있을 거야."

그가 노트북으로 포르노 영상을 몇 개 보여주었어. *가치* 있는 포르노라면서. 남자와 여자들이 서로 뒤엉켜 숨을 헐떡이며 행위를 하는 영상이었는데 내 눈에는 그들이 쾌락을 느끼기보다는 고통스러워하는 것처럼 보였지.

내가 포르노 영상을 보면서 그들이 고통스러워 보인다고 하자 그는 이렇게 말했어.

"언뜻 보기에 고통과 쾌락은 같을 수 있지."

나는 포르노 영상을 보는 동안 고통과 쾌락의 차이를 구분하지 못하는 한편 겁이 났는지 마음이 부풀었는지 알 수 없었던 게 사실이야. 포르노 화면 속 장면에 흥분했고, 계속 보고 싶었어. 두렵고도 혼란스러운 감정이었지.

잭슨 선생님이 포르노 영상을 보여주기 전으로 돌아갈 수는 없을 거야. 그날 밤에도 잭슨 선생님은 나를 건드리지 않았어. 내게 손짓하는 이 새로운 세계 앞에서 그는 내가 어떻게 행동하길 바라는지 도무지 알 수 없었지.

나중에야 나는 그가 왜 그랬는지, 어째서 나를 기다리게 했는지 알게 되었어. 나를 믿을 수 있는지 지켜본 거야. 그 자신이 안전할 수 있을지 탐색한 거야. 내 안전은 애초부터 고려 대상이 아니었지.

*

회사에서 송별회가 열리던 날, 루비도 비슷한 생각을 했다. 그날 저녁 애시가 가까이 다가오지 않고 줄곧 반대편에서 서성대는 바람에 루비는 자신이 송별회 주인공이라는 사실을 망각할 지경이었다. 그녀는 동료들이 '보고 싶을 거야.', '기억나? 우리 그때…….' 와 같은 말들을 하며 어쭙잖은 추억을 떠올리는 걸 흘려들으며 애시를 애타게 기다렸다. 밤 11시, 루비는 싸구려 샴페인 때문이 아니라 속상한 감정 때문에 토할 것 같은 심정으로 동료들에게 양해를 구한 뒤 남몰래 눈물을 흘리며 집으로 걸어갔다.

그날, 애시는 왜 그토록 그녀를 외면했을까? 그날은 동료들 대부분이 루비에게 애정을 드러내며 포옹해 주었기 때문에 애시가 아무리 친밀하게 굴었다고 해도 둘의 관계를 의심할 사람이 전혀 없었다. 그럼에도 애시는 줄곧 루비와 멀찍이 거리를 두었다.

20분 뒤, 애시가 집으로 찾아왔다.

애시가 손목시계를 힐끔 보고 나서 말했다.

"딱 30분쯤 시간이 있어."

마치 30분 동안 *그가* 가까이 다가와주길 고대하며 허비한 시간을 보상해줄 수 있다는 듯이.

30분 뒤, 애시는 루비의 휴대폰으로 우버를 예약한 다음 훌쩍 떠나버렸다. 루비는 *그가* 처음부터 이럴 계획이었고, 굳이 말할 이유를 느끼지 못한 게 아니었을까 하는 생각이 들었다. 애시는 그날 밤 *그녀의* 안전이 중요하다는 생각을 단 한 번이라도 했을까? 아니면 오로지 자기 생각뿐이었을까?

루비는 당연히 그 질문에 대한 답을 알고 있었어. 우리 둘 다 알고 있었지. 하지만 그때만 해도 우리가 이렇게 생각 없는 남자들과 맺은 관계가 어떤 결말을 맞게 되는지 알게 되기까지 몇 주의 시간이 더 남아 있었지.

7

겨울의 마지막 폭설이 이어지던 어느 날 그 일이 벌어졌어. 학교에 갔다가 밤늦게 귀가한 잭슨 선생님의 어깨와 머리에 작은 눈송이들이 묻어 있었지. 우리는 하늘거리며 바닥으로 떨어져 내리는 눈송이들이 가로등 불빛을 받아 마치 별처럼 보이는 풍경을 바라보며 문간 앞에 서 있었어. 그가 재킷을 입고 있지 않은 나를 감싸 안아주었지. 우리는 한참 동안, 어쩌면 몇 시간을 그렇게 서 있었어. 정확하게 얼마나 오래 서 있었는지 몰라. 내가 아는 건 우리가 똑같이 몸을 떨고 있다는 것뿐이었어.

"앨리스?"

그의 부드러운 키스는 마치 질문 같았어. 나는 입술을 떼지 않고 대답하려고 했지만 그 순간 내 목소리는 하늘에서 바람에 나부끼며 떨어지는 눈송이만큼이나 잘게 부서졌어. 나를 집 안으로 이끈 그가 문을 닫았고, 여전히 입술을 떼지 않은 채 비틀거리며 소파로 향하는 동안 내 마음은 산산조각 나는 느낌이 들었지.

내 몸이 바닥에 닿으려는 순간 그가 몸을 빼내며 웃음을 터뜨렸어. 어색한 웃음소리가 방 안 가득 울려 퍼지며 갑자기 우리 사이에 거리감이 조성되었지.

"세상에! 내가 이런 짓을 하다니?"

나는 도무지 그가 무슨 말을 하는지 알 수 없었어. 그가 한때 나를 가르친 선생님이었기에 내가 아직 너무 어리다는 뜻이었는지, 아니면 그의 작업을 돕고 있는 뮤즈일 뿐이라는 뜻이었는지 알 수 없었지. 그 순간 나는 재치 있는 말을 해보려고, 그가 한 말이 키스를 의미하는지 아니면 다른 무엇인지 모르지만 방금 전 벌어진 일에 대한 책임이 내게 있다는 걸 알려주기 위해 이리저리 머리를 굴려봤지만 좋은 생각이 떠오르지 않았어. 그 순간 내가 원한 건 나도 알 수 없는 감정의 파고가 잦아들기 전에 그가 한 번 더 키스를 해주었으면 좋겠다는 것뿐이었지. 왜 그래야 하는지는 말로 표현할 수 없었어.

"괜찮아요, 저도 원해요."

나는 결국 애원하듯 그렇게 말했어. 벼랑 끝에 서있는 것 같은 이 아찔한 순간이 빨리 지나가길 바랐으니까.

그의 눈빛이 번득이더니 몸이 꿈틀거렸어. 비로소 그가 내 옷을 벗기기 시작했지.

"씨팔."

내 가슴에 그의 손과 입술이 연이어 닿았어. 그가 내 젖꼭지를 차례로 빨기 시작하자 배 속 깊은 곳에서 처음 맛보는 쾌락이 느껴졌지. 다음 순간 그가 무릎을 꿇은 자세로 내 허벅지 사이로 얼굴을 파묻었고, 이내 혀가 내 몸 안으로 밀고 들어왔지만 옴짝달싹할 수 없었지.

"앨리스."

그의 손가락 두 개와 혀 놀림이 점점 대담해지기 시작했어. 눈꺼풀 안에서 성냥을 긋는 것처럼 불꽃이 튀었지만 나는 여전히 가만히 있었지.

"앨리스, 넌 정말 지독하게 아름다워."

더 세게. 더 깊이. 그의 손가락이 마치 불꽃같았어. 내 아래에서 마치 불이 붙은 기분이 들었지.

"앨리스."

그는 계속해서 내 이름을 불렀지만 내가 듣기에는 마치 다른 사람 이름을 부르는 것 같았어. 열일곱 살에 마흔 살이 다 된 그를 만난 다른 아이 같았지. 엄마가 세상을 떠나고 홀로 남겨져 외롭고 슬펐을 때의 그 아이, 그가 이런 식으로 바라보기 전의 그 아이.

나는 그의 머리를 내려다보며 말했어.

"잭슨 선생님, 제발!"

아직도 탁자 위에 그대로 놓여 있는 20달러 지폐 10장을 내가 받아가지 않으리라는 걸 나는 알고 있었어. 더는 외롭거나 슬프고 싶지 않았으니까. 그가 내 고통을 잊게 해주고, 내 몸이 녹아 없어지게 해주었으면 좋겠다고 생각했어. 그가 내 이름을 부르며 내 안으로 천천히 진입하는 순간 수면 위로 떠오른 고통이 내 온몸으로 산산이 흩어졌지. 바깥 하늘은 칠흑처럼 어두웠고, 나는 눈송이처럼 이리저리 나부끼는 느낌이 들었어.

그는 내가 하늘 같다고 했어. 먹구름이 깃들어 있다가 이내 밝게 빛나는 하늘 같다고. 내 몸을 그리거나 사진으로 찍을 때 그 미묘한 표정 변화를 포착하고 싶지만 지금은 내 몸에서 손을 뗄 수 없다고. 서로의 몸을 만지는 새로운 방식이 자꾸만 떠올라 예술에 집중할 겨를이 없다고도 했지. 나도 점점 더 능숙해졌어. 손과 입을 어디에 사용해야 하는지 알게 되었지. 그는 내가 무얼 해주어야 하고, 허리를 어떻게 움직여야 하고, 무슨 말을 해야 하는지 가르쳐 주었어. 나는 심지어 영상을 찍어도 된다고 허락했지. 그 결과 오래 전 그가 보여준 포르노 영상의 여자처럼 축축해진 눈으로 몸을 비틀며 신음하는 내 모습이 그가 찍은 영상에 담기게 되었어.

처음 섹스를 한 다음날 아침에 그가 물었지.

"나 이전에 몇 명과 잤니?"

"세 명."

나는 창피해 그의 어깨에 얼굴을 묻었어. 그 가운데 두 명은 그가 가르친 학생이었거든.

"처음 잤을 때 몇 살이었어?"

"열다섯 살."

엄마가 자살하고 나서 한 달쯤 지났을 때 어느 남자아이와 얼떨결에 관계를 갖게 되었어. 그 아이는 지나치게 조심스러운 데다 서툴렀고, 순식간에 끝났지. 그 아이는 끝나고 나서 거듭 미안하다고 했는데 난 정확히 뭐가 미안한지 알 수 없었어. 그리 끔찍하지는 않았고, 심지어 나쁘지도 않았어. 그냥 아무것도 아니었을 뿐이야. 아무런 느낌이 없었으니까.

두 번째와 세 번째는 뭔가 느껴보려고 했어. 다른 아이들과 똑같은 경험을 해보고 싶었거든.

"절정에 도달하면 몸이 폭죽이 된 것 같아!"

나도 태미처럼 느껴보고 싶었어. 몸이 폭발해 산산조각 나는 느낌에 대해 알고 싶었지. 하지만 전혀 그런 느낌이 들지 않았어. 두 번째와 세 번째는 처음과 달리 무겁고 답답한 기분이었을 뿐이야.

"그 아이들은 많이 서툴렀어요."

잭슨 선생님은 내 말을 듣고 있지 않았어. 상대가 내 말을 듣지 않고 있다는 건 눈빛만 봐도 알 수 있으니까. 그의 눈은 익숙한 광채를 띠고 있었어.

"열다섯 살? 세상에, 이런 말을 하면 변태 같겠지만 몹시 흥분되네."

그가 내 손을 끌어다가 성기를 쥐게 하더니 위아래로 움직였어.

"이런 것도 해봤어?"

나는 아니라는 뜻으로 고개를 저었어.

"이런 건?"

그가 내 머리를 아래로 눌렀어.

그는 웃는 얼굴로 내 입 안에 성기를 넣었다 빼길 반복하면서 물었지.

"이런 건?"

나는 또다시 고개를 저었어.

"앨리스."

그가 내 이름을 불렀어. 마치 명령처럼 들렸지.

"처음이라 어떻게 하는지 몰랐어요."

그런 말을 하는 내 자신이 너무 낯설었어. 마치 그가 나를 산산조각 낸 다음 다시 조립한 것 같은 느낌이 들었지. 처음 절정에 올랐을 때만 해도 몸이 폭죽처럼 터지는 것 같은 느낌이 들지는 않았어. 그냥 달리기를 하는 느낌과 비슷했을 뿐이야. 근육이 긴장해 수축되더니 갑자기 누군가 내 등에 손을 대고 앞으로 밀어대는 것 같았어. 몸이 순식간에 새털처럼 가벼워지고, 발이 땅에 닿지도 않은 상태로 내달리는 기분이었지. 세상이 온통 내 뒤로 휙휙 지나쳐가고, 나는 하늘 한 가운데를 훨훨 날고 있었어.

내게 절정은 그런 느낌이었지.

그러다가 다시 묵직한 팔다리로 지상에 뚝 떨어져 한숨을 내쉬게 되었어. 다시 평소와 마찬가지로 돌아왔는데, 날아갈 듯 가벼운 기분이 사라진 게 주먹으로 얻어맞은 것처럼 고통스러웠지. 맘껏 자유롭게 하늘을 날다가 추락해 버렸으니까.

잭슨 선생님은 그럴 때의 상실감이 나를 얼마나 슬프게 하는지 모르는 눈치였어. 울고 싶은 기분이 된다는 걸. 한 번도 빠짐없이.

*

언제나, 항상, 나쁘지만은 않았다. 두 사람이 함께 춤을 추는 모습은 볼만했다. 온 세상이 손을 맞잡은 두 사람을 바라보았다. 그렇게 자잘한 멍 자국이 홀연히 사라졌다. 춤을 추는 두 사람은 정말이지 너무나 잘 어울렸다. 애시의 어깨에 머리를 기댄 루비, 그녀의 등에서 오목한 부분을 향해 손을 미끄러뜨리는 그의 모습은 마치 사랑에 빠진 커플처럼 보였다.

대부분의 커플이 그러하듯 두 사람이 가장 좋아하는 노래가 있었다. 그들은 입모양으로 가사를 속삭이고, 멜로디로 몸을 감쌌다.

언제나, 항상, 나쁘지만은 않았다. 그러하기에 루비는 애시를 떠나야만 했다.

*

"앨리스, 글로리아 집으로 돌아가지 않을 거야?"

"안 가. 글로리아는 내가 아직 너랑 호숫가에 있는 줄 알아."

나는 그렇게 말하고 나서 귀에서 잠시 수화기를 떼고 태미가 담배를 빨아들이는 소리에 귀를 기울였어. 태미 아빠가 집 안에서 흡연과 음주를 금지해버린 탓에 두꺼운 담요를 두르고 포치에 나와 앉아 오들오들 몸을 떨어대고 있을 태미의 모습이 눈에 선했지.

"이번 기회에 너도 담배를 끊어."

내가 집 안에서 흡연을 금지한 규칙을 듣고 나서 그렇게 말했더니 태미는 특유의 걸걸한 목소리로 반문했어.

"미쳤니? 술 담배 없이 무슨 재미로 살라고?"

하긴 그렇다는 생각이 들었어.

태미는 내가 글로리아의 집에서 나와 몇 주째 잭슨 선생님 집에 머물러 있게 된 걸 자기 아이디어였다고 생각해. 하지만 태미는 내가 자기만의 영역이라고 믿었던 규칙을 깬 것에 대해 몹시 혼란스러워 하는 느낌이 들었어. 나는 태미가 글로리아를 지독하게 싫어한다는 걸 예전부터 알고 있었지.

"우리 엄마가 글로리아를 내 후견인으로 선택한 이유가 있어."

나는 태미에게 여러 번 설명했지. 글로리아가 내 방문을 쾅쾅 소리가 나도록 두들기며 입 좀 다물라고 고함칠 때나 침실에 들락거리는 모습을 보이고 싶지 않은 남자가 갑자기 나타나는 바람에 내가 한밤중에 태미네 집을 찾아가야 할 때마다 그런 설명이 필요했으니까.

"엄마는 글로리아가 나를 가만히 내버려 두리라는 걸 알았던 거야. 사사건건 잔소리를 하는 사람은 나랑 맞지 않으니까."

"그래도 너에게 *좀 더 잘해줄* 수 있잖아."

태미가 자주 했던 말이야.

"네 엄마를 봐서라도."

태미는 베스트 프렌드였다. 글로리아와 살게 된 이후 처음 만난 친구.

처음 만난 날, 태미는 학교 식당에서 내 옆자리에 앉으며 말했어.

"재킷이 예쁘네. 네 엄마 일은 정말이지 안타까워."

앞으로 요란 떨지 않겠다는 말이었고, 그 순간 나는 태미의 우정을 높이 사게 되었어. 내가 글로리아에게 거짓말을 하든 말든 태미는 전혀 신경 쓰지 않는 아이라는 걸 잘 알고 있었지. 태미는 내가 어떻게 감쪽같이 잭슨 선생님 집으로 사라지게 되었는지 궁금해 하는 것뿐이었어.

"아무튼 이제 그 망할 년 이야긴 그만해."

태미는 마치 내 머릿속을 들여다본 것처럼 그렇게 말했어.

"이제부터 재미있는 얘기를 해 봐. 잭슨 선생님과 같이 사니까 어때? 그가 우리가 생각했던 것만큼 잘해?"

그날 태미와 통화하는 동안 나는 맥주를 마시고 있었어. 그 아이의 질문을 들으면서 입 안에 맥주를 머금고 굴리고 있었지. 문득 어젯밤 잭슨 선생님이 내 젖꼭지에 버번을 붓고 부드럽게 핥던 기억이 떠올랐어.

"이렇게 맛있는 건 처음이야."

그는 그렇게 말하더니 내 아래에 버번을 부었고, 나는 뜨겁고도 격렬한 혀의 감촉 때문에 머릿속이 핑핑 돌 지경이었지.

불이 붙은 듯 뜨거워진 얼굴로 나는 겨우 대답했어.

"우리가 예상한 대로 정말 잘해."

"그럴 줄 알았다니까!"

수화기 너머에서 태미가 손뼉을 치며 웃는 소리가 들려왔어.

"잭슨 선생님이 어떻게 해주었는지 좀 더 구체적으로 얘기해 봐."

태미가 그렇게 말했을 때 진입로로 들어오는 차가 보였어. 잭슨 선생님이 오늘 따라 일찍 퇴근한 거야.

"미안, 전화 끊어야겠어. 잭슨 선생님이 집에 왔거든."

나는 맥주를 마셔 빨갛게 달아오른 얼굴로 급히 말했어.

"조만간 전부 다 말해주겠다고 약속할게."

태미가 아쉬운 듯 한숨을 푹 쉬었어. 우리는 몇 주 만에 처음으로 제대로 된 대화를 나누고 있었거든.

"아무튼 넌 제일베이트(Jailbait)* 니까 조심해야 돼. 알았지?"

태미가 미처 말을 마치기도 전에 잭슨 선생님이 집 안으로 들어와 나에게로 다가왔어. 난 작별 인사도 제대로 하지 못하고 전화를 끊었어. 그날 통화가 태미와의 마지막 대화가 될 줄은 미처 몰랐지. 때로는 우리의 삶에 깃들었던 사람이 너무 쉽게 빠져나가기도 해. 그럴 때면 그 사람이 애초에 그 자리에 있긴 했었는지 의심되기도 하지.

태미는 나를 제일베이트라고 불렀어. 그날 밤, 잭슨 선생님은 내 몸 안을 느릿느릿 드나드는 성기를 영상으로 찍으면서 말했어.

"우린 서로 비등비등한 상대야. 내가 마침내 제대로 된 상

* 성관계 승낙 연령 이하의 아동.

대를 만난 것 같아."

행위를 마친 그의 눈이 파르르 떨리다가 뒤로 넘어갔고, 후끈 달아오른 몸이 내 위로 쓰러졌을 때 나는 처음으로 그의 말이 틀렸을 수도 있다는 생각이 들었지. 내 몸이 번들거리는 그의 체액으로 범벅이 되어 있던 그 순간에 어쩌면 내가 더 강한 쪽일 수도 있다고 느꼈어. 나는 그에게 필요한 걸 주었고, 만족시킬 수 있었지만 내 배 속에는 여전히 아가리를 딱 벌리고 있는 거대한 허기가 남아 있었으니까. 나는 그를 행복하게 해줄 수 있었지만 내 뼈는 슬픔으로 구멍이 숭숭 뚫려 있었으니까.

내가 여덟 살이나 아홉 살이던 때 엄마와 나란히 침대에 누워 있었던 기억이 떠올랐어. 엄마가 우는 소리가 들려와 나는 현관문이 닫히는 소리가 나고도 한참 동안 기다리다가 안심해도 되겠다는 확신이 들었을 때에야 엄마 방으로 들어갔지. 나는 엄마의 몸 위로 올라가 깡마른 팔로 엄마를 감싸 안았어. 엄마는 한참 동안 울다가 코를 풀고 이불로 눈물을 훔치고 나서 내 쪽으로 돌아누웠지. 이른 아침 햇살을 받은 엄마의 얼굴은 무척이나 아름다웠어. 슬플 때면 더욱 매혹적으로 보이는 얼굴이었지. 엄마가 내 코에 입을 맞추며 말했어.

"걱정하지 마, 앨리스. 가끔 이럴 때도 있으니까. 지옥에나 떨어지라지, 바보 같은 자식. 주제에 뭐라도 되는 줄 아나 봐. 내가 그 개자식이 함부로 대해도 잠자코 있었던 건……."

엄마는 더 이상 말을 잇지 못하고 손을 들어 여기저기 가리켰어. 이 동네, 이 집, 이 침대와 관련한 모든 이야기들이 그 남자를 빼면 도저히 성립되지 않았으니까.

나는 조만간 우리가 또 이사를 가야 한다는 걸 직감했지.

엄마는 한참 동안 지금은 이름이나 직업이 기억나지 않는 그 남자 욕을 했어. 해가 떴을 때는 이미 그 남자와의 관계를 깨끗이 정리한 눈치였지. 엄마는 언제나 재빨리 마음을 추슬렀고, 그런 모습을 볼 때마다 정말이지 대단하다는 생각이 들었어.

내가 어쩜 그리 빨리 감정을 추스를 수 있는지 묻자 엄마는 이렇게 대답했지.

"여자들은 철로 만들어졌으니까. 남자들은 여자들을 건드리면 꺾이는 꽃인 줄 알아. 여자들이 얼마나 강한지 몰라서 하는 소리지. 남자들은 우리가 자기들을 간절히 원한다고 믿어 의심치 않지만 사실은 그 반대일 거야."

엄마는 어느 날 이런 말도 했어.

"남자들이 그렇게 믿고 살아가도록 놔두는 게 최선이야."

잭슨 선생님이 내게 말했어.

"네 엄마 이야기를 해줄래?"

잭슨 선생님은 머리로 내 배를 짓누르며 비스듬히 누워 있었어. 그의 숨결이 내 몸에 닿았지만 얼굴 표정은 제대로 보이지 않았지.

지금껏 어느 누구도 나에게 엄마에 대해 묻지 않았어. 그 일이 벌어졌을 당시 나는 엄마 이야기를 하지 않을 수 없었지. 많은 사람들이 나에게 주방 바닥에 쓰러져 숨을 거둔 엄마의 시신을 처음 발견했을 당시 이야기를 해주길 바랐으니까. 나에게 괜찮은지 묻기도 했지. 마치 그처럼 끔찍한 일을 겪고도 괜찮은 사람이 있다는 듯이. 내가 글로리아랑 살게 되면서 사태는 종료됐고, 엄마 이야기보다 더욱 사람들의 궁금증을 자아내는 화젯거리들이 등장했어. 오래지 않아 *엄마에 대한* 이야기는 어느 누구도 묻지 않았지. 내가 엄마의 죽음에 대해 자세히 이야기하길 꺼려하자 더욱 그랬어. 내가 가장 중요한 질문에 대해 답변할 수 없다는 걸 알고 있었으니까.

엄마는 왜 스스로 목숨을 끊었을까? 아무리 어려운 일이 있어도 언제나 마음을 추슬렀던 엄마를 자살하게 만든 이유는 무엇이었을까?

나는 잭슨 선생님의 질문에 대답하지 않고 침묵을 지켰어. 그의 머리카락을 만지작거리던 내 손가락이 애매하게 허공에 머물러 있었지.

그럼에도 그는 고개를 돌려 내 얼굴을 보지 않고 말했어.

"네 엄마는 어떤 분이었는지 궁금해."

"아뇨, 사실은 전혀 궁금하지 않잖아요."

나는 그의 머리를 밀어낸 다음 손가락을 깍지 끼고 나의 맨다리를 끌어안았어. 내가 먼저 거리를 둔 건 처음이야. 차라리 우리 사이에 벽이라도 있었으면 좋겠다는 생각이 들었어.

"앨리스."

그동안 그가 내 이름을 부르는 것에 적응해가고 있었는데 다른 때와 뉘앙스가 달랐어. 방금 전 그는 분명 어른이 아이에게 하는 말투를 썼거든. 그가 학생들을 대할 때의 모습이 떠올랐어. 그는 학교에서 엄격하고 빈틈없는 선생님이었지. 이름을 부르는 것만으로도 권위가 느껴지는 교사. 만약 우리가 한 침대에서 옷을 벗고 누워 있는 상황이 아니었더라면 그를 선생님이라 생각하고 엄마에 대한 이야기를 모두 털어놓고 싶었을지도 몰라. 내 안에 품고 다니는 스케치북을 열어 찢기고 상처 난 페이지들을 모두 보여주고 싶었을지도 몰라. 하지만 서로 닿은 살갗, 그의 몸이 발산하는 열기가 고스란히 전해지고 있는 침대에서 그가 내 상처를 따스하게 감싸줄 수 있을 것 같지 않았어. 어쩌면 그는 나를 섣불리 위로하려고 들지도 몰라. 그는 선생님과 학생이라는 역할을 바꾸고 싶지 않을 테니까.

"엄마 이야기는 하고 싶지 않아요. 불우이웃 취급하는 건 이제 신물이 나요."

"불우이웃 취급이라니? 그런 적 없어."

"아뇨, 그럴 리가요. 저를 이 집에 있게 해준 것도 그런 이유 때문 아닌가요?"

의도보다 목소리가 매몰차게 나왔지만 내 진심을 담은 말이었어.

그가 내 몸에 닿아 있던 팔을 거두어들이더니 침대에서 일어나 앉아 내 시선을 외면했지. 뭔가 답변해주기 전에 내가 한 말을 곰곰이 되새겨 보는 눈치였어. 그는 전에 없이 한동안 앞만 바라보고 있었지. 한참 동안 시간이 흐른 뒤에 입을 연 그의 목소리는 마치 대본을 읽듯이 낯설고 단조로웠어.

"열한 살 때 어머니가 암으로 돌아가셨을 때 그 과정을 지켜보았어. 빌어먹을! 어머니는 무려 3년 동안 투병 생활을 하다가 숨을 거두었지. 아무도 나에게 어머니에 대해 묻지 않았어. 내가 너에게 어머니 이야기를 물어본 건 누군가 나에게도 그 질문을 해주었으면 하는 바람이 있었기 때문이야. 누군가 내게 물어봤다면 슬픔을 극복하는 데 도움이 됐을 거야. 난 네가 내 질문에 대해 이해할 수 있을 거라 믿었어."

나는 잭슨 선생님의 어깨를 바라보았어. 어깨 근육이 꿈틀거리는 걸 보니 예상하지 못한 반응이었나 봐. 나는 그와 툭 터놓고 이야기를 나누고 싶었어. 내 입에서 온갖 질문들이 쏟아지려고 하고 있었지만 또 다른 나는 발을 빼고 뒤로 물러나라고 했지. 어색한 대화를 끝내고 싶었던 거야. 심장이 쿵쾅거리며 뛰는 소리가 들려왔어. 손가락에서 맥박이 느껴지고 입 안에서는 쇠 맛이 감돌았지. 엄마의 피 맛과 비슷했어. 사람들이 엄마의 시신을 들것에 싣고 나간 뒤에 내가 엄마의 피가 묻어 있는 손가락을 입 안에 쑤셔 넣었다는 걸 아무도 모를 거야.

"미안해요, 엄마 이야기는 하고 싶지 않아요."

나는 꿈틀거리는 그의 어깨 근육을 보면서, 혀끝에 맴도는 피 맛을 느끼면서 그 말을 했을 뿐이야.

잭슨 선생님은 여전히 앞을 바라보고 있었어. 그러다가 낯선 사람 같은 말투로 말했지.

"그래? 그럼 됐어. 너 좋을 대로 해."

"좋아요."

좋을 리 없으면서 나는 그의 고개를 내 쪽으로 돌리고 힘껏 키스했어. 열한 살 소년이 본 것에 대해 묻는 대신 그렇게 했지. 내 침묵이 그에게는 입을 막는 손처럼 느껴지리란 걸 알면서도 그렇게 했어. 오늘밤에는 그가 바라는 걸 다 받아줄 수는 없었으니까. 그의 관심을 다른 곳으로 돌리고 싶었어. 열한 살 때의 아픈 기억은 잊길 바랐지.

이제 와 생각해보면 그는 내가 아무것도 모른다고 생각했나 봐. 세상에서 가장 사랑하는 사람을 잃는다는 게 어떤 의미인지.

말이 입 밖으로 나온 후에는 아무리 무시하려고 애써도 해결책이 나오기까지 버티고 앉아 사라지지 않는 법이야. 언젠가 책에서 새털 같은 구름 하나가 코끼리 100마리보다 무거울 수도 있다는 글을 읽은 적이 있어. 눈에 보이지 않아도 말은 엄청난 무게감을 갖고 있다는 뜻이야. 어제도 나는 그의 모델이 되어주었지만 그의 팔다리가 무심하게 움직이고 있을 뿐 나를 제대로 바라보지 않는다는 느낌을 받았어. 몹시 화가 나있는 것 같은데 미안하다고 말하기도 어색해 가급적 몸짓으로 사과를 하려고 애썼지. 어젯밤, 샤워를 마치고 나왔을 때 그는 이미 잠들었는지 눈을 감고 있었어. 내가 한 손으로 등을 쓸어내리며 골반 뼈에 손가락을 올려놓았지만 그는 눈을 뜨지 않았지. 그의 등 뒤에 대고 *'어머니 얘길 해주세요.'* 라고 말하고 싶었지만 우리 엄마의 얼굴이 가까이 다가오는 바람에 입을 꾹 다물었어. 나는 이내 손을 치웠고, 처음으로 서로 등을 보이고 잠들었지.

오늘 아침, 나는 그를 따라 샤워부스 안으로 들어갔어. 내가 덜덜 떠는 걸 본 그가 나를 꽉 끌어당겨 안았고, 우린 함께 따스한 물로 샤워를 했지.

그가 옷을 갈아입고 말했어.

"앨리스, 좋은 하루 보내."

그는 어디에 다녀온다는 말도 없이 나가버렸어. 그가 집을 나간 지 몇 시간이 흘렀지만 나는 작은 소파에 우두커니 앉아 책을 담아놓은 상자를 빤히 바라보고 있었지. 머릿속을 가득 채운 기억들 때문에 질식해버릴 것 같았어. 내가 할 수 있는 건 몸을 꼼짝도 하지 않고 가만히 앉아 있는 것뿐이었지. 소리도 없고, 빛도 없는 가운데 정신을 집중하고 있으면 물밀듯이 밀려드는 기억들을 다시 밖으로 밀어낼 수 있으니까. 땅거미가 내려앉는 시간이야. 눈에 거슬릴 만큼 환한 빛이 쏟아지는 낮 시간을 버텨낸 기억들은 이제 물수제비를 뜨는 돌처럼 작아져 내 생각의 수면 위를 날아다니고 있어. 문에 닿았던 내 손, 노란빛이 어려 있던 주방, 바닥에 흥건해있던 붉은 피, 절반이 날아가 버린 엄마의 얼굴. 정신을 집중하고 꼼짝하지 않고 있어야 그 이미지들이 사라지지.

잭슨 선생님이 집에 돌아왔을 때까지도 나는 가만히 벽만 바라보고 있었어. 그가 갑자기 조명 스위치를 올리는 바람에 나는 펄쩍 뛸 정도로 놀랐지.

"앨리스, 괜찮아?"

고개를 끄덕이려고 했는데 눈물이 흘러내렸어. 그날 이후 처음으로 얼굴을 일그러뜨리며 펑펑 눈물을 흘렸지.

"어디에 갔었어요?"

내 목소리가 마치 울부짖는 것처럼 들렸어.

"어디에 간다고 말하지 않았잖아요. 왜 나를 혼자 두고 갔어요?"

머릿속으로 밀려드는 끔찍한 기억들을 밖으로 밀어내기 위해 정신을 집중한 탓인지 몹시 피곤했고, 앞뒤 재지 않고 흐느껴 울었어. 그는 그 자리에 가만히 서서 울고 있는 나를 바라보다가 내 옆으로 다가와 앉았지. 그의 팔이 나를 감싸 안았고, 나는 그의 품으로 파고들었어.

"미안해요. 미안해요. *미안해요.*"

나는 연거푸 미안하다고 말했어. 마치 그의 몸 안으로 기어들어가려는 듯, 그와 최대한 몸을 밀착하려는 듯 손톱을 그의 어깨에 박아 넣었지. 그와 떨어져 보낸 하루가 너무 무서웠거든.

그는 내 흐느낌이 잦아들 때까지 나를 안아주었어. 그가 마치 아이를 어르듯 내 몸을 천천히 흔들며 진정시켰지. 마침내 눈물이 다 말라버린 듯 나는 울음을 그치고 나서 말했어.

"엄마가 보고 싶어요."

그 말을 내뱉는 순간 다시 주워 담고 싶었어. 갑자기 가슴이 콱 막히는 듯했지만 나는 계속 말했지.

"엄마와 저는 서로를 지켜주었어요. 우린 언제나 함께였죠. 엄마가 없는 지금 제가 누군지도 모르겠어요."

잭슨 선생님이 내 팔을 부드럽게 떼어내며 물었어.

"우리 한잔 하면서 이야기할까?"

나는 고개를 끄덕였어.

"좋아요."

그가 버번위스키를 가져와 나에게 건넸어. 병째 한 모금 들이켠 순간 절로 오만상이 찌푸려졌지.

그가 웃으며 말했어.

"병째 마시는 건 좀 아닌 것 같아. 내가 잔을 가져올 테니까 잠시 기다려, 아마추어."

익숙한 애칭을 듣자 마음이 누그러졌어. 잭슨 선생님이 얼음을 채운 잔을 가져왔을 때쯤 나는 다시 편안하게 숨을 쉴 수 있게 되었어.

"엄마는 그곳에서 괜찮은 일자리를 찾았고, 우린 2년 동안 거기에 머물렀어요. 2년이면 짧지 않은 시간이었죠. 그 사람은 감옥에 갔어요. 그가 정말 바보 같은 짓을 저질렀다고 들었는데 기억나지 않아요. 그가 무슨 짓을 저질렀든 엄마랑 상관없으면 관심이 없었거든요."

잭슨 선생님이 끼어들었어.

"그 사람이라면, 네 아빠?"

나는 고개를 세차게 저었어.

"아뇨, 저는 아빠가 누군지도 몰라요. 엄마가 마지막으로 사귀었던 마이크를 말하는 거예요."

갑자기 마이크에 대한 기억이 한 가지 떠올랐지. 마이크가 나를 차에 태워 학교에 데려다주고 있었는데 너무 빨리 달리는 거야. 마이크의 차에는 안전벨트도 없고, 붙잡을 손잡이도 없었기 때문에 나는 손끝이 하얘지도록 시트를 꽉 움켜쥐고 있었지. 마이크는 겁에 질린 내 모습이 재미있다는 듯 미소를 지으며 쳐다보면서 속도를 최대한 높여 다른 차들을 추월했어. 신호등의 정지신호를 본 그가 급브레이크를 밟고 차를 멈춰 세우더니 두툼한 손을 뻗어 내 가슴을 더듬었지.

"너무 긴장하지 마, 앨리스."

마이크에 대한 기억이 한 가지 더 떠올랐어. 마이크가 주방에서 엄마에게 키스하며 손을 셔츠 안으로 집어넣었지. 엄마는 키득거리며 밀쳐냈지만 마이크는 멈출 생각이 없는 듯 계속 손을 셔츠 안으로 집어넣었어. 문간에 서서 두 사람이 하는 짓을 보고 있자니 구토가 일며 속이 울렁거렸지. 마이크가 그런 짓을 벌인다는 건 매일 밤 우리 집에서 자고 간다는 뜻이었으니까. 두 사람은 몸을 돌리다가 내가 문간에 서있는 걸 보았지. 마이크는 달리는 차에서처럼 내가 겁을 집어먹은 모습이 재미있다는 듯 능글맞은 웃음을 터뜨렸어. 그날 밤, 나는 방문을 잠그고, 의자를 문 앞에 기대놓고 나서야 겨우 잠들 수 있었지.

"엄마의 남자 취향은 그야말로 최악이었어요. 엄마는 얼굴이 예뻐서인지 언제나 주변에 남자들이 많았죠."

나는 술에 취해 유령들이 머릿속에서 와글거리는 느낌이 들었지만 버번위스키를 한 잔 더 따라 마셨어.

"앨리스, 너도 정말이지 아름다워."

잭슨 선생님이 그렇게 말했을 때 어디에 간다는 말도 없이 밖으로 나가버린 것에 대해 화를 내며 따지고 싶었어. 나를 어떻게 생각하든지 상관없다는 말도 하고 싶었지. 하지만 그런 말들을 해봐야 좋을 게 없잖아. 내가 길길이 날뛰면서 화를 내면 그는 또다시 나를 외면하게 될 테고, 나는 상황을 되돌려놓기 위해 용서를 빌어야 할 수도 있잖아.

만약 엄마가 살아 있었다면 잭슨 선생님을 조심해야 한다고 경고했을 거야. 엄마의 남자들은 잭슨 선생님과 나의 관계를 인정해 주어야 한다면서 나를 집에서 쫓아내려고 했을지도 몰라.

내가 엄마를 닮아 예쁘기 때문인지 남자들의 소유욕을 불러일으키는 뭔가가 있나 봐.

잭슨 선생님이 눈물에 젖은 내 얼굴을 손으로 쓸어내렸어. 내가 전적으로 기대는 모습을 보일 때 그가 나를 가장 애틋하게 감싸준다는 느낌이 들었지.

나중에 잭슨 선생님이 나에게 어머니 사진을 보여주었어. 암 투병을 하기 전 모습이었지. 그도 나처럼 어머니를 빼닮았어. 그는 어머니도 예술가였다면서 벽장에 놓아둔 신발 상자 안에서 붉은 스카프로 싸놓은 뭔가를 조심스레 꺼냈지. 1930년대 제품인 라이카 카메라였어. 그의 어머니가 10대 때 중고품 가게에서 구입했던 카메라로 암 투병을 하게 되자 아들에게 잘 간직하라며 물려주었대.

"그리 비싸지는 않은 제품이야. 아마 1천 달러쯤 할 거야. 자주 이사를 다니다보니 어머니 유품이라고는 이 카메라밖에 남지 않았어. 아직도 근사한 사진을 찍을 수 있지. 오래전 카메라지만 아주 잘 만든 제품이거든."

눈에 익숙하지 않은 다이얼, 뷰파인더, 레버 따위를 보고 혼란스러워진 나는 그에게 카메라 사용법을 알려달라고 부탁했어. 그는 흑백필름 한 통을 카메라에 넣고 어떻게 조작하는지 간단하게 설명해 주었지만 내가 직접 손을 대게 하지는 않았지. 그는 우리가 침대에 나란히 앉아있을 때 카메라의 뷰파인더를 통해 나를 바라보며 말했어.

"이 카메라는 최초로 레인지파인더를 장착한 모델 가운데 하나야. 피사체를 바라보는 방식이 이전과 달라졌다는 뜻이야. 초점 레버를 조작해 두 개로 겹쳐 보이는 피사체를 하나로 만드는 거야. 무슨 말인지 알겠지?"

그가 카메라를 내 얼굴 가까이 들이대는 바람에 나는 고개를 뒤로 빼며 웃음을 터뜨렸어. 그 순간 '찰칵' 하는 셔터 소리가 들려왔지.

"바보."

그러면서 그는 카메라를 내려놓고 나를 끌어당겨 안았어.

"널 가르치는 건 정말 쉽지 않아."

나는 우리가 영원히 그렇게 다정하게 지낼 수 있을 거라고 생각했을까? 내가 머물 곳을 찾았으니 이제 다른 건 모두 아무것도 아니라고 생각했을까? 내가 영원히 머물 공간이 주어졌다고 믿었을까? 나는 이제 안전한 곳에 있고, 그 공간과 시간 역시 영원할 거라 믿었을까? 철석같이 믿었으니 그 모든 것들이 허상에 불과하다는 걸 깨닫게 된 순간 화들짝 놀랐겠지? 내가 그렇게 믿지 않았더라면 그토록 혼란스러워

할 이유도 없었겠지?

잭슨 선생님의 집에서 보낸 지 한 달이 지난 어느 일요일 아침에 그는 나를 쫓아냈어. 내 열여덟 살 생일을 하루 앞둔 날이었지. 내가 나이를 속인 게 들통 나는 바람에 우리 둘 다 소스라치게 놀란 날이기도 했어.

나는 그의 겨드랑이 사이에 안겨 말했어. 겨드랑이에 난 북슬북슬한 털을 핥으면서.

"방금 생각났는데 내일이 제 생일이에요."

우리는 시간의 바깥에서 살고 있었어. 그의 집에서 지내는 동안 날짜를 체크하지 않았지. 일반적이지 않은 생활을 하고 있는 순간에 삶이 계속되고 있다는 증거인 생일을 떠올리자 기분이 묘했어.

그가 말했어.

"세상에! 나도 다시 열아홉 살이 된다면 얼마나 좋을까?"

온몸이 나른해 있던 나는 아무런 생각이 없었고, 그에게 나이를 속였다는 걸 깜박했지.

"열여덟 살이 되는 거예요. 벌써부터 한 살 더 먹게 만들 셈이에요?"

처음에는 왜 그의 몸이 갑자기 굳어지며 내 몸에서 떨어져 나가는지 영문을 몰랐어.

"앨리스!"

손가락 관절 마디가 벌게지도록 그가 내 어깨를 움켜쥐었어. 그의 팔에서 근육이 꿈틀대는 게 느껴졌지.

"아파요, 선생님! 왜 그런 눈으로 쳐다봐요?"

"앨리스."

그가 나지막하게 내 이름을 불렀어.

"앨리스, 너 몇 살이야?"

"네?"

"몇 살이냐고?"

이제 더는 질문이 아니라 명령이었어. 내가 눈앞에 있는 이 남자에게 나름의 영향력을 행사하고 있다고 믿었던 게 허망하게 느껴졌지.

"내일이면 열여덟 살이 돼요."

그가 어이없다는 듯 나를 잠시 쳐다보더니 미처 상황을 파악하기도 전에 침대에서 빠져나갔어.

"빌어먹을! 그럼 열일곱 살이란 말이야?"

"열일곱 살이면 뭐가 문제인데요?"

"빌어먹을! 난 미성년자를 사진과 영상으로 찍은 거야!"

방 저편으로 걸어간 그가 나를 향해 고래고래 고함을 질러댔어. 나는 도대체 그깟 내 나이가 뭐 그리 중요하다고 노발대발하는지 이해되지 않았지. 그러다가 머릿속 안개가 걷히면서 태미가 통화할 때 나에게 말했던 '제일베이트'라는 말이 떠올랐어. 그제야 내가 왜 아무 생각 없이 그에게 실제 나이를 털어놓았는지 믿어지지 않았지. 열여덟 살이 되면 자유를 얻는다는 생각에 골몰해 있었던 거야. 아직은 자유롭지 않은 뭔가가 존재한다는 걸 망각하고 있었지.

"미안해요, 선생님도 제 나이를 알고 있는 줄 알았어요. 하지만 제가 동의해서 한 일이니 상관없잖아요. 제가 선택해서 한 일이에요."

그는 얼굴을 잔뜩 일그러뜨리고 마치 나를 처음 보는 사람처럼 생경한 눈빛으로 바라보았어.

"앨리스, 나는 그 일 때문에 감옥에 갈 수도 있어."

"그럴 리가요? 절대로 그런 일은 벌어지지 않을 거예요."

"당장 이 집에서 나가!"

그가 고함을 지르고 나서 방 안을 정신없이 오갔어.

"하루만 더 있으면 성인이 되잖아요."

"제발 그 입 좀 닥치고 꺼져! 빌어먹을 창녀 같은 년아."

지금껏 그가 나에게 했던 말 가운데 그 정도의 막말은 없었어. 극심한 모멸감을 안겨주는 말이었지. 그가 잘못을 깨닫고 다가와 달래줄 거라 생각했는데 잔뜩 화난 얼굴로 계속 방 안을 서성이다가 문을 열고 밖으로 나가버렸어.

"미안해요!"

내가 미안하다고 소리쳤지만 그가 복도로 나가 차 키를 집어 드는 소리가 들려왔어.

"내가 돌아오기 전에 떠나."

그가 현관문 앞에 서서 그렇게 말했지. 곧이어 문이 열렸다가 쾅 닫히는 소리, 시동을 건 차가 끼익 타이어 마찰음을 울리며 진입로를 나서는 소리가 들려왔어. 그렇게 나는 또 다시 혼자가 되었지.

그는 내가 갈 곳이 없다는 걸 알고 있었어. 그러니까 나를 집으로 불러들였지만 계속 머무르게 해줄 생각은 없었던 거야. 그가 나를 장난감처럼 데리고 놀다가 가차 없이 차버렸다는 생각이 들 때마다 목구멍까지 분노가 치밀어 올라.

내 후견인인 글로리아에게로 돌아갈 수도 없는 형편이었지. 얼마 전 한동안 출타 중일 거라는 문자 메시지가 왔었으니까.

다녀와서 네 계획을 들어보자꾸나.

글로리아가 보낸 문자 메시지는 그런 말로 끝났는데 내 귀에는 열여덟 살 생일이 지나면 떠나라는 말처럼 들렸어.

봄까지는 태미랑 지낼게요. 돌아갈 때 말씀드릴게요.

나는 그렇게 답장을 보냈어.

그래? 그럼 잘됐구나.

글로리아가 그런 답장을 보낸 것만 봐도 내 안부를 확인해볼 리 없다는 건 분명했지. 태미에게 갈까 생각해 봤지만 '제일베이트'라는 말로 통화를 마친 뒤에는 문자메시지를 몇 번 주고받은 게 전부였어. 그나마 문자를 보내고 답장을 받기까지 제법 오랜 시간이 걸렸지. 내가 잭슨 선생님에게 빠져 있는 동안 태미는 아빠의 금주를 돕는 한편 남자친구 라이가 엉뚱한 짓을 하지 않도록 감시하느라 바빴을 거야. 태미가 라이와 어울려 다니며 보드카를 마시고, 맛이 강한 조인트를 서툴게 말고 있는 모습이 눈에 선했어. 태미가 그토록 원하던 행복을 찾게 되어서 다행이었지.

이 동네를 떠나려면 돈이 필요했어. 나는 이전부터 아르바이트를 해 돈을 모으면 미련 없이 이 동네를 떠날 생각이었는데 잭슨 선생님 때문에 잊고 지냈다는 게 믿기지 않았지.

나는 재빨리 내 삶을 바꿀 결정을 내렸어. 나는 잭슨 선생님이 그림을 판매한 돈을 어디에 숨겨두는지 잘 알고 있었지. 오래된 필름 깡통에 빼곡하게 넣어둔 지폐를 한 장도 남김없이 챙겼어. 그다음에는 깨끗한 옷가지들을 추려 더플 백에 집어넣었지. 욕실에 벗어둔 내 속옷과 티셔츠가 있었지만 그냥 내버려두고 떠나기로 했어. 내가 이 집에 있었다는 증거로 남기고 싶었지. 그는 내가 이 집에 머물렀던 흔적을 없애려고 애쓸 거야. 내가 사용하던 물건들을 쓰레기통에 집어넣으면서 나에게 무슨 짓을 저질렀는지 깨닫겠지. 그가 불편한 감정을 느끼게 될 거라고 생각하니 벌레에 쏘인 상처에 얼음 조각을 대는 것처럼 시원했어.

집 앞에 서서 문을 잠그려다가 가져가고 싶은 물건이 하나 더 생각났어. 라이카 카메라는 생각보다 가벼웠지만 더없이 소중하게 느껴졌지. 그의 어머니가 남긴 유품이야. 카메라를 잃어버린다는 게 그에게 어떤 의미로 다가올지 생각하니 나름 통쾌했어. 나에게 깊은 상처를 주었으니 그 정도 대가를 감수해야지. 그가 나에게 아무런 의미도 없는 존재라는 사실을 알려주고 싶었어. 그가 먼저 본색을 드러냈으니 나도 내 진면모를 보여줘야지.

지갑에 돈을 갈무리해 넣고 나서 라이카 카메라를 가슴에 끌어안았어. 그가 나를 창녀, 도둑, 거짓말쟁이라고 비난해도 상관없다는 생각이 들었지. 내가 누군지에 대해서는 그보다 내가 더 잘 아니까. 나는 생존자야. 열여덟 살 생일에 이곳을 떠나기로 결심했어. 이제 나는 성인이 되었으니 어느 누구도 나의 세계에서 나를 끌어내리지 못해.

멜버른 국제공항 카운터에서 슈트케이스 무게를 달고, 여권을 스캔하고, 뉴욕 행 비행기에 탑승할 준비를 하고 있던 루비 존스는 자기 자신에게 이렇게 말했다.

"앞으로 무슨 일이 벌어질지 모르지만 난 떠날 준비가 됐어."

8

바닥에 쓰러져 있는 소년을 본 날 이후로 모든 게 다르게 느껴졌어.

하늘이 무너져 내릴 것 같은 느낌은 아니야. 하늘이 무너지면 어쩌지 하는 느낌도 아니야. 그 무렵, 나는 내 자신에 대해 확신을 갖고 있었어. 이제 막 안전해졌다는 생각과 함께 과거를 조금씩 잊어가기 시작했거든. 지난 시절에 겪은 몹쓸 일들을 잊는다는 게 안전 아닐까? 뉴욕에 온 이후 나는 차츰 나쁜 일들을 떠올리지 않게 되었지.

당신에게 남아 있는 날들은 얼마 없다

터널 벽에 쓰여 있던 붉은 글씨와 지하철역의 그라피티가 경고의 의미로 다가왔어. 음산한 느낌을 주는 붉은 글씨가 내 머릿속에서 어두운 기억을 상기시켰지. 뉴욕에 와서 노아를 만나기 전까지 나는 단 한 번도 내가 안전하다고 느낀 적이 없었어.

내가 평소에 얼마나 긴장하고 살았는지 모를 거야. 나 같은 여자들은 앞서 걸어가던 남자가 걸음을 늦추고 어느 건물 안으로 사라지는 걸 보면 문득 겁이 나. 내 뒤에서 걷는 남자의 걸음이 빨라지면 등줄기에서 소름이 돋아. 내 옆에서 창문에 짙은 선팅을 한 차가 지나가거나 작은 골목이 있는 거리, 해질녘 공원, 텅 빈 공터를 걸을 때에도 가슴이 조마조마해. 맥주 냄새를 물씬 풍기는 남자아이들의 숨결을 대하는 것만으로도 두려움을 느끼지. 집으로 급히 달려와 문을 닫는 순간 방 안이 빙글빙글 돌 지경이야.

나 같은 여자들이 얼마나 긴장하고 경계하며 살아야 하는지 알아?

지하철역 바닥에 쓰러져 있던 그 소녀는 자신이 안전하다고 느낀 적이 있었을까? 사람들이 마주치길 꺼려해 멀찍이 비켜가는 존재가 되기 전에 그 아이에게도 안전한 삶이 있었을까? 한때 누군가가 그 아이를 안아주고, 사랑해주고, 먹을거리를 챙겨주고, 학교에 보내주는 사람이 있었을까? 오늘은 기분이 우울하고, 마음에 짙은 먹구름이 드리워져 있었지만 비가 오거나 잭슨 선생님이 연락하지 않거나 나에 대해 다들 무관심하기 때문은 아니었어. 나의 새로운 삶에 스크래치가 났기 때문이야. 나는 빗물이 흥건한 뉴욕의 거리를 걷고, 특별한 장식품으로 꾸민 건물들을 보면 사진에 담고, 다양한 종교, 별들에 대한 지식을 폭넓게 알아가고 있어. 이틀 전, 나는 개들을 산책시키다가 그 중 한 마리가 오줌을 누는 바람에 걸음을 멈췄는데 공교롭게도 어느 사진학교 앞이었지. 노아의 아파트에서 불과 세 블록 떨어진 곳에 사진학교가 있었고, 늦봄에 개설하는 수업들이 곧 시작된다는 안내문이 정문 게시판에 붙어 있었어. 나는 사진학교를 소개하는 전단지를 가져와 침대 옆 테이블에 올려놓았지. 나는 사진학교에 들어가 사진을 배우고 싶었지만 노아가 도움을 베풀지 않을 경우 불가능했지. 나는 그런 생각을 하다가 매우 중대한 사실을 깨달았어.

내가 이 집에서 쫓겨나게 되면 어떤 처지가 될까?

나는 엄마와 마찬가지로 나에게 질리면 언제든 쫓아낼 수 있는 존재에게 내 삶을 전적으로 의존하고 있다는 생각이 들었어. 노아의 집에서 쫓겨나면 나는 다시 오갈 데 없는 처지가 될 거야. 나에게는 집도, 돈도, 부모도 없으니까. 결국 길가에 쭈그리고 앉아 사람들이 던져주는 동전에 의지해 살아가는 존재가 될지도 몰라. 생판 처음 보는 사람에게 먹을 거리를 구걸하기 위해 손을 흔들어야 하는 존재.

내가 또다시 상실의 고통을 겪는다고 해도 온전히 버텨낼 수 있을까?

사흘 동안 어둡고 우울한 생각에 잠겨 있다 보니 두려움이 극에 달했고, 몸에서 열이 나기 시작했어.

저녁식사 자리에서 노아는 마치 우리가 서로 알고 지낸 지 몇 주가 아니라 몇 달쯤 된 듯이 말했어.

"앨리스, 요즘 안색이 안 좋아 보여. 병원에 가봐야 하지 않을까?"

노아의 서늘한 손이 내 이마를 짚었어.

노아는 보통 사람들과 다를지도 모른다는 생각이 들며 갑자기 그에게 몇 가지 묻고 싶었지.

나는 내 외상 쪽지들을 배경으로 앉아 있는 노아를 바라보며 물었어.

"왜 저를 집에 머물게 해주시는 거예요?"

프랭클린이 내 발치에서 슬금슬금 돌아다니다가 맨 살이 드러난 내 발목을 핥아댔어.

노아가 잠시 뜸을 들였다가 대답했어.

"아무나 다 받아들이지는 않아. 사람들이 광고를 보고 더러 찾아오지만 대부분 다 돌려보냈어. 어떤 사람들에게는 불편을 끼쳐 죄송하다며 돈까지 쥐어주고 돌려보냈지."

"아! 그렇군요."

나는 노아의 말을 듣고 이 집에 온 첫날 밤, 짐 가방과 절망감을 끌고 낯선 길을 걸어온 내 눈 앞에서 문이 딸깍 소리를 내고 닫혀 버렸다면 어떤 기분이었을지 상상해 보았어.

나를 온화한 표정으로 바라봐 주었던 노아의 파란 눈, 이 집의 돌출 창, 피아노, 내게 달려들어 반갑게 인사한 프랭클린이 없었다면 나는 어디로 가야 했을까?

"너도 눈치 챘겠지만 나는 굳이 일을 하지 않아도 먹고 살 수 있는 형편이 되지."

노아는 양 손을 펼쳐 나에게로 내밀며 말을 이었어.

"내가 가진 것들을 필요로 하는 사람들에게 조금씩이나마 나누어줄 수 있다면 좋겠다고 생각했어. 하지만 막상 나를 찾아온 분들을 보니 내가 처음 상상했던 모습과는 많이 달라 보이더군."

"저에게는 지나치게 좋은 조건이었어요."

나는 이왕 말이 나온 김에 좀 더 밀어붙여보기로 했어.

"다른 집들은 추천장이나 신용카드 보증금을 요구하는데 그러지 않았잖아요. 분명 저처럼 돈 없는 사람이 찾아오리라는 걸 알고 있었던 거예요."

"그래, 네 말이 다 맞아."

노아는 가늠하기 힘든 표정을 지으며 한숨을 푹 내쉬었어.

"넌 내가 늘 머릿속에 넣고 다니는 인물과 너무나 비슷했어."

그 다음, 노아는 목소리를 한층 낮추어 말했지. 그래서인지 내가 그의 말을 제대로 알아들었는지 확신할 수 없었어.

"솔직하게 말하자면 너를 보는 순간 지난날 내가 알고 지냈던 한 아이가 떠올랐지."

그날 노아는 문을 열고 나를 보는 순간 한시도 잊지 못하고 마음속에 꼭꼭 숨겨둔 아이, 이상할 만큼 자신과 닮은 천진한 아이의 얼굴이 떠올랐다고 했어. 오래 전, 그가 딱 한 번의 실수를 저지른 바람에 태어난 아이였지. 어린 시절에 세상 반대편으로 떠나버려 이제는 어디에 사는지조차 알 수 없게 된 아이. 아이 엄마는 딸을 데리고 가끔 예고도 없이 이 집에 들이닥쳤어. 이 집에 머무는 동안 아이 엄마는 피아노를 연주했고, 노아는 아이의 옷을 사주고, 학교에 보내고, 휴가를 떠날 돈을 마련해 주었지. 그 시절만 해도 가정을 꾸리고 싶은 마음이 없었지만 아이를 돌보는 데 필요한 돈을 항상 마련해 두었어. 두 사람이 영영 떠나버리고 나서 아이가 앉아 있던 자리에는 재잘대던 목소리의 메아리와 텅 빈 공간만이 남게 되었어. 어느 누구의 삶이든 꼭꼭 닫아둔 비밀의 문이 있기 마련이야. 내가 꾀죄죄한 행색이지만 희망에 부푼 얼굴로 문을 두드린 그날, 노아가 꼭꼭 잠가두었던 문이 다시 활짝 열린 거야.

노아는 쓰고 있던 모자챙을 만지작거리더니 미소 가득한 얼굴로 식탁 맞은편에 앉아 있는 나를 바라보았어.

나는 노아의 입에서 무슨 말이 나올지 몰라 몹시 긴장하며 심호흡을 했지.

"베이비 존, 아무리 봐도 넌 달리 갈 곳이 없어보였어."

*

루시 루텐스는 나에게 분리불안장애를 앓는 슈나우저 도넛의 생일 파티를 열어 달라고 했어.

"성대한 파티는 필요 없어요. 그저 케이크를 준비하고 고깔모자를 쓰고 즐거운 시간을 보내는 모습을 사진으로 찍어 보내주시면 충분해요."

루시는 매년 도넛의 생일을 직접 챙겼는데 올해는 사촌 결혼식이 있어 메인 주에 가봐야 하기 때문에 부득이 나에게 생일 파티를 열어달라고 부탁한 거야.

"사실 우리 엄마는 내 생일을 챙겨준 적 없었는데 이렇게 *문제없이* 자랐어요."

나는 주방에서 벽을 타고 들려오는 루시의 말을 들었어. 내가 고객들을 직접 만나는 경우는 매우 드물지. 처음 일을 시작할 때 노아가 고객들이 누군지 일일이 알아둘 필요는 없다고 했으니까. 나는 개들의 주인이 누군지 묻지 않았지만 서로 매치시킬 수 있을 것 같았어. 동물들이 마치 거울처럼 주인의 행위나 습관을 그대로 따라한다는 걸 알게 되었거든.

가령 프랭클린은 관찰력이 좋은 개야. 노아처럼 멀찍이 떨어져 나를 주의 깊게 바라보고 있다가 예기치 못한 순간에 애정이 듬뿍 담긴 몸짓을 해 나를 놀라게 만들지. 프랭클린은 가끔 축축한 코를 내 발목에 비비거나 머리로 내 다리를 간지럽게 해. 녀석은 짧은 스킨십을 하고 나면 다시 제자리로 돌아가지.

그 반면 루시의 개는 아무리 봐도 문제가 많았어. 녀석은 루시가 떠난 게 마치 내 잘못이라도 된다는 듯 다른 개들 앞에서 경기를 일으키며 나를 적대시 했지. 루시가 떠나자 녀석은 문간에 앉아 몸을 떨며 낑낑거리다가 주인이 영영 돌아오지 않으리라 확신하는지 온종일 앞발에 얼굴을 묻고 앉아 나를 외면했어.

노아가 개에 대해 흥미로운 말을 해준 적이 있어.

"개들도 사람처럼 감정을 느끼지만 고작 서너 살 수준이야. 네가 감당할 수 없을 만큼 감정 과잉 상태에 빠졌던 때를 상상해 봐. 개들은 매일같이 그런 상태에 빠져있다고 보면 돼."

노아의 말을 듣고 나서 네 살 때 내 모습을 떠올려 보았어. 나는 희미한 기억을 더듬으며 안에서 세상을 내다보는 게 아니라 바깥에서 내 자신을 보고 있었지. 사람들은 지나간 삶을 마치 영화를 보듯 바깥에서 바라보니까. 하지만 나쁜 기억은 영화를 볼 때처럼 밖에서 보는 게 아니라 그 사건

속으로 직접 들어가 안에서 밖을 바라보는 거야. 그런 상태가 되면 현실과 과거의 구분이 힘들어지지.

노아는 그런 암울한 기억들조차 어루만지고 흔들어 밖으로 내보낼 수 있다고 했어.

내가 노아에게 물었어.

"그러면 몸에 구멍이 숭숭 뚫리지 않을까요?"

노아는 내 질문에 답하지 않고 웃음으로 얼버무렸지. 다음 날 내 베개 위에 EFT*에 대한 책이 한 권 놓여 있었어. 안타깝게도 책 표지에 성운 사진이 실려 있었지. 벽장문을 열고 표지가 위로 가도록 책을 엎어두고 다시는 쳐다보지 않았어.

적어도 네 살 때는 그다지 나쁜 일이 없었나 봐. 그런 일이 있었다면 분명하게 기억났을 거야. 아무튼 우울한 기억을 떠올리는 것보다는 즐거운 상상을 하는 게 좋아. 개를 보면 주인을 알 수 있듯이 아이를 보면 엄마가 어떤 사람인지 알 수 있을까? 네 살 시절에 나는 엄마를 빼닮은 아이였을까? 그때도 나를 사랑해주고, 깊은 관심을 보이고, 애정 어린 눈으로 *바라봐주는* 누군가를 찾아다녔을까? 이상하게도 내 어린 시절이 기억나지 않아. 그저 자주 이사를 했고, 다른 학교로 전학을 가야 했던 일만 기억날 뿐이야. 남자들이 내 주변을 맴돌기 시작한 건 좀 더 나이를 먹은 이후야. 어

* Emotion Freedom Technique 감정자유기법. 신체를 직접 두드리고 털어내는 등의 방식으로 불안, 트라우마 등을 치유하는 대체요법.

린 나는 잠긴 문 앞에서 엄마를 눈이 빠지도록 기다렸을까? 루시의 개 도넛처럼 엄마를 애타게 기다리며 손바닥에 얼굴을 묻고 있었을까?

가끔 난 노아가 내게 들려준 이야기들을 차라리 듣지 않았더라면 좋았을 거라고 생각해.

"저는 한 번도 생일 파티를 해본 적이 없어요."

루시가 떠나고 나서 슬픔에 젖은 도넛이 문간에 엎드려버렸을 때 나는 노아에게 말했어.

"엄마는 내 생일 따위는 애초부터 없었다는 듯이 그냥 넘어갔어요."

노아는 내 말을 듣고 그리 놀란 기색을 보이지는 않았어. 아마 나라면 누군가가 생일 파티를 해본 적이 없다고 말하면 몹시 놀랐을 거야. 어쩌면 조금 슬펐을지도 몰라. 하지만 노아는 그저 어깨를 으쓱했을 뿐이야.

"생일 파티를 하고 싶니?"

"생일 *파티?*"

"그래, 앨리스. 생일 *파티*를 해본 적이 없을 뿐 하기 싫어하는 건 아니잖아?"

노아는 내가 한 번도 생각해본 적 없는 일들을 당연히 해야 하는 쪽으로 만드는 재주가 있었지. 노아가 그런 식으로 말하는 게 당연히 기분 나쁘지는 않았어.

나는 잠시 노아의 제안에 대해 진지하게 생각해봤지.

"*파티*를 하고 싶어요."

그렇게 대답한 순간 새로운 전망과 가능성이 거품처럼 수면 위로 떠올랐어.

"크라이슬러 빌딩 첨탑에서 생일 파티를 열고 싶어요. 은색 드레스를 입고, 고급 유리잔에 맨해튼을 따라 서빙하려고요. 파티장 사방에 반짝이를 넣은 풍선을 달았으면 좋겠어요. 제가 지나갈 때마다 풍선을 터뜨려 밤새도록 온몸이 반짝거렸으면 좋겠어요."

"계획이 구체적이어서 마음에 들어."

노아는 특유의 미소를 짓고 나서 다시 개들을 돌봐야 하는 일과로 돌아갔어. 생일 파티를 열고 싶다고 했던 내 소원은 한동안 머릿속에서 반짝거리다가 희미해졌지. 소원이 실제로 이루어지지는 않았지만 마치 이루어진 듯 내가 그려보았던 파티 장면을 마음속에 간직했어.

크라이슬러 빌딩의 첨탑은 그저 콘크리트 바닥에 전선들이 어지럽게 널려 있는 공간이었어. 첨탑 입구는 사람 하나가 겨우 비집고 들어갈 만큼 좁았지. 노아는 크라이슬러 빌딩의 첨탑이 반짝이는 외관과 달리 매우 볼품없다는 사실을 이미 알고 있었으면서 입 밖으로 꺼내지 않은 거야. 나를 배려해주는 노아의 마음이 얼마나 깊고 넓은지 새삼 절감하는 순간이었지. 노아는 내가 뉴욕에 친구가 없어 생일 파티에 초대할 사람이 없다는 걸 잘 알고 있었지만 그 사실도 입에 담지 않았어. 첨탑 안에 반짝이를 넣은 풍선을 달아두고 내가 그 아래로 걸어간들 터뜨려줄 사람이 없었던 거야. 풍선 안에 들어있는 반짝이가 춤을 추겠지만 어쩔 수 없었겠지.

내 생일 파티는 나름 근사한 아이디어였지만 현실성이 없었어. 나는 제대로 된 생일 파티를 여는 게 아예 불가능했지. 뉴욕으로 오는 고속버스에서 열여덟 살 생일을 맞았으니까. 시곗바늘이 똑딱똑딱 소리를 내며 움직이고 있었지. 오래 전 나는 지금처럼 *이렇게* 아무것도 모르고 태어났을 거야.

내가 배 속에서 나오는 순간 엄마는 무슨 생각을 하고 있었을까?

엄마와 마지막 이별을 하는 순간에도 난 아무것도 몰랐지.

엄마는 수건을 터번처럼 머리에 두르고 욕조에 들어가 있었어. 엄마는 손가락으로 비눗물을 장난스럽게 튕기면서 어서 욕조 안으로 들어오라는 뜻으로 손을 뻗었지. 나는 따뜻한 물이 담긴 욕조로 들어가 엄마의 몸에 등을 기대고 앉았어. 엄마는 기다란 손가락으로 내 두피를 문지르며 머리를 감겨주기 시작했지. 엄마의 손길이 머리를 만질 때마다 눈앞에서 동그란 불빛과 자그마한 별들이 춤을 추었고, 등에 닿은 엄마의 살과 풍만한 몸매가 편안하게 느껴졌어.

"어여쁜 내 아가."

엄마는 내 귀에 대고 그렇게 속삭였어. 정말 그런 일이 있었는지 확신할 수는 없지만 나는 분명 그렇게 기억하고 있어. 어쩌면 그런 장면이 나오는 영화를 본 것인지도 모르지만.

노아는 끝내 내 생일 파티를 열어주었어. 내가 계획했던 대로 크라이슬러 빌딩 맨 꼭대기 층 첨탑이 파티 장소였지. 나는 프랭클린을 데리고 리버사이드 파크에서 놀다가 허드슨 강 너머로 해가 지기 시작할 무렵 집으로 돌아왔어. 뉴욕에서 보낸 지 3주째였고, 집으로 돌아와 문을 열어보니 거실에서 은색과 흰색 풍선들이 둥둥 떠다니고 있었지. 노아는 비 오는 날 밤에 노란색과 금색 불빛이 반짝이는 미드타운 맨해튼을 허공에서 내려다보고 있는 내 사진을 실제 크기만큼 확대 인쇄해 판지에 붙인 다음 창가에 기대놓았어. 노아가 미소를 지으며 맨해튼 잔을 내 손에 쥐어주었지. 술에 넣은 검붉은 체리 하나가 머리를 내밀고 있었어.

"너의 첫 맨해튼을 위해 건배."

노아가 그 말과 함께 잔을 부딪치는 순간 반짝이를 덮어쓴 것도 아닌데 내 온몸이 반짝거리는 기분이 들었어.

"생일 축하해, 앨리스."

우리는 맨해튼을 여러 잔 마시고 흠씬 취했어. 어쩌면 노아는 멀쩡한데 나만 취했는지도 몰라. 피아노 위에 놓인 크리스털 디캔터에서 맨해튼을 연거푸 세 잔이나 따라 마셨으니까. 술에 넣은 체리를 깨물었더니 검붉은 즙이 입가에서 가늘게 흘러내렸어. 달고도 씁쓸한 맛이 났어. 여태껏 느껴보지 못한 취기가 내 몸을 흠뻑 적셔왔어. 내가 취한 상태를 적당하게 표현하자면 께느른해졌다는 말이 가장 잘 어울릴 것 같다는 생각이 들었지. 대체로 몸이 어질어질했지만 꼼짝 못할 정도는 아니었어. 나의 왼손에는 집 근처 사진학교 앞으로 된 수표가 쥐어져 있었지.

"앨리스, 사진학교 입학금이야."

노아가 준 봉투를 열자 수표 한 장이 내 무릎 위로 떨어져 내렸어.

"너도 계속 집에만 있을 수 없잖아. 이번 학기부터 사진학교에 다니면서 사진 찍는 법을 제대로 배워 봐."

노아가 준비해준 수표가 내게 새로운 문을 열어줄 열쇠가 되어줄 것 같았어. 여름이 되어 학교 앞 계단을 오르는 내 모습, 매일 수업을 듣기 위해 학교 건물로 들어서는 내 모습이 머릿속에 그려졌지. 시간이 흐르고 점점 더 세상을 알아가는 내 모습이 떠오르기도 했어. 눈을 가늘게 뜨면 학교에서 친구들과 점심을 먹고, 암실에서 과제를 하고, 신입생에게 B강의실이 어디인지 친절하게 알려주는 내 모습이 보였지.

"노아."

내가 상상한 미래의 모습을 노아에게도 보여주고 싶었어. 미래의 내 모습이 얼마나 신선하고 근사하게 느껴지는지 자랑하고 싶었지. 내가 미래를 그릴 수 있게 해준 노아에게 감사의 마음을 전하고 싶기도 했어. 지금껏 내가 아무런 대가 없이 뭔가를 얻었던 적은 없었다고 말해주고 싶기도 했지.

내게 찾아온 행운이 언제 끝날지, 내가 누리는 행복을 언제 빼앗길지 카운트다운하면서 살아왔으니까. 노아는 왜 아무런 대가를 바라지 않고 나에게 이런 친절을 베푸는지 몹시 궁금하기도 했어. 만난 지 고작 몇 주밖에 안 된 나에게.

사람에 대한 모든 해답은 지나온 과거에 있을지도 모른다고 생각해.

"노아, 전에는 어떤 일을 하며 살았어요?"

"네가 이 집에 오기 전에?"

노아가 맨해튼 잔을 내려놓으며 되물었어.

"아니, 그냥 젊었을 때 어떻게 살았는지 궁금해요. 지금의 저처럼 열여덟 살에."

노아는 허드슨 강 건너에 있는 호보켄에서 태어났다고 했어. 겉은 부드럽고 안은 단단해 바사삭 부서질 것 같은 어감을 가진 이름이야. 사탕가게를 연상시키는 이름.

노아는 지나온 삶을 되돌아보며 과거 이야기를 하는 동안 입매가 실룩거리고, 입 꼬리가 떨렸어. 과거를 떠올리는 게 즐거운지 슬픈지 알 수 없는 표정이었지.

"나도 맨해튼에 온 이유가 너랑 비슷했어. 집에서 탈출하고 싶었지. 다만 너처럼 멀리 도망치지 않아도 되었다는 게 달랐을 뿐이야. 그 시절에 나는 허드슨 강 건너편에 있는 뉴욕만 바라보며 살았으니까. 강 건너 뉴욕이 내 인생의 길잡이별이었지. 결국 나는 뉴욕으로 오게 되었어."

"지난날의 뉴욕은 어땠는지 이야기해 주세요."

노아가 계속 자신의 이야기를 해주었으면 하는 마음에 그렇게 말했어. 이야기를 하다 보면 여러 진실들과 함께 인생의 조각들이 묻어나온다는 걸 알기에. 맨해튼에서 보낸 젊은 시절 이야기를 듣다 보면 노아가 왜 지금의 그가 되었는지, 왜 아무런 대가를 바라지 않고 나를 돕게 되었는지 미루어 짐작할 수 있을 테니까.

"뉴욕은 이 나라가 떠올린 최고의 아이디어였어. 지금은 무자비한 리얼리티 쇼로 변해버렸지. 관광객들이 끊임없이 드나들고, 미드타운 중심가 아파트 가운데 절반은 비어 있지. 뉴욕에서 계속 살지도 않을 사람들이 잠시 볼일을 보러 올 때를 대비해 수백만 달러를 투자해 사들인 콘도가 도심의 한 블록 전체를 차지하고 있기도 해. 70년대만 해도 뉴욕은 사람들이 잠시 머물다 가지 않고 아예 눌러앉아 사는 곳이었지. 나는 부모가 바라는 삶을 받아들일 수 없어 뉴욕에 왔어. 이 도시가 내게 바란 건 이곳에 살면서 새로운 삶을 만들어가는 것뿐이었지."

노아의 이야기는 일 년 내내 들어도 질리지 않을 것 같았어.

"처음에는 그리니치빌리지에 살았어. 바닥에 먼지 한 톨 떨어질 새 없이 집을 쓸고 닦았던 내 부모와 달리 내 방은 늘 지저분했고, 침대는 더러웠고, 시큼하고 퀴퀴한 냄새를 풍기는 술집들이 즐비한 동네였지. 그래도 내 눈에는 위험과 스릴이 넘치는 새로운 세상이었어. 뉴욕은 내게 늘 멈추지 않고 계속 한계를 뛰어넘는 도시였지. 나는 저 고층 빌딩들이 하나둘씩 늘어나는 모습을 보며 살아왔어. 하루하루 변모하는 이 도시가 마음에 들었지. 그 시절의 나는 세상을 향해 욕설을 날리는 거대한 두 개의 손가락 같았어. 어느 누구보다 자기 확신에 차있었고, 조금은 무신경한 사람이었지. 그때만 해도 친구들이 정말 많았는데 지금은 다 사라졌어. 80년대가 되면서 주변 사람들이 하나둘 죽기 시작했지. 연인, 친구들, 옆집에 살던 천재 소년까지. 사람들은 죽어도 뉴욕은 계속 살아남았어. 뉴욕은 지난날과 천양지차로 변했어. 그나마 나처럼 살아남아야 변화를 확인할 수 있는 특권이 주어지지."

나도 알아.

"뉴욕은 멈추지 않았고, 나도 그랬어. 뉴욕은 기회를 주는 도시야. 나는 몇 다리 건너 알게 된 사람과 사업을 시작해 큰돈을 벌게 되었지. 허드슨 강 건너에 사는 부모에게 큰 액수의 돈을 보내줄 수 있을 정도로 성공했어. 그 당시 내가 알고 지내던 사람에게 이 집을 비교적 싼값에 구입했지."

노아가 말을 마치고 침묵하는 사이 내가 물었어.

"저를 보면 생각난다는 아이는 누구예요?"

이제부터 정말 중요한 이야기가 나올 것 같다는 느낌이 들었어. 맨해튼이 우리 사이의 경계를 조금은 느슨하게 해준 것 같았지.

"내 삶에는 떠올리기 싫은 한때도 있었지. 내 삶의 자투리 같은 부분이었어. 내 딸이 몇 살이더라?"

노아는 손가락으로 숫자를 세기 시작했다.

"30대 중반쯤 되었겠네. 얼마나 오래 떨어져 살았던지 이제는 딸의 나이도 잊고 살아. 내 인생의 절반은 새로 시작한 삶이야. 그 당시 아이 엄마에게 큰 상처를 주었어. 영원히 사랑하겠다고 약속해놓고 지키지 않았으니까. 내 아내는 아이를 데리고 바다 건너로 떠났어. 난 두 사람을 붙잡지 않고 보내주었지. 두 사람과 인연을 끊고, 아무것도 묻지 않는 게 내 나름의 속죄라고 여겼으니까."

노아가 문을 열었을 때 짐 가방을 든 내가 서 있었어. 잠시 그의 눈에는 오래 전에 헤어진 어린 딸이 다시 찾아온 것 같았어. 그 아이가 피아노와 샹들리에가 있는 이 집으로 다시는 돌아오지 않을 거라 체념하고 있었는데 돌아온 거야.

뜻하지 않은 작별 인사가 우리를 얼마나 멀리까지 데려가는 걸까?

나는 물었어.

"후회하세요? 속죄의 대가가 너무 크잖아요?"

"당연히 후회했지. 만약 살아온 인생에 대해 조금도 후회하지 않는다는 사람이 있다면 그는 아직 덜 살았거나 너무 오래 살아서 진실을 망각하게 되었을 뿐이라고 생각해. 딸을 떠나보내고, 자라는 모습을 보지 못하고 살아온 걸 몹시 후회했어. 딸을 닮은 너를 알게 된 이후 더욱 크게 후회하고 있지."

"저는 아빠가 누군지도 몰라요."

그 말을 하는 순간 후회했지만 계속 말이 새어나왔어.

"그 사람이 뉴욕에 산다는 말을 들었어요. 저는 아빠에 대해 아무것도 몰라요. 직업이 사진작가라는 것만 어렴풋이 알고 있을 뿐이죠."

"그래서 뉴욕에 왔니? 아빠를 찾으러?"

노아가 물었을 때 나는 그가 딸이 집으로 돌아오는 여정을 그려보고 있다는 걸 눈치 챘어.

"그렇지는 않아요."

노아를 위해 거짓말을 할 수도 있었지만 나는 솔직하게 대답했어.

"솔직히 저는 아빠 생각은 하지 않아요. 아빠를 찾아 나설 마음도 없어요. 그 사람은 제가 이 세상에 존재한다는 사실조차 모르고 있을 가능성이 커요. 아빠가 존재하지 않는다는 사실을 인정하고 견뎌내려 애쓰며 살아왔어요. 그러다 보니 이제는 아빠의 부재에 대해 신경 쓰지 않게 되었죠. 제가 도저히 손에 넣을 수 없는 걸 갖고 싶어 해봐야 무슨 소용이겠어요."

나중에 내가 한 말이 거짓이었다는 걸 알게 되었지. 가질 수 없는 걸 갖고자 하는 욕망은 죽은 사람조차 일으켜 세울 만큼 강력한 힘을 갖고 있다고.

"우린 완벽한 한 쌍이네요."

노아에 대해 알고 싶었던 게 많았던 밤, 맨해튼의 과일 향과 단맛이 입 안에서 맴돌던 그날에 나는 문득 그렇게 말했어.

"딸을 잃은 아빠, 아빠를 잃은 딸. 만약 영화였다면 당신이 갑자기 신장이식을 받아야 하는 일이 생길지도 모르겠네요. 그러다가 *아!* 하고 깨닫는 거예요. 당신이 내 아빠라는 사실을. 정말 그렇다면 몹시 신기하겠어요. 제가 이 집을 찾아온 게 처음부터 당신을 만나기 위해서였다면."

나는 술이 푹 스며든 체리를 깨물면서 노아를 향해 배시시 웃어 보였어.

"신이시여, 어찌 이런 일이?"

노아가 질겁하며 놀라는 척했어.

"이 아이가 내 딸이라니?"

그때 집 안으로 바람이 스며들어와 옆방의 냉장고 문에 붙어 있는 쪽지가 팔락거렸어. 내가 갚아야 할 외상을 적어둔 포스트잇들. 집세, 전기세를 비롯해 내가 노아 몰래 적어서 붙여놓은 외상 목록들이었지. 내가 노아에게 남겨둔 메시지가 꽤 많이 쌓여 있었어. 노아가 확인해 보는지 알 수 없었지만 가령 이런 것들이야. *우정, 믿음, 안전.* 반드시 갚아야 할 목록들이었지.

난생 처음 생일 파티를 연 오늘 나는 사진학교에 가서 함께 점심식사를 할 친구들을 생각했어. 사진학교에 가면 친구들이 나를 중심으로 모여 앉아 식사를 하고, 이야기를 나누고, 계획을 세우는 일이 있을 거라 기대하고 있으니까. 내 주변에는 친구들이 늘어날 테고, 나는 태미에게 전화해 자랑 삼아 이야기하게 될 거야. 내가 뉴욕에 와서 무얼 했는지 듣고 나면 태미는 바삐 지내느라 어쩔 수 없이 뒤늦게 연락해 모든 이야기를 털어놓은 나를 용서해줄 거야.

"마침내 해냈구나, 앨리스."

태미는 아마 그렇게 말할 거야.

"마침내 꿈꾸던 삶을 이루게 되었구나!"

나에게 새로운 삶이 가능하도록 만들어준 사람이 누군지 알고 있어. 내가 이 모든 걸 빚지고 있는 사람이 누군지 알고 있어. 그 대신 나는 노아가 내게 베풀어준 모든 걸 갚을 날이 반드시 오리란 걸 조금도 의심하지 않아. 내가 노아의 딸만큼 나이를 먹어 30대 중반이 된다고 하더라도 많은 시간이 남게 될 테니까. 내 또래 여자들의 평균 수명인 79.1년 동안 살 수 있다고 가정하면 아직 많은 날들이 남아있으니까. 30대 중반이면 나는 유명 사진작가가 되어 뉴욕의 여러 갤러리에서 전시회를 열고, 잡지 표지에도 내 사진이 실리게 할 거야. 그때가 되면 노아가 나를 돌봐주었듯이 내가 그를 돌봐줘야겠지. 내가 노아를 지키는 유일한 파수꾼이 되어줄 거야. 그때에도 우리 앞에는 많은 날들이 남아 있을 거야.

내가 꿈꾸는 일들을 이루지 못할 거라 생각하면 심장이 반으로 쪼개져 버릴 것 같아.

내가 너무 경계심을 풀었던 것일까? 하늘에서 번개가 치고, 장대비가 내리는 날 무거운 공기가 내 가슴을 답답하게 했어. 허드슨 강가의 자갈밭에 쓰러질 때 나는 내가 낯선 남자에게 이토록 미미한 존재로 받아들여진 것에 큰 충격을 받았지. 하나의 세계, 한 여자의 삶이 이토록 빨리 폐기될 수 있다는 것에 놀랐어. 안전을 지키려면 절대로 방심해서는 안 된다는 생각을 한순간 깜박했던 거야.

아무리 그렇더라도 뜻밖이었어. 내 마지막 순간은 그야말로 너무나 참담했으니까.

9

내일이면 나는 생을 마감하게 될 거야.

어디서부터 이야기를 시작해야 할까? 어디서부터 듣고 싶어? 나는 여전히 눈에 잠기운이 매달린 가운데 침대에서 일어났어. 커피를 끓여 마시려고 열판에 올려둔 주전자에서 물이 쉭쉭 소리를 내며 튀었지. 샤워를 하러 욕실에 들어갔는데 물 온도가 제대로 맞춰지지 않았어. 가끔 나는 샤워기의 밸브가 나를 헷갈리게 하려고 매일 위치를 바꾸는 건 아닌지 의심한 적이 있었지. 샤워를 마치고 바나나를 먹었는데 입 안에서 느껴지는 맛이 빽빽했어. 나는 개가 가지고 노는 장난감들을 발로 차 거실 구석으로 몰아넣고 창문을 활짝 열었어. 거리에는 언제나 그랬듯이 쓰레기봉투들이 쌓여 있었지. 쓰레기봉투들이 무너지기 직전이 아니라면 그 위로 뛰어내릴 수도 있을 것 같았어. 지금은 하늘이 파랬지만 언제 그랬냐는 듯 또다시 비가 내리게 될 거야. 개털 한 올이 내 엄지발가락을 간질였어.

아침 시간이 느리지도 빠르지도 않게 지나갔어. 평범한 아침을 보낸 지 한 달이 가까워지고 있어서 이제 익숙한 느낌이 들었지. 치즈 샌드위치를 만들어 먹고 나서 접시와 나이프를 개수대의 커피 잔 옆에 내려놓았어. 문득 앞으로는 집안일을 좀 더 많이 해야겠다는 생각이 들었지. 노아에 대해 감사한 마음을 결코 잊어서는 안 되니까. 포스트잇을 꺼내 *'집안일을 더 많이 돕기.'* 라고 쓰려 했는데 어디선가 쾅 소리가 울려 퍼졌어. 깜짝 놀라 펜을 놓치는 바람에 내가 쓰던 글자가 종이 밖으로 벗어나버렸지. 펜이 식탁 아래로 굴러 떨어졌는데 허리를 숙여 찾아보려고 했지만 눈에 띄지 않았어. *'돕기'* 라고 써두었으니 무얼 쓰려고 했는지 나중에 기억날 거라 여기며 포스트잇을 냉장고 문에 붙여두었지.

내 삶의 마지막 날 아침에.

*

내 삶의 마지막 날 아침에 루비 존스는 창밖을 내다보았다. 거리에 쌓여 있는 쓰레기봉투들을 보는 순간 저절로 인상이 찌푸려졌다. 썩어가는 채소와 기저귀 냄새가 떠올랐지만 사실 방에서는 그녀가 사온 향초의 은은한 머스크 향이 퍼져 있었다. 루비가 사는 건물과 반대편 아파트 건물 사이로 드러난 하늘이 보였다. 파란 하늘이었지만 기상청 일기예보에 따르면 오후부터 폭우가 내린다고 했다. 변덕스러운 봄 날씨를 조금만 더 견뎌내면 이제 곧 따뜻한 여름이 시작될 것이다. 아직 오지도 않은 여름이 벌써부터 눈앞에서 아른거렸다.

일기예보는 어김없이 맞아떨어졌어.

내 삶의 마지막 날 아침에 루비는 평범한 일과를 반복했다. 그녀는 일층에 커피를 마시러 내려갔다가 샤워를 하려고 다시 방으로 올라왔다. 달리기를 하려고 운동화를 갈아 신고, 잠시 스트레칭을 하며 근육을 풀어주었다. 루비는 새로운 풍경을 보면 좋겠다고 생각하며 리버사이드 파크를 향해 달리기 시작했다. 그녀는 거리를 지나 캐노피가 있는 오솔길을 거쳐 부두까지 내처 달렸다. 양쪽 다리의 보조를 맞추기 위해 헤드폰으로 음악을 들으며 달렸다.

애시는 뉴욕에 온다던 이야기를 다시는 꺼내지 않았다. 애시가 뉴욕에 올지도 모른다고 했을 때 그녀는 몇 시간 뜸을 들인 끝에 답장을 했다.

그럼 정말 좋겠어!

간단히 그렇게 답하고 다른 이야기를 시작했다. 뉴욕에 와서 무엇을 할지 애시의 계획을 묻지도 못한 가운데 2주가 지나갔다. 뉴욕에 온 지 어느새 한 달이 되어가고 있었다. 벌써 한 달이 지났는데 여전히 애시가 목에 걸린 음식물처럼 신경을 곤두서게 했다. 애시에 대한 기억이 욱신거리는 통증처럼 가슴 한구석에 남아 있었다. 틈틈이 애시 생각이나 하려고 뉴욕에 온 게 아니었다.

루비는 애시를 잊기 위해 좋은 방법을 찾아보려고 애썼다. 채팅 앱을 다운받아 그녀의 프로필에 반응을 보인 남자 몇 사람과 대화를 나누어 보기도 했다. 그렇게 연결된 남자 가운데 하나가 첼시에 사는 재무 관리사였다. 처음에는 제법 괜찮은 사람으로 보였는데 별안간 환한 대낮에 옷을 훌훌 벗고 찍은 나체사진을 보내왔다. 방금 전까지 야구 경기 티켓을 구하느니 마느니 하다가 갑자기 사진을 보낸 그는 *'감당 되겠어?'* 하고 물었다.

루비는 크게 당황하고 놀라 곧장 대화 창을 차단하고 자신의 프로필을 없애버렸다. 그가 보낸 사진은 다분히 공격적이고 악의적이었다.

그는 직접 상대를 대면했을 때에도 노골적으로 추태를 부릴 수 있을까?

채팅 앱은 처음이라 그가 저지른 짓이 대체로 어느 정도 수위인지 알 수 없었다. 어쩌면 대수롭지 않게 웃어넘기든지, 어디서 그런 근거 없는 자신감을 갖게 되었냐고 농담을 받아쳐야 옳았을 수도 있었다. 하지만 루비는 노골적인 사진을 보는 순간 마냥 웃어넘길 수 없었다. 그 일이 떠오를 때마다 속이 울렁거렸고, 그 다음은 슬퍼졌다. 애시로부터 벗어나고 싶었고, 그를 대체할 현재형 상대를 찾고 싶었지만 결과적으로 그를 더욱 그리워하게 되었다.

이럴 생각으로 뉴욕에 온 게 아니잖아.

채팅 앱에 들어갔다가 예기치 않게 큰 충격을 받은 루비는 새로운 사람을 만나고 싶다는 생각을 머릿속에서 아예 지워 버렸다. 그 대신 매일이다시피 달리기에 몰입했고, 일기를 쓰기 시작했다. 하지만 하얀 종이 위에 날것으로 드러난 상처를 보는 게 괴로워 일기 쓰기를 포기했다. 이스트 92번가에서 열리는 자아실현 강연을 들었고, 《ABC》 방송국의 카펫&홈에서 열린 강사와 함께하는 명상 프로그램에도 참여했다. 오후 시간에는 책을 읽거나 하이라인*의 축축한 나무 벤치에 앉아 오가는 사람들을 구경하며 보내기도 했다.

루비는 뉴욕에서 또 다른 사람이 되길 바라며 며칠을 보냈

* High Line 맨해튼의 고층빌딩들 사이를 일직선으로 통과하는 1마일 길이의 선형 도시공원.

지만 그녀의 시도는 대체로 성공하지 못했다. 무엇을 시도하더라도 헛발질을 하는 듯했고, 잘못된 길로 들어선 느낌이 들었다. 외로움은 그토록 혼란스러운 감정이었다. 루비의 생에서 애시는 유일한 길잡이별이었기에 길 잃은 나그네 같은 심사를 떨쳐버릴 수 없었다.

아직도 루비는 자신이 어디로 가고 있는지, 그녀를 기다리는 이야기가 무엇인지 전혀 모르고 있어. 하지만 이제 얼마 남지 않았어. 조금 있으면 내 이야기가 그녀 앞에 등장하게 될 테니까.

내 인생의 마지막 날 아침에 루비는 자신이 저지른 시행착오와 애시에 대해 생각하지 않으려고 안간힘을 썼지만 거듭 실패로 돌아갔다. 그녀는 강물에서 유유히 떠다니는 배들을 지나쳐 허드슨 강의 남쪽 길을 달리다가 돌아서서 리버사이드 파크로 접어들었다. 콘크리트 계단을 두 칸씩 뛰어올라 공원 상층부로 올라갈 때 종아리에서 느껴지는 근육통이 기분 좋게 느껴졌다. 루비는 여러 배들, 널찍한 리본처럼 펼쳐진 허드슨 강을 바라볼 수 있는 이 공원이 마음에 들었다. 여유롭게 스트레칭을 할 수 있는 공간도 있었고, 앞서 달리는 사람과 속도를 조절하며 달리는 재미도 각별했다. 루비는 앞으로 이 공원에 자주 와야겠다고 다짐했다.

루비가 달리기를 하는 동안 공원 상층부에서는 노아가 개들을 산책시키고 있었지. 노아도 이 공원을 무척이나 좋아했으니까.

루비는 달리기를 하느라 붉게 달아오른 얼굴로 집으로 돌아와 휴대폰을 꺼내 충동적으로 SOS 메시지를 보냈다. 며칠이나 머릿속에서 떠돌고 있던 문장이었다.

당신을 잃어야 하는 걸까, 애시?

단숨에 답장이 도착했다.

그럴 리가? 요즘 답장을 하기 힘든 것뿐이야. 엄청 바쁘거든. 곧 뉴욕에서 보게 될 거야!

5분 뒤에 다음 메시지가 도착했다.

아마도.

루비는 신경이 바짝 곤두섰다. 어쩌면 달리기를 하느라 분비된 엔도르핀 때문에 고통을 지각하는 감각이 무뎌진 것일 수도 있었다. 다른 생각을 해보려고 애써봤지만 루비의 머릿속은 여름에 뉴욕에 온 애시와 함께 시간을 보내는 상상으로 가득 차버렸다. 애시와 함께할 루프탑 바, 재즈 클럽, 해변에서 하루를 보내려고 기차를 타고 떠나는 모습이 연상되었다. 애시와 함께하고 싶은 일들로 상상의 날개를 펼치다 보면 이내 서로의 팔이 뒤엉키고, 목덜미에 키스를 퍼붓고, 침대에서 피부가 빈틈없이 밀착되는 순간들이 그려졌다. 얄팍한 벽을 의식해 입을 가리는 손, 애시의 입술 애무로 절정에 오르는 순간 침대 헤드를 움켜쥐는 손가락이 떠올랐다. 어쩌면 클럽이나 해변에 갈 시간이 없을 수도 있었다.

아마도.

루비는 어리석은 처신을 한 자신이 원망스러웠다. 고작 여름에 뉴욕에 올지도 모른다는 애시의 문자메시지를 받고 몹시 흥분해 그와 함께할 날들을 계획하고 있다니? 루비는 그가 보낸 문자메시지들을 다시 한번 읽어 보았다. 좁은 방 안을 서성거리며 문자메시지를 읽고 있자니 좌절감이 배가 되며 참담한 느낌이 들었다.

요즘 답장을 하기 힘든 것뿐이야.

내가 왜 이렇게까지 애처롭게 굴었을까?

*아마도*나 *그럴 리가* 같은 불확실한 말들에 매달리는 꼴이라니?

애시가 답장을 하지 않은 건 바빠서가 아니었다. 그는 다른 사람들에게는 아낌없이 시간을 써가며 필요로 하는 걸 해주면서도 그녀의 바람은 외면하기 일쑤였다. 애시에 대해 맹렬한 분노에 사로잡힌 루비는 뭔가를 발로 차버리고 싶은 기분에 휩싸였다. 굵은 빗방울 하나가 유리창에 떨어진 순간 애시가 너무나 미웠다. 유리창을 두드리는 빗소리가 마치 현실을 일깨우는 소리 같았고, 파란 하늘이 순식간에 눈에서 사라졌다.

어쩌면 애시도 돌이킬 수 없는 길, 회복할 수 없는 길로 이끄는 그녀가 미울 수 있었다. 하지만 루비의 품에 안겨 있는 순간, 컨퍼런스가 끝난 뒤 와인에 흠뻑 취해 널찍하고 깨끗한 호텔 침대에 홀로 누워 있는 순간에는 당연히 그 사실을 모두 잊게 될 것이다. 그런 순간이 되면 애시는 루비만 생각하게 될 것이다. 그가 끊임없이 섭렵하고 빠져들고 들이마신 몸의 주인이자 연인이 바로 루비였으니까. 때로는 목이 마르거나 배가 고프듯 루비를 그리워할 것이다. 그녀의 몸을 만지고 체취를 음미하고 싶은 원초적 욕구 때문에 밤잠을 설칠 것이다. 그런 뜨거운 순간이 아닌 때, 바다 건너로 떠난 루비가 외로운 마음을 담아 보낸 문자메시지가 도착할 때면 애시는 제발 자신을 가만 좀 놔두라고 말하고 싶은 심정이 될 수도 있었다.

이제는 당신의 삶을 생각해야지.

루비는 그를 잃을 수 없었다. 애초부터 그는 루비에게 속해 있지 않았다. 애초부터 약혼자가 있는 남자에게 조건 없이 자신을 내어준 건 그녀였다. 그의 잘못이 아니었다.

도대체 어쩌라는 거야? 애시가 그 여자와 파혼하고, 앞으로 펼쳐질 눈부신 미래를 포기하라는 거야?

솔직히 말하면 그런 일은 절대로 일어나지 않을 것이다.

솔직히 말하면.

애시의 입장에서 생각해본들 무슨 소용이지?

멀리서 천둥소리가 나는 순간 루비는 그가 살아오는 동안 한순간도 솔직했던 적이 없었을 거라는 확신이 들었다.

몇 가지 이야기를 빼먹었어. 노아가 나를 위해 생일 파티를 열어준 다음부터 나는 긴장을 풀고 마음을 놓기 시작했어. 사람들을 믿기 시작했고, 사진을 찍으러 여기저기 돌아다녔지. 프랭클린이 가장 좋아하는 리버사이드 파크의 개 운동장에 녀석을 데려가 함께 시간을 보내다가 오기도 했어. 사진학교 입학과 관련해 관계자에게 메시지를 남겼고, 개를 돌보는 일을 했고, 냉장고 문에 더욱 많은 외상 쪽지를 붙여두었지. 이제 위스콘신을 떠난 지 한 달을 채우기까지 얼마 남지 않았어. 나는 노아 덕분에 생일을 두 번 보냈고, 미래에 대한 계획을 세워두었어. 너무 늦었다고 생각하며 태미에게 전화했는데 받지 않았지. 그 다음에는 심장이 목구멍으로 튀어나올 것처럼 두근거리는 심정으로 또 다른 전화를 한 통 걸었어. 사진학교에서는 내가 입학과 관련해 문의한 사항에 대해 답을 주었지. 사진학교에 입학하려면 내가 찍은 사진의 포트폴리오가 필요하다고 했어.

당신이 되고자 하는 아티스트의 모습을 보여주는 자화상

나는 뉴욕의 거리를 헤매 다니며 사진을 찍었고, 이제 네 컷만 더 찍으면 포트폴리오가 완성돼. 나에게는 나머지 사진을 찍을 좋은 계획이 있었지.

그러다가 어느 날 아침에 내 인생이 돌연 끝나버렸어. 분명 나라는 사람이 세상에 존재했고, 찬란하게 빛나는 미래를 꿈꾸고 있었는데 허망한 일이 되어버렸지. 그는 내가 계획한 공간에 침입해 모든 걸 빼앗아 버렸어.

누군가 우리를 세상에서 끌어내려고 잡아당기는 순간 안간힘을 다해 버티면 능히 견뎌낼 수 있을 거라고 생각할 수 있을 거야. 하지만 현저한 힘의 차이를 극복할 수 있는 방법이 없었어.

그가 피우던 담배에서 빨간 불이 잦아들며 재가 떨어졌지. 작은 눈송이 같은 재가 흩날렸어. 그의 손이 다가오더니 나를…….

지금은 여기까지만 이야기할래.

10

내가 죽기 몇 시간 전, 루비 존스는 화를 삭이지 못하고 몸을 뒤치다가 잠이 들었고, 분노에 휩싸여 잠에서 깨어났다. 바깥에서는 세찬 비가 쏟아지고 있었지만 루비는 날씨를 의식하지 않았다. 오전 5시 55분, 그녀는 이른 시간에 침대를 박차고 나와 책상과 침대 사이를 성큼성큼 오갔다.

방이 좁아 터졌어!

루비의 방은 심지어 정리정돈이 되어 있지 않았다. 그녀는 텔레비전 리모컨을 찾아들고 침대 맡 탁자에 내려놓은 다음 흐트러진 시트를 정돈했다. 바닥에서 뒹구는 머리빗도 집어 들어 탁자에 내려놓았다.

방 안에 처박혀 있다가는 미쳐버릴지도 몰라. 밖으로 나가야겠어.

운동화를 신고 있는데 귀가 멍해지도록 커다란 천둥소리가 울려 퍼졌다. 마치 차 문을 세게 쾅 닫는 소리처럼 들렸다. 루비는 잠시 동작을 멈추고 귀를 기울이다가 어깨를 으쓱했다.

천둥이나 비바람 따위는 두렵지 않아. 비를 맞는다고 큰일이 나는 건 아니니까.

루비는 건물을 나와 리버사이드 파크가 있는 서쪽을 향해 달려가는 동안 오가는 사람을 전혀 발견하지 못했다. 굵은 빗방울이 쉴 새 없이 얼굴을 때렸다. 첫 번째 교차로에 다다랐을 때 벌써 온몸이 푹 젖어들어 집으로 되돌아갈까 생각해봤지만 간밤에 집 안에 갇혀버린 느낌이 들어 서성거리던 모습이 떠올라 고개를 가로저었다.

"비바람 따위는 상관없어!"

루비는 고함을 지르고 나서 주변을 오가는 차가 전혀 없는데도 신호가 파란색으로 바뀌길 기다렸다. 루비의 고함소리를 듣고 놀랄 사람은 없었다. 날씨가 좋은 날이었다면 개를 데리고 산책을 나온 사람이나 이제 막 걸음마를 배우는 아기를 데리고 나온 육아 도우미들이 눈에 띄었겠지만 오늘은 비가 세차게 내리고 있어 오가는 사람들을 전혀 볼 수 없었다. 리버사이드 드라이브에 도착해 보니 이제야 겨우 오가는 차량들이 보였다. 신호등 앞에서 길게 늘어서 있다가 움직이기 시작한 차들이 옆으로 지나가면서 심한 물세례를 퍼부었다. 차가 움직이는 건 사람이 타고 있다는 증거였다. 몸이 흥건하게 젖도록 물을 뒤집어쓰고 달리기를 하는 사람은 루비밖에 없었다.

리버사이드 드라이브에서 잠시 쉬었다가 갈까 생각하다가 길이 좁고 지나는 차들이 흙탕물을 튀기는 바람에 루비는 서둘러 공원 안으로 들어갔다. 나무들이 하늘을 가려서인지 공원은 대체로 어두운 편이었다. 루비는 트랙이 있는 강가로 가면 달리기를 하는 사람들과 자전거를 타는 사람들이 있을 거라 생각하며 계속 달렸다. 공원 상층부를 가로질러 강 쪽으로 내려가는 계단이 어딘지 찾아보았지만 쉽사리 눈에 들어오지 않았다. 기억과 달리 양쪽 편의 길 모두가 잎이 무성한 나무들로 뒤덮여 있었다. 이전에 왔을 때와는 환경이 많이 달라보였다. 아직 리버사이드 파크의 지리를 확실하게 꿰고 있지 못한 데다가 세찬 비가 내리고 있어 길을 잘못 든 게 분명했다. 공원이 전체적으로 몇 블록으로 이루어져 있고, 공원 위쪽으로 길이 있고 아래쪽으로 허드슨 강이 흐른다는 사실을 잘 알고 있는 만큼 길을 잃을 염려는 하지 않아도 될 듯했다. 그러니까 눈에 익숙한 지형지물이 등장해 위치를 파악할 수 있을 때까지 남쪽으로 달리다 보면 제대로 된 길을 찾을 수 있을 거라며 자신을 다독였다. 그럼에도 여전히 불안감이 사라지지 않았다.

하늘에서 요란한 천둥소리가 울려 퍼지는 바람에 루비는 깜짝 놀라 발목을 삐끗했다. 번개가 어두운 하늘을 환하게 밝히는 순간 접질린 발목에서 통증이 일어 자기도 모르게 비명이 터져 나왔다. 루비는 달리기를 포기하고 이만 집으로 돌아갈까 생각해 보았다. 그 자리에 서서 발목을 구부렸다 펴기를 반복하면서 비에 젖은 얼굴을 훔치고 있을 때 맞은편에서 달려온 두 사람이 빠른 속도로 그녀를 스쳐 지나갔다. 그들은 루비를 향해 대단하다는 듯 고개를 끄덕이더니 엄지를 세워보였다.

루비는 잠시 집으로 돌아갈까 생각한 자신이 바보 같다는 생각이 들었다.

여긴 뉴욕이야. 그 어디에서도 결코 혼자가 아니야!

루비는 다시 용기를 내 쏟아지는 빗속을 달리기 시작했다. 발이 바닥에 닿을 때마다 진흙물이 튀어 올랐다. 마침내 비에 젖은 강둑에 경사진 계단이 나타났고, 그녀는 반질반질한 돌을 밟아 미끄러지는 불상사가 발생하지 않길 바라면서 조심스럽게 공원 하단부로 내려갔다. 계단 아래에는 축축한 콘크리트 벽에 그라피티와 오줌 자국으로 얼룩진 터널이 하나 있었다. 터널을 통과해 강가의 길로 나온 그녀는 참았던 숨을 내쉬면서 크게 소리쳤다.

"성공이야!"

좌우를 살펴보니 오가는 사람이 아무도 없어 다시 으스스한 느낌이 들었다. 번개가 치는 순간 루비의 마음속에서도 걱정이 이는 한편 안도감이 다시 찾아들었다. 이곳에 오면 오가는 사람이 있을 거라 믿었다. 언제나 사람이 있었던 곳이니까.

출발하기 전에 비바람이 심한 날이라는 걸 염두에 두었어야 했어.

루비는 잠시 발길을 멈추고 강가의 난간에 몸을 기대고 서서 자꾸만 스산해지려는 마음을 달랬다.

고작 비바람 따위를 겁내서야 뉴욕 생활을 버틸 수 있을까?

천둥번개가 심하게 치고, 비가 많이 내리는 날이라 다들 집 안에서 쉬기로 결정했을 거야.

아무것도 모르는 호주 출신 여자 하나만이 비바람이 몰아치는 날에 달리기를 하러 나온 것이라는 생각이 들었다. 어쩌면 뉴욕 시민들 대다수는 시당국으로부터 안전 안내 문자메시지를 받고 외출을 단념했을 가능성도 있었다.

갑작스런 호우가 예상됩니다. 강가에 접근하지 마세요.

시당국에서 보낸 문자메시지를 읽은 사람들은 달리기를 포기하고 다시 늦잠을 청했겠지? 어차피 상관없어. 허드슨 강의 흙탕물에 휩쓸리지 않으면 되잖아. 허드슨 강가에서 *'달리기를 하던 호주 여성 의사'* 라는 헤드라인을 남긴 뒤 삶을 마감하고 싶은 생각은 추호도 없으니까.

얼음처럼 차가운 빗방울이 목을 타고 재킷 안으로 스며드는 바람에 몸이 저절로 떨려왔다. 루비는 난간에 기댔던 몸을 일으켜 눈앞에 보이는 잔교를 향해 걸어갔다. 작은 배들이 정박해있는 부두를 지나면 다시 거리로 올라가는 계단이 있었던 것으로 기억되었다. 만약 계단이 있다면 좀 전에 지나온 어두컴컴한 숲으로 돌아가지 않아도 된다는 뜻이었다. 차분하게 마음을 추스른 루비는 빗물이 흥건한 길을 번갈아 내딛는 발을 내려다보며 다시 평소와 다름없는 달리기의 리듬을 유지했다. 강가의 바위들에 철썩철썩 부딪치는 파도 소리가 들려왔다. 강가에 정박해있는 배들이 바람이 불고 파도가 칠 때마다 요란하게 몸을 떨었다. 짙게 드리워진 먹구름 틈새로 강 건너 뉴저지의 불빛이 보였다. 온몸이 비에 흠뻑 젖지 않았더라면 마음을 온통 빼앗겼을 수도 있을 만큼 아름다운 풍경이었다.

배들이 정박해있는 부두에 다다를 무렵 둥글고 시커먼 플라스틱 뚜껑이 발에 밟혀 부서졌다. 뭔지 모르지만 체중을 실어 밟아버린 바람에 검정색 플라스틱 파편들이 사방으로 흩어졌다. 누군가 실수로 떨어뜨린 뚜껑이 박살나버린 듯했다. 루비는 제발 중요한 물건이 아니길 바라며 잃어버린 사물들의 신에게 마음속으로 용서를 구했다.

배들이 정박해있는 부두를 지나고, 폭우로 물이 불어난 바람에 잠겨버린 경사로를 지나고 나서야 공원 상단부로 올라가는 길을 철조망으로 폐쇄시켜 버렸다는 사실을 알아차렸다. 평소보다 공원 남쪽으로 더 깊이 들어온 탓에 공사 중인 구역까지 오게 되었고, 그녀가 상단부로 나가려던 출구는 철조망에 가로막혀 있었다. 어쩔 수 없이 이제껏 달려왔던 길을 되짚어 돌아가는 수밖에 없었다.

빌어먹을!

귀를 울리는 천둥소리에 이어 가까이에서 번갯불이 번쩍였다. 강물이 번갯불을 받아 금빛으로 물든 순간 강 건너 건물들의 창문에서 흘러나온 불빛들이 마치 입으로 촛불을 불어 끈 듯 일제히 사라지며 사위가 온통 캄캄해졌다. 비가 억수처럼 쏟아지자 기온이 내려가 숨을 쉴 때마다 입에서 하얀 입김이 새어나와 유령처럼 번져갔다.

루비는 세찬 비와 입김이 뒤섞여 앞이 잘 보이지 않자 잠시 멈춰 서서 얼굴을 타고 흘러내리는 빗물을 훔쳐냈다. 절반쯤 강물에 잠긴 가운데 들쑥날쑥 늘어선 굵은 나무기둥들 너머의 물속에서 시커먼 구조물이 보였다. 원래는 달리기 트랙이 있었던 곳인데 지금은 물에 잠겨 있었다. 트랙은 공원 안쪽으로 깊이 들어왔다가 다시 강을 향해 뻗어나가는 모양새로 꺾여 있었다. 루비의 발아래에는 이끼가 낀 자갈들로 이루어진 U자 모양 공터가 형성되어 있었다. 루비의 머리 위쪽에 있는 공원 상단부의 도로에서는 차들이 철썩거리는 소리와 함께 물을 튀기며 지나가고 있었지만 공원 하단부에는 오가는 사람이 전혀 없었다.

도대체 왜 나는 이토록 난감한 상황을 자초했을까?

루비는 눈앞의 난간을 잡고 몸을 숙여 몇 번 심호흡을 했다. 상체를 일으키고 다시 달리기를 시작하려는 순간 이상한 광경이 시야에 들어왔다. 지금 그녀가 서있는 곳에서 6,7미터가량 떨어진 지점, 그러니까 물에 젖은 자갈들과 잡초가 뒤엉켜 있고, 물결이 출렁이는 곳에 보라색의 뭔가가 있었다. 빗속에서 눈을 가늘게 뜨고 자세히 살펴보니 노란 갈대처럼 생긴 뭔가가 보라색 물체에서 뻗어 나와 자갈밭 위에 놓여 있었고, 파도가 칠 때마다 위아래로 출렁거렸다.

루비는 억수처럼 쏟아지는 빗속에서 다시 한번 눈을 깜박이며 초점을 맞추었다. 그 순간 자갈밭에 놓인 손이 눈에 들어왔고, 여태 갈대처럼 생겼다고 여기던 게 머리카락이라는 사실을 알아차렸다. 보라색 물체는 바닥에 쓰러져 있는 소녀가 착용하고 있는 옷 색깔이었다. 루비는 심장이 쿵쾅거리고 뛰면서 하마터면 다리에 힘이 풀려 쓰러질 뻔했지만 가까스로 몸의 중심을 잡았다.

“저기요.”

루비는 방금 전 자신이 속삭였는지 고함을 질렀는지 알

수 없었다.

"저기요!"

이번에는 절규에 가까운 목소리가 쏟아져 나왔다. 물가에 엎드린 자세로 쓰러져있는 소녀는 여전히 미동도 하지 않았다.

아직 숨이 붙어 있는지 여부를 알 수 없었다. 난간을 타고 오르려다가 미끄러지며 단단한 금속에 정강이를 부딪친 순간 눈앞에서 불꽃이 번쩍했다. 루비는 겨우 몸의 중심을 잡고 난간에서 한 발짝 뒤로 물러났다. 바닥에 쓰러져 있는 소녀는 여전히 꼼짝하지 않았다. 루비는 욱신거리는 다리의 통증과 마치 공황 상태라도 된 듯 머릿속이 하얘진 가운데 조끼 주머니에서 휴대폰을 꺼내들었다. 휴대폰을 든 손이 덜덜 떨리는 바람에 비밀번호를 몇 번이나 잘못 입력한 끝에 겨우 화면 잠금을 풀 수 있었다.

당장 911에 전화해야겠어.

"여보세요? 리버사이드 파크의 허드슨 강 근처인데 어떤 여자아이가 자갈밭에 쓰러져 있어요. 현재 몸을 전혀 움직이지 못하는 걸 보면 크게 다친 것 같은데 가까이 다가가 만져 봐도 될지 모르겠어요. 제가 시급히 어떤 조치를 취해야 하는지 알려주세요. 여자아이는 지금 자갈밭에 쓰러져 있는 상태이고, 미동도 하지 않아요. 숨을 쉬는지 여부는 아직 확인해보지 못했어요. 제가 당장 뭘 해야 할까요? 제발 부탁이에요. 빨리 현장으로 달려와 주세요."

부탁이에요.

루비는 조금 멀리 떨어져 있어서 내가 아직 숨을 쉬고 있는지 여부를 알 수 없었지. 나는 지금 몸에서 분리되어 나왔고, 그 근처에 있어. 흙탕물이 내 입과 허파 안에 가득 차 있어. 하반신은 발가벗겨진 상태이고, 머리에는 피가 응고되어 있지. 나는 자갈밭에 버려져 물고기처럼 퍼덕거리다가 끝내 움직임을 멈출 수밖에 없었어. 지금 처음 보는 여자가 멀찍이 떨어져서 내 시체를 바라보고 있지. 그녀는 눈앞에 펼쳐진 광경을 비로소 이해하기 시작한 눈치야. 나에게 무슨 일이 벌어졌는지 이제야 감을 잡은 것 같아.

눈물을 흘리거나 고함을 지르거나 상처 입은 짐승처럼 울부짖으면서 몸부림쳐도 남자들은 야만적인 행위를 멈추지 않는다는 걸 알게 되었어. 내가 무슨 말을 해도 그의 행위를 멈추게 할 수 없었지. 그는 끝까지 욕망을 채우려고 내 몸 위에서 꿈틀거렸고, 뼈가 부서지고 피가 너무 많이 쏟아져 숨이 그 자리에서 끊어질 때까지 절대로 멈추지 않았어. 그는 마치 내가 처음부터 존재하지 않았다는 듯이 나를 가차 없이 말살했지.

루비 존스는 허드슨 강가의 자갈밭에 쓰러져 있는 나를 발견한 최초의 목격자야. 문득 나는 그 사실을 분명히 이해했고, 한 가지 가능성에 매달려 감정을 집중했어. 나는 강가의 달리기 트랙에 서있는 루비 옆에 서 있었지. 그녀는 가까이 다가올 수 없었기에 내가 갔던 거야. 루비를 향해 손을 뻗을 때 잠시 경이롭다는 생각이 들었지만 내 손끝은 이내 빗물로 변해 그녀의 뺨을 타고 흘러내렸어. 그 순간 알게 된 또 하나의 진실이 머리 위에서 천둥소리처럼 요란하게 울려 퍼졌지.

루비는 당연히 나를 볼 수 없었지. 그 대신 자갈밭 위에 엎드린 자세로 널브러져 있는 내 몸뚱이를 볼 수 있을 뿐이었어. 죽은 사람의 모습이 루비의 눈에 보일 까닭이 없었으니까. 지금 내가 할 수 있는 거라고는 어찌할 바를 몰라 몸을 덜덜 떨고 있는 루비 옆에서 막연하게 기다리는 게 전부였어. 루비는 나를 볼 수 없었고, 내 마음을 느낄 수도 없었으니까.

루비는 은빛이 도는 무언가로 몸을 감싸고 있었다. 친절한 경찰관 두 명이 루비를 *제보자*라고 부르면서 혼란스러워하는 그녀에게 정중한 태도로 번갈아 질문을 했다. 루비는 굵은 빗줄기와 추위로 몸이 얼얼해진 상태였지만 정신을 집중해 성실하게 답변하려고 애썼다. 그런 가운데 루비의 눈길이 자꾸만 경찰이 허리에 차고 있는 벨트와 총에 가닿았다. 경찰이 허리춤에 차고 있는 총이나 곤봉으로 손을 뻗어 뽑아들기까지 어느 정도의 시간이 소요될지 궁금했다. 눈을 감는 순간 머릿속에서 둔기가 두개골을 내리치고, 뼈와 살점이 사방으로 튀고, 피가 솟다가 몸이 맥없이 허물어져 내리는 모습이 연상되었다. 루비의 눈에 실제로 보인 건 경광등이 번쩍이는 가운데 사이렌을 울리며 다가오는 앰뷸런스, 소녀의 노란 머리카락, 제복을 입은 경찰들이 서둘러 강가로 내려오던 모습이었다. 과학수사대가 도착한 이후 루비는 강가에서 제법 멀리 떨어진 곳으로 자리를 옮겨갔다. 소녀의 시신이 발견된 장소 주변을 오가며 단서를 찾으려고 애쓰는 경찰들의 움직임이 시야에 들어왔다.

경찰이 루비를 바라보고 있었다. 루비는 손을 입으로 가져갔다. 혀에서 쇠 맛이 났다. 루비는 몸을 반으로 접다시피 구부리고 길에다 구토를 하기 시작했다.

"괜찮으십니까? 물을 좀 드릴까요?"

누군가 루비의 어깨를 두들겨 주면서 말했다. 여자 형사인 것 같았지만 빗물과 눈물로 눈앞이 흐려져 누군지 잘 보이지 않았다.

"현장을 발견하기 직전에 혹시 뭔가 이상한 점은 없었나요? 이 일대에서 수상한 사람을 보았거나 이상한 소리를 들었거나."

경찰은 계속 그런 종류의 질문을 했다. 루비는 *아니오, 예,* 음을 계속하다가 말꼬리를 길게 남겼을 뿐이었다. 루비는 실제로 아무것도 보지 못했으니까. 그곳은 그녀가 억수처럼 쏟아지는 비를 맞으며 집으로 돌아가기 전에 숨을 고르려고 잠시 걸음을 멈추었던 장소일 뿐이었다.

"저 아이는 이제 어떻게 되는 거예요?"

루비가 건넨 유일한 질문이었다. 루비는 담요로 감싼 몸을 덜덜 떨고 있었고, 또 다른 사이렌 소리가 통곡하듯 요란한 소리를 내며 강가를 향해 달려오는 동안 어느 누구도 그녀의 질문에 답하지 않았다.

*

루비는 축축한 옷을 미처 벗지도 못하고 샤워실로 들어섰다. 그녀가 샤워 부스의 타일 바닥에 우두커니 앉아 있는 동안 샤워기에서 흘러나온 물이 어깨를 하염없이 적시고 있었다. 그녀는 물이 미처 빠지지 못하고 책상다리를 하고 앉은 무릎께에서 웅덩이를 이루는 모습을 지켜보았다. 이제 오늘 아침에 겪은 일 말고 다른 걸 생각하고 싶었지만 눈을 감으면 어김없이 자갈밭에 엎드린 자세로 널브러져 있던 소녀의 시신이 떠올랐다. 그녀의 상상 속에서 몸을 타고 흘러내린 물이 이내 피로 변해 온몸을 뒤덮어 버렸다.

루비는 너무나 두려워 소녀의 몸을 자세히 살피지도 못했다. 그녀는 소녀가 쓰러져 있는 곳으로부터 제법 멀리 떨어진 곳에 있었다. 현장에 출동한 경찰이 바닥에 엎드린 자세로 널브러져 있는 소녀의 몸을 조심스럽게 뒤집었다. 소녀의 오른쪽 관자놀이가 빨간 피로 물들어 있었다. 경찰이 루비에게 질문을 하는 동안 과학수사대 요원들이 익숙한 동작으로 장갑을 끼더니 폴리스 라인을 들어 올리고 현장 감식에 착수했다.

루비는 참혹하게 짓이겨진 소녀의 얼굴을 보는 순간 차라리 보지 말았어야 한다고 생각했다.

루비가 모르는 사실이 한 가지 있었어. 그 순간 내 얼굴은 엄마가 주방에서 쓰러져 있던 당시의 얼굴을 닮아 있었지. 주방 바닥에 쓰러져 있던 엄마의 얼굴도 피로 얼룩져 있었으니까.

미안해.

앞으로 루비에게 수없이 하게 될 말을 처음으로 해주고 싶었어. 루비가 앞으로 나 때문에 겪어야 할 수많은 일들을 생각하자니 미안한 마음을 금할 수 없었지. 두려운 감정이 어떤 것인지 나 역시 너무나 잘 아니까.

루비는 경찰차를 타고 집으로 돌아왔다. 뒷자리에 탄 루비는 차를 운전해준 여자 형사 스미스에게 말했다.

"옷에서 빗물이 떨어져 시트를 흠뻑 적셨는데 어쩌죠?"

"괜찮아요. 나중에 닦으면 되니까."

운전석 옆자리에 앉은 제닝스 형사도 거들었다.

"정말이지 큰일을 해주신 거예요. 시신을 발견한 즉시 신고해주신 덕분에 그나마 현장 보존이 잘되어 있는 상태에서 수사를 시작할 수 있게 되었으니까요."

루비의 눈에 일렁이는 경광등 불빛이 보이고, 귀가 멍멍해지도록 울려 퍼지는 사이렌 소리가 가까워졌을 때 얼마나 안도했는지 모른다. 다만 경찰이 도착하기 전, 혼자 강가에서 대기하고 있었던 시간이 얼마나 되는지 알 수 없었다.

5분? 10분?

어쩌면 그보다 훨씬 더 길었을 수도 있었다.

"경찰이 현장으로 급히 달려가고 있으니까 힘들더라도 잠시만 침착하게 기다려주시길 바랍니다."

루비는 자리에서 앉았다가 일어서길 반복하며 휴대폰을 귀에 대고 경찰이 말하는 소리를 들었다. 가급적 강가의 자갈밭에 쓰러져 있는 시신을 보지 않으려고 애쓰며 그 자리에서 작은 원을 그리며 빙글빙글 맴을 돌았다.

전화를 받은 경찰이 말했다.

"현장을 보존하려면 최대한 가만히 있어야 해요."

루비는 그 말이 무슨 뜻인지 알 수 있을 듯했다.

그 자리에 혹시 중요한 단서가 떨어져 있을지 모르니 아무 것도 건드려서는 안 돼요.

루비는 혹시라도 현장을 훼손하게 될까 봐 작은 돌멩이 하나라도 함부로 만지거나 발로 밟지 않으려고 애썼다. 범인은 보라색 티셔츠 차림의 소녀를 자갈밭에 엎드린 자세로 방치해두고 자리를 떠났다. 마지막까지 이 자리에 남아 있었던 그가 소녀를 해친 범인이 분명했다. 그때 루비는 범인이 현장에 남아 경찰이 오기를 기다리는 그녀의 일거수일투족을 염탐하고 있을지도 모른다는 생각이 들어 머리가 쭈뼛했다. 어쩌면 911에 전화해 소녀가 어디에 쓰러져 있는지 설명해주는 말을 빠짐없이 들었을 수도 있었다. 루비는 경찰에 전화했을 때 현장의 위치를 보다 정확하게 알려주기 위해 주변을 둘러보며 눈에 띄는 지형지물이 뭐가 있는지 충실하게 설명해 주었다.

"현장 위쪽에 고가도로가 있는데 표지판이 보이지 않아요. 방금 전 배들이 정박해있는 부두를 지나쳐왔고요. 물에 잠긴 트랙의 나무 기둥 윗부분이 살짝 위로 튀어나와 있네요. 리버사이드 파크 하부의 강가이고, 좀 전까지 상부로 올라가는 출입구를 찾고 있던 중이었어요."

이내 경찰이 현장에 도착했고, 누군가 여전히 어딘가에 숨어서 이 모든 상황을 지켜보고 있는지 아니면 일찍이 사라져버렸는지 알 수 없었다. 강가에 쓰러져 있는 소녀는 이미 몇 시간 전에 숨을 거두었을 수도 있었다. 경찰들은 소녀가 쓰러져 있던 현장 주변을 주의 깊게 둘러보고 있을 뿐 어느 누구도 가까이 다가와 상황 설명을 해주지 않았다.

소녀는 어쩌다가 물가에 오게 되었을까?

루비는 리버사이드 파크의 상부로 올라가기 위해 난간을 넘으려다가 조금 다쳤듯이 경찰도 소녀의 시신이 있는 물가로 다가서려다가 젖은 돌에 미끄러져 비틀거리는 모습을 보였다.

소녀는 현재 쓰러져 있는 물가에서 살해당했을까? 아니면 다른 장소에서 살해된 이후 이곳에 버려졌을까?

범인은 도대체 그런 짓을 왜 했을까?

(루비와 나는 둘 다 이 질문을 끊임없이 되풀이했어.)

샤워기를 너무 오래 틀어놓아 물이 차가워졌다. 루비는 애시를 떠올렸다. 오늘 아침에 벌어진 사건 말고 다른 생각을 하려면 애시를 떠올리는 수밖에 없었다. 애시를 마지막으로 본 날이 언제인지 가늠해 보았다. 애시를 생각하지 않을 경우 소녀의 시신을 떠올리며 뜨거운 물 아래에서도 몸을 떠는 상황이 계속 반복될 수도 있었다. 처음 욕실로 들어왔을 때 손이 어찌나 심하게 떨리는지 브래지어 후크를 풀 수 없었고, 흙탕물에 젖은 상의를 벗을 수도 없었다. 옷을 벗으려고 몸부림칠수록 뜨거운 물이 맨살을 날카로운 바늘처럼 찔러댔고, 그녀의 흐느낌은 이내 울부짖음으로 변했다.

루비는 분노와 설움이 교차하는 가운데 상처 입은 짐승처럼 흐느끼다가 벌거벗은 몸으로 타일 바닥에 주저앉아 숨을 헐떡였다. 마치 숨 쉬는 법을 잊은 느낌이 들었다. 눈앞에서 자꾸 소녀의 시신이 아른거렸고, 귀를 찢어발길 듯 요란한 천둥소리가 울려 퍼지는 가운데 찰랑이는 물결을 따라 일렁이던 노란 머리카락을 발견했을 당시의 공포가 되살아났다. 그 순간, 갑작스런 울음이 터졌을 때처럼 공황 상태가 엄습해왔다. 루비는 이제껏 존재 여부를 아예 몰랐던 공간, 눈을 깜박이지 않아도 빤히 들여다볼 수 있는 눈 뒤의 텅 빈 곳으로 들어섰다. 몸을 타고 흐르던 따스한 물이 차갑게 식었지만 그녀는 그 자리에 그대로 서 있었다. 숨이 멎을 것 같은 공포보다는 차라리 추위에 떠는 편이 나았다. 그녀의 인생을 엉망으로 만든 애시 생각을 하는 편이 차라리 나았다. 그나마 통제 가능하고, 이해할 수 있는 드라마 안에 머물 수 있으니까.

루비는 한 남자가 바람을 피우는 상대가 되어 자존감을 잃고 살아가는 방법을 알고 있었지만 비가 억수처럼 퍼붓던 날 강가를 달리다가 소녀의 시체를 발견한 목격자로 살아가는 방법은 알지 못했다. 경찰이 오길 기다리는 동안 마음속으로 1부터 10까지 세길 수없이 반복했고, 911 상담사의 질문에 답하는 동안 차라리 강가의 자갈밭에 쓰러져 있는 소녀가 고개를 치켜들고 *안녕하세요!* 하고 인사해주길 고대했다. 소녀의 하반신이 벗겨져 있었고, 뒤틀린 몸 상태로 보아 이미 숨이 끊어졌다는 생각이 들었지만 일말의 가능성을 아예 접어버릴 수는 없었다. 당장 강가의 자갈밭으로 다가가 소녀의 몸을 만져본다고 한들 달라질 게 없다는 걸 알면서도 한번 시도해보고 싶은 충동이 일었지만 결국 두려움을 떨쳐버리지 못해 포기했다.

루비는 가까스로 욕실을 나와 애시에게 문자메시지를 보냈다.

오늘, 리버사이드 파크를 달리다가 죽은 여자아이의 시신을 발견했어.

루비는 문자를 보내고 나서 휴대폰을 무음 모드로 바꾼 다음 대형 수건으로 몸을 감싼 그대로 침대에 누웠다. 그녀는 천장을 망연히 바라보며 바깥에서 들려오는 빗소리에 귀를 기울였다. 벽이 진동할 만큼 천둥소리가 크게 울려 퍼졌지만 그녀는 미동도 하지 않고 누워 있었다.

루비는 오후 3시쯤 침대에서 일어났다. 오늘은 아무것도 먹지 않았다. 아니, 먹을 수 없었고, 그저 위스키를 한잔 마시고 싶을 따름이었다. 오로지 호박색 액체가 전해줄 온기에 대한 갈망뿐이었다. 오래 전에 누군가 위스키를 약 대신 처방해준 적이 있다는 기억이 떠올랐지만 정확하게 언제인지 알 수 없었다.

루비는 타이츠와 부츠를 신고 두꺼운 스웨터를 입었다. 하나같이 검은색 일색이었다. 몸의 굴곡을 두루뭉술하게 가려주는 검은색 겨울옷을 입자 조금이나마 안전해진 느낌이 들었다. 고작 몇 시간 사이에 세상은 완전히 달라져 있었다. 하긴 세상은 언제나 몇 시간 만에 바뀌는 법이었다. 반드시 몇 년 혹은 수십 년이 지나야 세상이 바뀌는 건 아니었다. 수십 년은 우리가 변화한 세상에 어떻게 적응하고 회복했는지 실감하는데 필요한 시간일 뿐이었다.

사람들은 흔히 *'올해는 어땠나요? 당신은 새해에 어떤 계획을 세웠나요? 벌써 한해의 끝이라니 정말이지 아쉬워요.'* 하면서 일 년 단위로 사고하고 계획을 세우길 좋아하지만 변화가 일어나기까지 단 몇 시간이면 충분했다.

몇 시간 전, 잠에서 깨어났을 때만 하더라도 난 지금과는 전혀 다른 사람이었어. 그때만 해도 그 소녀는 살아 있었을지 몰라.

루비는 나를 아직 *소녀*라고 생각해. 사실 나를 소녀라고 불러준 사람은 루비가 처음이야. '난 소녀가 아니라 앨리스야.'하고 중얼거려 보았지만 내 작은 목소리는 빗소리에 스며들어 들리지 않았어.

루비는 1층 안내데스크에서 우산을 빌려 쓰고 여전히 비가 억수처럼 쏟아지는 밖으로 나섰다. 그녀는 텅 빈 거리를 잰걸음으로 걸어 지난 몇 주 동안 지나친 적 있는 작은 바를 향해 걸어갔다. 바닥에 나무가 깔려 있었고, 꼬마전구로 벽을 장식한 곳이었다. 혼자 술 마시기 좋은 곳이라는 생각이 드는 한편 누군가 옆에 있어줄 사람이 있었으면 더없이 좋을 듯했다. 오늘 같은 날은 특히 혼자 *있고* 싶지 않았다. 오늘 아침처럼 혼자 달리기를 하다가 허드슨 강가의 자갈밭에 쓰러져있는 소녀를 발견하는 일이 영영 없기를 바랐다.

바텐더는 벽에 걸린 TV 화면에서 흘러나오는 야구 경기 재방송을 보느라 여념이 없었다. 바텐더가 TV 화면을 보느라 가득 따라 내민 잔에서 위스키가 흘러넘치기 직전이었다. 미처 고맙다고 말하기도 전에 그는 다시 야구 경기에 집중하기 위해 TV 화면으로 시선을 돌렸다.

루비는 상대가 이야기를 나눌 마음이 없다는 걸 확인하고 미련 없이 돌아섰다. 위스키 잔을 들고 조심조심 걷다 보니 바의 가장 안쪽에 추레한 소파 두 개가 놓인 테이블이 보였다. 일부러 구석자리를 택한 루비는 소파 위에 다리를 접고 앉았다. 위스키를 한 모금 마시자 목구멍이 활활 타들어갈 것처럼 뜨거운 느낌이 일더니 몸 전체로 따스한 열기가 퍼져나갔다. 루비는 잠시 눈을 감고 자신이 앉은 구석자리의 적

막한 테이블처럼 마음이 고요해지기를 기다렸다. 멍든 과일처럼 드러나 있던 소녀의 몸이 떠올라 루비는 다시 눈을 떴다.

현장에 있을 때 살인사건 전담인 오번 형사가 루비에게 다가왔다. 그는 루비에게 명함을 건네며 말했다.

"내일 경찰서에 출두해 관련 진술을 해야 합니다. 아주 작은 단서라도 괜찮으니까 뭔가 기억나는 게 있으면 곧바로 알려주세요. 현장을 최초로 발견한 목격자는 때로 쇼크 상태에 빠져 당장은 아무것도 기억하지 못하지만 시간이 흘러 어느 정도 안정을 찾을 경우 새로운 사실들이 떠오르기도 하니까요."

"네, 그럴게요."

"시신을 발견하기 전에 리버사이드 파크에서 10분쯤 달리기를 하셨다고요?"

"네, 자주 달리기를 합니다."

"10분은 결코 짧은 시간이 아닙니다. 혹시 스치듯 옆으로 지나간 누군가를 보았을 수도 있는 시간이죠. 가령 그런 기억이 떠오르면 반드시 저에게 즉시 알려주시기 바랍니다."

나이가 젊은 제닝스 형사는 루비가 커다란 공포를 느낄 법한 상황임에도 911에 전화해 현장 위치를 정확하게 설명해 준 건 매우 훌륭했다며 칭찬해 주었다. 그 반면 오번 형사는 루비가 더 많은 증언을 해주지 못한 것에 대해 실망한 눈치였다.

아무것도 못 봤어요. 머릿속에서 그 아이가 쓰러져 있는 모습이 사라지지 않아요.

바의 출입문이 열리더니 커플로 보이는 남녀가 우산의 물기를 털면서 안으로 들어섰다. 나이도 젊고, 얼굴에 환한 웃음이 드리워져 있는 커플이었다. 남자가 여자에게 키스하고 나서 어디에 앉을지 가늠하며 테이블을 둘러보았다. 여자는 루비가 앉아 있는 바로 옆 테이블에 자리를 잡고 앉더니 남자에게서 줄곧 시선을 떼지 않았다. 여자가 이제 막 시작한 사랑에 흠뻑 빠져 있다는 사실을 알 수 있었다. 사랑에 빠진 여자가 발산하는 빛이 어두운 바를 가득 채웠다. 여자가 남자를 사랑하는 건 의심할 여지가 없을 만큼 분명해 보였다.

오늘, 비가 내리고 있었고, 루비는 허드슨 강가 자갈밭에서 소녀의 시신을 발견했고, 한낮에 어둑어둑한 바에서 위스키를 마시고 있었다. 오늘은 4월 15일 화요일이었고, 뉴욕에 도착한 지 4주째가 되는 날이었다.

내일이 되면 이 모든 일들은 어제 일이 되겠지? 내일은 비가 그치고 뉴욕 상공에 파란 하늘이 드리워지겠지?

내일이 되면 '오늘, *난 죽은 여자아이의 시신을 발견했어.*' 라고 말할 수 없게 될 것이다. 사랑에 빠져 눈을 반짝이는 여자도 내일이 되면 어제 한 남자를 사랑했었다고 과거형으로 말해야 할지도 모른다. 열정을 다해 누군가를 사랑했더라도 상대가 실수로 흘린 말이나 사소하지만 기분을 상하게 만드는 어떤 행위 때문에 금세 차갑게 식어버리기도 하니까. 갑자기 그런 상황이 되면 여자는 천장을 멍하니 바라보며 어쩌다가 일이 이런 식으로 꼬이게 되었는지 의아해할 것이다.

어제는 분명 그 남자와 우산을 나누어 쓰고 거리를 걷다가 들어간 바의 문 앞에서 뜨거운 키스를 나누었는데? 어제만 해도 분명 그 남자는 그녀를 소중하게 여기며 몹시 아껴주었는데?

내일이 되면 여자는 그토록 열정적이었던 사랑이 어떻게 한순간에 차갑게 변할 수 있는지 의아할 것이다. 지금, 여자의 곁에는 남자가 앉아 있었다. 여자는 마치 자신이 상대의 몸을 소유한 주인이라도 된다는 듯 스스럼없이 남자의 허벅지에 두 다리를 올려놓고 있었다.

루비는 사랑에 들뜬 연인들이 내일 허망하게 헤어지는 모습을 마치 기정사실처럼 머릿속으로 그려보고 있었다.

나는 왜 이처럼 터무니없는 상상을 하고 있을까? 나는 왜 이 젊은 커플이 내일 헤어질 거라고 생각하고 있을까?

이 세상에는 사랑을 끝까지 지켜가는 사람들도 있었다. 사람들은 원하는 상대를 만나 사랑하고, 아이를 낳고, 함께 가정을 이루고 살아간다. *대부분의* 사람들이 그런 인생을 선택한다.

가뜩이나 분위기가 우중충한 바에 앉아 처량하게 울고 싶지 않았지만 저절로 눈물이 났다. 눈물을 숨기려고 고개를 숙인 순간 휴대폰 화면에 불이 들어와 있었다. 애시가 보낸 문자메시지가 세 개나 되었다. 두 개는 바를 향해 걸어올 때 들어온 게 분명했다. 첫 번째 메시지를 열어보니 물음표만 길게 나열되어 있었다. 몇 분 뒤에 보낸 두 번째 메시지에는 '지금 어디야?'라는 질문이 오타로 적혀 있었다.

방금 도착한 세 번째 메시지는 전부 대문자로 되어 있었다.

세상에! 루비, 무슨 일이야?

욕실에서 나왔을 때 그에게 보낸 메시지 때문인 듯했다.

오늘, 난 리버사이드 파크를 달리다가 죽은 여자아이의 시신을 발견했어.

애시는 이 메시지를 보고 깜짝 놀라 잠에서 깼을 수도 있었다.

바의 구석 자리에 몸을 웅크리고 앉아 위스키를 두 잔째 마시기 직전 루비는 뭐라고 답해주어야 할지 가늠할 수 없었다.

무슨 말을 해주어야 적절할까?

루비는 애시와 자신에게 화가 치밀어 달리기를 하러 나갔다가 소녀의 시신을 발견했다. 그 이후 많은 게 달라졌고, 지금 느끼는 감정이 그녀의 일상에서 무엇을 바꾸게 될지 전혀 알 수 없었다. 문자메시지보다는 애시와 직접 이야기를 나누고 싶었지만 통화가 불가능한 시간이었고, 만약 하더라도 그가 받지 않으리라는 걸 잘 알고 있었다.

루비는 화면에 떠있는 그의 이름을 누르려다가 포기하고 휴대폰을 내려놓았다. 무슨 일이 있었는지 나중에 설명해주면 되니까. 애시에게 무슨 일이 있었는지 말한다고 당장 달려와 마음을 달래줄 것도 아니니까. 그러고 보면 애시와는 전혀 상관없는 일이었다.

오늘, 허드슨 강가의 자갈밭에서 한 소녀가 죽었다. 루비는 아직 그 아이의 이름을 몰랐다. 금발머리에 보라색 티셔츠를 입었던 아이, 손톱에 오렌지색 매니큐어를 칠했던 아이, 얼굴이 피투성이가 되어 있던 아이에 대해 알고 있는 게 전혀 없었다. 경찰이나 언론을 통해 알 수 있을 때까지 기다릴 수밖에 없었다.

어느새 술잔이 비었다. 루비는 사랑에 흠뻑 취해 서로의 몸을 가만 내버려두지 않는 커플 옆을 지나쳐 출입문을 향해 걸어갔다. 문득 걸음을 멈추고 그들에게 언젠가 밀어닥칠 이별을 유감스럽게 생각한다고 말하려다가 겨우 참았다.

11

"자, 무슨 일이 있었는지 빠짐없이 말해봐요."

루비는 경찰서에 출두했을 당시 자신이 어떤 진술을 했는지 거의 다 잊어버렸다. 오번 형사가 직업이 무엇인지, 뉴욕에는 왜 왔는지, 달리기는 얼마나 자주 하는지 물었던 기억이 났다. 오번 형사가 일상적인 대화를 나누듯 편안한 태도로 그녀의 긴장을 풀어주기 위해 애쓰고 있다는 걸 잘 알면서도 살인사건 전담 형사와 마주앉아 대화를 나눈다는 건 결코 쉬운 일이 아니었다.

"멜버른에서 그래픽 디자이너로 일했어요. 매력적인 일이긴 한데 제 열정과는 거리가 멀었죠. 뉴욕에 온 이후로는 집을 얻을 보증금으로 사용할 계획이었던 돈을 써가며 생활하고 있어요. 돌아가신 할머니가 제 몫의 유산으로 2만5천 달러를 남겨주셨죠. 달리기는 매일 하려고 노력하고 있어요."

오번 형사 앞에서 시시콜콜한 이야기를 하자니 쓸데없는 짓을 하고 있다는 느낌이 들었다. 사건과 전혀 상관없는 이야기를 미주알고주알 늘어놓는다는 게 도대체 무슨 의미가 있는지 알 수 없어 자꾸만 말이 꼬이고 맥락이 바뀌었다. 나중에는 도대체 무엇이 중요하고, 무엇이 생략해도 되는 이야기인지 가늠할 수 없었다.

오번 형사가 시체를 발견하기 전에 있었던 일들을 순차적으로 진술하게 한 다음 서서히 현장 이야기를 하게 되리라는 걸 충분히 알 수 있었지만 이렇다 할 단서가 될 만한 기억이 없었다. 오번 형사가 뭔가 기대한다는 듯 강렬한 눈빛으로 바라보고 있었지만 그에게 알려줄 놀랄 만한 단서가 전혀 없어 유감이었다. 강가에서 소녀의 시체를 발견한 지 24 시간이 흘렀지만 새롭게 기억난 단서가 전혀 없었다.

루비가 진술을 마치자 오번 형사가 말했다.

"이렇게 직접 경찰서까지 찾아와 주셔서 감사합니다."

오번 형사가 검은 눈을 찡긋하고 나서 악수를 청했다. 루비는 오번 형사의 기대를 채워주지 못해 미안한 생각이 들었다. 경찰서를 나와 집으로 돌아가는 동안 루비는 자신이 마치 이곳에 존재하지 않는다는 생각이 들었고, 정신이 몸 안에서 빠져나간 것 같은 느낌을 받았다. 취기와도 비슷했지만 조금 달랐다. 거리에서 마주치는 사람들 역시 술에 취해 보이는 것 같은 느낌이 들었다. 유쾌한 취기와는 거리가 멀었다. 누군가 등 뒤에서 요란한 기침을 했고, 그 소리가 마치 등을 후려치는 느낌이 들었다. 길에서 마주친 남자가 살짝 웃는 모습이 강간범의 음흉한 표정처럼 보이기도 했다. 홀푸드 마켓에 들러 과일을 사려고 했는데 우연히 마주친 남자가 친절하게 인사를 건넸다. 루비는 남자가 이유 없이 친밀한 척한다는 생각이 들어 마켓을 그냥 나와버렸다.

거리로 나선 루비의 머릿속에서 채팅 앱을 통해 만났던 남자가 사전 동의를 구하지 않고 알몸 사진을 보내왔던 기억이 났다. 방금 전 마켓에서 마주친 남자가 혹시 그가 아닐까 하는 생각이 들었다. 그녀가 머물고 있는 원룸 건물의 안내데스크 남자도 평소와 달라 보였다. 그는 눈을 가늘게 뜨고 엘리베이터를 기다리는 그녀를 흘끔거렸다. 그는 그녀가 몇 층에 사는지 알고 있고, 출입문을 열 수 있는 키도 갖고 있었기에 마음이 몹시 불편했다.

왜 지금껏 나는 한 번도 이런 생각을 하지 않았을까? 충분히 의심해볼 수 있는 문제 아닌가?

원룸에 무사히 들어왔지만 심장이 계속 쿵쿵 뛰었다. 출입문과 창문이 제대로 잠겼는지 두 번이나 확인하고 나서야 침대에 누워 손을 모아 가슴에 얹고 마음을 추슬렀다. 안내데스크 남자가 나쁜 마음을 품을 리 없었다. 홀푸드 마켓에서 친절하게 인사를 건넨 남자도 다른 의도를 갖고 있을 리 없었다. 채팅 앱에서 만났던 그 기분 나쁜 남자도 그녀가 어디에 사는지 알 리 없었다. 심지어 성이 뭔지조차 모르는 사이였다. 이성적으로 따져보자면 불안해할 이유가 전혀 없었는데 원룸에 들어온 이후에도 정신이 몸 안에 있는 동시에 바깥에서 부유하는 것 같은 느낌이 가시지 않았다. 지금 이 순간 심장 박동은 뚜렷이 느껴지고 있었지만 마치 팔다리가 분리되어 있는 느낌이 들었다. 눈을 감을 때마다 소녀의 관자놀이에 묻어있던 피, 뒤틀려 있던 다리, 물에 잠겨 이리저리 일렁이던 금빛 머리카락이 떠올라 불안감이 증폭되었다. 오번 형사의 수사에 도움을 주고 싶었지만 그녀가 기억하고 있는 내용들은 이미 어제 아침에 다 털어놓은 것밖에 없었다.

리버사이드 파크의 허드슨 강가에서 소녀의 시체가 발견되었다. 시체를 발견한 최초의 목격자는 루비 존스였다. 소녀는 그녀가 현장에 도착하기 직전 누군가에게 목이 졸려 살해되었다.

루비는 비로소 내가 목이 졸려 살해되었다는 걸 알게 되었어. 방금 전, TV 뉴스에서 내가 교살된 사실을 속보로 내보냈지. 루비는 뉴스를 듣는 순간 목에 손을 갖다 대고 피부 아래 연골에 압력이 느껴질 때까지 힘을 가했어. 사람을 죽인 살인자들은 얼마나 사악한 자들일까 생각하면서.

문득 루비의 눈에 눈물이 고였어.

소녀를 눈으로 빤히 쳐다보면서 목을 졸라 숨을 거두게 하다니?

루비는 살인자가 소녀의 목을 조르는 순간을 상상하는 것만으로도 끔찍했다.

살인자는 지금 이 순간 어디에 숨어 있을까?

길을 걷거나 홀푸드 마켓에서 생활용품을 사거나 이 건물 어딘가에 숨어있을 수도 있었다.

내가 길에서 우연히 마주쳤던 남자가 범인이었을지도 몰라.

그런 생각이 드는 순간 문득 공포감이 엄습해왔다. 루비는 두려움을 물리치기 위해 손가락과 발가락을 꼼지락거리다가 자전거를 타듯 다리를 움직였다. 그녀는 오로지 호흡과 몸동작에 집중하려고 애썼다. 문득 자신의 몸이 새롭게 짜 맞춰진 느낌이 들었다. 마치 소녀에게 가해진 폭력이 자신의 몸 안에 깃든 듯했다. 소녀가 겪은 고통이 자신의 몸 안에 깃들어 전혀 새로운 누군가가 된 기분이었다.

루비는 자신에게 말했다.

정작 나에게는 아무 일도 일어나지 않았어. 나는 달리기를 하다가 살해된 소녀를 발견했을 뿐이야. 나는 위험에 처한 적이 없어.

그 아이 역시 자신이 안전하다고 생각했겠지? 목이 졸려 살해되기 직전 소녀는 무슨 일이 일어날지 조금이라도 예상했을까?

*

루비는 소녀가 살해되던 순간을 상상해 보았어. 그 순간, 루비의 마음속에서 소녀의 모습이 서서히 형체를 갖추어가기 시작했지. 피멍 든 몸, 부서진 뼈 너머로 소녀의 형상이 그려졌어.

소녀는 끔찍하기 그지없었던 마지막 순간에 엄청난 공포감에 사로잡혀 있었을 거야.

루비는 튀어 오르듯이 침대에서 일어나 앉았어. 그녀는 지금껏 범인이 누군지 상상하고 있었는데 애초에 접근이 잘못되었을 수도 있다는 생각이 들었어.

범인에게 잔혹하게 살해된 소녀는 누구였을까?

루비는 허드슨 강가의 자갈밭에 쓰러져 있던 소녀의 시신을 발견한 지 24시간이 흐른 뒤, 공포와 혼란이 빚어진 자리에서 나를 다시 한번 발견하는 여정을 시작했어.

루비가 노트북을 켜고 이 사건에 대해 닥치는 대로 검색을 시작하는 모습을 보면서 나는 나지막이 속삭였어.

"루비, 고마워."

루비는 자신이 앞으로 어떤 행동을 하게 될지 완벽하게 이해하고 있지는 못했지만 의식적으로 나를 잊지 않겠다는 결정을 내렸어. 그녀 입장으로는 그냥 잊는 게 가장 쉬운 선택이었을 텐데.

루비는 앞으로 나에 대해 알아가야 할 게 많아. 결코 쉽지 않은 여정이 될 거야. 지금 이 순간 무엇보다 중요한 건 루비가 나에 대한 조사에 매달리기로 마음먹었다는 사실이야. 나 역시 그녀에게 심정적으로 매달리고 있긴 하지.

성매매 여성이나 노숙자로 보이지는 않음. 옷차림으로 보아 중하위 계층으로 추정.

경찰이 현장에 설치해놓은 폴리스라인이 자갈밭 위에서 바람에 나부끼고 있었어. 경찰견을 투입한 수색 작업을 반복해서 실시했지만 경찰은 유력한 단서를 확보하지 못했어. 폭우가 쏟아져 용의자의 발자국을 비롯한 증거들이 대부분 물에 씻겨나가는 바람에 수사는 난항을 겪고 있었지. 그렇다면 이제 남은 건 내 몸에서 증거를 찾아낼 수밖에 없을 거야. 내가 남긴 흔적 그리고 *그가* 내 몸에 남긴 흔적.

시신에 몸싸움 흔적 있음.

내 사건 파일에는 범죄의 뼈대에 살을 붙인 이런 종류의 단서들로 채워져 있어. 사건 현장에서 습득한 단서들은 비닐에 넣어 봉인시킨 다음 라벨을 붙여 보관하는 게 일반적이야. 과학수사연구소에 보냈던 샘플이 돌아오고, 내 신원을 알아내기 위한 데이터베이스 검색이 이루어졌어. 흔히 48시간 이내에 피해자의 신원을 알아낼 수 있다고 해. 하지만 내 신원이 밝혀지지 않은 상태로 덧없는 시간이 흘러가고 있어. 오번 형사가 중심이 된 수사팀은 내가 누군지 알아내기 위한 조사에 매진했지만 쉽사리 답을 찾아내지 못하고 있는 형편이야.

"피해자가 자신의 비밀을 쉽게 알려줄 생각이 없나 봐."

형사들은 신원을 밝혀내지 못하는 이유가 마치 내가 비협조적이기 때문이라는 듯 푸념을 늘어놓고 있었지. 그나마 오번 형사는 책임감이 강해 쉽게 포기하지 않는 사람이야. 내 시신이 발견된 이후 며칠 동안 그는 내 사건에 대해 나름의 진단을 내렸지.

오번 형사 입장에서 보자면 이 사건은 가사가 기억 날 듯 말 듯 가물가물한 노래야. 한때는 자주 따라 부른 노래인데 지금은 가사나 박자가 거의 기억나지 않지. 그저 허공에서 떠도는 음표 하나만이 파편처럼 남아있을 뿐이야. 제목이 머릿속에서 가물가물하는데 좀처럼 떠오르지 않아. 분명 다른 사람들이 부르는 노랫소리를 들으면 금세 제목이 떠오를 텐데 그런 기회가 쉽사리 주어지지 않아.

나는 오번 형사가 사건의 실마리를 찾기 위해 애쓰는 모습을 지켜보고 있는 중이야. 책상에 팔꿈치를 대고 눈을 질끈 감은 그는 굵은 손가락을 양쪽 관자놀이에 대고 고개를 푹 숙이고 있어.

오번 형사와 나 사이에서는 여전히 음표 하나가 떠돌고 있지.

*

오번 형사는 언젠가 결정적인 단서를 찾아내기 위해 깊은 생각에 잠겼던 적이 있었다. 그 모습이 인상적이라 동료 형사 하나가 그 장면을 사진으로 찍어두었다. 그는 사진 제목을 《생각하는 사람》이라고 붙여주었다. 그 사진은 지금도 오래 전에 해결된 살인사건의 사진 자료들 수십 장을 빽빽하게 붙여둔 벽에서 찾아볼 수 있었다. 《생각하는 사람》에서 오번 형사가 손을 입가에 댄 자세를 취하고 있다는 사실은 그다지 중요하지 않았다. 사진을 찍은 형사는 오번 형사의 머릿속을 파고드는 끈질긴 생각이 마침내 한 가지씩 차례로 정리되면서 아주 작은 진실로 축약되고 있다는 걸 알게 되었다.

진실은 반드시 밝혀져야 한다. 오번 형사는 언제나 진실을 밝혀내기 위해 최선을 다했다. 이번에도 그는 반드시 진실의 문 앞에 다다를 수 있으리라 믿었다. 누가 이토록 끔찍한 짓을 저질렀는지 반드시 찾아낼 생각이었다. 살해된 소녀의 몸에는 언제나 살인자의 명함이나 다름없는 시그니처가 남아있기 마련이었다. 오번 형사는 범행에 사용된 흉기 목록을 떠올리며 다양한 가능성들을 상상해 보았다.

피해자의 오른쪽 관자놀이를 엄청난 힘으로 내리찍은 둔기는 무엇일까? 소녀의 관자놀이에는 출혈 흔적이 선명하게 남아 있었다. 범인은 소녀가 살아있었을 때 둔기로 관자놀이를 가격했다. 목을 졸라 교살하기 직전에.

범인이 둔기로 소녀를 가격한 건 우발적이었을까? 아니면 최고조에 달한 분노의 결과물이었을까? 아니면 그 두 가지가 섞여 있었을까?

오번 형사는 엄지손가락으로 다시 한번 관자놀이를 지그시 눌러보았다. 관자놀이를 손으로 톡톡 두드리며 소녀에게 가해진 타격의 강도를 가늠해 보기도 했다.

관자놀이를 가격한 흉기가 뭔지 알아낸다면 범인이 누군지 추측할 수도 있을 거라는 생각이 들었다. 오번 형사에게 실패는 없었다. 그에게 수사는 언제나 최우선적인 과제였다. 중대한 사건인 만큼 집착에 가깝도록 매달릴 필요가 있었고, 수사는 그가 가장 잘하는 영역이기도 했다.

오번 형사가 두 손으로 머리를 감싸 쥐고 이미 닳도록 살펴본 사건 자료들을 앞에 두고 끙끙 앓는 이유는 한 소녀의 몸에 남아 있는 증거들이 지목하는 끔찍한 폭력의 실상 때문이었다.

시신에 몸싸움 흔적 있음.

당신이 알아야 할 게 있어. 난 죽고 싶지 않았어. 그렇다고 뭔가 달라지는 게 있을지 모르겠지만 그 순간이 닥쳐왔을 때 나는 내 몸에서 밀려나지 않으려고 안간힘을 다해 맞서 싸웠어. 최선을 다했지만 결국 버티지 못했지. 죽고 싶지 *않았지만* 지금 난…….

루비와 오번 형사만이 해답을 찾아다니고 있는 건 아니야. 이제 보니 나는 세상을 살아가는 방법을 배웠을 뿐 떠나는 법을 배운 적이 없어.

12

괜찮아?

루비는 20분 동안 휴대폰 화면을 빤히 바라보고 있었다. 애시가 사흘 만에 보낸 메시지였다. 사흘. 제인의 시신을 발견한 지 꼬박 사흘이 지났다. *제인.* 언론이 소녀를 부르는 가명이었다. 리버사이드 파크에서 살해된 시신으로 발견된 신원 미상의 백인 여성, 금발, 15세에서 24세 사이로 추정, 키 165센티미터, 체중 56킬로그램, 콧등에 주근깨 많음, 신원을 알 수 있는 특징 없음, 문신 없음, 눈에 띄는 치과 치료 내역 없음.

언론은 특정한 누군가를 닮지 않은 동시에 모두를 닮은 그녀에게 '제인'이라는 가명을 붙여주었다.

그 *소녀*는 이제 제인으로 통용되고 있었다.

경찰은 시민들로부터 제보를 받을 때마다 즉시 수사를 벌였다. 기자들에게 브리핑을 하는 경찰의 얼굴은 언제나 돌처럼 굳은 표정이었다. 경찰은 여성들에게 이런 끔찍한 사태를 예방하려면 극도로 조심해야 한다고 경고했다. 연일 *악질적인 공격, 잔혹한 살해* 같은 제목을 앞세운 뉴스가 쏟아지고 있었고, 무작위 살인이라는 잠정적 결론이 내려졌다. 많은 사람들의 입에서 살인사건 이야기가 오르내렸고, 도시 전체가 공포에 휩싸여 있었다.

사람들은 물었다.

피해자는 *누구지?* 어쩌다 그런 끔찍한 사건이 벌어졌지?

요즈음 뉴욕에서 젊고 아름다운 여자가 *강간 후* 살해당한 일은 없었다. 타블로이드 신문들은 온통 경찰 관계자가 언급한 발언으로 일면을 뒤덮었다. 사건 관련 기사를 볼 때마다 루비는 속이 울렁거렸다.

어떤 사람들은 즐거워해. 간혹 끔찍한 이야기에 사족을 못 쓰는 사람들이 있거든.

앞서 언급했듯이 루비는 쉬운 길을 택하지 않았다. 루비가 나를 잊길 원했다면 수사가 직업인 경찰에게 모든 걸 맡기고 물러섰겠지만 그녀는 그러지 않았다. 루비의 머릿속에 내가 누구인지 알아내야겠다는 생각이 열병처럼 깃들었다. 오번 형사와 만나고 온 뒤 루비는 하루 종일 방 안에 틀어박혀 지내며 샤워를 네 번이나 했다. 샤워를 하면 조금이나마 마음이 가라앉으리라 생각하며 침대와 욕실을 오갔다. 루비는 아무리 샤워를 해봐야 소용없다는 걸 알게 된 후 마른 몸으로 이불 속으로 기어들어가 천장만 바라보고 누웠다가 다시 몸을 일으켜 노트북을 켜고 수사에 대한 새로운 정보가 있는지 관련 게시물을 찾아보았다. 블라인드 너머 바깥에서는 자동차 경적 소리를 비롯해 다양한 소음이 들려오고 있었고, 수백만 명의 사람들이 좋은 일이든 나쁜 일이든 늘 하던 일을 하며 시간을 보내고 있었다. 루비는 지금 살아있는 사람들에 대해서는 별로 관심이 없었다. 이제 그녀는 죽은 사람들과 더 가깝기 때문이었다.

캐시는 당장 멜버른으로 오라고 성화를 부렸다. 뉴욕으로 떠난 동생이 과연 안전한지, 낯선 도시에서 혼자 지내는 게 바람직한지 줄곧 의구심을 품어왔는데 이번 사건이 발생하자 매우 걱정스럽다는 결론을 내렸기 때문이었다.

루비가 당장 떠올릴 수 있는 안전한 장소는 경찰서뿐이었다. 줄기가 가느다란 가로수가 늘어선 주거지역에 관할 경찰서가 있었다. 연립주택의 일층 창문마다 나있는 금속 방범창 때문에 마치 감옥의 독방처럼 보였지만 대체로 이 지역의 주택들은 편안하고 안전한 느낌을 주기에 이곳에 경찰서가 있을 거라고 상상하지 못했다. 루비는 길 찾기 앱을 열고 파란 점을 따라 걸어가다가 그 경찰서가 나타났을 때 혼란스러운 마음을 감출 수 없었다. 그 경찰서가 있는 지역은 가족들이 모여 저녁식사를 만들어 먹고, 아이와 놀아주기에 적당한 곳이지 절도나 폭행 같은 범죄 행위를 수사하는 곳으로는 어울리지 않아 보였기 때문이었다. 모든 가정의 닫힌 문 뒤에서 수많은 사건과 사고가 일어났다. 그렇기 때문에 경찰이 주택가 한가운데, 주방과 거실을 가리는 커튼이 드리워진 곳에 위치해 있는 것도 나름 큰 의미가 있어 보이긴 했다. 경찰서가 주택가에 위치하는 게 오히려 최선일 수도 있겠다는 생각이 들었다.

하늘이 온통 회색빛으로 물든 아침, 내가 죽은 지 72시간이 지난 지금 이 시간 루비는 다시 경찰서를 방문했어. 그녀는 경찰서 건물 앞을 열 번쯤 지나쳤지만 차마 안으로 들어가지 못하고 거리를 맴돌았지. 오번 형사나 친절하게 대해준 제닝스 형사가 경찰서 안에서 일하고 있는 모습이 보였어. 그 사실을 아는 것만으로도 충분히 안심이 되었지. 그들은 범죄를 해결하고, 사람들을 지켜주는 형사들이니까. 며칠 전만 해도 루비는 *'사람이 이러다가 미쳐버리는 거 아니야?'* 하고 생각했었는데, 지금은 그때의 자신은 아무것도 몰랐다는 생각이 들었어. 그 누구도 줄 수 없는 답이 필요하다는 게 어떤 기분인지 몰랐으니까.

조깅을 하던 한 여성이 그녀의 시신을 발견했다.

그날, 익명의 두 여자는 하나의 어휘로 연결되었다. 그날 아침 두 여자는 서로 얼마나 가까운 곳에 있었을까? 상대와 역할을 바꿀 수도 있을 만큼 가까운 곳이었을까?

희생자는 30대 중반으로 추정됨. 키 170센티미터, 69킬로그램, 갈색 머리, 갈색 눈, 오른쪽 손목에 하트 모양 문신 있음.

루비가 운동화를 신는 순간 그녀의 삶이 결정되었던 걸까? 만약 좀 더 일찍 공원에 도착했더라면 제인 대신 위험에 처할 수도 있었을까?

우리 *모두*는 얼마나 죽음과 가까이 있을까?

루비는 경찰서 앞을 서성거리며 오번 형사를 생각했다. 뉴스에서 오번 형사를 여러 번 보았고, 그와 관련된 뉴스를 빼놓지 않고 읽었다. 오번 형사는 유능한 형사였고, 세간의 이목을 끌었던 여러 사건들을 해결한 경력이 있었다. 그가 여러 사람들로부터 존경받는 형사라는 사실을 알게 되었을 때 그다지 놀랍지는 않았다. 그는 특히 여자와 아이들이 살해당한 음울한 사건들을 해결한 인물이었으니까.

루비는 오번 형사가 이번 살인사건에 대해 아직 공개하지 않은 단서들이 있는지 궁금했다. 한 소녀가 누군가에게 무자비한 폭력에 이은 성폭행을 당한 뒤 목이 졸려 숨졌다. 치밀한 계획 아래 저지른 살인이 아니라 우발적인 무작위 살인이 유력해 보였다. 희생자의 손톱 밑(그리고 루비가 떠올리고 싶지 않은 여러 부위들)에서 범인의 DNA가 발견되었다. 그런 내용들은 이제 사람들에게 모두 알려졌다.

소녀의 시신이 과학수사대 수사관들과 범죄 현장 수사관들에게 알려준 새로운 비밀들은 무엇일까?

사흘이 지났지만 아직 소녀의 신원이 밝혀지지 않았고 소녀의 몽타주가 나온 포스터가 리버사이드 파크 전역에 붙게 되었다.

이 여성을 아십니까?

입가에 작은 미소를 그려 넣고 채색한 몽타주가 실제의 나랑 많이 닮았다는 건 인정해. 다만 몽타주의 내 표정은 실제보다 부드럽고 눈이 좀 더 커. 몽타주만 보자면 내가 마치 세상에 대해 아무것도 모르는 소녀처럼 보여. 몽타주를 보는 순간 어느 누가 내 모습을 떠올릴 수 있을까?

루비는 아직 오번 형사가 모르고 있는 사실들이 정말 많을 거라고 생각했다. 그녀는 엄지와 검지를 맞대고 꾹 누르며 생각에 잠겨들었다. 최근에 생긴 습관이었다.

"제인, 범인은 네가 누군지 알고 있니?"

루비는 소리 내 말할 의도가 아니었지만 자기도 모르게 그 말이 입 밖으로 흘러나왔다. 그 순간 제닝스 형사가 곁으로 다가왔다. 루비는 내심 깜짝 놀랐지만 이내 반가운 표정으로 인사를 건넸다.

제닝스 형사는 밝은 곳에서 본 루비의 얼굴이 이전보다 더 예쁘고 섹시하다고 생각하다가 부적절한 상상을 한 자신을 속으로 꾸짖었다. 스미스 형사가 리버사이드 파크 사건의 목격자인 호주 여성이 오전 내내 건물 밖에서 서성거리고 있다면서 무슨 일인지 알아보라고 등을 떠미는 바람에 밖으로 나오게 되었다.

"경찰서에 오셨으면 안으로 들어오시지 왜 밖에 계세요?"

루비는 창피한 마음에 고개를 끄덕이는 동시에 그의 시선을 피했다. 걱정스러운 기색이 묻어난 제닝스 형사의 표정을 보자 강가에서 그가 친절하게 대해주었던 모습이 떠올랐다. 그녀가 제인의 시신을 손가락으로 가리켰을 때 그가 느린 숨을 토해내던 모습이 연상되었다. 그때 스미스 형사가 담요를 가져와 그녀의 몸에 둘러주고 어깨를 부드럽게 잡아주었다. 제닝스 형사는 제인의 시신을 둘러보며 울고 싶은 표정을 짓고 있었다.

"경찰서 앞을 지나던 길이었어요. 형사님들이 혹시 새롭게 찾아낸 단서가 있는지 궁금하더군요."

루비가 말하는 동안 제닝스 형사는 자꾸 경찰서를 돌아보며 눈에 띄게 불편한 기색을 보였다.

제닝스 형사는 차라리 스미스 형사에게 가보라고 할 걸 그랬다고 생각했다. 스미스 형사가 트라우마에 시달리는 사람들을 상대하는 데 능숙했고, 적정한 거리를 유지하면서 위로해줄 수 있는 방법을 잘 알고 있는 편이었으니까. 제닝스 형사는 큼큼 헛기침을 해 목을 고르면서 평소 스미스 형사가 목격자를 위로하던 방법을 배워두지 않은 걸 후회했다.

제닝스 형사가 난감해하는 기색을 책망으로 받아들인 루비의 얼굴이 붉게 달아올랐다.

"죄송해요. 귀찮게 하려던 건 아니었어요. 저에게 경찰서를 찾아와 이런 질문을 할 권리가 없다는 걸 잘 알지만 혹시나 해서 물어봤을 뿐이에요. 그 아이에 대한 생각이 사라지지 않아 미칠 것 같아요."

제닝스 형사는 루비의 고백을 듣는 동안 초조하게 눈을 깜박이다가 경찰 교육을 받을 때 배운 뭔가를 기억해내고 그녀 쪽으로 한 걸음 다가갔다.

"경찰서 안으로 들어가 이야기를 나눌까요? 혹시 뭔가 새롭게 떠오른 기억이라도 있나요? 오늘, 오번 형사는 시 외곽 지역에 나갔으니 저에게 대신……."

제닝스 형사는 고개를 흔들던 루비의 눈에 눈물이 가득 고였다가 뺨을 타고 흘러내리는 모습을 보면서 말끝을 흐렸다. 그는 손을 뻗어 루비의 팔을 두들겨주며 헛기침을 했다. 이번에는 제닝스 형사의 얼굴이 벌게졌다. 아무리 애써도 그는 여성의 눈물에 쉽게 익숙해지지 않았다.

"당신을 도울 수 있는 의사들의 전화번호를 몇 개 알려줄 수 있어요. 트라우마 전문가들이죠. 끔찍한 일을 겪었을 때 트라우마를 겪게 되는 건 당연한 일이죠. 전문가들이 말하길 보고 듣고 느낀 사실을 있는 그대로 털어놓는 게 트라우마 치료에 도움이 된다고 하더군요."

루비는 또다시 우는 모습을 보인 게 수치스러운 데다가 가급적 빨리 이 어색한 곳에서 벗어나길 바랐기에 제닝스 형사의 제안에 고개를 끄덕이며 손등으로 눈물을 훔쳐냈다. 제닝스 형사는 정서적으로 안전한 공간인 경찰서 안으로 루비를 데리고 들어왔다. 잠시 자리를 비웠다가 몇 분 뒤 돌아온 그는 팸플릿 서너 장을 루비에게 건네주었다. 그가 건넨 팸플릿에는 다양한 사람들이 전화 통화를 하거나 손을 잡고 함께 걷는 사진들이 실려 있었다. 사진에 등장하는 사람들이 하나같이 얼굴에 미소를 드리우고 있는 반면, 팸플릿 표지에는 *트라우마, 피해자, 폭력, 애도* 같은 우울한 단어들이 줄줄이 나와 있었다.

앞으로 내가 이 사람들을 필요로 하고, 이들이 나를 돕게 될까?

루비는 도저히 웃음이 나오지 않았다.

제닝스 형사가 뿌듯해하는 기색이 역력했기에 루비는 고맙다는 인사를 건넬 수밖에 없었다.

"트라우마 전문가에게 꼭 전화해 볼게요."

루비는 제닝스 형사를 향해 그렇게 말하고 가볍게 손을 흔들어 보였다.

"트라우마를 극복하지 못해 꼼짝도 못하는 상태가 되면 안 되잖아요. 정말 고마워요."

"견디기 힘든 고통일 겁니다. 한시 바삐 트라우마를 극복할 수 있길 바랍니다. 하고 싶은 이야기가 있으면 저를 찾아오세요. 언제든 환영이니까요."

이상한 끝마무리야. 루비가 미소를 지어서 그런 것 같아. 루비가 어색한 태도를 보이는 제닝스 형사의 마음을 알아차린 것 같아. 아무리 제닝스 형사라도 이쯤에서 물러나야 한다는 생각이 들어.

"제닝스 형사님!"

제닝스 형사는 루비가 길을 건너가고 나서 이름을 부르는 바람에 흠칫 놀랐다.

그가 걸음을 멈추자 루비가 심호흡을 하고 나서 물었다.

"그 아이는 어디에 있죠? 현재 그 아이의 시신이 어디에 있는지 알려줄 수 있어요?"

"1번가의 시체 안치소에 있을 겁니다. 경찰은 어서 제인의 신원을 파악하길 바라고 있어요. 시신을 회수해갈 사람이 없을 경우 오랫동안 시체 안치소에 있게 될 가능성이 높습니다."

"영원히 시신을 찾으러오는 사람이 없을 경우에는 어쩌죠?"

제닝스 형사는 그런 경우까지 생각하고 싶지 않았다. 장기를 비우고 입술을 꿰맨 시신들이 늘어서 있는 시체 안치소의 모습이 떠올랐다. 아무리 경험이 쌓여도 좀처럼 익숙해지지 않는 광경이었다. 강가 자갈밭에서 시신으로 발견된 소녀처럼 사랑스러운 아이에게는 더욱 부당하게 느껴지는 최후가 아닐 수 없었다.

"이제 곧 제인의 신원이 밝혀질 거예요. 대부분 그렇게 귀결되니까 너무 걱정하지 마세요."

제닝스 형사는 루비를 안심시키는 미소를 지어주고 나서 경찰서 건물 안으로 들어갔다. 경찰서 문이 닫히고 홀로 남은 루비는 자신을 올려다보며 웃는 얼굴들이 나온 브로슈어들을 바라보았다. 브로슈어 하나를 펼쳤지만 눈물로 흐려져 아무것도 보이지 않았고, 굵은 눈물방울만이 종이 위로 뚝뚝 떨어지고 있었다.

괜찮아?

애시는 완전한 문장으로 메시지를 보낼 만큼의 성의도 없었다. 이토록 무성의한 메시지에 어느 누가 답을 해줄 수 있을까? 괜찮지 않은 이유를 어떻게 다 답변해줄 수 있을까?

루비는 뉴스 기사에서 본 표현을 떠올려보았다.

조깅을 하던 한 여성이 그녀의 시신을 발견했다.

조깅을 하던 한 여성이 그 뒤에 어떻게 되었는지는 왜 아무도 말해주지 않을까?

*

누군가 리버사이드 파크에서 추모제를 열었어. 추모제가 열린다는 소식이 전해지자 시신이 발견된 지 나흘 만인 지난 토요일 밤에 300명 가까운 추모객들이 모여들었지. 대부분은 인근에 사는 주민들이었지만 더러는 나처럼 집으로 돌아갈 수 없었던 경험을 가진 여성, 자기만의 어두운 방을 가진 여성들이 나를 추모하기 위해 먼 곳에서 와주었어. 추모객들 가운데 아직 고통스런 상처가 아물지 않은 피해 여성들이 섞여 있었고, 다양한 종교 단체에서 나온 신자들도 있었지. 다들 밤이 깊도록 자리를 함께하면서 나의 죽음을 추모했어. 바람이 불자 사람들의 손에 든 촛불이 일렁거렸고, 누군가 앞으로 걸어 나오더니 추모객들을 마주하고 나지막한 목소리로 〈할렐루야〉를 부르기 시작했지.

멀리서 보면 추모객들이 손에 들고 있는 300여 개의 촛불들이 너무나 아름다웠어. 마치 사람들이 손에 별을 들고 있는 것 같았지. 옆 사람 초에 촛불을 옮겨붙여 주는 사람들의 얼굴은 더없이 따스하고 온화했어. 리버사이드 파크의 공터는 온통 깜박이는 촛불들로 가득했고, 사람들은 영롱한 빛으로 호흡하며 나의 죽음을 애도하고, 보다 안전한 세상이 되길 기도했지.

추모객들은 아직 내 진짜 이름을 몰랐지만 무거운 마음으로 마주잡은 손을 위로 치켜들고 있는 여자들 대부분은 내 죽음에 대해 슬픔과 분노 그리고 공포를 느꼈지. 나는 그들의 어제이고, 그들이 어깨 너머를 돌아보거나 손으로 열쇠를 움켜쥐며 보낸 모든 밤들이 남긴 그림자야.

한 남자가 사람들 앞으로 나섰어. 그는 남자들이 여자들의 안전을 지켜주기 위해 최선을 다해야 한다고 말했지. 사람들은 그를 향해 박수를 치고 환호성을 보냈지만 여자들은 침묵 속에서 잃어버린 자매를 찾으려고 촛불을 하나로 묶어 신호탄처럼 하늘로 쏘아 보냈어. 남자들의 열정이 다한 후에도 그 자리에 남아 하늘에서도 보일 정도로 반짝이는 건 여자들의 조용한 분노였어. 촛불이 모두 꺼지고 추모객들이 자리를 비운 뒤에도 여자들의 분노는 사라지지 않고 계속 그 자리에 남아 있었지.

루비는 추모제에 참석하지 않고, 리버사이드 파크에서 고작 몇 블록 떨어진 집에 혼자 앉아 있었어. 루비가 촛불을 켜자 어둠 속에서 불꽃이 일렁거렸지. 그녀는 침대 위에 책상다리를 하고 앉아 미지근한 보드카를 마시며 촛불을 바라보았지만 아무런 감정도 느낄 수 없었어. 그녀는 슬픔이 속삭임처럼 조용할 수 있다는 걸 알아가고 있는 중이야. 슬픔이 마음속에서 요동치든 강둑을 타고 넘을 만큼 불어난 강물처럼 넘쳐흐르든 잔잔한 수면 위에 무감각하게 떠있든 결국 다 같은 감정이고, 전적으로 무력하다는 걸 알게 되었지.

루비는 자신이 통제할 수 있는 게 거의 없다는 사실, 아무리 이를 사리물어도 안전하다고 여기던 그 시절로 돌아갈 수 없다는 사실을 알고 있었어. 지난 며칠 동안은 그런 현실에 화가 났지만 오늘은 몹시 슬펐지. 그녀는 이 도시에서 혼자인데 나를 향해 느끼는 슬픔만큼이나 가슴을 미어지게 만드는 한 가지 생각이 떠올랐기 때문이야. 만약 뉴욕에서 살해당하는 일이 벌어진다면 그녀 역시 시체를 찾아갈 사람이 아무도 없을 것 같았지. 그녀가 뉴욕으로 떠난 걸 아는 사람은 멜버른의 친구들과 애시 그리고 캐시밖에 없으니까.

*

추모제가 열린 다음 날 아침 루비는 간밤에 마신 보드카의 숙취를 느끼며 잠에서 깨어났다. 그녀는 입김을 불어 촛불을 끄고 나서 방 안이 빙빙 돌기 시작하자 침대에서 일어나 욕실의 타일에 누웠던 기억이 났다. 그러다 몸을 덜덜 떨며 잠에서 깨어난 이후 수건을 몸에 둘렀던 기억도 희미하게 났다.

주정뱅이 주제에 몸 관리를 제대로 했네.

루비는 이불 아래에 수건이 떨어져 있는 걸 보면서 한숨을 푹 쉬었다. 도저히 꿈을 꿀 겨를이 없을 만큼 선잠을 잤지만 어느새 시간이 흘러 오전 6시 30분이었다. 적어도 하룻밤은 잘 버텨낸 셈이었다. 아직 가시지 않은 숙취 탓에 어기적거리며 욕실을 향해 걸어가던 루비의 심장이 문득 쿵 소리를 내며 내려앉았다. 어젯밤의 기억 하나가 수면 위로 떠올랐다. 촛불을 끄고 욕실 타일 위에 눕기 전에 벌어진 일이었다. 억울하고 화난 감정 상태일 때였다. 휴대폰에서 애시의 이름을 찾아내 수없이 많은 문자메시지를 보냈다.

당신은 절대… 당신은 결코… 당신이 미워…

루비는 휴대폰을 외면하고 싶은 마음을 가까스로 억제하며 화면을 바라보았다.

애시의 이름을 검색해 보았지만 아무것도 남아 있는 게 없었다.

분명 문자메시지를 써서 보낸 간밤의 기억이 선명하게 남아 있는데 이상한 일이었다. 뭔가 해서는 안 될 말을 해버린 느낌이 들었다. 루비는 지금껏 애시와 멀리 떨어져 있어 고통스럽다고 말한 적이 단 한 번도 없었다. 애시 앞에서는 언제나 감쪽같이 아픔을 숨겨왔고, 늘 통제 가능한 태도를 유지하는 걸 자랑스러워했다.

왜 어젯밤에는 그 모든 걸 놓아버렸을까?

나는 루비에게 말해주고 싶어. 보드카와 내 죽음에 대한 연민이 합쳐지면 자기 통제력이 느슨해질 수밖에 없다는 걸.

애시, 어젯밤에 내가 너무 취했나 봐. 무슨 말을 했는지 도무지 기억나지 않아.

열 번도 넘게 썼다가 지우기를 반복한 끝에 문자메시지를 전송했다. 휴대폰 화면에 전송 완료 표시가 나타났다. 문자메시지를 보낸 후 한 시간 내내 불편한 침묵이 흐르고 있었다. 루비는 눈을 깜박인 동안 혹시 답장이 왔을지도 모른다는 생각에 휴대폰 화면을 확인했지만 텅 비어 있었다. 멜버른은 지금 늦은 저녁이었다. 분명 메시지를 읽지 못할 만큼

늦은 시간은 아니었다. 애시가 일 때문에 연락을 주고받아야 하기에 손닿는 위치에 휴대폰을 두고 있을 시간이었다. 시간이 지날수록 루비는 마음이 더욱 초조해졌다.

어젯밤에 대체 어떤 메시지를 보냈기에 애시가 다 지워버렸을까?

루비가 뉴욕에 온 이후 애시와 주고받았던 메시지와 사진들이 전부 삭제되어 있었다.

루비는 베개를 끌어안고 스산한 마음을 추스르려 애썼다.

진실을 말하는 게 그리 나쁜 건 아니잖아.

그런 생각이 들었지만 탈진할 듯 힘이 빠지고, 마음이 싱숭생숭해지는 건 어쩔 수 없었다.

루비는 다시 애시에게 메시지를 보냈다.

지독한 기분이야. 모두 다.

메시지를 전송하고도 한참 동안 답이 없었다. 루비는 베개에 얼굴을 묻고 비명을 질렀다. 비명은 베개에 스며들어 속절없이 묻혀버렸다. 침대 머리맡 탁자에 놓아둔 보드카 병을 마저 비우기에는 너무 이른 시간이었다. 하지만 그녀의 손은 이미 매끈하고 투명한 술병을 손에 쥐고 있었다.

설마 알코올 의존증은 아니겠지? 고통을 잊기 위해 술을 찾는 사람이라면 알코올 의존증을 의심해 봐야 한다는 말을 들은 적이 있었다. 제닝스 형사가 챙겨준 브로슈어의 트라우마 상담 전문가들이라면 적어도 그녀를 비난하지 않을 것 같았다. 그들이라면 이 모든 고통을 감내하기 쉽지 않다는 걸 이해할 테니까.

루비는 이제야 깨달은 게 한 가지 있었다. 그녀가 경찰서를 다시 찾아간 이유는 제인을 중요시하는 사람들을 만나보기 위해서였다. 그녀는 최초의 목격자였고, 마치 아무 일도 없었던 것처럼 살아가긴 힘들었다. 확실한 단서를 찾아내기 위해 애쓰는 오번 형사를 만나 뭔가 도울 일은 없는지 묻고 싶었다.

나도 충분히 수사에 도움이 될 수 있을 거야.

한편으로는 지나치게 순진하고 어리석은 생각일 수도 있었다.

수사에 대해 아무것도 모르면서 도움을 줄 수 있을 거라고 생각하다니?

제닝스 형사는 누군가에게 강가에서 직접 보고 느끼고 경험한 사실을 있는 그대로 털어놓는 것도 심리적인 고통을 덜 수 있는 좋은 방법이 될 수 있을 거라고 했다. 하지만 애시에게 보낸 문자메시지처럼 진실을 털어놓는다고 해서 무조건 심리 치료에 도움이 된다는 보장은 없었다. 캐시 역시 강가에서 제인의 시신을 발견했다는 내용으로 문자메시지를 보낼 경우 다 읽어보기도 전에 당장 멜버른으로 돌아오라고 성화를 부릴 게 분명했다.

그렇다면 내 말을 차분하게 경청해줄 사람이 누가 있을까?

그 순간 어딘가에서 그녀만 빼놓고 중요한 대화가 이루어지고 있다는 생각이 들었다. 그들이 나누는 대화에 그녀가 찾아 헤매는 해답이 깃들어 있다는 느낌이 들었다. 그들은 이미 오래 전부터 그녀를 대화의 장으로 초대하고 기다리고 있는 중일 수도 있었다. 다만 지금은 그들이 누군지 모른다는 게 문제였다.

루비는 휴대폰을 끄고 나서 다시 침대에 누웠다. 이른 아침 꿈속에서 나타난 소녀가 삽을 들더니 노래를 부르며 땅을 팠다. 루비는 이상한 꿈에 시달리다가 정오 가까이 잠을 깼다. 창 밖에서 유리창을 닦는 인부들이 밧줄과 연결된 널빤지에 앉아 웃으면서 이야기를 주고받는 소리가 들려왔다. 모두들 자신의 위치에서 주어진 일을 열심히 하고 있었고, 도시는 아무 일도 없다는 듯이 활기차게 돌아가고 있었다.

당신도 활기차게 앞으로 나아가야 해.

루비는 그 말이 커다란 외침처럼 들려오는 바람에 침대에서 벌떡 몸을 일으켰다. 그녀는 샤워를 하고, 옷을 입고, 젖은 머리를 매듭 지어 묶고 나서 바깥으로 나섰다. 날씨는 아직 쌀쌀한 편이었지만 4월의 맑고 푸른 하늘에서 태양이 눈부시게 빛나고 있었다. 하루의 절반을 침대에서 빈둥거리며 흘려보낸 게 아쉬웠다. 이제는 욕실 바닥에 누워 잠을 깨거나 해가 중천에 뜰 때까지 자는 일은 없어야 한다고 마음속으로 다짐했다. 길을 가다가 슬픔에 젖어들어 눈물을 흘리고 싶지도 않았고, 보드카에 취해 바다 건너 남자에게 답장도 오지 않는 문자메시지를 보내고 싶지 않았다.

이제부터 시간을 함부로 허비하지 말고 뭔가 의미 있는 일을 하고 싶었다. 오번 형사가 먼저 제안하지는 않았지만 그를 도울 수 있는 방법을 찾아볼 생각이었다.

이제부터 무엇을 해야 할까?

루비는 자신과 강가에서 시신으로 발견된 소녀 이야기를 나누며 함께 어둠 속으로 내려가고 싶어 하는 사람이 과연 있을지 생각해 보았다. 한참 동안 생각한 끝에 당연하기 그지없는 대답이 떠올랐다.

세상에는 나 말고도 시신을 처음 발견한 사람들이 많을 거야.

루비는 시체를 발견한 그들을 만나보고 싶었다. 그녀는 방금 떠오른 생각이 머릿속에서 홀연히 사라질까 봐 조심하며 가까운 커피숍으로 들어갔다. 창가의 스툴에 앉은 그녀는 노트북을 열고 와이파이에 접속했다. 라지 사이즈 라테를 시킨 그녀는 눈을 꼭 감고 머릿속으로 영감이 찾아들기를 기다렸다.

우선 '시체 발견'이라는 키워드를 검색 창에 입력하고 나서 결과물이 나타날 때까지 숨을 고르며 기다렸다. 눈앞에 나타난 결과물들은 온통 전도유망한 사업에 관한 내용들 일색이었다. 재해 관련 사후 청소 서비스, 범죄 현장 청소 광고물 아래에 '시체를 발견했어요!'라는 말들이 붙어있었다.

루비는 검색 결과물 페이지의 4분의 3 지점에서 눈에 띄는 헤드라인 하나를 발견했다.

외상 후 스트레스 장애 : 몸이 전투 모드 또는 도피 모드로 전환되어 꼼짝할 수 없을 때

제닝스 형사가 '몸을 꼼짝할 수 없다.'라는 표현을 썼던 기억이 났다. 루비는 헤드라인을 링크한 다음 기사가 떠오르길 기다렸다. 기사를 다 읽는 동안 커피가 미지근하게 식어있었다. 보스턴의 어느 유명 의사가 쓴 칼럼으로 트라우마가 사람에게 미치는 영향에 대해 알기 쉽게 설명해주는 글이었다.

루비의 머릿속에서 허드슨 강가에서 시신을 처음 발견했을 당시의 장면이 떠올랐고, 폭우가 쏟아지는 풍경이 눈앞에서 아른거렸다. 그날 이후 그녀는 자주 강박적인 생각에 빠져들었고, 꿈에 죽은 소녀가 수시로 나타났다. 길에서 마주친 남자들이 살인범일지도 모른다는 편집증적 증세를 경험하기도 했었다. 그동안 그녀가 겪었던 트라우마에 대한 설명이 의사가 쓴 칼럼에 고스란히 설명되어 있었다.

루비가 실제로 경험한 '과잉 경계'는 트라우마의 대표적인 증세라고 할 수 있었다. 시신 발견은 의사가 예시로 든 트리거(Trigger) 목록에 포함되어 있었다.

루비는 방금 전 알게 된 사실을 바탕으로 무엇을 할지 생각해 보았다.

시신을 발견한 사람들을 찾아보기로 했었지? 어쩌면 시신을 발견한 사람들이 모여 있는 커뮤니티 사이트가 있을지도 몰라.

루비는 검색 창에 '트라우마 극복'이라는 키워드를 치고 나서 검색 결과를 기다렸다. 검색 결과가 몇 페이지나 이어졌다. 뉴욕에 트라우마 극복을 지원하는 모임이 많다는 걸 처음 알았다. 그 중에서 트라우마 극복 지원과 우정을 제공한다는 모임을 링크했다.

루비는 먼저 모임의 운영 방식을 읽어 내려갔다. 모임은 집단 토론 방식으로 운영된다는 설명이었다.

우리는 아무런 편견 없이 당신의 안전을 최우선으로 고려하는 공간을 제공합니다. 의료 기관이나 의사를 통해 공식적인

트라우마 진단을 받지 않은 분도 참여할 수 있습니다. 모임은 2주에 한 번, 맨해튼 이스트 지역에서 열립니다. 모임 장소는 참가 신청자들에게만 공유됩니다.

모임 신청서 양식은 간단했다. 루비는 모임 신청서를 작성하고 나서 전송 버튼을 눌렀다. 곧이어 메일이 도착했다는 신호음이 울렸다. 래리라는 사람이 보낸 자동 답장이었다.

축하합니다! 트라우마를 극복하려면 과감한 첫발을 내딛는 용기가 필요합니다. 당신의 현명한 선택을 자랑스러워해도 됩니다.

이메일에는 올해 봄에 열릴 모임의 날짜, 시간, 장소 목록이 첨부되어 있었다. 다음 모임은 나흘 뒤인 목요일에 열리기로 되어있었다.

도시의 심장부를 가로지르고 싶어

스피커에서 흘러나오는 〈뉴욕, 뉴욕〉의 가사를 듣는 순간 용기가 생겼다. 모임에 참석해 트라우마를 극복하기 위해 애쓰는 사람들을 만나보고 싶었다.

설령 방향을 잘못 선택했다면 수정하면 그만이었다.

*

루비의 꿈속에 내가 등장한 건 우연이었어. 나는 요즘 깨어 있으나 잠들어 있으나 별반 다르지 않아. 루비는 꿈에서 내가 리버사이드 파크에서 옆에 서 있었다는 걸 알고 있고, 내가 그녀를 따라 집으로 온 것도 알아. 하지만 꿈을 깨는 순간 다 잊어버렸지.

루비가 나 때문에 트라우마를 겪는 게 정말 미안했어. 내가 루비에게 비슷한 경험을 한 사람들을 찾아보도록 부추긴 건 그런 이유 때문이었지. 나는 그녀와 손가락을 포개고 함께 모임 신청서를 작성했어.

난 사실 아무것도 만질 수 없어. 그는 나를 목 졸라 죽여 내 존재를 완벽하게 없애 버리려고 했지만 결국 실패했어. 그가 나를 완전히 사라지게 하지는 못했다고 생각하면 그나마 기분이 좋아. 어느 누구도 나를 볼 수는 없지만 내가 여기에 존재한다는 건 틀림없는 사실이니까.

자잘하지만 놀라운 일들이 하나둘씩 벌어지기 시작했지. 나는 이제 루비의 머릿속에 실마리를 떨어뜨리고 그녀의 생각이 무르익을 수 있도록 유도할 수 있게 되었어. 루비가 트라우마 극복 모임을 찾아보게 된 것도 내가 유도했기 때문이야.

나에게 트라우마가 뭔지 처음 알려준 사람은 노아였지.

노아는 보스턴의 의사만큼이나 트라우마에 대해 잘 설명해 주었어. 노아는 트라우마가 유전될 수도 있고, 나쁜 기억이 다음 세대로 전해질 수도 있다고 했지.

이제는 노아에 대해 생각하고 싶지 않아. 이제 나에게는 루비가 있으니까. 다만 노아가 내게 해주었던 말들을 유심히 들어두었으면 좋았을 것이라는 생각을 멈출 수 없어. 하긴 그 당시만 해도 그런 이야기들이 나에게 별로 도움이 되지는 않았지. 노아를 떠올리면 마음이 아파.

다들 나를 잊은 것 같아.

그 사람도.

내가 어떻게 아직 세상에 존재할 수 있는지 모르겠어. 나는 은빛 물고기가 된 듯 파도를 헤치며 앞으로 나아가. 나는 가끔 노아가 내 방 문을 닫고, 태미가 휴대폰을 보고 있고, 잭슨 선생님이 내 사진이 들어있는 상자를 벽장에 숨기는 모습을 보았지. 그런 모습들을 볼 때마다 거친 파도에 떠밀려와 이리저리 휩쓸려 다니다가 단단한 바위에 내동댕이 쳐진 내 몸 위로 바닷물이 퍼부어지는 것 같은 느낌이 들어.

내게는 루비만이 평화롭고 잔잔한 바다처럼 느껴져. 다른 사람들 가까이 가면 마치 또 한 번 죽는 것 같은 기분이 들어.

우리는 범인의 정체를 향해 점점 가까이 다가가고 있습니다.

경찰이 배포한 보도 자료에서 읽었던 글이야. 오번 형사가 보도 자료의 흑백사진 속에 고집스럽고 믿음직해 보이는 모습으로 정면을 응시하고 있어. 그는 사람들이 자신의 말을 경청하는 데 익숙해진 사람 같아.

우리는 결국 당신을 찾아낼 겁니다. 매일 당신에 대해 더 많은 사실들을 알아가고 있습니다. 시간문제에 불과합니다.

두근거리는 마음으로 경찰의 공식 보도 자료를 읽는 루비에게 이렇게 말해주고 싶었어.

이 모든 게 다 허세야. 숨어 있는 범인을 끌어내기 위해 미끼를 던진 것뿐이야. 자수하게 하려고 속인 거야. 경찰은 아직 그 남자에 대해 아무것도 몰라.

나도 언젠가 그 남자 가까이 다가가려고 시도해 보았지만 불가능했어. 그 남자가 나를 죽인 일을 떠올리기만 해도 다시 험한 파도가 일어 나를 소용돌이치는 바다 속으로 내동댕이쳤지. 그 남자에게 가까이 다가가려고 할 때마다 그런 일이 벌어졌어. 그가 아무 일도 없듯이 살아가면서도 나를 파괴할 수 있는 힘을 갖고 있다는 경고를 보내는 것 같아. 아직 내게 남아 있는 모든 것들을 빼앗아갈 수 있는 힘.

누군가가 사람을 살해하고 난 뒤에 벌어지는 일들이란 이런 걸까?

살인자들은 우리를 죽이고도 계속 살아가고 있어. 회사에 출근하려고 아침 일찍 눈을 뜨고, 식사를 챙겨 먹고, 날씨를 확인해. 그들은 부탁이에요, 고마워요, 천만에요 같은 말을 하고, 거울에 비친 자기 모습을 보며 미소를 지은 다음 길을 걸어. 거리에 즐비한 상점들의 진열창을 들여다보면서 굳이 몸을 숨길 필요조차 없다는 듯 당당하게 활보하지.

그 남자는 아무도 자신이 저지른 범죄 행위를 알아낼 수 없을 거라 생각하겠지?

오로지 시간문제에 불과합니다.

그 말은 그 남자를 찾아내기까지를 뜻하는 걸까, 아니면 그 남자가 또다시 누군가를 살해하기 이전까지를 뜻하는 걸까?

13

모임에 참석해도 좋다는 메일을 보내주었던 래리가 커뮤니티센터 바닥에 쿠션을 깔면서 말했다.

“오늘, 모임 참석자는 예닐곱 명쯤 됩니다.”

래리는 큼직한 쿠션 10개를 둥글게 배치했다. 모임 참석자들 가운데 옆 사람과 떨어져 앉고 싶어 하지 않는 사람들이 있기 때문이었지만 오늘 밤에는 참석자가 좀 더 많기를 바라는 희망사항 때문이기도 했다. 그는 이 모임을 통해 회원들이 고통스러운 감정과 외로움을 떨쳐버리고 마음의 안정과 평화를 찾을 수 있길 바랐다.

래리는 2년 전부터 이 모임을 열어왔다. 그가 루비에게 여러 번 강조해 말했다시피 이 모임을 꾸릴 수 있게 된 걸 ‘인생의 소명’으로 받아들이고 있었다. 어떻게 하면 트라우마를 극복할 수 있을지 함께 대화를 나누며 고민하는 모임이었고, 회원들을 만나면 언제나 보람이 있었다.

축하합니다! 트라우마 치유를 위한 첫발을 내딛으려면 용기가 필요한 법이지요. 당신 자신을 자랑스러워해 주세요. 안전한 삶을 방해하는 트라우마에 대해 이야기를 나누는 모임에 참석하게 된 당신을 환영합니다. 저는 의료계에 20년간 종사해오면서 사람들이 트라우마를 극복하고 최선의 자아를 찾을 수 있도록 돕는 역할을 해왔고, 그 일이 바로 제 인생의 소명이라는 사실을 알게 되었습니다.

루비는 최선의 자아, 인생의 소명 같은 표현이 들어있는 메일을 보면서 그야말로 미국적이라는 생각이 들었다. 래리가 1950년대 잡지 광고에 등장한 모델처럼 하얗고 가지런한 치아를 소유하고 있고, 연초록빛 눈에 금발머리의 소유자라는 걸 확인하고도 그리 놀라지 않았다. 래리는 뭐든지 적어 넣을 수 있는 백지처럼 생긴 사람이었다. 미국의 역사는 외부에서 보자면 반짝반짝 윤이 나고 매끈하지만 흔히 알려지지 않은 반대 버전도 있었다.

지난 며칠 동안 루비는 모임에 가지 않기로 마음먹었다. 트라우마에 대해 알게 된 순간부터 마치 무슨 허락이라도 받은 듯 악몽이 부쩍 더 심해졌다. 꿈에 폭우, 잠긴 문, 물에 잠긴 금발머리가 등장했다. 때로는 눈을 커다랗게 뜬 피투성이 얼굴이 보였고, 그럴 때마다 또다시 강가 그 자리로 돌아왔다는 생각에 깜짝 놀라며 잠에서 깨어났다.

루비가 일요일 오후에 커피숍에서 돌아왔을 때 애시에게서 문자메시지가 와있었다.

나, 런던이야. 시차 적응이 안 되네. 어떤 문자메시지인지 모르겠지만 난 상관없어. 당신은 어때? 시체를 발견했다는 그 이야기는 영영 안 해줄 셈이야?

애시는 런던으로 출장을 간다는 이야기를 한 적이 없었다. 루비는 애시에게 전화해 허드슨 강가 자갈밭에서 시체를 발견한 이야기를 자세히 들려주었다. 그녀는 애시에게 잔뜩 화나 있었다는 사실을 까맣게 잊고 있었다. 두 사람은 또다시 회전목마 위로 돌아온 셈이었다.

루비는 모임이 열리는 장소를 정돈하면서 어깨 너머로 날씨 이야기와 동네에 새로 생긴 인도 식당 이야기를 하는 래리를 따라다니는 중이었다. 래리는 그야말로 미국인의 표본 같은 인물이었다.

"그 식당에 꼭 한번 가보세요. 음식이 기막히게 맛있거든요. 채식은 뭔가 빠진 기분이 들어 그다지 좋아하지 않는 편인데 그 인도 식당 때문에 갑자기 채식주의자가 되어버릴 지경이에요."

래리는 웃는 얼굴로 루비를 올려다보더니 재빨리 십자가를 그려 보이는 동작을 취하고 나서 눈을 찡긋했다. 오늘 밤, 그는 새로운 참석자인 루비 때문에 신이 나 있었다. 그는 새로운 회원이 된 호주 여자가 어떤 사연을 간직하고 있을지 몹시 궁금했다.

래리는 트라우마 전문가였지만 개인적인 시간을 써가면서 환자들을 도울 의무는 없었다. 머리힐에 위치한 병원을 찾아오는 환자들을 상대하기에도 버거울 지경이었다. 그는 한 시간에 350달러를 받는 유료 상담을 하고 있었지만 나머지 시간에 자신의 전문 지식과 경험을 공동체를 위해 쓰고 싶었다.

래리가 한 달에 두어 번씩 모임을 열어 재능 기부를 하는 이유는 타인의 악몽으로 먹고 사는 것에 대한 일종의 보상 차원이기도 했다. 그는 자신이 이 모임을 꾸려가는 걸 공동체를 위해 할 수 있는 최소한의 봉사라고 생각했다.

언제나 모임이 어떻게 전개될지 예측할 수 없었다. 트라우마는 언제나 제멋대로이니까. 아무리 실감나게 만든 TV 드라마라고 하더라도 삶의 번잡스러움에 비할 만큼은 아닌 법이었다.

루비는 오늘 밤 모임에 아무도 나오지 않아 혼자 자리를 지키게 될까 봐 내심 걱정스러웠다. 바로 그때 한 여자가 안으로 들어오다가 문턱에 걸려 넘어지는 바람에 머리카락이 뒤엉키고 가방과 신발 한 짝이 허공으로 날아갔다. 재빨리 일어선 그녀는 다정하게 웃어 보이는 래리를 향해 손을 흔들어 보이고 나서 벗겨진 신발을 손에 들고 쿠션이 놓인 곳으로 다가왔다.

먼저 온 루비가 자리에 앉아 있는 걸 발견한 그녀가 멋쩍게 웃어보였다. 루비는 이미 바닥에 책상다리를 하고 앉아 있었고, 방금 들어온 검은 머리 여자가 맞은편에 앉았다. 루비는 무슨 말을 건네야 할지 몰라 쿠션에서 튀어나온 실밥을 잡아당긴 뒤 집게손가락에 감고 풀어냈다. 루비와 달리 맞은편 여자는 조금도 긴장하지 않은 모습이었다. 등장하는 모습이 그다지 우아하지 않았던 그녀는 오렌지색 쿠션에 앉아 새로운 참석자들이 방으로 들어설 때마다 환하게 웃어주었다. 어쩌면 루비에게도 친절한 눈길을 보내주었을지 모르지만 그녀는 바닥만 내려다보고 있었기 때문에 보지 못했다.

어느새 참석자들이 모두 자리에 앉았다. 래리가 주목하라는 뜻으로 손뼉을 치고 나서 루비 옆에 놓인 쿠션을 차지하고 앉았다. 루비는 *새로운* 참석자가 자기뿐이라는 걸 알고 몹시 당황스러웠다. 래리는 참석자들에게 감사 인사를 하고 나서 처음 나온 루비에게 자기소개를 시켰다.

"참고로 루비는 호주에서 오신 분입니다!"

래리의 말을 들은 사람들이 단체로 눈썹을 치켜 올리며 놀라는 표정을 짓는 순간 루비는 자리를 박차고 일어나 밖으로 나가버리고 싶은 충동을 느꼈다. 모임이 진행되는 동안 루비는 '이건 아니야.'하는 생각이 들었다. 모두들 그녀를 주시하고 있는 분위기나 참석자들에게 새로운 사연을 간직한 인물을 소개시켜줄 수 있게 되어 기쁨을 감추지 못하는 래리나 하나같이 마음에 들지 않았다. 루비가 자기소개를 하는 동안 대부분의 참석자들은 귀 기울여 듣기보다는 어서 자기 차례가 오기만을 기다리는 표정이었다.

루비의 자기소개가 끝나고 나서 오른쪽 자리에 앉아있는 중년 여성이 자리에서 일어나 그녀의 집에 누군가 몰래 침입한 사실을 알게 된 이후 집 안의 모든 문과 벽장문에 삼중 자물쇠를 설치했다고 말했다. 그 다음에는 남자 회원이 일어나 준비해온 사연을 말했다. 그는 3년 전 여름에 호텔 수영장에서 익사한 세 살짜리 조카의 시신을 건져낸 경험이 있는 사람이었다. 그 다음은 노신사의 차례였다. 그는 메르세데스 벤츠를 운전해 가다가 식료품점을 들이받는 바람에 종업원이 크게 다쳐 병원에 입원시킨 경험을 이야기했다. 시간이 흐르는 동안 트라우마를 겪고 있는 참석자들의 사연이 쌓여갔다.

루비는 그들이 겪은 일들이 가슴이 미어질 만큼 안타깝긴 했지만 한편으로는 먼 나라 이야기처럼 들렸다. 탱커라는 이름을 가진 20대 후반의 엔지니어가 편의점에 들이닥친 무장 강도가 주인을 죽이고 자신의 머리에 총구를 들이댄 이야기를 하는 동안에는 모임에 참석한 걸 진심으로 후회했다.

루비가 겪은 일은 대부분의 참석자들이 겪은 경험과 크게 달랐다. 탱커를 비롯한 다수의 참석자들은 저마다 자신이 직접 겪었던 사건에 빠져 수면 위로 올라가려고 몸부림치고 있는 반면 루비는 살해당한 소녀의 시신을 발견했을 뿐이었기 때문이다. 게다가 루비는 참석자들 대부분이 빈번하게 사용하는 트라우마 상담 용어에 익숙하지 않았다. 참석자들은 루비가 자신의 감정을 솔직하게 토로하기보다는 회피하고 있다고 생각할 수도 있겠지만 그들의 이야기를 듣고 난 지금 이렇게 말하고 싶었다.

저는 여러분처럼 직접 경험한 고통을 갖고 있지 않아요. 여러분의 이야기를 듣고 나니 저는 마치 타인의 고통을 빌려온 기분이 들어요.

루비의 차례가 왔을 때 그녀는 말하지 않겠다는 의미로 고개를 저었다. 들어올 때 문간에서 넘어졌던 여자는 줄곧 미소를 지으며 루비를 바라보고 있었다. 루비와 마찬가지로 그녀 역시 자기 차례를 건너뛰었다.

"여러분, 저도 오늘은 넘어갈게요."

루비는 그녀의 이야기를 듣지 못해 실망스러웠다. 언뜻 보기에는 몹시 덤벙대는 성격인 듯했지만 그녀의 표정은 매우 평온해 보였다. 루비는 모임이 끝나고 혼자 이곳을 떠나야 한다고 생각하자 마음이 씁쓸했다.

루비의 맞은편에 앉은 여자의 이름은 레니 라우였다. 그녀는 루비가 혼자라는 사실을 알아보았고, 외로운 사람들이 짐짓 시니컬한 태도를 보인다는 걸 알고 즉시 마음이 끌렸다. 루비가 자리에 앉아 쿠션의 실밥을 잡아당겼듯이 레니는 외로움에 휩싸인 그녀의 복잡한 마음을 풀어줄 계획을 세우고 있었다.

레니는 앞에 놓인 음료를 쏟기도 했고, 두 번이나 포크를 떨어뜨리기도 했다. 그녀는 종업원에게 새로운 포크를 갖다달라고 부탁하는 대신 청바지에 대충 닦아 다시 테이블에 올려놓았다. 레니는 말이 대단히 빨랐고, 몸짓은 팔이 닿는 범위 내에 있는 모든 사물들을 쓰러뜨리거나 날려 보낼 만큼 거칠었다. 식당의 종업원들은 익히 안다는 듯이 온화한 미소를 보이며 레니에게 냅킨을 가져다주거나 지나가는 길에 친근하게 어깨를 두들겨주었다. 이제 보니 레니는 어디에 가든 애정을 듬뿍 받는 인물인 듯했다.

루비와 레니를 마주하고 앉아 있는 이곳은 커뮤니티센터 근처에 위치한 자그마한 이탈리아 식당이었다. 모임이 끝나자마자 레니는 루비의 팔을 덥석 잡더니 디저트를 먹으러 가자고 했다. 레니는 마치 루비의 속마음을 다 읽었다는 듯 여유로운 미소를 짓고 있었다. 루비는 모처럼 머릿속으로 떠올린 상상이 아니라 누군가와 함께 대화를 나눌 생각을 하자 기분이 좋았다.

식당으로 걸어가는 동안 루비는 방금 전 레니와 함께 영화를 보고 나온 친구 사이처럼 가벼운 대화를 주고받았다. 레니는 식탁을 사이에 두고 마주 앉자마자 강렬한 느낌이 나는 검은 눈으로 루비를 주시하며 질문을 퍼부었다.

"뉴욕에 온 지는 얼마나 됐어요?"

"어디서 지내요?"

"왜 하필 뉴욕을 택했죠?"

루비는 지난 몇 주 동안 제대로 사용하지 않아 혀의 감각이 둔해진 느낌을 받으며 레니의 질문에 꼬박꼬박 답해주었다. 다만 마지막 질문에는 뭐라고 대답해야 할지 몰라 어깨를 으쓱했다. 때마침 종업원이 와인 잔을 들고 나타나 다행이었다.

'와인을 병째 마시면 왜 뉴욕을 택했는지 설명할 수 있을지도 모르겠네요.' 라고 말하고 싶었지만 대화가 잠시 멎은 틈을 타 레니에게 질문을 돌렸다.

"뉴욕에서 태어났어요?"

"어디에 살아요?"

"학생, 아니면 직장인?"

루비는 마지막 질문에 대한 답을 듣고 깜짝 놀라 입이 절로 벌어졌다.

뉴욕에서 태어나고 자란 레니는 브루클린에 있는 장례식장에서 시신 관리사로 일하고 있다고 했다. 레니는 눈에 띄게 훼손된 상태로 시체 안치소에 들어온 시신을 원래대로 복원하는 일을 전문으로 했다. 사고나 살인을 당해 크게 손상된 시신을 원래의 모습으로 돌려놓아야 하는 일이었다.

레니가 포크에 묻은 휘핑크림을 맛나게 핥고 나서 말했다.

"제가 메이크업 아티스트와 마술사가 하는 일을 절반씩 섞어놓은 일을 하고 있다고 생각하시면 이해하기 쉬울 거예요."

레니가 손에 든 포크를 마술 지팡이처럼 휘저으며 말을 이었다.

"물론 제가 시신을 원래대로 복원할 때 어떤 마술을 부리는지는 아무도 모르죠."

그 말을 듣는 순간 나는 레니가 나 같은 고객들을 얼마나 정성스레 다룰지 알 수 있었어. 사실 레니가 하는 일은 많은 용기가 필요해. 사람들이 레니가 매일처럼 시신을 원래대로 복원하는 작업을 한다는 사실을 알게 되면 꺼림칙한 느낌을 받으며 질색할지도 몰라. 레니는 평소 장기에 구멍을 뚫어 세척하고, 목구멍에 솜을 집어넣어 봉합하고, 입을 바늘로 꿰매 여미고, 눈에 아이캡*을 끼우고, 시체에 잔존해 있는 피를 빼내고, 턱에 철사를 삽입하는 일을 하고 있어. 시신을 원래대로 복원하고 나면 그 다음에는 옷을 입히고, 머리를 손질하고, 화장을 해주는 작업이 이어지지. 그때쯤 되면 레니는 시신과 매우 친밀한 사이가 되어 있어. 그녀는 시신에게 작은 위안이라도 건네듯 언제나 자기 일에 최선을 다해.

* Eyecap 시신을 방부 처리하는 과정에서 눈꺼풀 아래에 끼워 넣는 작은 돌기들이 있는 플라스틱 덮개. 방부 과정에서 시신의 눈이 뜨이지 않게 하는 역할을 한다.

시신을 다루는 레니의 손끝에서 그녀의 너그러운 마음이 주홍빛으로 타오르지. 그녀의 손길이 닿는 곳마다 찬란한 금빛 가루가 뿌려지고 있어.

*

레니는 몇 년 전 의대에 진학하려다가 실패한 이후 우연히 장례식장 시체 안치소에서 시신 관리사 일을 하게 되었다.

"원래는 산 사람의 병을 고쳐주는 의사가 되고 싶었는데 죽은 사람을 다루는 시신 관리사가 되었다는 게 웃기지 않아요?"

레니는 사촌이 운영하는 미용실에서 일을 돕다가 벌겋게 부풀어 오른손을 가진 어떤 손님과 이야기를 나누게 되었다.

"그녀는 일터에서 사용하는 화학약품 때문에 피부가 손상되었다고 하더군요. 아무리 손을 보호하고 싶어도 일을 하다 보면 화학약품이 피부로 스며든다면서요. 알고 보니 그 손님의 직업이 바로 시신 관리사였어요. 그때까지 그런 일을 하는 사람은 가업을 물려받은 나이 지긋한 노인들만 있는지 알았죠. 미용실에서 만난 릴라는 직접 장례업체를 운영하고 있었어요. 제가 머리 손질과 화장에 재능이 있다는 걸 알게 된 릴라가 어느 날 같이 일해보자고 제안하더군요. 제가 가진 재능 정도면 장례업계에서 큰 환대를 받을 수 있다면서요. 처음 제안을 받았을 때만 해도 미친 소리처럼 들렸는데 왠지 자꾸만 그 일을 해보고 싶다는 생각이 들더군요. 막상 장례업체에서 시신 관리사 일을 시작하고 나니 반드시 필요한 직업이라는 걸 알게 되었죠. 죽은 사람의 시신을 원래대로 복원시키는 일이 장례를 치르기 위해 모인 가족들에게는 매우 중요하니까요."

"당신이 하는 일이 얼마나 중요한지 알게 되었어요."

루비는 그렇게 말했지만 마치 질문 같은 말투였다.

"마술사가 톱으로 사람의 몸을 반으로 잘랐다가 붙이는 걸 본 적이 있을 거예요. 제가 하는 일은 그 반대라고 할 수 있죠. 저는 나름의 마술을 부려 부서진 몸을 다시 원래대로 붙이는 일을 하고 있어요."

레니가 포크를 마술지팡이처럼 휘저으며 *'짜잔!'* 하는 바람에 루비는 깜짝 놀랐다.

"시신 관리사 일을 한 지 오래 되다 보니 다른 사람들 눈에는 *정상적인* 일로 비치지 않을 수도 있다는 사실을 가끔씩 망각하게 되네요."

정상적이라?

루비는 대답 대신 희미하게 웃었지만 그녀의 웃음소리는 너무 약해 입 밖으로 나오자마자 사라져 버렸다. 그녀는 레니에게 *정상적*이라는 표현이 낯선 나라만큼이나 멀게 느껴진다고 말해주고 싶었다. 레니가 하는 일이야말로 지극히 정상적인 일이라고.

솔직하게 이야기해.

(따뜻한 식당 안으로 들이닥친 한 줄기 바람이 루비의 살갗을 스치는 순간 옆에 있던 나는 그렇게 말했지. 물론 루비는 그 말을 듣지 못했어.)

루비가 몸을 부르르 떨자 레니가 걱정스럽다는 듯 몸을 앞으로 기울였다.

"방금 전에 누군가 내 배 위로 걸어갔나 봐요."

루비가 뭔가를 떨쳐버리려는 듯 고개를 휘휘 저었다.

솔직하게 이야기해.

"저는 비정상적인 일이라고 생각하지 않아요. 제가 바로 리버사이드 파크에서 살해당한 소녀를 최초로 발견해 경찰에 신고했죠. 그 아이 몸은 여기저지 멍들고, 찢기고, 부러지고, 퉁퉁 부어 있었어요. 당신 같은 시신 관리사의 손길이 절실히 필요한 시신이었죠."

이번에는 레니가 깜짝 놀란 얼굴로 입을 딱 벌렸다.

"세상에! 지난주에 허드슨 강가에서 시체로 발견된 소녀 말이죠? 지난 며칠 동안 뉴스로 도배된 그 사건?"

루비는 천천히 고개를 끄덕이고 나서 지난 9일 동안 마음속에 품고 있던 이야기를 솔직하게 털어놓았다. 비가 억수처럼 쏟아지는 날의 달리기, 허드슨 강가의 자갈밭을 지나다가 소녀의 시신을 발견한 순간에 대해 가감 없이 이야기했다. 처음에는 조금 주저하는 태도로 이야기를 시작했지만 오래지 않아 마음속에 담아두었던 말들이 그날 내리던 폭우처럼 거침없이 쏟아져 나왔다. 루비가 털어놓는 이야기를 듣는 동안 레니는 단 한 번도 인상을 찌푸리지 않았다.

"저도 죽은 사람의 시신에 남긴 가해의 흔적에 익숙해지기까지 많은 시간이 걸렸어요. 미처 예기치 않은 순간에 크게 훼손된 시신이 눈앞에 불쑥 나타나게 되면 큰 충격을 받을 수밖에 없죠."

루비는 그녀의 깊은 이해심에 기대며 이야기를 마저 털어놓았다. 마지막으로 경찰서 앞에서 제닝스 형사와 어색한 만남을 가졌던 이야기를 하고 나자 마음속에서 뭔가를 뽑아내버린 기분이 들었다. 혀가 자꾸만 이가 빠진 빈자리를 더듬듯 이야기를 모두 털어낸 자리를 더듬어 보니 남은 흔적이라고는 슬픔밖에 없다는 사실을 알고 깜짝 놀랐다. 루비는 허드슨 강가의 자갈밭에 쓰러져 있던 소녀가 평소 가까이 지낸 친구라도 되듯 커다란 슬픔에 휩싸인 눈빛으로 그 아이의 죽음을 애도했다.

"그 아이에 대한 생각이 좀처럼 사라지지 않아요. 처음에는 그 아이의 시신을 발견하는 순간 큰 충격을 받았기 때문이라 생각했어요. 그러다가 혹시 트라우마를 겪고 있는 건 아닌지 해서 이 모임에도 나오게 되었죠. 적어도 그런 게 전부는 아니라는 생각이 들어요. 제가 마치 그 아이와 깊고 긴밀하게 *연결되어* 있다는 느낌이 들어요. 제 말이 듣기에 좀 이상해요?"

레니는 조금도 머뭇거리지 않고 검은 눈을 빛내며 말했다.

"전혀 이상하지 않아요. 사람과 사람을 연결해주는 건 시간이 아니라 강렬한 느낌이라고 생각해요. 사람의 시신을 발견했을 때보다 강렬한 순간이 있을까요? 그 순간 아무런 느낌을 받지 않았다면 오히려 이상한 일이죠."

두 사람의 대화가 길어지는 사이 식당 문을 닫아야 할 시간이 다가왔다. 식당 주인은 조명을 흐릿하게 낮추고 청소를 하기 위해 의자들을 식탁 위로 올리기 시작했다. 이제 식당을 나가야 할 시간이었다. 소중한 만남을 뒤로 하고 헤어져야 할 시간. 루비는 그 전에 알아두고 싶은 게 있었다. 그래야만 집으로 혼자 돌아가는 길이 외롭지 않을 듯했다.

"당신은 어떤 일을 겪었던 거예요? 트라우마 극복 모임에 나가는 이유가 시신 관리사 일을 하면서 받은 충격 때문인가요?"

레니는 질문의 무게를 가늠해 보기라도 하듯 한참 동안 생각에 잠겼다. 그러다가 무겁게 입을 열었다.

"마술사의 상자 안에 항상 여자들만 들어간다는 걸 생각해본 적 있어요? 마술사들이 칼로 몸을 반으로 자르는 대상은 늘 여자들이죠. 칼에 찔리거나 심하게 맞아 숨진 채 시체 안치소에 들어오는 시신들도 대부분 여자들이었어요. 매일 끔찍하게 훼손된 여자들의 시신을 봐야 한다는 게 힘들었죠."

레니가 식탁 위로 손을 뻗어 루비의 손을 힘주어 잡았다.

"당신처럼 단 한 사람의 시신을 보더라도 괴로운 건 마찬가지였을 거예요."

새벽 2시에 초대장 한 장이 도착했다. 루비가 꼬인 목걸이를 풀어내듯 그날 밤 있었던 일들을 머릿속으로 떠올려보고 있을 때 휴대폰에서 메시지가 들어왔다는 알림 음이 울렸다.

루비에게

당신을 이번 주 일요일 오전 11시에 열리는 데스클럽 모임에 초대합니다. 미모사 칵테일과 심도 깊은 토론이 기다리는 〈니스마땅(지도를 참조하세요. 당신 집과 가까워요!)〉에서 만나요. 데스클럽 창립회원들은 그곳에서 당신을 만날 수 있길 기대합니다.

데스클럽 초대 메시지는 에드가 앨런 포의 인용구로 끝을 맺었다.

삶과 죽음을 가르는 경계는 어슴푸레하고 애매하다. 삶이 어디에서 끝나고 죽음이 어디에서 시작되는지 어느 누가 단언할 수 있겠는가?

_에드가 앨런 포

모르는 번호로 보낸 문자메시지였지만 크게 훼손된 시신을 원래대로 복원시켜주는 일을 한다는 브루클린의 검은 머리 마술사 레니 라우가 보냈다는 건 의심의 여지가 없었다. 식당에서 이야기를 나눌 때 레니가 손을 잡았던 순간이 떠올랐다.

그때 레니가 무슨 말을 했더라? 시신이 훼손된 채 시체 안치소로 들어오는 여자들의 시신이 너무 많다고 했던 기억이 났다. 귀신에 홀린 경험을 한 사람은 많겠지만 죽은 여자들의 시신이 집까지 따라오는 것 같은 기분이 뭔지 깊이 있게 이해하는 사람을 만나다니, 운이 좋다는 생각이 들었다.

루비의 마음은 벌써 다가오는 일요일에 열리는 데스클럽 모임에 가 있었다. 어쩌면 그 모임에서 그녀가 찾아 헤매던 걸 만나게 될 수도 있었다. 트라우마 극복 모임과는 맞지 않은 부분이 있었던 걸 고려해볼 때 무작정 기대를 키워서는 안 된다는 것도 잘 알고 있었다. 아무튼 트라우마 극복 모임에 간 덕분에 새로운 친구를 얻게 되었다. 데스클럽이 어떤 모임인지 모르지만 일단 참석해보고 싶었다.

어차피 달리 갈 곳도 없잖아.

*

나도 그래.

나는 그렇게 속삭였어. 내 목소리가 루비의 살갗에 소름이 돋게 하고, 내 말이 전적으로 진실이 아니라는 사실을 알아. 죽은 사람이 산 사람을 홀려서는 안 된다는 것도 알아. 내가 가야 할 곳은 다른 데 *있다*는 것도 알아. 다만 지금은 사라지고 싶지 않아. 많은 사람들이 벌써 나의 존재를 잊어가고 있고, 어느 누구도 내 이름을 알지 못하는 지금 이대로는.

데스클럽은 어쩌면 나에게 좋은 기회를 주게 될지도 몰라.

나를 사람들의 기억 속에 남길 수 있는 기회, 내가 여기 뉴욕에 존재했었다는 걸 알릴 기회.

여기, 뉴욕에.

루비와 나는 뉴욕에 오는 걸 모험이라고 생각했었지. 우린 정말 아무것도 몰랐으니까.

14

데스클럽이 탄생하게 된 이유는 레니가 잠깐 한 남자를 짝사랑했던 이후였다. 조시는 잡지에 부고 기사를 쓰는 키 크고 잘생긴 기자였는데 레니가 하는 장례업체 일에 특별히 관심이 많았다. 그는 일주일 동안 매일이다시피 레니가 일하는 장례식장을 방문했다.

조시의 직설적인 질문을 들을 때면 레니의 가슴이 평소와 달리 빠르게 뛰었다. 언제나 크게 확장되어 있는 조시의 동공, 손톱의 하얀 초승달 무늬, 가지런한 치아가 눈에 들어왔다. 레니는 자신이 상대를 이토록 구석구석 뜯어보고 있다는 사실에 마음이 혼란스러웠다. 조시는 사실 그녀의 이상형과는 거리가 멀었다. 그녀가 얼마 전까지 사귀다가 헤어진 남자는 이스트빌리지에서 열린 벌레스크 공연에서 만났던 작은 체구의 훌라후프 댄서였다.

분명 조시와의 사이에 평범하지 않은 기류가 흐르고 있었다. 레니는 나중에야 조시에게 끌린 이유를 알게 되었다. 레니는 그의 지적 호기심과 자신의 일뿐만 아니라 그녀가 하는 일을 깊이 존중해주는 태도에 끌린 것이다. 그들은 각자 하는 일에 대해 많은 이야기를 나누었다.

"내 일은 살아있는 사람들을 위해 필요하고, 당신의 일은 죽은 사람을 위해 필요하네요. 우리는 각자 다른 자리에서 출발해 같은 곳을 향해 가는 셈인가요?"

레니가 지금껏 들은 말들 중에서 조시의 말이 자신이 하는 일을 가장 정확하게 표현했다는 생각이 들었다.

"사람들에게 가장 흥미로운 관심사이자 누군가를 기억하게 만드는 일이 죽음이라는 사실이 불편하게 느껴져요."

조시의 취재가 끝나던 날 레니는 저녁식사 자리에서 그렇게 말했다. 레니는 그날 조시의 비밀을 알게 되었다. 몇 년 전, 조시는 센트럴파크에서 자전거 사고를 당해 목뼈가 부러지고 뇌진탕을 일으켜 죽음 직전까지 간 적이 있었다. 다시 걸을 수 있을지조차 불분명했다. 다행스럽게 신체는 회복되었지만 의식은 크게 바뀌었다.

조시가 크게 다쳤다가 치료한 다리를 툭툭 치며 말했다.

"보시다시피 이젠 괜찮아요. 혹시 코타르 증후군에 대해 들어본 적 있어요?"

레니는 처음 듣는 말이라 고개를 저었다.

"세상에는 자기 자신이 이미 죽었다고 믿는 사람들이 있대요. 분명 살아서 숨을 쉬고 있는데 이미 자신은 죽었다고 믿는 거예요. 아무리 살아있다는 증거를 제시해도 확신을 꺾을 수 없대요. 그들은 자신을 걸어 다니는 시체, 산 사람들 사이에 존재하는 죽은 사람이라고 철석같이 믿는 거예요. 그들의 생각은 그 어떤 논리로도 바뀌지 않아요. 매우 독특하면서도 끔찍한 병이죠. 저도 사고를 당한 이후 저 자신이 살아있는 시체로 느껴졌어요. 내면은 이미 죽어 있다고 느꼈으니까."

조시가 특유의 꾸밈없는 말투로 놀라운 고백을 털어놓는 동안 레니는 문득 이웃에 사는 수가 떠올랐다. 수는 새처럼 여린 체구의 소유자였다. 몇 년 전 어느 날 오후 수가 키우는 페르시안 고양이가 열린 창문으로 들어와 레니의 소파를 차지했다. 그 일을 계기로 레니는 자기보다 나이가 한참이나 많은 수를 알게 되었다. 적적한 밤이면 와인을 나누어 마실 만큼 가까운 사이가 되었지만 레니가 더욱 친해지고 싶은 마음에 가까이 다가가려고 할 때마다 수는 매번 뒤로 물러났다. 레니가 갤러리 오픈 행사, 화요일마다 〈오이스터 바〉에서 열리는 할인 행사, 강변에서 열리는 푸드 페스티벌에 같이 가자고 할 때마다 수는 번번이 거절했다. 그러던 수가 어느 날 속마음을 조금 더 보여주었다.

"미안하지만 나는 당신과 다른 세상에 살고 있어요. 딸이 죽었을 때 내 일부도 같이 죽었으니까."

레니도 20년 전에 있었던 그 사건에 대해 어느 정도 알고 있었다.

"어느 누가 죽은 사람과 함께 시간을 보내고 싶겠어요. 나는 혼자 지내는 게 마음 편해요."

상대에게 무엇이 필요한지 곧바로 알 수 있는 때가 있는 법이었다.

그날 밤 저녁식사 자리에서 레니는 조시에게 말했다.

"당신에게 소개해주고 싶은 사람이 있어요."

다음 날 수에게도 같은 말을 전했다.

레니는 죽음과 관련해 특별한 경험을 가진 그 사람들과 함께 무슨 일을 할 수 있을지 생각해 보았다. 얼마 전 장례식장에서 딸을 잃은 어떤 남자를 만나보고 나서였다. 레니는 관 뚜껑을 열고 장례식을 치를 수 있도록 딸의 시신에 매직을 부려 총상과 타박상의 흔적을 말끔히 지워냈다.

"내 딸이 간 곳으로 따라갈 수 없는데 이런 게 다 무슨 소용일까요?"

남자는 레니의 어깨에 얼굴을 묻고 흐느꼈다.

"하느님은 내 딸이 어디로 갔는지 아무리 물어도 응답이 없네요. 친구들은 내 눈을 똑바로 바라보지 못하고 회피하죠. 이제 저는 누구와 이야기를 나누어야 할까요?"

그 남자의 탄식이 데스클럽을 탄생시킨 단초가 되었다.

레니는 데스클럽 모임을 제안하는 초대장을 이렇게 작성했다.

우리는 모두 죽음 앞에 가까이 다가가본 적 있는 사람들입니다. 죽음이란 거대한 수수께끼인 동시에 우리가 어떻게 살아가야 하는지 분명하게 알려주기도 합니다. 어쩌면 우리가 죽음을 좀 더 깊이 있게 알고 이해하려고 노력한다면 삶과 죽음 사이에 있는 유리벽을 깨뜨릴 수 있을지도 모릅니다.

죽음의 벽 너머에 무엇이 있을지 궁금하지 않나요?

레니는 직접 작성한 초대장을 에드거 앨런 포의 인용문으로 마무리한 다음 부탁의 말을 한 가지 덧붙였다.

우리 함께 그 경계를 탐색해요. 혼자는 너무 외롭잖아요.

몇 달 후, 루비가 받았던 초대장과 똑같은 내용이었다.

화요일과 목요일 밤에 정해진 일정이 있는 사람이라면 코웃음 쳤을 수도 있는 제안이었지만 혼자이다 보니 지극히 맞는 말처럼 들렸다.

조시가 말했다.

"저는 인간 혐오자인데요."

수도 투덜거렸다.

"나는 새로운 사람들을 만나고 싶지 않아요."

두 사람은 초대장을 받았을 때 마음이 내키지 않는다는 듯 시큰둥한 태도를 보였지만 레니가 제안한 데스클럽의 첫 모임에 나왔다. 그들은 베드포드의 바에서 다 함께 데킬라를 마시며 첫 번째 질문을 받아드는 순간 굳게 잠겨 있던 자물쇠가 풀리듯 찰칵 소리를 들은 느낌이 들었다.

죽음은 끝일까, 아니면 시작일까?

데스클럽 멤버들은 아홉 달 전에 첫 번째 모임을 가진 이후 매주 자리를 함께했다. 이번 모임에는 춥지도 덥지도 않은 봄날 센트럴파크 근처 야외 테이블에 마주앉았다. 스타일이 각양각색인 세 사람은 나름의 질문거리와 사색의 결과를 마음에 간직하고 모임에 참석했다. 사람들이 입에 담기를 꺼려하는 죽음이 세 사람을 하나로 연결시켜 주는 공통분모가 되어주었다. 대체로 모임은 시작과는 동떨어진 이야기로 끝이 났고, *매번* 술과 음식이 함께했다. 데스클럽 회원들은 대개 술에 취해 헤어졌다.

(회원들이 끝까지 의견일치를 보지 못한 유일한 문제가 있어. 모임 이름이야. 모임을 처음 제안한 레니는 끝까지 데스클럽이라는 이름을 고집했는데 다른 멤버들은 그저 그렇게

생각해. 하지만 나는 마음에 들어.)

"우리는 조금이라도 마음을 불편하게 할 경우 아예 존재하지 않는다는 취급을 하는 문화에 젖어들어 있어요. 사람들은 죽음에 대한 이야기를 하길 몹시 꺼려하죠. 실제로 매우 꺼림칙하고 무서운 이야기니까요. 그러다가 죽음에 대한 두려움을 떨쳐버릴 수 있게 해주는 수단, 가령 종교 같은 걸 찾게 되면 생명의 안전을 위협하는 질문들을 모두 차단해 버려요. 데스클럽의 유일한 규칙은 어려운 질문이 단순한 답보다 중요하다는 거예요. 우리들 가운데 누군가가 선을 넘어갔다가 돌아오기 전까지 우리가 할 수 있는 건 끊임없이 어떤 답이 나올지 알 수 없는 질문들을 하는 거예요."

레니의 말을 경청하면서도 루비는 마음 한편이 불안했다. 오늘 브런치 모임에 나온 이후 줄곧 수와 조시가 자신을 그다지 반기지 않는다는 느낌이 들었기 때문이었다. 레니가 이야기하는 동안 수는 입을 꾹 다물고 있었다. 레니가 한때 짝사랑했다는 조시는 휴대폰 화면만 골똘히 들여다보고 있었다. 루비의 시각으로 보자면 레니 옆에 있는 두 사람은 마치 태양을 가리고 있는 구름 같았다.

조시가 주문한 블러디메리*가 나오고, 그가 기도하듯 기다란 잔을 두 손으로 쥐고 칵테일을 들이켜는 모습을 보고 나서야 루비는 뭔가 그럴듯한 추측을 할 수 있게 되었다. 조

* Bloody Mary 칵테일의 일종.

시는 극심한 숙취에 시달리고 있는 듯했다. 한편 수는 잠이 몹시 부족해 보였다. 평생 불면증에 시달리고 있는 수는 새벽 3시까지 컴퓨터를 켜놓고 일을 하다가 겨우 잠들었다고 했다. 그런 까닭에 수는 한밤중에 일어나 저녁을 먹으러 가는 사람처럼 몽롱한 상태로 브런치 모임에 나왔다고 했다.

수가 연신 하품을 하며 말했다.

"미안해요. 이 시간에 바깥에 나오는 게 익숙하지 않아서요."

수가 고갯짓으로 조시를 가리키며 말을 이었다.

"이 친구는 나보다 한술 더 뜨네요. 아예 잠을 한숨도 못 잔 얼굴이에요."

"잠을 잤는지 여부는 알 수 없지만 최소한 자기 집에서 잔 것 같지는 않아요."

레니가 그렇게 말하며 눈을 찡긋하자 조시가 혀를 쑥 내밀고 나서 말했다.

"차라리 그런 일이라도 있었으면 좋았겠어요."

몇 마디 오고간 농담 덕분에 분위기가 자연스러워지면서 드디어 멤버들 사이에 온기가 돌기 시작했다.

루비는 사람들의 인상이 불편해 보이는 이유가 혹시 자기 때문은 아닌지 착각하기 쉽다는 걸 깨달았다. 사실은 저마다 힘들어할 만한 이유가 있었다는 걸 이제야 알게 되었다. 새로운 친구를 사귀는 게 외국어나 피아노를 배우는 것보다 더 어려운 일이라는 걸 잠시 잊고 있었다. 어릴 때는 뭔가를 배우거나 친구를 사귀는 게 비교적 수월하지만 서른여섯 살쯤 된 사람에게는 새로운 친구를 사귀더라도 고정된 틀이 있기 마련이었다. 루비는 새삼 자신이 그다지 젊은 나이는 아니라는 걸 실감했다. 그 나이 사람들은 대부분 아이, 배우자, 직업이 있었다. 몇 년마다 한 번씩 주방을 현대식으로 개조해야 하고, 적어도 2년에 한 번은 피지로 휴가를 떠날 수 있어야 하는 사람들이었다. 여러 가지 반복적으로 해야 할 일과 역할이 주어져 있기에 그들이 겪는 존재론적 위기는 대체로 가벼운 지진처럼 쉽게 넘길 수 있었다. 루비가 허드슨 강가에서 소녀의 시신을 발견한 사건이 그녀를 완전히 다른 사람으로 만든 대지진처럼 느낀 것과는 사뭇 달랐다.

루비 또래의 사람들은 대부분 그녀처럼 살지 않았다.

나도 그런데.

내가 그렇게 속삭였지만 루비는 데스클럽에 대한 생각에 여념이 없었기 때문에 내 한숨으로 팔락거리는 블라인드를 보지 못했어.

브런치 만남에서 뉴욕에 왜 오게 되었는지 질문을 받았을 때 루비는 이렇게 대답했다.

"저도 제가 왜 뉴욕에 오게 되었는지 모르겠어요."

사실 그런 대답보다는 *'그냥 뉴욕으로 발길이 향했어요.'* 라고 답했어야 옳았을 수도 있었다.

루비에게는 다른 사람들처럼 발목을 잡는 일상이나 의무가 없었다. 루비는 통상적이지 않은 삶을 살고 있었기 때문에 멜버른에 머물며 그녀에게 주어지지 않는 것들을 끊임없이 떠올리며 고뇌하는 것보다는 서른여섯 살에 뉴욕에 가 갭이어*를 갖는 편이 훨씬 더 수월했다.

어쩌면 데스클럽 멤버들 가운데 누군가는 이렇게 묻고 싶었지만 초면이라 예의상 질문을 삼갔을 수도 있었다.

"어떻게 그리 쉽게 삶의 근거지를 떠나올 수 있었죠?"

다만 데스클럽의 다른 회원들 역시 일반적인 사람들과 삶의 방식이 일치하지 않았기에 루비의 입장을 자연스럽게 이해했을 수도 있었다.

루비가 수에게 물었다.

"결혼했어요?"

"이혼했어요."

루비가 조시 쪽을 보자 그 역시 고개를 끄덕이며 말했다.

"이혼했어요."

(그 순간 루비는 조시의 눈빛이 불투명한 바다를 닮은 청회색이라는 사실을 처음으로 알게 되었어.)

* Gap Year 고등학교 졸업 후 대학 진학 전 일이나 여행을 하면서 보내는 한 해.

"저는 불안 회피형이죠."

레니가 그렇게 말하자 다들 웃음을 터뜨렸다.

"저는 죽을 때까지 싱글일 것 같아요."

루비가 그렇게 말하며 24시간째 휴대폰으로 손을 뻗기 전 잠시 머뭇거렸다는 걸 아무도 눈치 채지 못했다.

모두를 알아가고 싶어.

그날 밤, 집으로 돌아온 루비는 침대에 누워 평소와는 달랐던 그날 오후의 모임을 떠올리며 그런 생각을 했다. 그녀는 벌써 다음 데스클럽 모임이 기대되었다. 레니는 다음 모임은 루비가 참석하는 첫 번째 *공식* 모임이 될 거라며 장소로 어디가 적합할지 식당 이름을 줄줄이 늘어놓았다.

"칼라일 호텔의 〈베멜만스 바〉, 그랜드 센트럴의 〈오이스터 바〉, 아니면 욕조가 있는 〈프로히비션 바〉*는 어때?"

뉴욕에서 반드시 가봐야 한다며 열 손가락 안에 꼽는 명소들이었다. 평소에 루비 혼자 가보기에는 엄두가 나지 않던 곳들이었다.

조시는 퇴짜를 놓으며 눈동자를 굴렸다.

"내가 생각하기에는 하나같이 별로야. 레니, 아직도 당신 삶이 〈섹스 앤 더 시티〉에 나오는 사람들과 비슷하다고 생

* Prohibition Bar 1920년대 금주령 시대에 은밀하게 운영되었던 불법 술집들.

각해요?"

레니가 씩 웃으며 대꾸했다.

"〈섹스 앤 더 시티〉가 어때서요? 어릴 때 진짜 무서워했던 〈로 앤 오더〉보다는 재미있던데요. 루비는 얼마 전 허드슨 강가에서 시체를 발견했어요. 이제 좀 밝은 분위기로 가야죠."

조시가 코웃음을 치고 나서 말했다.

"지금까지 *데스클럽*을 만든 창립자의 말씀이었습니다."

*

그 말을 듣는 순간 나도 그들을 조금은 사랑하게 될 것 같은 느낌이 들었어. 서로 농담을 하며 놀려대거나 루비가 내 시체를 발견한 이야기를 했을 때 모두들, 심지어 불과 며칠 전 이미 그 이야기를 들었던 레니조차도 열심히 귀 기울여 들어준 게 마음에 들었지. 그들은 루비의 열정을 외면하지 않았고, 그녀가 어떤 대가를 치르더라도 나에 대한 진실을 알아내고 싶다고 고백했을 때 다들 그 생각을 존중해준 것도 나에게 큰 점수를 땄어. 무엇보다 그들이 루비를 제멋대로 규정하지 않는 게 마음에 들었지. 어서 트라우마를 극복하라며 성의 없게 말하지 않은 것도 좋았어. 심지어 다른 두 사람에 비해 진지한 편인 수도 루비의 마음을 이해한다는 듯 고개를 끄덕여주는 모습이 신뢰감을 더욱 높였지.

그들을 지켜보는 동안 내가 살아가면서 사귈 수 있을 거라 상상했던 친구들이 떠올랐어. 비록 내가 아니더라도 루비에게 그런 친구들이 생긴 게 천만다행이란 생각이 들었지. 이제 루비가 솔직하게 자기 이야기를 털어놓았으니 나름 계획을 세우고 추진해갈 수 있을 거야. 루비의 새로운 친구들은 정말이지 아는 게 많았어. 비록 노아만큼은 아니더라도 정말 많은 걸 알고 있었지. 뉴욕에 대해, 죽음에 대해, 죽은 여자들에 대해. 특히 조시가 그랬어.

루비가 말했어.

"그 소녀를 알고 있다고 나서는 사람이 왜 아무도 없는지 도저히 이해할 수 없어요. 이 세상에 그 소녀를 그리워하는 사람이 단 *한 명*도 없을까요? 그건 정말 말이 안 되잖아요."

레니도 그 말에 즉시 동의했어.

"요즘 같은 소셜미디어 시대에 이름을 알 수 없는 익명의 인물이 존재할 수 있다는 게 믿어지지 않아요."

그러자 조시가 말했어.

"매년 미국 내에서만 50만 명 이상의 실종자가 발생하죠. 대개의 실종 사건은 아예 매스컴에 보도조차 되지 않고 지나가요. 실종자가 가족들과 소원하게 지내거나 가까운 친구가 아예 없거나 너무 바쁜 나머지 가족이나 지인들과 자주 연락을 하지 않은 인물일 경우 신원을 파악하기 쉽지 않죠. 물론 요즘은 방범 카메라가 다수 설치되어 있고, 경찰이 구석

구석 순찰을 돌고 있기 때문에 신원 미상의 실종자가 나오는 경우는 많이 줄어들었다고 하더군요. 다만 아직도 전혀 없지는 않아요."

멤버들이 식당을 나오려고 자리에서 일어섰을 때 조시가 이렇게 덧붙였어.

"그나마 그 소녀가 금발의 백인이라서 천만다행이죠. 실종자가 백인이라야 언론의 주목을 받을 수 있거든요. 언론에서 보도를 많이 했으니 이제 곧 신원이 밝혀질 거예요."

루비는 방금 전 조시가 했던 말이 다시 떠올라(사실은 내가 옆에서 찔렀어.) 노트북을 열고 그가 했던 말에 기초해 검색을 시작했어. 가장 먼저 '실종된 백인 여성'이라는 검색어를 넣고 엔터를 치자 엇비슷한 표현들을 언급한 수십 개의 링크가 떴지. 루비는 심호흡을 하고 나서 링크들을 하나하나 클릭하기 시작했어.

루비가 알아낸 것들은 다음과 같아. 강력범죄 사건에 중상위 계층 백인 여성이 피해자인 경우 미국 언론이 크게 주목한다고 해. 젊은 여성이 실종되거나 살해되었을 때 인종이나 계층이 언론이 어떻게 다룰지 판단하는 기준이 된다는 뜻이었지. 실종 사건을 다룬 논문, 칼럼, 블로그를 읽다 보니 눈앞에 냉랭한 현실이 펼쳐져 있다는 느낌을 지울 수 없었어. 내가 언론의 주목을 받고 전국적으로 보도되고 있는 이유는 나이가 어리고, 얼굴이 예쁘고, 머리카락이 금발이고, 백인이기 때문이었지. 마치 그런 조건을 갖춘 피해자라야 언론의 주목을 받을 수 있는 자격이 된다는 식이었어. 피부색이 피해자에 대한 안타까움과 연민을 결정하는 기준이라니? 정의를 구현하는 데 왜 피부색이 중요한 판단 기준이 되어야 하는지 도저히 납득되지 않았지.

루비는 암암리에 퍼져 있는 이런 사회적 현상이 무엇을 의미하는지 깨달은 순간 속이 뒤틀리는 기분이었어. 심지어 죽음에도 신분과 피부색에 따른 편향성과 선입견이 존재한다는 걸 지금껏 전혀 모르고 있었던 거야.

루비는 밤늦은 시간까지 검색 결과들을 읽으면서 자기 안의 모순을 발견하는 한편 현실을 직시하기 시작했어. 미국뿐만 아니라 호주에서도 신문 1면을 차지하고 세상의 이목을 집중시킨 범죄 사건들의 특징을 살펴보았지. 얼굴과 이름, 사연이 신문 1면에 대문짝만하게 실린 사건들은 피해자가 하나같이 젊은 백인 여성들이었어.

피해자들 중에서도 세상 사람들에게 널리 알려질 가치가 있다는 호의적 판단을 받은 사람들이 극소수에 불과하다는 사실을 왜 이제야 알게 되었을까?

루비는 세상에 전혀 알려지지 않고 까마득히 묻혀버린 이야기, 어느 누구도 불러주지 않은 이름들이 무수히 많다는 사실을 비로소 알게 된 거야. 피해자를 구분하고 차별하는 암묵적인 기준이 존재하고, 그 기준에 부합하지 않을 경우 아무런 관심조차 받지 못하고 사라질 수밖에 없는 불공정 구조가 깊이 뿌리내려져 있었지.

그날부터 루비는 죽은 사람들을 찾아다니기 시작했어. 죽은 사람들의 이름과 얼굴을 검색하고, 부고장, 범죄 보고서, 역사적 기록물을 읽고, 동상과 공원 벤치에 새겨진 이름들을 읽어보았지. 최근의 죽음이든 오래된 죽음이든 차별하지 않기 위해 애쓰면서 죽은 사람의 이름이 눈에 들어올 때마다 잠시 하던 일을 멈추고 소리 내어 이름을 불러주었어.

루비는 얼마 지나지 않아 깨닫게 되었지. 죽은 사람들이 어디에나 존재한다는 사실. 암, 교내 총기사건, 경찰의 가혹행위, 가정폭력, 익사, 납치, 전쟁, 총기난사 따위로 죽은 사람들이 수없이 많았어. 루비가 소리 내어 불러야 할 이름들이 너무나 많았지. 루비는 평생 죽은 자들에게 관심을 기울이기로 결심했어. 죽은 자들 중에서도 그냥 소리 소문 없이 잊힐 뻔했던 이들을 찾아내 당신은 소중한 존재였다고 말해주고 싶었지. 가능한 한 그들의 존재를 이루는 이름의 음절들을 또박또박 명징하게 발음해 불러주면서.

루비가 아직 나를 위해 소리 내어 불러줄 이름이 없었어.

난 앨리스야.

나는 루비에게 여러 번 그렇게 속삭였지.

난 앨리스 리야.

하지만 자동차 경적 소리와 경찰차의 사이렌 소리, 문이 쾅 닫히는 소리가 너무 요란해 내 목소리는 전혀 전달되지 않았어. 휴대폰 진동 소리, 샤워기에서 물이 떨어지는 소리, 일층의 커피포트에서 나는 소리, 루비의 발자국 소리에 묻혀 내 목소리는 종적도 없이 사라져 버렸지. 루비가 웃거나 울거나 애시의 입술을 떠올리거나 절정에 오르는 순간, 애시 대신 만나게 된 지 얼마 되지도 않은 남자의 청회색 눈이 떠오르는 순간 내 목소리는 아예 들리지 않게 돼. 죽은 사람의 목소리는 지속되는 삶의 소음을 뚫을 만큼 크지 않으니까.

내가 시신으로 발견된 지 2주가 지났지만 내가 누군지 안다며 경찰서를 찾아오는 사람은 없었어. 경찰은 포스터를 만들고, 기자회견을 하고, 나에 대해 *조금이라도* 아는 사람이 있으면 경찰서에 제보해 달라고 거듭 요청했어. 경찰은 뼈대만 있는 내 삶 이야기에 살을 붙여보려고 애썼지만 그나마 붙어있는 살점마저 조금씩 떨어져 나가고 있는 중이야. 여전히 아무도 나를 찾으러오지 않았어. 사람들은 아직도 나를 제인이라고 불러. 분명히 말하지만 나는 제인이 아니야. 제인은 나보다 나이가 많고, 좀 더 세련되고, 근사한 직업에 자기 소유의 아파트가 있는 사람일 것 같아. 노아의 집처럼 개를 키우거나 집 안 곳곳에 꽃을 꽂아둔 꽃병이 있거나 하겠지. 물론 노아의 집처럼 거실 한가운데에 그랜드 피아노를 갖추고 있지는 않을 거야. 제인이라는 인물이 피아노를 칠 것 같지는 않아. 제인은 심심풀이로 《뉴욕타임스》의 십자말풀이를 하고, 가끔 명상을 하고, 콧등의 주근깨를 서른다섯 살 생일 직전에 레이저로 지워버린 사람일 거야. 지난 2년간 6주에 한 번씩 보톡스를 맞고, 그 사실을 다른 사람들에게 절대로 말하지 않은 사람일 거야. 제인은 성공한 사람, 예의바른 사람, 자기 이름에 걸맞은 사람일 거야. 제인은 결코 내 이름이 아니야.

제인은 결코 내 이름이 아니야.

내 이름을 찾고 싶어. 사람들이 내 이야기를 할 때 앨리스 리라는 이름을 불러주길 바라. TV 뉴스 앵커도 앨리스 리는 뉴욕에 살았던 소녀로 이제 막 자신의 삶을 찾아가고 있던 사람이라고 말해주길 바라. 앨리스 리는 열여덟 살이고, 그 아이의 연인은 긴 금발을 손가락에 감고 잡아당기며 목덜미를 이로 깨무는 걸 좋아했지. 앨리스 리도 그가 그런 애무를 해주는 걸 좋아했어. 앨리스 리는 그에게서 훔친 라이카 카메라로 사진 찍는 걸 좋아했고, 조용하고 침착한 성격의 노아를 좋아했고, 은빛으로 반짝이는 크라이슬러 빌딩이 좋아 오랫동안 첨탑을 올려다보아도 질리지 않았지.

앨리스 리는 가장 친한 친구인 태미를 그리워했어. 앨리스 리가 여섯 살 때 어떤 남자가 그 아이의 집 앞에 파란 차를 세우더니 특별히 알려주고 싶은 비밀이 있다며 타라고 했어. 앨리스 리는 잔뜩 겁이 나 한참 동안 그 자리에 얼어붙어 있다가 가까스로 집 안으로 도망쳤지. 그날 이후 앨리스 리는 단 한 번도 파란 차를 타고 온 남자 이야기를 입 밖으로 꺼낸 적이 없어.

앨리스 리는 뼈가 부러진 적이 없었고, 치아는 가지런했고, 엄마는 스스로 머리에 권총을 쏴 죽었어. 이제 앨리스 리도 죽었어. 죽음의 방식이 같진 않았지만 그다지 다르지도 않았지. 앨리스 리는 피쉬 타코와 꼬마전구를 좋아했고, 감초 맛 나는 사탕을 싫어했어. 책은 그다지 많이 읽지 않았고, 뉴욕에서의 마지막 순간에는 세상과 사랑에 빠지느라 바빴지.

웃어.

그 남자가 일을 벌이기 직전에 했던 말이거나 일이 벌어지는 도중에 했던 말이야. 남자는 내가 뭔가 물어도 빨리 대답해주지 않고, 웃으라고 해도 잔뜩 겁을 집어먹고 인상만 찌푸리자 단단히 화가 치밀었나 봐. 나는 파란 차를 탄 낯선 남자가 비밀 이야기를 해주겠다며 꼬드겼던 그날처럼 온몸이 얼어붙었어. 그런 한편 남자에게 가까이 다가가서는 안 된다는 걸 깨닫는 동시에 위험을 감지했지만 마치 몸을 움직이는 방법을 잊기라도 한 듯 그 자리에서 꼼짝도 할 수 없었지. 가까스로 몸을 움직이려고 했을 때는 너무 늦었어.

나는 하트아일랜드로 가게 될 거야. 나를 찾으러온 연고자가 없을 경우 내 시체는 하트아일랜드의 한 뙈기 땅에 묻혀 있는 수많은 시신들 위에 포개지겠지. 하트아일랜드는 끊임없이 들쑤셔지고 시체 위에 또 다른 시체가 포개지는 흙무더기를 지칭하기에는 너무나 예쁜 이름이야. 하트아일랜드에서 무덤을 파는 사람들은 흔히 '세 사람 깊이'라는 표현을 쓴다고 해. 언젠가 그 자리에 다른 사람의 시체를 묻었다는 사실을 잊지 않았으니까.

하트아일랜드로 가기 전, 내 시신은 우선 의과대학에 임대될 거야. 그건 그리 싫지 않아. 내 몸이 다른 사람들의 병을 고치는 데 도움이 될 수 있다면 더없이 좋은 일이잖아. 어차피 내 몸의 뼈, 살, 머리카락, 손톱, 푸른 눈은 이제 쓸모없게 되었으니까. 뭔가 입에 닿아도 맛을 느낄 수 없고, 내 몸은 하늘을 나는 것 같은 강렬한 절정을 다시는 느낄 수 없게 되었지. 그러니까 병원에서 내 시체를 가져가 해부 연습을 하든지 수술 실습을 하든지 전혀 상관없어.

하트아일랜드에는 예전에 정신병원이 있었다고 해. 여기, 시체 보관소 옆에도 정신병원이 있어. 이제 보니 죽은 사람과 정신이 온전하지 못한 사람들을 쉽게 눈에 띄지 않는 한적한 곳에 나란히 두었네. 정치인이나 유명 인사들이 죽으면 사람들은 그들의 마지막 길에 함께하려고 장례식장 앞에서 꽃을 들고 기다리지. 유명 인사들의 장례식은 마치 축제나 다름없어. 꽃과 촛불, 죽기 전 그 사람이 남긴 행적을 알려주는 사진들을 감상할 수 있고, 그의 삶을 추모하는 노래를 들을 수도 있지. 사람들은 모두 자리에서 일어나 망자의 행적을 기리면서 추억을 나누고, 그들의 삶을 본받기 위해 마음속 액자에 간직하지. *그*가 사는 동안 이룬 업적을 잊지 않기 위해.

내 장례식에는 꽃도, 촛불도, 추모하는 노래도 없을 거야. 나는 하트아일랜드에 묻히게 될 테고, 내가 제일 좋아하는 노래가 뭔지 기억하는 사람은 아무도 없겠지. 내가 좋아하는 노래는 오티스 레딩의 〈조금 부드럽게 대해 봐(Try A Little Tenderness)〉야. 엄마가 처음 그 노래를 들려주었을 때 나도 모르게 눈물이 나왔어. 오티스 레딩의 소울풀한 목소리가 너무 좋았거든. 마치 *내 이야기*를 노래로 만든 것 같았어. 그 노래를 어찌나 많이 들었던지 엄마의 오래된 전축이 없어도 머릿속에서 저절로 들려왔지.

어린 여자들, 그들도 지칠 때가 있지

장례식에서 틀기에 그다지 적합한 노래는 아니야. 하지만 적어도 나를 추모하는 자리가 마련될 경우 가장 우선적으로 틀어야 할 노래야. 내가 그 자리에 있을 테니까. 내가 하트아일랜드에 가게 되면 내가 사랑했던 그 모든 것들이 허망하게 사라져 버리겠지. 내가 제일 좋아하는 노래, 내가 제일 좋아하는 단어인 사르사파릴라(Sarsaparilla), 4학년 때 오코너 선생님 수업 시간에 만난 첫사랑 마이클…….

사람들은 누군가 죽으면 미래를 애도해. 하지만 죽은 사람의 과거는? 한 사람이 살아온 흔적들, 그가 죽으면 모두 사라져 버리게 될 삶의 발자취들이 안타깝지 않아?

게다가 이름을 찾지 못해 하트아일랜드로 가게 될 경우 어떻게 되지? 라이커스 교도소의 수감자들이 구덩이를 파고 무늬 없는 소나무 관을 구덩이 속으로 던져버릴 거야. 끝내 이름을 찾지 못한 다른 실종자들 틈에 묻히는 거야. 죽은 자들을 위한 정신병원에.

나는 제대로 기억되고 싶어. 조시는 내 사건이 언론에 대대적으로 보도되고, 사람들 사이에서 큰 관심을 불러일으킨 것만으로도 대단한 행운이라고 했지. 내가 백인이고, 나이 어린 소녀라서 그나마 사람들의 이목을 집중시킬 수 있었다고.

하지만 내가 누구인지 영영 밝혀지지 않을 경우에도 계속 행운이라고 치부할 수 있을까? 혹시 내가 누구인지 *알아내자마자* 보잘것없는 존재로 결론짓고 당장 외면해 버리지는 않을까? 내가 집도 부모도 없이 떠돌던 무연고자로 밝혀진다면?

거기에 가면 안 돼. 그런 일은 하지 마.

치마가 너무 짧아. 길이 너무 어두워.

너는 왜? 어째서 너는?

네가 조심하지 않고 자꾸만 돌아다니니까 이런 일이 생긴 거야.

이렇게 될 줄 몰랐어?

사람들이 연고자도 없이 죽은 나 같은 실종자들을 향해 쏟아내는 말을 들어봐. 하트아일랜드의 무덤에 시체들이 높이 쌓여갈 때 죽은 실종자들의 귓속에 울려 퍼지는 말을 들어봐. 팔다리와 심장의 움직임이 멈추고, 영영 희망과 꿈을 잃고, 영원히 아무것도 할 수 없게 된 한 여자의 시체가 하트아일랜드의 무덤에 더해진 이유는 *조심하지 않았기* 때문이야. 가지 말라는 곳에 갔기 때문이야.

사람들은 다 같이 억울하게 죽은 여자들 중에서 누가 가장 올바르게 처신했는지 따지고 규정짓길 좋아하지.

15

루비는 데스클럽의 첫 공식 모임에 참석하기 전날 오후에 1번가에 있는 시체 안치소에서 시간을 보냈어. 시체 안치소의 작은 로비에서 한참 동안 머무르며 제복 입은 사람들이 반대편 쌍여닫이문을 열고 아마도 건물 지하에 있을 작업장으로 향하는 모습을 조용히 지켜보았지. 꽁꽁 언 시신들이 비닐에 싸인 채 일렬로 늘어서 있는 모습이 머릿속에 떠올랐어. 부서진 갈비뼈, 몸에서 빠져나온 장기, 마지막 식사의 흔적, 멈춰버린 심장이 차례로 떠올랐지. 그리고 이름이 있어야 할 자리에 아무것도 없는 내가 보였어.

루비는 로비의 구석에 어색하게 서서 우리가 고작 몇 미터 떨어져 있던 2주 전 화요일 아침만큼이나 내 몸과 가장 가까이에 있었지. 그녀는 다시 한번 나를 보아야겠다는 생각에 시체 안치소까지 달려온 거야. 그녀는 이제 경찰이 오기 전 나랑 단둘이 있었던 시간을 신성한 순간이었다고 기억해. 사실 신성하다는 표현은 루비가 아니라 내가 붙인 표현이야. 루비는 여전히 나에게 지나치게 집착하는 건 아닌지 걱정하고 있지. 이제 지나친 집착을 내려놓아야 할 때가 된 건 아닌지 자주 고민에 빠지기도 해.

나는 절대로 그렇게 생각하지 않아.

루비는 경찰이 수수께끼의 정답에 근접해가고 있는지 궁금해하고 있어. 오번 형사가 나와 관련된 수많은 파일과 사진을 확인해보고, 데이터베이스 검색을 하다가 머릿속에서 찰칵 자물쇠가 풀리는 느낌을 받으며 내 신원의 비밀과 나에게 몹쓸 짓을 저지른 남자의 정체를 찾아냈을까?

루비는 요즘 그런 생각들을 지나치게 많이 해왔어. 특히 *그 남자*에 대해 많은 생각을 했지. 나를 살해한 남자가 분명 세상 어딘가에 존재한다는 사실 말이야. 만약 경찰이 범인이 누군지 밝혀내지 못할 경우 그 남자는 마치 아무 일도 없었던 것처럼 세상 어딘가에서 유유히 살아갈 거라는 사실이 무엇보다 섬뜩하게 다가왔어. 그런 일이 발생한다면 세상은 정말이지 지독하게 불공평한 곳일 수밖에 없을 테니까.

루비는 장식이라고는 없는 로비 구석에 서있는 자신이 지나치게 사람들의 시선을 끄는 건 아닌지 생각하면서 안내데스크 벽에 적힌 라틴어 경구를 읽어보았어. 고대 언어를 입

모양을 만들어가며 읽고 있을 때 데스크에 앉아 있는 무뚝뚝한 남자가 도움이 필요한지 물었지. 그제야 루비는 자신이 라틴어 경구를 소리 내어 읽고 있었다는 걸 깨달았어.

루비가 부끄러워하며 뺨을 붉혔지.

당신이 도와줄 수 있는 일은 없어요.

루비는 그렇게 생각하면서 남자의 뒤쪽에 있는 쌍여닫이 문을 쳐다보았어.

저 아래 냉동고에 보관되어 있는 소녀가 누군지 알고 있다면 모를까.

시체 안치소에서 일하는 직원들 중에는 내 몸을 내 연인만큼 자세히 아는 사람들이 있어. 나의 왼발 아치 부위에 자그마한 점이 있다는 것도 알고, 발꿈치에 희미한 흉터가 있다는 것도 알아. 어릴 때 딱지가 앉았던 상처가 감염되어 생긴 흉터야. 내가 죽기 몇 주 전 브라질리언 왁싱으로 음모를 모두 제거했다는 것도 알아. 죽기 전날 겨드랑이와 다리에 난 털을 면도했다는 것도 알아. 내가 섹스 경험이 있고, 눈이 푸르다는 것도 알아. 내 몸을 검시한 시체 안치소의 남자 직원 두 사람은 내 얼굴의 반쪽이 날아가기 전만 해도 정말 예뺐을 거라고 확신하고 있지. 내 몽타주는 도톰한 입술과 금빛 머리카락을 정확하게 반영하지 못했다고 생각해.

시체를 검시하는 게 직업인 그들만 그러는 게 아니야. 그들 말고도 죽은 사람들에게 집착하는 사람들이 존재해. 루비는 인터넷을 들락거리다가 아마추어 탐정들이 살인사건을 전문적으로 다루는 게시판이나 웹 사이트에 열렬한 관심을 갖고 있다는 걸 알게 되었어. 범죄 사건에 대해 남다른 열정을 가진 그들은 수십 년 전 사건부터 최근에 벌어진 사건까지 다양한 가설과 추론을 세우느라 많은 시간을 할애하고 있지.

루비는 인터넷에서 나에 대한 수사에 주목해 만든 게시판의 글타래를 처음 발견했을 때 도무지 믿기지가 않았어. 아직 내 신원이 밝혀지지 않은 탓인지 수많은 사람들이 내 사건에 대해 깊은 관심을 보이고 있었기 때문이야. 처음 게시판을 둘러볼 때만 해도 내 신원에 대한 마구잡이 추측들이 난무하는 것에 화가 났지만 지금은 그나마 많이 누그러졌어. 여전히 나를 익히 알던 마약중독자라고 우기는 사람, 언젠가 만난 적 있는 성매매 여성이 분명하다고 주장하는 사람도 있었어. 하지만 루비가 보기에 이 게시판의 사용자들은 대체로 내 신원에 대해 논할 때 매우 신중한 태도를 보이고 있다는 생각이 들었지. 내 사건은 범죄를 연구하는 사람들의 시각으로 보자면 그다지 특이하지 않아. 다만 내 사건이 아직 뉴스에 빈번하게 오르내리고 있듯이 최근에 벌어졌고, 내가 신원이 밝혀지지 않은 피해자 목록에 새롭게 등장한 뉴페이스라는 점에서 그들의 관심을 끌고 있다고 볼 수 있었지.

그들은 신원이 밝혀지지 않은 피해자들에게 집착해.

그들이 나처럼 신원이 밝혀지지 않은 피해자들에게 집착하는 걸 일종의 공익적인 의미가 있다고 보는 시각이 존재해. 그들의 열정적인 탐구와 노력이 실제로 미해결 사건의 비밀을 푸는 데 도움이 된 적이 더러 있기 때문이지. 그들이 미해결 사건의 난제를 풀기 위해 보이는 열정은 정말이지 탄복할 지경이야. 그들은 자체적으로 수립한 추론과 가설을 사건 담당 형사에게 주저 없이 알려주기도 해. 아마추어 탐정들은 경찰이 놓친 단서들을 끈질기게 추적하고, 집요한 토론으로 문제점을 공유하지. 그들은 죽은 사람들의 나라로 진군하는 작은 군대라고 할 수 있어. 최근에 발견된 시신을 그들이 예전부터 주목해왔던 실종자와 연관 지을 수 있을 때 득점을 하지. 키보드 위에서 벌어지는 스냅* 게임이야. 실제로 카드가 맞아떨어지는 경우는 그다지 많지 않지만 이제 나도 스냅 게임의 일부가 되어 아마추어 탐정들에게 관찰당하는 처지가 되었어. 나는 그들에게 *리버사이드 제인*으로

* Snap 카드 게임의 일종으로 카드를 하나씩 뒤집다가 기존에 가지고 있는 카드와 짝이 맞는 카드가 등장했을 때 '스냅!'이라고 외치며 득점한다.

불리고 있어. 우리들 가운데 독자적인 게시판을 할당받을 정도로 유명한 피해자에게는 특별한 별명을 붙이는 게 일반적이야. 가령 메인스트리트 제인, 주유소 존, 클리어워터 제인, 슈트케이스 제인, 레인웨이 제인, 버스정류장 제인, 쓰레기통 제인, 수노코 제인, 롤링스톤스 제인(롤링스톤스 티셔츠를 입고 있었다는 이유로)으로 불리게 되는 거야.

익명의 탐정들은 먼저 이런 종류의 질문으로 열띤 대화를 시작하는 경우가 많아.

'혹시 월마트 제인이 〈NamUs*〉에 등재된 실종자일 수도 있다고 생각하시는 분 계세요?'

루비는 실종자들을 추적하는 아마추어 탐정들이 있다는 걸 최근에야 알게 되었지만 금세 그들이 들락거리는 게시판이 어떤 방식으로 돌아가는지 알게 되었어. 나의 경우 아직은 아마추어 탐정을 자처하는 그들이 주로 정보를 얻는 〈NamUs〉 시스템에 등록되어 있지 않았어. 그들은 〈NamUs〉 시스템에서 리버사이드 제인-2014년 4월 15일 발견된 신원 미상 여성, 백인·코카시안, 사인은 교살-이라는 자료를 얻을 수 있겠지만 내 신원을 알아내기에는 턱없이 부족한 정보들이야. 내 사건이 미해결로 남게 될 경우 나 역시 〈NamUs〉 시스템에 등재될 거야. 그 경우 내 유해 목록(모든 부위 회수)과 유해 상태(부패나 변질이 되지 않음)

* 미국 전역의 실종, 미확인 및 미청구인 사건에 대한 국가 정보 센터이자 리소스 센터.

가 의례적인 정보로 입력되겠지. 아마 내 키, 몸무게, 추정 나이, 발견 당시 착용했던 옷도 등재될 거야. 나에 대해 밝혀진 사실들을 항목에 따라 분류해 입력을 마치고 나면 나는 그때부터 데이터로만 남게 되겠지.

루비는 〈NamUs〉 시스템에 처음 접속했을 때 죽은 사람들을 위한 듀이 십진분류법 같다고 생각했어. 그녀는 침대에서 책상다리를 하고 앉아 보드카를 홀짝이며 화면을 스크롤 하는 동안 사망자와 실종자 일람표가 끊임없이 펼쳐지는 걸 보고 몹시 놀랐지. 마치 보드카가 목구멍으로 넘어가지 않고 혀를 감싸며 입천장을 태워버리는 기분이었어. 루비는 〈NamUs〉 시스템에 입력되어 있는 미해결 사건이 어마어마하게 많아 숨이 막힐 지경이었지. 실종된 사람들의 이름이 들어가 있어야 할 자리에는 일련번호만이 적혀 있었어.

스냅!

아직 '리버사이드 제인'과 일치하는 카드를 아무도 찾지 못했어.

루비는 아마추어 탐정 게시판에 자주 들락거리다 보니 가끔 나를 *'리버사이드 제인'*이라고 부르기도 해. 내가 그 이름을 들을 때마다 얼마나 질색하는지 모르기 때문이야. 나는 그 사건이 일어난 장소에 묶이고 싶지 않아. *그 일.* 모두들

더욱 자세히 알고 싶어 하는 그 일.

이 게임의 핵심은 〈후더닛*〉이야. 그들이 내 사건의 실체가 무엇인지 알고 싶어 하는 이유야. 사람들에게 내 신원은 범인이 누군지 알아내는 데 도움이 된다는 점에서만 의미 있을 뿐이라는 걸 알게 되었어. 그, 모든 수수께끼, 쓸쓸하고 서글픈 내 이야기 뒤에 숨은 사람, 그가 누군지 밝혀지고 나면 나의 존재에 대해서는 아무도 신경 쓰지 않게 될 거야. 범인이 누군지 알게 되는 순간 사람들의 관심은 온통 그에게로 쏠리게 되어 있으니까. 사람들이 알고 싶어 하는 사람, 추리소설의 내러티브를 장악하는 사람은 바로 내가 아니라 그일 테니까.

사람들은 범죄자를 주인공으로 하는 영화를 만들지. 범죄자의 심리를 다각도로 분석하고, 그가 저지른 행위들이 끔찍하고 잔인할수록 영화는 더욱 흥미진진해져. 사람들은 범인이 체포되고 나면 그가 어떻게 여태껏 잡히지 않고 버틸 수 있었는지 궁금해하지. 완전범죄에 성공할 뻔했던 범인의 신원과 놀라운 두뇌 회전이 밝혀지게 되면 다들 감탄하며 이런 생각을 하지 않을 수 없을 거야.

옆집에 사는 친절한 남자가 어떻게 여자아이를 죽이고도 수많은 사람들을 감쪽같이 속일 수 있었을까?

"설마 그 남자가 범인일 줄이야."

* Whodunit 추리소설에서 범인의 정체를 발견하는 것을 중심으로 두는 서사.

사람들은 그렇게 말하면서 범인에 대해 약간의 경외심을 드러내지.

오번 형사는 아마추어 탐정들의 게시판에는 전혀 눈길을 주지 않아. 다만 그가 확신하는 게 한 가지 있어. 그는 나를 살해한 범인이 유사한 범죄를 또 저지르게 될 거라 믿고 있지.

"지난 몇 년 동안 벼랑 끝을 향해 조심스럽게 다가가다가 막상 뛰어내리는 순간 모든 두려움이 일시에 사라지고, 마음이 느긋해지면서 충격이 씻은 듯 가시는 기분을 느껴본 적 있어요? 바닥에 무사히 착지하는 순간 왜 지금껏 그토록 두려워했는지 황당했던 적이 있어요?"

오번 형사에게 잡힌 범인이 했던 말이었어. 범인들은 그렇게 때가 왔다는 걸 알게 되지.

"그녀를 죽이는 건 놀라울 만큼 쉬웠어요."

범인들은 대부분 그렇게 말해. 그렇게 쉬운지 알았더라면 진작 죽였을 수도 있었을 거라는 뜻을 담고 있는 말이야. 누군가를 살해한 경험이 있는 범죄자들 중 대다수가 또다시 살인을 저지르지. 처음 저지른 살인의 충격이 서서히 가시고, 타인의 목숨을 빼앗는다는 게 얼마나 나쁜 일인지 또다시 망각하게 되는 거야.

나를 살해한 범인은 오늘 시체 안치소 건물 앞을 지나치다가 로비 밖에서 걸음을 멈추고 안쪽을 들여다보고 있었어. 루비가 지금 서있는 로비에서 겨우 몇 걸음 떨어진 곳이었지.

"도움이 필요하십니까?"

안내데스크 남자가 재차 묻자 루비는 고개를 저으며 밖으로 달려 나갔어. 내 시체 위로 루비의 발자국 소리가 울려 퍼졌고, 나는 시 외곽을 향해 걸어가는 그녀를 간신히 따라잡았지.

나를 죽인 그 남자가 시체 안치소 건물 앞에 멈춰 서서 안쪽을 들여다보다가 멀어져 갔을 때 뒤따라가 볼까 생각도 했었지. 하지만 그를 향해 가까이 다가서려는 순간 알 수 없는 힘이 밀어닥치면서 뒤로 튕겨져 나갔어.

다음에 기회가 주어지면 다시 한번 도전해 봐야겠어.

루비는 사실 자신이 읽었던 라틴어 경구가 무슨 뜻인지 몰랐지. 그 경구가 약속의 말이란 걸 몰랐어. 나는 무슨 뜻인지 알아.

대화를 멈춰라. 웃음을 달아나게 해라. 이곳은 죽은 자가 기쁜 마음으로 산 자를 돕는 장소다.

나도 산 자를 돕고 싶어. 나는 아직 나를 죽인 남자가 어디로 가는지 알아볼 준비가 안 됐나 봐.

*

살인자들은 이 세상 도처에서 나처럼 힘이 약한 여자들을 죽이지.

한 여자가 살해되고 나서 한참 동안 시간이 흐른 뒤에 두 번째 살인사건이 일어나면 도시는 다시 충격에 휩싸이게 되지. 분노한 군중들이 거리로 나서서 피켓을 들고 치안을 게을리 한 경찰서를 찾아가 항의하고 나서 피해자에게 애도를 표하지.

우리는 안전한 도시에서 살고 싶다!

경찰은 여성들에게 어느 곳에 가든지 경계심을 풀어놓아서는 안 되고, 가급적 특정 장소에는 가지 말아야 한다고 주의를 주지. 남자들에게는 사랑하는 연인이나 가족들이 그 *어디서든* 안전하게 집으로 돌아올 수 있도록 거듭 확인해야 한다고 당부해. 끔찍하게 살해당한 여성의 시신이 발견되면 적어도 몇 주 동안은 그 어느 곳도 안심하고 다닐 수 없는 장소가 되어 온통 사람들을 불안하고 초조하게 만들지. 혼자 외진 길로 다녀서는 안 된다는 말을 들은 여성들은 분노를 금치 못하며 구호를 외치게 될 수밖에 없어.

남성들은 여성을 강간하고 살해하지 말라! 강력범죄에 더욱 강한 처벌을 내려라! 아무런 잘못도 없는 여성들이 왜 외

진 길을 조심해야 하나? 경찰은 여성들의 안전을 위해 순찰과 방범 활동을 강화해라!

여성들의 안전이 사회문제로 부각될 경우 금세 수월하게 여건이 개선될 것 같지만 막상 시간이 지나면 도시는 또다시 원래의 리듬으로 돌아가는 게 보통이야. 여성들은 혼자 어두운 밤길을 걷고, 길에서 처음 만난 낯선 남자와 아무런 경계심도 없이 이야기를 나누고, 그 대신 경찰이 특별히 위험하다고 지목한 *특정* 장소만 피해 다니게 돼. 여성이 살해당한 사건은 시간이 지나면서 희미한 상처로 남아 이 도시를 떠돌아. 그러다가 또 다른 사건이 발생하면 도시는 충격과 불안에 휩싸이게 되지. 이제 웬만해서는 어느 누구도 시위를 하거나 길에서 구호를 외치지 않아. 사람들의 분노는 조용히 안으로 잦아들지. 사람들은 살해된 여성의 제단에 꽃을 놓아주고 촛불을 켜. 앞으로 또 다른 여성이 살해될 경우 그 죽음은 그저 매일 알람시계가 울리듯 관행적으로 느껴지게 될지도 몰라. 여성들이 살해되는 사건이 계속되면 도시는 활력을 잃게 될 수밖에 없어.

16

조시가 바닥에 쓰러져 죽어갈 당시 죽음의 느낌은 예상과 많이 달랐다. 분명 죽어가고 있었지만 아무런 느낌이 나지 않았다. 그날 밤 조시는 센트럴파크 서쪽에 위치한 어느 식당에서 나와 피투성이가 된 몸으로 비틀거리며 공원 반대편에 있는 스페인 식당으로 들어갔다. 조시가 식당으로 들어서자 경악한 종업원이 조시의 휴대폰으로 앰뷸런스를 불렀다. 그가 스페인 식당으로 들어서기 직전까지 두 시간 반 동안의 공백이 있었다.

조시는 자전거가 뒤집히며 공원 바닥에 떨어졌을 때 몸이 갈가리 찢기는 것 같은 통증, 방향감각을 잃어버린 시야에 들어왔던 나무뿌리, 바위, 흙 그리고 기묘하게 뒤틀린 자전거 바퀴의 윤곽선을 보았다. 자전거 바퀴살이 부러지거나 아예 빠져 달아나 있었고, 수문을 연 댐에서 한꺼번에 물이 콸콸 쏟아지듯 견디기 힘든 고통이 몸 안으로 밀려들었다. 입 안에서 비릿한 피 맛이 느껴졌고, 초점이 제대로 잡히지 않는 눈 위로 핏물이 흘러들었다. 팔이 전혀 말을 듣지 않아 피가 흐르는 부위를 만져볼 수 없었지만 머리가 깨지고, 살이 찢어지고, 뼈가 부러졌다는 걸 통증만으로도 짐작할 수 있었다.

조시는 피를 흘리며 두 시간 반 동안 공원 바닥에 쓰러져 있었다. 거꾸로 뒤집힌 자전거 바퀴는 관성에 따라 계속 돌아가다가 이내 멎었고, 공원 양편을 환하게 밝히고 있던 아파트 건물의 불빛도 차츰 사라지기 시작했다. 하루 일과를 마친 사람들은 휴식을 취하려고 휴대폰을 무음 모드로 바꾸어 놓았고, 노트북을 껐다. 이스트 97번가에 사는 이웃 사람들과 조시의 부인은 잠을 청하려고 침대에 누워 벽을 향해 돌아누웠다. 그 시간에 조시는 공원 바닥에서 피를 흘리며 고통스러워하고 있었다.

*

루비에게 자전거 사고 이야기를 들려주는 조시의 말투에는 감정이 실려 있지 않았지만 그의 턱 근육이 연신 움찔거리는 게 보였어. 루비는 거꾸로 뒤집혀진 채 계속 돌아가는 자전거 바퀴가 눈앞에 그려질 만큼 그의 이야기에 귀를 기울였지. 루비는 모르지만 자전거 사고가 났던 당시만 해도 조시는 지금보다 체중이 훨씬 가벼웠어. 조시의 체중이 늘어난 이유는 자전거 사고 이후 크게 낙심해 모든 의욕을 잃고 누워 지냈기 때문이야. 목뼈가 골절되어 6주 동안 보조기를 끼고 있어야 했고, 음식은 다른 사람이 먹여줘야 했고, 변을 보고 나면 간호사들이 엉덩이를 닦아주어야 했지.

조시는 어린아이처럼 걸음마부터 다시 익혀야 했어. 밤낮없이 병상에 누워 병실 천장만 우두커니 쳐다보고 있다 보면 저절로 신체 기능에 이상이 올 수밖에 없게 되지. 음식을 먹거나 화장실에 가야할 때조차 다른 사람들에게 전적으로 의지해야 하는 경우 정신력도 위기에 봉착할 수밖에 없어. 자전거 사고가 나기 전까지만 해도 조시는 정신력이 매우 강한 사람이었고, 그 어떤 시련이 닥쳐와도 돌파할 자신이 있었는데 병실에 누워 있는 날들이 길어지다 보니 점점 무력감에 빠져들게 되었지.

*

네 사람은 〈그래머시 태번〉에서 데스클럽 공식 모임에 처음 참석한 루비와 함께 식사를 하며 이야기를 나누고 있었다. 루비는 식탁에 올라온 식재료들의 이름을 몰라 자주 물어보아야 했다.

"농장에서 직접 재배한 싱싱한 식재료를 식탁에 올린다고 해요."

모임 장소를 선택할 때 레니가 한 말이었다.

루비가 낯선 식재료를 가리키며 이름이 뭔지 묻자 수가 말했다.

"아루굴라. 멜버른에는 좋은 식재료를 사용하는 식당들이 없나 봐?"

사실 수는 혼자서 여행을 많이 다니는 편이었고, 멜버른을 최고의 미식 도시로 꼽기에 주저하지 않았다. 그녀가 방금 전에 한 말은 루비를 놀리기 위한 농담이었다.

루비는 받아칠 말이 변변하게 생각나지 않았고, 수의 농담에 악의는 없을 거라고 생각했다.

레니가 갑자기 포크로 유리잔을 두드리며 모임 시작을 알렸다.

데스클럽 모임의 진행 방식은 단순했다. 서로 인사를 나누고 나서 자리를 찾아 앉고 곧바로 음식을 주문했다. 그런 다음 누군가 죽음과 관련된 질문을 하면 자연스럽게 토론이 시작되었다.

오늘 모임의 진행자는 레니였고, 신입 회원인 루비에게 첫 번째 질문의 기회가 주어졌다.

레니가 말했다.

"죽음에 관한 질문이면 뭐든 상관없어요."

루비는 이내 무슨 질문을 해야 할지 결정했다.

"죽음이 임박한 사람들은 그 사실을 알 수 있을까요? 죽어 가고 있을 때 의식이 남아 있을까요?"

(루비가 궁금했던 건 죽음을 맞게 된 사람이 그 사실을 정확하게 인지하고 있는지 여부였어. 루비의 머릿속에서 줄곧 떠나지 않던 의문이었지.)

조시가 가장 먼저 입을 열었다. 조시는 죽을 뻔했던 경험을 하고 나서 그런 의문을 갖게 되었다. 공원에서 자전거가 나무뿌리에 걸려 바닥으로 떨어졌을 때 목이 부러졌다. 조시는 한때 의식을 잃었고, 그때 자신이 죽었던 것인지 *죽음 가까이 갔던* 것인지 의문이 들었다. 완전히 다른 경우니까. 조시의 머릿속에 남아 있는 기억은 목뼈가 부러진 가운데 피를 흘리며 바닥에 쓰러져 있던 두 시간 반 동안의 공백뿐이었다. 몸의 감각이 전혀 없는 상태에서 캄캄한 허공만이 눈앞에 펼쳐져 있었다. 의식을 잃었다가 다시 정신이 들기를 반복했다. 그런데 의식을 잃을 때마다 캄캄한 허공만 보이는 공간으로 돌아갔다.

"저처럼 뼈가 부러지는 중상을 입거나 목이 졸려 뇌로 가는 혈액 공급이 막힐 경우 합선이 일어나기 시작한다는 겁니다."

조시는 그렇게 말하면서 루비를 똑바로 쳐다보았다.

"그 경우 우리 인간들에게 가장 중요한 기능들이 사라진다고 해요. 가령 자아감, 시간 감각, 기억, 언어 기능 같은 것들이죠. 그런 기능들이 한 가지씩 활동을 멈추면서 서서히 죽음을 맞게 되는 것이라고 봐요. 죽음이 진행되는 동안 인간은 살아있다는 사실을 자각할 수 있을 거예요. 다만 죽음이 임박한 경우 아무것도 자각할 수 없는 상태가 되겠죠."

수가 곧바로 조시의 말을 받았다.

"인간은 사망하는 순간에 뇌 운동이 활성화되는 경험을 하게 된다는 연구 결과도 있어요. 무의식 상태와는 다르죠. 리사와 함께 차 안에 있었을 때 그 아이가 아주 잠깐 동안 눈을 동그랗게 뜨고 저를 똑바로 쳐다보고 있었어요. 마치 극적으로 다시 살아난 듯 보였어요. 그러다가 잠시 후 숨을 거두었죠."

"그런 일이 있었군요. 그 이야기는 처음이네요."

레니가 나직이 말하고 나서 수의 손을 잡아주었다.

"이 자리에서 처음 꺼낸 이야기죠. 구조대원들이 저를 차 안에서 끌어내기 직전에 있었던 일이었어요. 자동차 사고 당시 이야기를 구구절절 다 털어놓지는 않는 편이죠."

수가 냅킨을 한 장 빼내 눈가를 문질렀다.

"그 당시 일을 다시 떠올리기 쉽지 않으니까요. 아무튼 저도 죽음이 임박했을 때 뇌의 활동이 갑자기 증폭되는 현상이 존재하는 것으로 알고 있어요. 한 인간이 세상을 떠나기 직전 마지막으로 피워 올린 불꽃일 수도 있겠죠."

루비는 모임이 진행되는 동안 감정이 물처럼 흐른다는 사실을 실감하게 되었다. 멤버들의 말과 생각이 순탄하게 흘러나오다가 누군가 감정을 건드리면 갑자기 흐름이 막혀버렸다. 그때 또 누군가 옆에서 살짝 힘을 실어주는 미소를 지어보이면 다시 감정의 물꼬가 트인다는 걸 알 수 있었다. 수를 향한 레니의 부드러운 미소, 자전거 사고 이야기를 평소보다 극적으로 털어놓은 조시의 수줍은 웃음만으로도 교감이 원활하게 이루어지도록 돕는 촉매제가 되었다.

멤버들은 저마다 현재의 한계를 극복하고 싶다는 열망을 피력했다. 루비는 사람들과 이토록 솔직하고 진정성 있는 대화를 나눠본 건 난생처음이었다. 멜버른의 친구들도 다들 좋은 사람들이고, 재미있고, 친절하고, 똑똑하지만 대화의 주제가 달랐다. 친구들끼리 모이면 주로 일에 대한 대화나 주말에 무얼 하며 즐길지가 주된 관심사였다. 친구들은 파티를 구상하거나 태국으로의 단체 여행을 계획했다. 그러다 보니 대화는 언제나 일상 이야기의 범주를 벗어나지 않았다. 간혹 정치적 견해 차이로 말다툼을 하거나 정부 정책에 대해 반대의사를 표명하면서 목청을 높이는 경우도 더러 있었다. 하지만 대개는 평범한 대화와 변죽을 울리는 선에서 만족했고, 지나치게 진지한 토론을 꺼려했다.

애시와 나누는 대화도 크게 다르지 않았다.

언젠가 애시가 이렇게 말했다.

"우리가 *모든 걸* 다 이야기해야 하는 건 아니잖아."

루비가 간혹 궁금해하는 일들마저도 선뜻 대답해 주기보다는 회피하려고 들었다.

루비는 추모제 다음 날 공황상태에 빠져든 이후로 애시를 상대할 때 신중한 태도를 유지했다. 매일 문자메시지를 주고받지만 언제나 일상적이고 형식적인 내용들이었다. 애시와 멜버른의 친구들에게는 가급적 말을 아끼고 있는데 이제 막 알게 된 사람들과 진지하고 솔직한 대화를 나눌 수 있다는 게 신기했다. 오늘 저녁에는 브런치 만남 때와 달리 멤버들의 면모를 자세히 살펴볼 수 있었다. 수는 짧게 자른 흰머리에 광대뼈가 도드라져 강한 인상을 풍겼고, 말수는 적은 편이었지만 와인을 고를 때나 자기 의견을 피력할 때 부러울 정도로 자신감이 넘쳤다. 수는 혼자서 세계 전역을 여행한 사람이어서인지 루비가 싱글이라는 사실을 조금도 의아하게 생각하지 않았다.

루비가 뉴욕에서 아직은 일이나 공부를 하지 않고 빈둥거리며 지낸다고 하자 수는 이렇게 충고했다.

"사람을 사귀는 것과 아무것도 하지 않는 건 달라요. 직업이 그래픽 디자이너라고 했죠? 요즘은 일할 생각만 있다면 굳이 회사에 취직하지 않고도 얼마든지 할 수 있어요."

겨우 만난 지 두 번밖에 안 된 사람에게 충고를 해줄 수 있다는 게 놀라웠지만 수의 말이 기분 좋게 들렸고, 전혀 거부감이 일지 않았다. 루비는 인생 경험이 풍부한 수에게 모든 고민을 털어놓고 이야기를 나누고 싶었다.

(루비는 그런 생각이 들었지만 *'여긴 데스클럽이지 속마음을 털어놓고 상담을 받는 모임이 아니잖아.'* 하면서 마음을 바꾸었어.)

조시는 수류탄을 던지듯 직설화법으로 말하는 스타일이었다. 일단 말을 내뱉고 나서 너무 심했다는 생각이 들면 즉각 온몸을 던져 파급을 최소화했다. 그날 밤에도 조시는 '미안해요.'라는 말을 몇 번이나 했다.

"말이 생각과 달리 나왔어요. 글은 말하는 것처럼 쓸 수 있는데, 말은 글을 쓰는 것과 달라서인지 가끔 말실수를 해요."

조시는 다양한 의제에 대해 뚜렷한 소신을 갖고 있었고, 어느 누가 보더라도 반박 불가한 미남이었다. 레니는 미네소타 출신인 조시의 외모를 *중서부적*이라고 표현했다. 조시는 팔다리가 굵고 어깨가 떡 벌어진 체구라서 농장이나 공장에서 기계를 다루는 일을 하면 가장 잘 어울릴 듯했다.

루비는 남자들을 애시와 몰래 비교하는 습관이 있었다. 애시가 차갑고 좁은 강이라면 조시는 단단하고 견고한 바위 같았다. 애시가 그녀의 속마음을 알았더라면 *'제 꼴이 말이 아니네요.'* 라고 했을 수도 있었다. 사고 전 몸무게가 13킬로그램쯤 덜 나갔을 때 조시는 고급 슈트의 단추를 채울 때 전혀 부담감이 없었고, 부인 몰래 다른 여자들의 침대에도 종종 들어갔다. 그는 아직 늘어난 체중과 화해하지 못했고, 사고 때문에 여자들이 즉각 반하게 만들었던 외모를 상실한 것에 대해 몹시 아쉬워하고 있었다.

루비가 흘끔거리며 외모를 살피고 있었지만 조시는 전혀 의식하지 못했다. 그는 예전과 달라진 자신의 외모에 대해 자신감을 잃었다. 부인과 별거하게 된 이후로는 아예 성적 욕망을 보자기에 꼭꼭 싸서 어둠 속으로 던져버렸다.

*

물론 조시가 그런 말을 입 밖으로 꺼내지는 않았어. 레니는 데스클럽에서 난롯불 같은 온기를 담당하고 있는 존재야. 레니의 손끝에서 생겨난 오렌지색과 금색이 어우러진 불꽃이 그녀가 말하는 동안 멤버들의 어깨에 내려앉아 긴장한 근육을 풀어주고 뻣뻣한 몸을 유연하게 해주었지. 레니가 만들어낸 불꽃은 모임이 끝나고 나서 루비와 함께 갔던 식당에서도 여지없이 영향력을 발휘했어. 종업원들은 레니를 사랑스런 눈길로 흘끔거렸고, 수와 조시는 시간이 갈수록 긴장을 풀고 격의 없이 어울렸지. 루비의 눈에 레니의 불꽃이 보이지는 않았지만 충분히 느낄 수는 있었어. 데스클럽에서 이루어지는 대화의 심도가 깊었지만 루비는 모처럼 마음 편히 이야기를 나눌 수 있었지.

그 반면 나는 점점 더 초조해졌어. 오늘 밤, 나는 그들이 이야기해주길 바라는 단 하나의 질문이 나오길 학수고대하고 있었거든. 그들이 자꾸 내가 바라는 질문을 비껴가는 게 못마땅했어.

사람이 죽은 *다음에는* 무슨 일이 일어나지?

나는 와인 잔과 먹다 남은 음식들로 가득한 이 식탁 앞에 앉아 그들에게 분명하게 대답해줄 수 있어. 인간은 숨이 멎는 순간에도 의식이 남아 있다고. 조시가 기억하는 캄캄한 어둠의 공간은 그저 죽음이 시작되는 부분일 뿐이야. 죽음의 과정은 한 순간에 갑자기 진행되는 게 아니야. 인간의 생명은 전등 스위치를 내리거나 전원을 뽑아버리듯이 갑자기 몸에서 빠져나가지 않아. 죽음의 과정이 시작되면 서서히 고통이 커지다가 참기 힘들 만큼 심해지고, 피부 아래에서 몸이 타들어가지. 그 순간에도 정신은 빠져나가지 않고 그 자리에 남아 있어. 나는 아직 정신이 몸에서 빠져나오는 게 선택인지 필수인지 모르고 있긴 해. 다른 사람들의 경우에는 어떤 과정을 거쳤는지 알지 못하니까. 다만 내 경우에는 마지막 순간에 정신이 몸을 빠져나왔지. 몸이 타는 고통을 겪다가 불길로부터 멀어져 캄캄한 어둠 속으로 들어와 있는 걸 깨닫는 순간 본능적으로 어둠을 통과해야 한다는 걸 깨달았어. 조시가 기억하는 어둠의 공간은 잠시 대기하는 곳이야. 잠시 죽음이 유예되어 있는 순간이지. 나는 캄캄한 벽을 더듬으며 앞으로 걸어가면서 출구를 찾아내려고 애썼어. 이미 그때쯤이면 죽음의 과정이 가하는 그 어떤 행위도 우리에게 고통을 줄 수는 없지. 몸을 빠져나왔으니 신경이나 힘줄, 뼈에 가해지는 고통에서 벗어난 상태이니까. 다만 나는 내가 이미 죽었다는 사실을 분명하게 인식할 수 있었어. 내가 이해할 수 없는 일은 그 다음에 일어났지.

조시는 캄캄한 어둠의 공간에 있다가 돌아왔다고 했어. 조시와 다른 방식이긴 하지만 나 역시 세상으로 돌아왔지. 죽은 사람 대다수가 나처럼 돌아오지 않고 곧바로 떠난다는 걸 알아. 정신을 집중하고 있으면 문이 찰칵 닫히는 소리가 들리듯이 그들이 떠나는 게 느껴지기도 해. 하지만 나는 그들이 어디로 가는지 몰라. 그들을 따라가지 않으면 어떻게 되는지도 몰라. 사후에도 *여전히* 의식이 계속 살아있다는 사실을 어떻게 받아들여야 할지 모르겠어. 조시는 캄캄한 어둠의 공간에서 나온 이후 걸음마부터 다시 배워야 했지. 나 역시 살아있는 사람들처럼 다시 말하고 만지고 소리내는 법을 배울 수 있을까? 루비에게 내 존재를 알릴 수 있을까?

나는 데스클럽이 내 의문에 대한 해답을 찾아줄 거라고 생각해. 머지않아 모든 진실을 알 수 있겠지. 남달리 탐구심이 뛰어난 네 사람이 모여 있으니까. 과거의 풍부한 경험, 미래의 희망, 현재의 복잡성을 지닌 네 사람이 죽음에 대해 끈질기게 들여다보고 연구하고 있으니까.

그들이 삶과 죽음 사이에 가로놓인 유리벽을 깨뜨리려는 노력을 멈추지 않는다면 조만간 내가 바라는 정답을 찾아줄 수 있지 않을까?

역대 최고의 모임이었어요! 조시가 사고 이야기를 이렇게 길게 해준 건 처음이었죠. 게다가 수는 당신이 정말 좋은가 봐요. 수가 다음번 모임의 진행을 맡았으니 조만간 모임 장소가 어디인지 알려줄 거예요. 고마워요. xoxox

다음날 아침 일찍 레니가 보낸 문자메시지가 도착했어. 아직 잠이 덜 깬 루비는 문자메시지를 읽으며 흐뭇한 미소를 지었지. 나는 루비의 귀에 대고 속삭였어.

죽은 사람도 말을 걸 수 있는지 물어봐.

하지만 루비는 가타부타 대답해주지 않고 다시 잠들었고, 내 목소리는 베니션 블라인드가 창에 부딪치는 소리를 내며 사라졌어.

수는 다음번 데스클럽 모임 장소를 프랭크 시나트라가 자주 들러 저녁을 먹었다는 웨스트 56번가의 이탈리아 식당 〈팻시스〉로 정했어.

멤버들이 모두 자리에 앉았을 때 수가 말했지.

"리사는 프랭크 시나트라와 진 켈리가 출연한 영화 〈춤추는 대뉴욕(On The Town)〉을 정말 좋아했었죠. 뉴욕에 올 때마다 리사는 꼭 이 집에서 식사를 하자고 졸라댔어요. 이 집은 관광객들이 즐겨 찾는 고급 식당은 아니지만 뉴욕의 역사를 간직한 곳이죠. 내 역사도 조금."

〈그래머시 태번〉에서 모임을 연 지 일주일이 지났어. 지난번 모임을 마치고 집으로 돌아간 멤버들은 그날 함께 나누었던 이야기를 떠올리며 잠이 들었지. 멤버들은 다들 그날 모임이 각별히 즐겁고 뜻 깊었기에 조만간 다시 만나 함께 시간을 보내고 싶다는 갈망을 느끼고 있었어. 세 사람은 루비에 대해서도 각별한 호감을 갖게 되었지. 수는 리사가 살아 있었다면 루비와 나이가 엇비슷할 거라는 생각이 머리를 떠나지 않았어. 그 생각이 반짝이는 진주알이 될 때까지 수는 머릿속에서 계속 굴렸지.

리사가 뉴욕에 살고 있다면? 리사가 근사한 식당에서 식사를 하면서 와인을 마시고 있다면?

수의 상상은 매번 그 지점에서 더는 나아가지 못하고 멈추었지. 그 이유는 리사가 살아 있었다면 어떤 모습을 하고 있을지 보지 못했기 때문이야. 수는 리사를 상상하며 요즘 30대 중반 여자들은 주로 무엇을 하며 살아가는지 궁금했어.

루비에게도 가족과 연인, 친구들이 있었겠지? 루비는 어떤 영화를 좋아할까? 루비는 어떤 책을 좋아할까? 루비는 남자에 대해 어떻게 생각할까? 만약 리사가 살아 있었다면 어떤 사람이 되었을까?

내가 조시의 관심을 루비에게로 유도하기까지 제법 많은 시간이 걸렸어. 조시는 사실 루비가 왜 뉴욕에 왔는지에 대해 조금도 관심이 없었지. 그는 루비가 생활비는 어떻게 마련하고 있는지, 평소 무얼 하며 지내는지, 호주에 무엇을 두고 왔는지에 대해 전혀 관심도 없었고, 생각조차 해본 적이 없었어. 브런치 모임 때 루비를 몇 번 만난 적이 있었지만 그녀의 도드라진 광대뼈나 입매를 주의 깊게 본 적은 한 번도 없었지. 루비의 작은 손이 와인 잔을 감싸 쥔 모습이 어떤지에 대해서도 무관심했어. 루비의 그 어떤 점도 조시에게는 관심을 불러일으키지 않았고, 모임이 끝나고 집으로 돌아간 이후에도 아예 생각해본 적이 없었지. 그도 그럴 것이 조시는 이제 이성에 대해 관심이 전혀 없었기 때문이야. 물론 레니와 수에 대해서는 달리 생각했지. 조시가 데스클럽 모임에 나오는 이유는 레니와 수의 마음이 작동하는 방식과 그들이 탐구하는 주제가 좋았기 때문이야. 게다가 조시의 담당 에이전트가 언젠가 데스클럽에 대한 글을 써도 좋을 것 같다고 했기 때문이지. 나는 조시의 관심이 루비에게로 향하게 만들려면 어떻게 해야 하는지 깨달았고, 미끼를 던지고 나서 낚싯대를 잡아당겼어. 미끼는 바로 나였지.

리버사이드 제인.

조시는 TV 뉴스와 신문을 보고 내 사건에 대해 잘 알고 있었어. 루비를 만난 이후 그는 내 사건의 세부 사항들에 더욱 깊은 관심을 갖게 되었지. 그는 내 사건을 다룬 블로그 게시물이나 신문기사들을 읽다가 하나같이 *조깅하던 사람*을 언급하고 있다는 사실을 알아차렸어.

조깅하던 사람이 시신을 발견했다.
오전 6시가 지날 무렵 조깅하던 사람이 그 참상을 발견했다.
리버사이드 파크에서 조깅하던 사람이 우연히 시신을 발견했다.

조시는 똑같은 문장을 수십 번 읽었지만 지금껏 '조깅하던 사람'에 대해 깊이 생각해본 적이 없었다는 걸 깨달았어.

직업이 기자인데 목격자가 허드슨 강가 자갈밭에서 처음으로 시체를 발견했을 당시의 심정이 어땠는지 궁금해하지 않다니? 게다가 레니가 모임에 데려온 호주 출신 여자가 조깅하는 사람이었다니?

그 순간 조시의 머릿속에서 불길이 옮겨붙듯이 루비에 대한 관심이 증폭된 거야. 물론 내가 옆에서 바람잡이 역할을 했지만 그는 전혀 눈치채지 못했어. 조시의 머릿속에서 루비를 떠올리게 만드는 방법은 대단히 쉬웠지. 지난번 데스클럽 모임이 끝나고 나서 나는 노아가 내게 해주었던 이야기를 기억해냈어. 정작 노아에게 처음 들었을 당시에는 도무지 이해가 되지 않던 이야기였지.

"너에게는 풍요로운 내면세계가 있단다. 그곳은 마음이 잘 맞는 사람들로 가득하지."

노아의 말은 우리 모두가 자기만의 세계를 갖고 있다는 뜻이었어. 반드시 상대를 눈으로 직접 봐야 하는 건 아니야. 그저 상대의 모습을 머릿속에 떠올리기만 하면 돼. 상대를 눈으로 직접 보는 것 역시 머릿속에서 일어나는 일이니까. 이제 *내가* 의식을 갖고 있든 그렇지 않든 중요하지 않아. 이제 데스클럽 회원들 누구나가 눈을 감고도 루비를 떠올릴 수 있다는 게 중요할 뿐이지. 나는 그저 이미 그 자리에 있는 루비를 그들에게 보여주면 돼.

조시가 이를 닦거나 전화 통화를 할 때 루비를 떠올리게 할 수는 없어. 다만 조시의 직장 근처에 늘어나는 호주 커피숍들을 지나칠 때 고개를 돌리거나 밤늦은 시간에 스포츠 채널을 보다가 오스트레일리안 풋볼 경기가 나올 때 잠깐 멈추게 할 수는 있지. 라디오에서 흘러나오는 노래들도 도움이 돼. 조시는 〈AC/DC〉나 〈인엑시스(INXS)〉 같은 언더그라운드 출신 밴드들의 연주에 맞춰 노래를 흥얼거리다가 저절로 루비를 떠올리게 돼. 그러니까 이제 내 역할은 끝난 셈이야.

조시와 달리 레니의 경우에는 처음부터 내가 굳이 나설 일이 없었지. 레니는 누군가를 만나자마자 사랑에 빠지는 사람이니까. 그녀의 호기심은 상대의 수수께끼를 풀고, 어떤 사람인지 알아보도록 만들지. 트라우마 극복 모임이 있던 날, 레니는 맞은편에 앉아 있던 루비가 몹시 외로워한다는 사실을 알아차렸어. 그는 외로움이 사람을 장막처럼 둘러싸고, 사랑스러운 모습과 재미있는 사연, 선한 의도를 가려버린다는 걸 알고 있었지. 루비를 가리고 있는 외로움의 장막을 걷어내면 분명 그 안에서 흥미로운 이야기들이 줄줄이 끌려 나오리라는 것을 알기에 돕기로 마음먹었어.

레니는 내가 전혀 도와주지 않았지만 내 시체를 발견하기 *전에* 루비에게 무슨 일이 벌어졌는지, 그녀의 내면을 채우고 있는 슬픔이 나의 죽음 때문만은 아니라는 걸 알게 되었지.

이제 데스클럽 멤버들은 저마다 사연을 간직하고 제자리를 찾아갔어. 루비를 중심에 두고 데스클럽을 하나로 이어줄 접착제로 삼았지. 내가 원한 그대로야. 그들이 계속 만나고, 이야기를 나누고, 의문을 제기하다 보면 결국 그 질문의 끝이 내게로 향하게 될 테니까. 그들의 흥미를 유발시킨 리버사이드 제인이 아니라 *진짜* 나. 79.1세가 될 때까지 살고 싶었던 내 이야기, 그 남자가 남은 나날들을 전부 빼앗아 버리기 전 이야기.

오늘 〈팻시스〉에서 레니가 흘린 볼로냐 소스가 흰색 테이블보에 빨간 얼룩을 남긴 동안, 저마다 손에 쥔 포크로 파스타를 둘둘 감고 있는 동안 그들은 각자 자기 자신에게 이런 질문을 던졌어.

우리의 죽음은 운명으로 정해진 것일까? 우리에게는 미리 결정된 불가피한 결말이 있을까, 아니면 그 모든 게 무작위일까?

나라면 질문을 이렇게 바꾸었을 거야.

그 남자는 원래부터 나를 죽일 운명이었을까?

수가 가장 먼저 단호하게 말했어.

"저는 예전부터 운명이란 어떤 일이 벌어진 이후 우리가 그 일에 대해 잘 이해할 수 있도록 해주기 위해 고안된 개념일 뿐이라고 생각해 왔어요. 우리의 삶에서 연이어 벌어지는 일들이 주는 후유증을 극복하기 위해."

그 다음은 레니가 말했어.

"제 부모님은 하느님께 운명을 맡겼어요. 성서에 보면 '제비를 뽑는 건 인간이지만 결정을 내리는 건 하느님의 몫이다.'라는 구절이 있죠. 제 부모님은 운명을 결정하는 건 언제나 하느님의 몫이라고 굳게 믿었죠."

얼굴에 미소를 드리운 조시가 하얀 이를 빛내며 냉소적으로 말했어.

"차라리 그리스신화에 등장하는 모이라이를 믿지 그랬어요. 실을 잣고 길이를 재고 잘라 운명을 결정하는 세 할머니들 말입니다. 우리의 운명은 할머니들이 뽑은 실 끝에 매달려 있죠. 하느님이나 그 아들이 운명의 실을 잡아당긴다고 믿느니 차라리 할머니들이 낫지 않아요?"

레니도 여전히 미소 띤 얼굴로 말했지.

"저는 가톨릭 집안에서 자라서인지 하느님을 외면하기 쉽지 않네요. 다만 운명이 미리 정해져 있다고 생각하면 기분이 우울해져요."

루비가 말했어.

"만약 우리가 언제 어떻게 죽을지 예견할 수 있다면 어떻게 될까요?"

그 순간 루비의 머릿속에서 내 시체가 떠오르는 바람에 잠시 입을 꾹 다물었다가 겨우 말을 이었어.

"그날 아침, 리버사이드 제인은 자신의 운명이 다한 걸 알았을까요? 당연하지만 저는 몰랐을 거라고 생각해요."

레니가 입술을 물어뜯으며 물었어.

"그 남자는 알았을까요? 리버사이드 제인을 살해한 남자는 그날 애초부터 그녀를 죽이려고 집을 나섰을까요?"

나는 레니의 질문에 대답할 수 있었지만 나설 수 있는 방법이 없었어.

조시가 대신 말했지.

"기사를 보니 우발적 범죄에 가까워 보이던데요."

그 말을 들은 루비가 얼굴이 하얗게 질려서 말했지.

"리버사이드 제인이 장소와 시간을 잘못 선택한 거예요. 그 남자는 신을 대신할 기회가 왔다고 믿으면서 살인을 저지른 것이죠. 그건 운명이 아니라 그 남자의 망상이었죠. 경찰이 한시바삐 결정적인 단서를 찾아내 그 남자를 잡아주길 바랄 뿐이에요."

루비의 불안해하는 표정을 본 레니가 대화의 방향을 틀었어.

"어린 시절에는 자주 기도를 했어요. 그때만 해도 기도를 열심히 하면 하느님이 세상에서 벌어지는 나쁜 일들을 모두 막아주실 거라 믿었거든요. 하느님이 인간의 운명을 관장한다고 믿었으니까."

수가 레니의 말을 듣고 고개를 끄덕이는 동안 귀에 매달린 작은 다이아몬드 귀걸이가 반짝 빛났어.

"저도 사고 후에 리사와 영화관에 가던 그날로 돌아가게 해달라고 기도했어요. 제가 리사 대신 운전석에 앉아 충격을 흡수할 수 있게 해달라고 매달렸죠. 차라리 시간을 거꾸로 되돌려달라고 애원했죠. 그러다가 잠이 들면 꿈에서 소원이 이루어졌어요. 폭설이 내려 도로가 폐쇄되거나 밤 8시 영화표가 매진되거나 리사 대신 제가 운전석에 앉는 식이었죠. CD를 바꿔 넣느라 고개를 숙였던 그 남자는 리사 대신 나를 데려갔어요. 꿈속에서는 늘 그랬죠."

수가 잠시 멈추었다가 한숨을 쉬며 말했어.

"아무리 기도해도 달라지는 건 아무것도 없었어요."

레니가 수에게 질문했을 때 나는 오늘 밤 내 얘기는 끝이라는 걸 알게 되었지.

"만약 폭설이 내렸거나 영화표가 매진되었다면 당신은 지금 어떻게 살아가고 있을까요?"

수가 천장을 올려다보며 숨을 깊이 들이쉬었어.

"아마도 리사가 살아 있었다면 저는 아직 코네티컷의 대저택에서 살고 있을 거예요. 리사는 뉴욕에 와 있었겠죠. 남편과의 결혼 생활도 계속 이어가고 있을지도 모르죠. 돈이 많은 걸 빼면 지금보다 훨씬 시시한 삶을 살고 있을 거예요. 여름휴가를 오클랜드, 파리, 마라케시 같은 곳이 아니라 마서스비니어드에서 보냈겠죠. 데스클럽 대신 여성 독서모임에 나갔을 테고요."

수는 이제 루비를 바라보고 있었지.

"리사가 어떤 삶을 살았을지 모르겠어요. 그 아이는 열일곱 살이었고, 어른이 된 모습을 한 번도 본 적 없으니까요."

수의 이야기를 듣는 동안 나는 죽은 자가 산 자에게 어떤 영향을 미치는지 비로소 알게 되었어. 수가 가고자 했던 길은 리사가 죽고 나서 전면적으로 바뀌게 되었지. 리사가 아직 생존해 있다면 지금의 수는 존재하지 않았을 거야. 그날 밤, 폭설이 내리지 않았고, 영화표가 매진되지 않았고, 어느 남자가 CD를 바꿔 넣으려고 고개를 숙였기 때문에 수는 전혀 다른 길을 가게 되었으니까. 그러니까 정해진 삶은 없는 거야. 다양한 삶의 방식이 존재하지만 우리는 서로 영향을 끼치고 수정하고 보완하면서 낯선 길을 가는 거야. 세상에 머무는 시간이 길든 짧든 사람들은 누구나 가진 것보다 더 많이 원하며 살아가고 있다는 걸 알게 되었어.

나는 데스클럽 멤버들이 계속 이야기를 나누도록 내버려두고 처음으로 돌아갔지. 처음에는 떠올리지 못했던 질문 하나가 생각났어.

만약 내 죽음이 정해진 운명이라면, 나의 운명일까, 그 남자의 운명일까?

내가 아직 살아 있었더라면? 잭슨 선생님과 함께한 마지막 날 아침에 키스를 하고 나서 아무 말도 하지 않았더라면? 내 열여덟 번째 생일이 이불처럼 따스하게 내 몸을 감싸고 있는 그의 묵직한 체구보다 중요하지 않다는 걸 깨닫고 아무 말도 하지 않았더라면? 내가 열일곱 살이던 마지막 날에 그냥 다른 일에 신경 쓰지 않고 사랑을 나누었더라면? 내가 아직 살아 있었더라면 잭슨 선생님 옆에서 스무 살이 되고,

서른 살이 되고, 마흔 살이 되도록 함께 살아가고 있었을까? 매년 생일마다 그의 옆에서 잠을 깨며 *'79.1세에 일 년 더 다가갔어!'* 하며 만족스러워 하고 있을까?

수는 리사가 어른이 되어 살아가는 모습을 상상하기 힘들다고 했었지. 마찬가지로 나는 내가 살아 있었다면 어떤 삶을 살고 있을지 알 수 없었어.

잭슨 선생님은 우리가 처음 만난 날 오후에 이렇게 말했었지.

'몸에 옷 자국이 생기면 안 돼. 나는 피부에 자국이 나있는 걸 싫어하거든.'

그는 내 몸이 지나치게 많이 펼쳐본 지도처럼 낡고 해져도 나를 사랑했을까?

만약 내가 열여덟 번째 생일에 대해 말하지 않았더라면, 뉴욕으로 향하는 버스에 오르지 않았더라면, 노아의 집 문을 두드리지 않았더라면 어떻게 살아가고 있을까?

바보 같은 생각이었지. 나는 결국 살지 못했으니까. 그 남자는 평생 자신의 본 모습을 속이고 살아왔지만 그날 아침 내 목을 누르던 순간만큼은 속임수를 쓰지 않았지. 내가 그런 말을 하지 않았더라도 그 남자가 내 목을 쥐고 누르던 힘을 뿌리칠 수는 없었을 거야.

17

친밀감은 기하급수적으로 커지는 법이야.

문이 처음 열렸을 때 사람들은 주변을 살피며 천천히 들어가. 하지만 이내 창문이 활짝 열리고, 가구의 먼지를 털어내고, 공간이 마련되면 그 자리를 차지하기 시작해. 사람 사이의 친밀감도 그래. 처음에는 신중하고 유보적인 태도를 보이지만 경계심이 풀리면 가속도가 붙게 되지. 나 역시 노아나 태미와 그런 식으로 가까워졌으니까. 잭슨 선생님도 비슷했지. 어떤 사람과 친밀해지면 갑자기 전에는 존재한다는 사실조차 몰랐던 그가 세상의 전부처럼 되어버리기도 해.

*

루비는 문자메시지로 캐시에게 알려주었다.

뉴욕에 와서 새로운 친구들을 사귀는 데 고작 7주밖에 안 걸렸어.

캐시는 뉴욕에 혼자 간 루비가 지나치게 살인사건에 매몰되어 있는 것 같아 걱정스러웠다. 직접 시체를 목격한 살인사건 때문에 루비가 크게 놀라긴 했겠지만 한시바삐 훌훌 털어버렸으면 좋겠다고 생각했다. 그나마 새로운 친구들을 사귀었다니 바람직한 방향으로 가고 있다는 느낌이 들었다. 다음번에 어머니를 만났을 때 루비가 뉴욕에서 잘 지내고 있는지 물으면 흔쾌히 그렇다고 대답해줄 수 있을 것 같아 기분이 좋았다.

루비는 뭐든 생략하길 좋아했고, 새로 사귄 친구들이 어떤 사람들인지 캐시에게 구체적으로 말해주지 않았다. 데스클럽은 캐시의 취향과 거리가 멀었으니까. 데스클럽에서 보듯이 서로를 진심으로 이해할 수 있는 사람들만이 진실한 이야기를 나눌 수 있는 법이었다. 죽음 가까이 다가가본 경험이 한 사람의 운명을 변화시킬 수 있다는 사실을 아는 사람들만이 나눌 수 있는 대화가 따로 있었다.

(태미를 비롯한 내 고교 시절 친구들이 나서지 않고 가만있는 걸 보면 죽음으로부터 거리를 두는 경험 역시 사람을

변하게 하는 것 같다는 말을 덧붙이고 싶어.)

데스클럽 모임이 열리기 전에 몇 가지 일들이 있었다.

루비는 집 근처 영화관에서 진 켈리 회고전이 열리고, 상영작 가운데 〈춤추는 대뉴욕(On The Town)〉이 포함되어 있다는 걸 알게 되었다. 루비는 수에게 연락해 수요일 저녁에 함께 영화를 보러 가지 않겠느냐고 용기를 내 의사를 타진했다. 수가 기꺼이 같이 가겠다고 했을 때 루비는 너무 기뻐 눈물을 흘릴 뻔했다. 뉴욕을 향해 띄우는 러브레터라고 할 수 있는 영화를 관람하고 나서 두 사람은 영화관 바로 옆에 있는 바로 직행했다.

수는 자리에 앉아 리사 이야기를 해주었다.

"리사는 배우 지망생이라 여름방학 때마다 연극 캠프에 참여했고, 고교 2학년 때부터 학교에서 열리는 뮤지컬 공연의 주연을 독차지했어요. 업스테이트 뉴욕에 있는 공연예술대학에 입학할 예정이었는데 그만 자동차 충돌사고로 사망하게 되었죠. 저는 리사가 사고의 충격을 고스란히 흡수하는 바람에 이렇게 살아남게 되었어요. 리사가 살아 있었다면 당신보다 나이가 조금 더 많을 거예요."

그날 밤 수가 리사에 대한 이야기를 해주었을 때 루비는 슬픔이 깊으면 가슴에서 화석처럼 굳어버린다는 사실을 알게 되었다. 수는 가슴에서 화석처럼 굳어버린 리사를 한시도 잊지 못할 것이다. 수가 잘 아는 어린 리사는 물론이려니와 한 번도 만나보지 못한 어른 리사도.

수가 말했다.

"우리가 계속 가까이 지낼 경우 서로에게 도움이 될 것 같다는 생각이 들어요. 리사가 당신 나이가 되었더라도 엄마가 옆에 있어주길 바랐을까요?"

"당연히 그랬을 거예요."

루비의 말은 진심이었다. 두 사람이 서로 잔을 부딪치는 순간 수와 루비의 새끼손가락에 가느다란 거미줄이 휘감기더니 두 사람의 손이 멀어지자 길게 늘어났다.

어느 날 밤, 루비는 레니와 함께 루프탑 바에 갔다. 파티오 가장자리에 수영장이 있었고, 명품 옷을 입은 사람들이 덩굴에 매달린 포도송이처럼 테이블을 가운데 두고 모여 앉아 있었다. 그러다가 포도송이에서 포도가 한두 알 떨어지듯 한두 명이 따로 떨어져 나와 화장실에 가거나 바에서 가장 비싸 보이는 술을 한 잔씩 더 주문했다. 그들이 가끔씩 고개를 이리저리 돌리며 두리번거리는 걸 보면 다른 사람들을 구경하고 싶은 동시에 구경의 대상이 되고 싶어 하는 게 분명했다.

"눈 호강을 시켜주려고 데려왔어요."

루프탑에 도착했을 때 레니가 그렇게 말했다. 루비는 그 말이 맨해튼의 야경뿐만 아니라 그곳에 모인 싱글 남성들을 말한다는 걸 알 수 있었다. 두 사람은 구석 테이블에 앉아

마티니를 홀짝이며 이런저런 대화를 나누었다. 루비는 도저히 애시 이야기를 할 수 없었고, 그렇기 때문에 감색 정장에 분홍색 체크무늬 셔츠를 입은 남자들에게 관심이 가지 않는 이유를 설명할 방법이 없었다. 게다가 레니와 친해진 지 얼마 되지 않았고, 서로 깊이 알지도 못하기에 그녀가 자신을 섣불리 판단할지도 모르는 위험을 감수할 수 없었다. 루비는 애시와의 관계를 오랫동안 비밀로 지켜왔다. 그래서인지 애시 이야기를 하는 게 그에 대한 배신행위처럼 느껴졌다. 이제 막 서로에 대해 알아가는 지금 애시 이야기는 마지막까지 비밀로 간직해야 할 것 같았다.

두 사람은 저녁 8시쯤 술을 주문하려고 늘어선 줄이 길어질 때쯤 루프탑 바를 나와 다른 세상처럼 느껴지는 다이너에 들어가 맥앤치즈를 먹었다. 대화 주제는 다시 연애 문제로 옮겨갔다. 레니에게 얼마 전 채팅 앱을 깔았다가 실패한 이야기를 들려주었다.

"세상에! 예고도 하지 않고 그런 사진을 보내다니 최악이네요!"

레니가 깔깔 웃고 나서 포크를 휘저으며 물었다.

"조시는 어때요?"

"조시가 왜요?"

루비의 얼굴이 자기도 모르게 후끈 달아올랐다.

"아까 루프탑 바에서 남자들이 눈에 잘 안 들어온다고 했잖아요. 그래도 조시는 남달리 잘생긴 얼굴이라 못 본 체하기 어려울 것 같은데요?"

"조시가 잘생긴 건 알아요."

루비는 얼떨결에 조시가 잘생긴 남자라는 사실을 인정하는 바람에 그날 이후 그를 볼 때마다 야릇한 조바심이 일고 가슴이 두근거렸다. 루비는 파스타를 먹으면서 간혹 떠오르는 사람이 있다는 건 그리 나쁠 게 없다는 생각이 들었다. 굳게 잠겨 있던 문이 느리지만 조금씩 열려가고 있었다. 때로는 마음을 밖으로 꺼내기만 해도 새로운 길이 열리게 되는 법이었다.

루비가 아직 모르는 사실이 있었다. 그날 오후, 레니는 조시를 만나 커피를 마셨다. 조시는 최근에 리버사이드 제인 사건을 조사하느라 시간을 보내고 있었고, 심지어 기자의 특권을 앞세워 담당 형사에게 연락해 수사가 어떻게 진행되고 있는지 알아보기도 했다. 아직 경찰은 변변한 단서 하나 확보하지 못하고 있는 형편이었다.

"리버사이드 제인은 애초부터 이 세상에 존재한 적 없는 소녀 같아요. 아니면 마치 존재하지 않는 사람처럼 살았거나."

(내 존재를 아는 고교 시절 친구들이 여전히 입을 꾹 다물고 있는 만큼 나의 진실에 가장 근접해 있는 사람이 조시야.)

조시가 리버사이드 제인 이야기를 계속 이어가자 레니는 그가 화제를 자꾸만 루비 쪽으로 돌린다는 사실을 알아차렸다.

“당신 눈에는 루비도 수수께끼처럼 느껴지나 봐요?”

레니는 궁금증을 참지 못하고 그렇게 물었는데 조시가 아무렇지도 않은 듯 어깨를 으쓱한 걸 보면 그 사실을 인정한다는 뜻인 듯했다.

레니가 말했다.

“루비가 낯선 뉴욕에 홀로 뛰어든 것만 봐도 수수께끼처럼 보이긴 하죠. 게다가 이국적으로 보이기도 해요. 말할 때의 억양도 그렇고, 커다란 갈색 눈도 그렇고요.”

“커다란 갈색 눈이 이국적인 것과 무슨 상관이 있는지 모르겠네요.”

조시는 그렇게 말하고 나서 수줍게 웃었다. 레니는 그가 그런 표정을 짓는 걸 처음 보았다. 그가 지었던 표정만으로도 레니가 활을 쏠 준비를 하기에 충분했다. 레니는 두 사람이 사귀게 해주고 싶었다. 그녀에게는 서로 호감을 보이는 사람들을 서로 연결시켜주는 것만큼 중독성 있는 일도 없었다. 이번에는 어느 정도 창의력이 필요해 보였다. 이유를 알 수는 없었지만 두 사람 다 연애를 두려워하기 때문이었다.

그날 오후 레니는 루비와 조시를 연결시켜 주기 위해 최선을 다하기로 마음먹었다. 아마 레니는 상처받은 사람들을 서로 이어주는 일을 직업으로 삼았어도 크게 성공했을 것이다.

(사소하지만 매우 의미 있는 일들이 많았던 한 주였어. 경찰은 내 몽타주가 나온 포스터를 제작해 뉴욕 시내 곳곳에

부착했지. 하지만 아직 내 이름을 알고 있다는 제보는 한 건도 들어오지 않았어. 노아는 웨스트 82번가에 있는 경찰서 앞을 벌써 네 번이나 지나쳐 갔지만 끝내 안으로 들어가지 않았지. 경찰이 사건현장에서 채취한 DNA는 *일치 항목 없음*이라는 결과가 나왔어. 경찰은 지역과 국가 단위 데이터베이스를 샅샅이 뒤졌지만 아직 이 사건의 피해자나 가해자와 일치하는 신원을 확보하지 못했지. 내 이름과 그 남자 이름이 들어가야 할 자리는 여전히 물음표 두 개와 공란으로 남아 있어. 이런 이야기를 하는 이유는 내가 살해당하고 나서 시간이 흐르면서 어떤 사람들은 자신의 모습을 한 겹씩 드러내기 시작했기 때문이야. 그 반면 어떤 사람들은 여전히 비밀을 꽉꽉 숨기고 있지.)

루비와 조시는 다시 데스클럽 모임에 참석했다. 루비가 참석한 세 번째 공식 모임이었다. 그랜드 센트럴 호텔 〈오이스터 바〉로 들어선 루비는 머리 위 호박색 조명에 비친 아치 형태의 테라코타 타일을 보는 순간 눈이 휘둥그레졌다. 이 유명한 천장 그림을 한동안 잊고 지낸 조시도 루비의 반응을 보니 감회가 새로웠다.

"뉴욕에서는 항상 고개를 뒤로 젖히고 다녀야 하죠."

루비를 향해 그렇게 말한 조시는 고개를 돌려 자신을 쳐다보는 그녀의 눈빛이 마음에 들었다. 종업원이 두 사람을 테이블로 안내한 다음 낯선 사람이 사랑에 빠진 커플을 보았을 때 짓는 특유의 표정을 지었다. 뭔가 음모를 담고 있는 것 같으면서도 응원을 보내는 미소였다. 종업원의 표정 때문에 조시와 루비는 오늘 모임의 목적이 무엇인지 잠시 헛갈렸다.

데스클럽 멤버들이 모두 도착하고, 두 사람이 데이트를 하는 자리가 아니라는 사실이 분명해지자 종업원은 못내 아쉬운 표정을 지었다. 대개 사랑에 빠진 커플들이 일을 수월하게 해주기 때문이었다. 매일 밤 내면에 축적된 피로와 분노를 쏟아내려고 바를 찾는 직장인들이나 하나부터 열까지 일일이 설명해주어야 하는 관광객들로부터 벗어나 잠시 숨을 돌릴 수 있는 여유를 주니까.

오늘 같은 봄날 밤에는 뜨거운 로맨스가 벌어졌어도 보기 좋았을 텐데.

(〈오이스터 바〉에서 그런 생각을 하는 사람이 종업원만은 아니야.)

붉은 체크무늬 식탁에 마주 앉아 레니와 수를 기다리고 있는 두 사람은 생각보다 말이 잘 통했다. 조시는 루비에게 머리 위 천장에 그려져 있는 별자리 그림 이야기를 들려주었다.

(나는 노아에게 들어서 이미 아는 이야기야.)

1913년, 그랜드 센트럴 터미널이 개장하던 날 이곳을 지나가던 어느 아마추어 천문학자가 푸른색과 금빛이 어우러진 별자리 천장 벽화를 보더니 그림이 거꾸로 그려져 동쪽이 서쪽, 서쪽이 동쪽으로 되어 있다고 했다. 별자리 위치가 잘못되었다는 뜻이었다. 조시는 뉴욕 사람들이 가끔 저지르는 이런 종류의 실수를 사랑했다. 그랜드 센트럴 터미널 개장 당일에 이름 모를 천문학자가 고개를 들어 천장을 보았다가 푸른색과 금빛이 어우러진 그림이 잘못되었다는 걸 발견한 것이다. 그는 그날 터미널 개장을 축하하기 위해 모여들었던 사람들의 부푼 마음을 허망하게 했다.

"저는 전혀 몰랐어요!"

루비는 활짝 웃으면서 사실 자신은 오리온자리와 페가수스자리를 구분하지 못한다고 털어놓았다.

"그럼 별자리가 거꾸로 그려져 있다는 거예요?"

"그런 뜻이지만 어쩌면 애초부터 화가가 바깥에서 본 하늘을 그려낼 의도였는지도 모르죠. 천장에 그려놓은 별자리들이 거꾸로 된 게 화가의 의도였는지 단순한 실수였는지 여전히 의견이 분분하죠."

두 사람은 1913년 개장일에 담당자들이 느꼈을 당혹감을 짐작할 수 있을 것 같아 웃음을 터뜨렸다.

*

나는 기차에서 내린 아마추어 천문학자가 엄지와 검지를 턱에 대고 머리 위 천장의 그림을 훑어보는 모습을 상상해

보았어. 그 순간 마치 내가 오길 기다리기라도 한 듯 문간에 서있던 노아와 프랭클린의 모습이 머릿속에 그려졌지. 바로 그때 레니와 수가 도착했어. 그 바람에 노아와 프랭클린의 모습은 희미한 빛을 발산하다가 이내 사라져 버렸지. 데스클럽 멤버들은 다른 때와 마찬가지로 테이블을 앞에 두고 둘러앉았어. 오래지 않아 이번 모임은 평소처럼 흘러가지 않으리라는 분위기가 감지되었지.

조시와 루비가 웃고 있는 걸 발견한 레니가 뭐가 그리 재미있는지 알려달라고 했어. 조시는 별이 총총한 천장 벽화 이야기를 해주었지. 케이프 메이 솔트*와 마티니, 크렘 캐러멜이 차려진 테이블에서 오가는 이야기는 처음부터 활기를 띄고 있었지만 나는 개의치 않았어. 노아와 프랭클린을 본 뒤로 내 안에서는 형언하기 힘들 만큼 슬픈 감정이 스며들었지만 오늘 밤 데스클럽 멤버들이 즐거운 시간을 보내는 걸 내가 방해할 수는 없잖아.

레니는 생굴을 보자 얼굴을 찡그렸고, 조시는 뉴욕 사람들이 저지른 역사적인 실수에 대해 또 다른 이야기를 시작했어. 수는 메인 주 식으로 요리한 로브스터 롤을 처음 먹어보는 루비에게 바닷가재와 민물가재의 차이를 설명해 주었지. 그 모습을 보고 있자니 오늘은 죽음에 대한 이야기보다는 그런 일상적인 대화를 피하기 힘들겠다는 느낌이 들었

* 뉴저지 주 케이프 메이 카운티의 케이프 메이 솔트 농장에서 생산되는 굴.

어. 오늘 밤에는 삶과 죽음에 대한 이야기를 나누고 싶지 않다고 주장하는 사람은 없었지만 모두들 다른 주제로 대화를 나누는 것에 대해 암묵적으로 동의한 눈치였지. 나는 그들이 대화를 나누는 소리가 들리지 않는 테이블로 자리를 옮겼어.

멀찍이 떨어진 자리에서 그들을 보고 있자니 서로의 손이 스치는 모습이 보였어. 환한 미소를 주고받고, 은밀한 눈길을 주고받고, 술잔을 부딪치고, 실수로 포크를 떨어뜨려 쨍그랑 소리가 나고, 테이블보에 버터를 흘리고, 냅킨으로 입가를 닦는 모습도 눈에 들어왔지.

나는 작지만 긴 한숨을 내쉬었어. 그들은 지난주에 머리 위 그랜드 센트럴 터미널을 이용하는 승객들처럼 아주 먼 거리를 함께 여행했지. 친밀감이 커지게 되면 오늘 같은 밤에 저마다 개인적으로 원하는 이야기를 나누고 싶을 수도 있어. 멤버들의 돈독해진 친밀감이 좋게 보이긴 해도 노아와 프랭클린을 본 이후로 내 안에 깃든 슬픔이 사라지지 않고 있어서 문제야. 내가 이런 기분으로는 멤버들이 마주보고 앉은 식탁에서 함께 어울릴 수 없다는 걸 잘 아니까. 내가 살아있는 사람들 틈에 섞여 나의 현재와 지난날 이야기를 할 수는 없으니까. 그들이 서로에 대해 깊이 알아가고 함께 어우러져 지내는 동안 나는 죽은 소녀이자 리버사이드 제인으로 남아 있을 테니까. 내가 죽은 지 어느새 한 달이 지났어. 요즘은 사람들의 흥미를 충족시킬 수 있을 만큼 새로운 소식이 없었지. 그래서인지 내 사건은 이미 시들해진 뉴스거리가 된 기분이야.

나의 과거를 아는 사람들은 여전히 아무도 나서지 않고 있어. 내 사건이 TV 뉴스에도 나오고, 여러 신문에서 기사로도 다루었지만 내 친구들이나 잭슨 선생님은 아직 제보 전화를 하지 않았지. 그들은 아직 휴대폰의 숫자 버튼을 누를지 말지 결정을 내리지 못했나 봐. 오늘 밤 데스클럽 멤버들이 내 이야기를 뒤로 미뤄두고 다른 이야기를 했듯이 나에 대해 알고 있는 사람들은 몇 주째 나를 외면하면서 침묵을 지키고 있지. 그들은 *'리버사이드 제인이 앨리스면 어쩌지?'* 하는 생각을 하다가도 곧바로 고개를 절레절레 저으며 아니라고 단정 짓기 일쑤야.

내가 죽고 나서 세상을 바라보니 뭐든 제대로 된 게 없다는 걸 느끼게 되었어. 사람들 사이의 사랑도 툭하면 크게 흔들리고, 아예 거꾸로 뒤집히기도 해. 동쪽이 서쪽이 되고, 서쪽이 동쪽이 되기도 해. 사랑의 자리 바꾸기가 너무 빈번하게 벌어져. 그러다가 고개를 들면 한때 별들이 반짝이던 자리에 텅 빈 허공만이 남아 있어.

*

루비의 뉴욕 생활은 점점 더 즐거워지고 있었다. 이제는 친한 친구들이 있어 이전처럼 외롭지 않았다. 어제 같은 날은 모처럼 행복하다는 생각이 들 정도로 기분이 좋았다. 하지만 리버사이드 제인을 생각하면 여전히 마음이 무거웠다. 꿈에 나타난 제인은 피투성이 얼굴로 제발 자기를 외면하지 말아달라고 애원했다.

루비는 슬픔이 무엇인지 알고 있었다.

슬픔과 기쁨이 공존할 수 있을까? 슬픔 속에 깃든 기쁨을 멀리 떨쳐버리는 것만이 바람직한 해결책일까? 이런 모순을 어떻게 극복해야 할까? 기쁨과 슬픔을 동시에 끌어안는 방법은 없을까?

*

마침내 태미가 경찰서에 제보 전화를 했어.

태미는 한시도 나를 잊지 않고 있었지만 경찰에 제보하기까지 제법 많은 시간이 걸렸어. 잭슨 선생님과 달리 태미는 신문을 보지 않아. TV 뉴스에도 관심이 없어서 한동안 뉴욕에서 발생한 리버사이드 제인 사건에 대해 전혀 모르고 지냈어. 태미는 아버지가 술을 마시지 못하도록 감시하는 한편 라이가 문제를 일으키지 않도록 관리하느라 바쁘기도 했지. 두 남자가 허구한 날 태미에게 기대는 바람에 많은 기력을 소진하기도 했어. 낮에는 할 일이 너무 많았고, 밤에는 다음 날 해야 할 일을 준비하느라 정신없이 몇 주를 흘려보낸 거야. 그렇게 지내다 보니 내 안부를 미처 확인해보지 못했지. 태미는 내가 아직 잭슨 선생님 집에 있을 거라고 철석같이 믿고 있었으니까. 잭슨 선생님이 예상보다 일찍 집에 도착하는 바람에 내가 서둘러 전화를 끊어버린 적이 있었는데 설마 그게 마지막 통화가 될 줄은 미처 몰랐어. 아무튼 그때 태미는 내가 일방적으로 전화를 끊는 바람에 기분이 조금 상하기도 했었지. 내가 잭슨 선생님에게 빠져 친구를 소홀하게 여기는 것처럼 보였으니까. 물론 화가 치밀어 나를 외면할 정도는 아니었지만 내 생일에 문자메시지를 보내지 않을 만큼은 기분이 상해 있었지. 물론 태미는 내가 기분이 상했냐고 물을 경우 아니라고 대답했을 거야. 하지만 태미는 잠시 나를 옆으로 밀쳐두고 다른 일에 집중할 만큼은 기분이 나빴던 게 분명해.

내가 필요하면 앨리스가 먼저 연락하겠지.

태미는 그렇게 생각한 거야. 세상일이란 게 대부분 다 그러니까.

오랜 친구가 당신의 삶에서 이렇게 쉽게 빠져나가는 경우도 있다는 걸 명심해. 잊는다는 건 다른 말로 표현하자면 지나치게 오래 기다리는 것이기도 하니까.

내가 시체로 발견되고 나서 제법 많은 시간이 흐른 어느 날, 태미는 온라인 패션 잡지를 보다가 최근 발생한 미해결 사건 기사를 읽게 되었어.

연쇄살인범은 지금도 거리를 활보하고 있을까?

바로 그 기사에 내 얼굴을 그린 몽타주가 있었지. 태미는 문득 이상한 생각이 들어 눈을 감고 기사에 실린 몽타주와 내 얼굴을 겹쳐보았어. 아무리 생각해도 몽타주와 내 얼굴의 눈, 코, 입이 너무나 비슷했지. 하지만 태미는 *'앨리스가 저렇게 얌전한 표정을 지은 적은 없잖아.'* 하고 생각했고, 결국 고개를 저으며 내가 아닐 거라고 결론 내린 거야.

리버사이드 제인은 뉴욕에 사는 여자인데, 나는 잭슨 선생님과 함께 지내고 있을 테니까. 하지만 끝내 마음이 불편했던 태미는 내 휴대폰으로 전화를 걸었어. 한 달 전, 태미는 내가 걸었던 전화를 받지 못했고, 그 뒤로는 연락을 주고받은 적이 없었지. 태미는 잡지에서 몽타주를 본 이후 내게 전화를 걸었는데 곧바로 음성사서함으로 넘어가는 바람에 이상하다는 생각이 들었어.

안녕하세요, 앨리스 리입니다. 메시지를 남겨주시면 최대한 빨

리 연락드릴게요!

그제야 태미는 경찰서에 연락해 봐야겠다고 생각했어.

경찰서에 전화해 뭐라고 말해야 하지?

아, 안녕하세요. 리버사이드 제인의 몽타주를 봤는데, 저랑 가장 친한 친구와 많이 닮아서 연락했어요. 그 아이가 어디 사느냐고요? 요즘에는 잘 모르겠어요. 아마도 뉴욕? 전부터 뉴욕에 가고 싶다는 말을 많이 했거든요.

경찰이 집으로 찾아오면 뭐라고 하지?

태미는 남자친구와 형제들, 아빠에 대해 숨길 게 많았거든.

그러니까 내가 계속 잭슨 선생님과 잘 지내고 있을 거라고 믿는 편이 훨씬 쉬웠던 거야.

하지만 태미는 지난주에 갑자기 기온이 올라가고, 회색 하늘이 호수 위로 낮게 드리워진 날 차를 운전해 우리가 살던 동네를 찾아갔어. 라이에게는 엄마를 만나 돈을 얻어오겠다고 둘러댔지. 태미가 차에 기름을 넣으려고 마을 외곽에 있는 주유소로 들어갔을 때 하필이면 휴대폰을 들여다보며 서있는 잭슨 선생님을 발견했어.

태미는 차창을 내리고 반갑게 인사를 건넸지.

"잭슨 선생님, 안녕하세요? 앨리스는 어떻게 지내요?"

나중에 그 이야기를 할 때 태미는 잭슨 선생님이 펄쩍 뛸 정도로 놀라더라고 했어.

"그 사람의 얼굴에 가득 드러나 있던 죄책감을 보았어야 해요. 그 사람은 *'도대체 무슨 이야길 하는 건지 모르겠구나!'* 하는 표정으로 꽁무니를 빼기도 했죠."

그날, 태미가 그의 표정에서 발견한 건 공포였어. 태미는 느낌이 이상해 최대한 빨리 집을 향해 차를 몰았지. 예전에 쓰던 방으로 들어간 태미는 곧바로 우리가 수년 동안 찍은 사진들을 찾아보았어. 내 사진을 찾아낸 태미는 사진 속에서 아무 생각 없이 웃고 있는 내 얼굴을 보고 확신하게 되었지. 내가 아무런 말도 없이 연락을 끊어버릴 리 없다고. 내가 그렇게 사라져버릴 아이가 아니라고.

만약 내가 죽지 않고 살아 있었다면 말도 없이 태미와 연락을 끊어버리지는 않았을 거야. 아무튼 태미는 엄마에게 달려가 침대에 나란히 누운 다음 휴대폰으로 리버사이드 제인 사건 기사를 찾아내 보여주었어.

"엄마, 앨리스에게 나쁜 일이 일어난 것 같아요."

태미는 알고 있는 사실들을 전부 엄마에게 털어놓았어.

나는 머지않아 발견될 거야.

그 남자도.

18

살해된 날 아침에 나는 기모가 있는 회색 스웨트팬츠를 입고 있었어. 바짓단이 해지고 허리에 고무줄이 들어있어 편안하게 착용할 수 있는 바지야. 내가 입고 있었던 팬티는 작은 하트 표시와 분홍색으로 VS라는 글자가 적혀 있는 연하늘색 빅토리아 시크릿 제품이었어. 20달러에 다섯 개씩 묶어 파는 팬티였지. 위에는 검은색 브라를 착용하고 있었고, 보라색 티셔츠를 입고 있었지. 그 위에 가볍고 포근한 보라색 파카를 걸치고 있었어. 상의는 보라색 일색이었지. 강가의 자갈밭으로 내려와 그와 몸싸움을 벌이는 동안 새것이나 다름없던 운동화에 진흙이 잔뜩 달라붙었어. 루비가 나를 처음 발견했을 때 나는 하의는 벗겨진 채 브라와 티셔츠만 입고 있었지. 경찰은 내 금발머리와 오렌지색 매니큐어를 칠한 손톱, 착용하고 있는 옷을 근거로 내가 속한 사회계층, 직업, 그날 아침 그곳에 갔던 목적을 유추했어.

사라진 옷들을 넣은 배낭이 시내의 어느 체육관 건물 지하에 있는 개인 사물함에서 발견되었어. 매일 수백 명에 가까운 사람들이 사물함 앞을 오갔지. 그들 가운데 리버사이드 제인 사건에 대한 기사를 빼놓지 않고 읽은 사람들도 많았어. 심지어 나를 위해 마련된 추모제에 왔던 사람들도 한두 명 있었지. 추모제에 참석한 그들은 나이 어린 소녀에게 몹쓸 짓을 저지른 범인에 대해 분노를 표하기도 했어. 그들은 도시 외곽으로 향하는 지하철을 탈 때마다 열차 안에 있는 남자들을 유심히 살피기도 했지. 혹시 나를 살해한 범인일지도 모른다고 생각하면서. 그런 그들이 하루에 10번씩 사물함 앞을 무심코 지나쳐버린 거야. 스웨트팬츠, 속옷, 운동화, 재킷에 내 혈흔이 남아 있었는데 너무 오래되어 마치 녹이 슨 것처럼 보였어. 빈티지 라이카 카메라는 있었지만 주마르(Summar) 렌즈는 사라지고 없었지. 그 남자는 몇 주 사이에 두 번이나 도둑맞은 라이카 카메라를 비닐로 싸맨 다음 비밀번호가 0415인 지하 사물함 안에 넣어두었던 거야.

모든 수수께끼에는 답이 있는 법이야. 문제를 풀기까지 많은 시간이 걸릴지라도. 태미의 진술, 글로리아 D의 DNA 검사 결과, 잭슨 선생님의 증언이 나를 찾아내는 데 결정적인 역할을 했어.

"나는 그 아이가 태미 집에 있는 줄 알았어요."

잭슨 선생님은 그 말이 나에 대해 무관심했던 것에 대한 변명이라도 된다는 듯이 그렇게 주장했지.

오번 형사는 나를 아는 지인들의 증언, 자잘한 단서들을 하나로 합친 끝에 처음으로 내 진짜 이름을 소리 내어 말할 수 있게 되었지.

"앨리스 리, 누가 너에게 그따위 몹쓸 짓을 했니?"

경찰이 내 신원을 밝히고 나면 수사를 종결할 거라고 의심했어. 내 신원이 경찰이 매달리는 수수께끼라고 생각했으니까. 하지만 오번 형사에게는 본격적인 수사로 접어드는 시작일 뿐이었지. 내 이름은 단서일 뿐이었고, 허드슨 강가의 자갈밭에서 일어난 사건의 퍼즐을 푸는 게 그의 최종 목표였어.

오번 형사의 질문 상대는 나였지. 마치 나에게도 이 문제에 대한 발언권이 있다는 듯이.

"앨리스, 어떻게 해야 그 빌어먹을 놈을 잡을 수 있을까? 대체 우리가 뭘 놓쳤을까?"

*

오번 형사와 달리 루비는 이제 범인에 대해 가급적 생각하지 않으려고 애썼다. 이제는 큰 소음을 들어도 깜짝 놀라지 않았고, 식료품점에서 과자를 사거나 브로드웨이에서 보드카를 살 때 남자들이 인사를 건네면 활짝 웃어주기까지 했다. 루비는 이제 낯선 사람을 의심의 눈길로 바라보고 싶지 않았다. 아는 사람을 한 손으로 모두 꼽을 수 있는 이 도시에서 대부분이 낯선 사람이었으니까. 그럼에도 범인에 대한 생각은 그녀의 머릿속에서 쉽게 사라지지 않았다. 범인이 그림자를 드리우고, 의식의 귀퉁이에 스며들었다가 사라지는 뒷모습이 눈에 선했다.

루비는 범인에 대해 너무 깊이 생각하지 않으려고 애썼다. 그녀는 나와 깊이 연결되어 있듯이 범인과도 회피할 수 없는 사이가 되었다는 걸 알고 있었다. 범인과의 사이에 아직 해결되지 않은 과제가 있다고 느꼈다. 루비는 가끔 그 끔찍한 범죄를 저지른 범인을 눈앞에서 마주하면 어떻게 대처할지 생각해 보았다.

*

오번 형사의 질문을 받고 나서 나도 가끔 그런 생각을 했어.

조시가 데스클럽 멤버 중에서 가장 처음으로 내 이름을 불러주었지.

"앨리스 리."

경찰은 내 신원을 공식적으로 발표했어. 내 인생이 몇 줄 안 되는 목록으로 압축되었지. 중서부 작은 마을에서 한 달 전 뉴욕에 옴, 부모 없음, 직업이나 머무는 집 주소 없음, 살인에 대한 단서 없음, 그날 아침, 무슨 일 때문에 리버사이드 파크에 가게 되었는지 알 수 없음.

그나마 리버사이드 제인이 앨리스 리라는 사실이 밝혀졌고, 오번 형사 말대로 이제부터 본격적인 수사가 시작되었어.

앨리스 리.

조시는 곧 대중들에게 공개될 내 사진을 유심히 바라보았어. 눈이 하늘처럼 푸르고, 콧잔등에 주근깨가 점점이 박힌 소녀로 그의 눈에도 예쁘고 착해 보였나 봐. 그는 사진에 나온 내 얼굴과 강가에서 일어난 사건을 연관 지어보려고 했지만 도저히 불가능했어. 내가 행복한 표정을 짓고 있었거든. 사진을 찍으면서 끔찍한 미래를 떠올릴 사람은 없을 테니까.

조시에게 나에 대한 정보를 알려준 사람은 《데일리 뉴스》에서 일하는 기자야. 9·11 테러사건 직후 뉴욕이 온통 충격에 빠졌을 조시는 그녀와 한두 번 같이 잔 적이 있었지.

"드디어 당신이 그토록 관심을 보였던 리버사이드 제인의 신원이 밝혀졌어. 경찰이 신문사에 제공한 사진을 문자로 보내줄게. 고마우면 다음에 저녁이라도 사."

그날 밤, 조시는 기자 대신 루비에게 저녁식사를 함께하자고 제안했어. 그는 무슨 이유를 대고 저녁식사 제안을 하면 좋을지 고심하다가 말했지.

"리버사이드 제인에 대해 해줄 말이 있어요."

루비가 링컨센터 근처 이탈리아 식당으로 들어와 조시가 앉아 있는 자리로 다가왔어. 조시는 그녀를 본 순간 휴대폰을 꽃다발처럼 흔들어 보이며 반갑게 맞았지.

활짝 웃는 내 얼굴이 조시의 휴대폰 화면을 가득 채우고 있었어.

"제인이에요?"

루비가 스툴에 앉아 내 사진을 보았어. 몇 주 전부터 기다려왔던 순간이야. 루비는 내 신원이 밝혀져 크게 안도하는 한편 도저히 눈물을 참기 힘들었지.

"앨리스 리."

루비는 처음으로 내 이름을 부르고 나서 눈물을 터뜨렸어. 나는 루비에게 다가가 내가 늘 곁에 있었다고 말해주고 싶었지만 아쉽게도 불가능한 일이었지. 만약 그런 일이 가능했다면 루비를 으스러지도록 끌어안아 주었을 거야.

루비와 조시의 몸이 점점 가까워지고 있어. 그들은 다른 바로 옮겨와 벨벳 커튼 뒤에 하나밖에 남지 않은 자리에 앉았지. 그때 루비의 머릿속에서 내 시체를 발견했던 날 허름

한 바에서 보았던 젊은 커플의 모습이 떠올랐어. 큰 충격을 받아 몹시 힘들고 두려웠던 그날 여자는 남자의 다리에 발을 올려놓고 있었지. 사랑을 시작한 지 얼마 되지 않은 커플의 파릇파릇하고 반짝반짝 빛나던 모습이 새삼 떠오른 거야.

루비는 마음속으로 생각했어.

오늘 내가 그때 보았던 연인들처럼 반짝반짝 빛날 수 있을까?

루비와 조시는 밤새도록 나에 대한 이야기를 나누었지. 내 사진을 몇 번이나 거듭 들여다보며 나에 대해 알고 있는 짤막한 사실들에 살을 붙여가며 내 짧은 인생이 어땠을지 상상했어. 맨해튼이 세 잔째 나왔을 때 내 인생은 그들의 상상에 따라 몇 가지 버전으로 나뉘었지. 나는 맨해튼을 마시다가 입 안에 체리를 머금었던 기억이 떠올라 그들에게 말도 안 되는 상상의 결과를 속삭였어.

조직폭력배의 여자친구! 도피 중인 상속녀!

그들은 바에 울려 퍼지는 재즈 소리 때문에 내가 장난스럽게 속삭인 말을 알아듣지 못했어. 루비가 조시에게 말하길 내가 *진짜* 어떤 사람이었는지 알 수 있는 기회가 주어졌으면 좋겠다고 했지. 나 역시 그런 자리가 마련되길 간절히 원했어.

조시는 저녁을 먹으면서 나름 내 사건에 대해 조사를 했다고 털어놓았지. 친구들과 언론계의 친분이 있는 사람들에게 내 이야기를 하고 협조를 구했다고 하더군. 조시는 내 사건에 대한 관심을 갖게 된 건 감정적인 이유 때문이 아니라 풀리지 않는 수수께끼 때문이었다고 했지만 나는 그의 진실이 뭔지 잘 알아. 그가 내 사건에 관심을 갖게 된 이유는 순전히 루비에게 다가가고 싶었기 때문이야.

조시가 루비를 바라볼 때마다 늘 내 눈에 띄는 모습이 있어. 〈오이스터 바〉에서 루비를 만난 이후 조시의 귀 아랫부분에서 파란빛이 환하게 뿜어져 나오기 시작했지. 파란빛은 그의 턱 선을 타고 내려와 목을 거쳐 가슴으로 흘러들어간 이후 온몸으로 펼쳐져 나갔어. 조시는 자신의 성적 욕망이 있던 자리에 어둠만이 남아 있을 뿐이라고 생각해 왔지만 전혀 근거 없는 억측이었지. 그의 갈망은 어둠의 안쪽 깊은 곳에 여전히 새파랗게 살아 있었으니까.

사랑에 빠지면 우리의 몸 깊은 곳에서 욕망이 되살아나.

나는 조시에게 그렇게 말해주고 싶었어. 사랑의 욕망이 당신의 무기력한 일상을 벗어던지게 만들어줄 거라고. 나는 집게손가락으로 그의 귀, 목, 가슴으로 흐르는 파란빛을 짚어주고 싶었어. 정맥이 퍼져나가듯 폭발해 흩어지는 파란빛을 따라잡으려면 열 손가락을 다 써도 모자랄 지경이었지.

나는 이렇게 말해주고 싶었어.

당신이 사랑할 여자가 바로 여기 있어.

당신이 말하는 동안 고개를 한쪽으로 살짝 기울인 그녀의 귀여운 자취, 감동을 받을 때마다 촉촉해지는 눈, 셔츠 아래에 숨겨진 그녀의 볼륨 있는 몸매, 무심결에 천에서 빠져나온 실밥을 잡아당길 때마다 자기도 모르게 당신을 끌어당기고 있는 그녀의 시선이 당신의 사랑을 기다리고 있어.

살아있는 사람들 모두가 파란빛, 그러니까 피부 아래에 그려진 도시의 지도를 볼 수 있다면 모두들 경이로워 어쩔 줄 몰라 할 거야. 루비와 조시를 볼 때 초조감과 기대감은 비슷해 보이지만 사실은 많이 다른 감정이야. 초조감이 흐르는 강물이라면 기대감은 섬세하게 하나씩 톡톡 터지는 작은 물방울이야. 기대감은 우리의 몸에서 유리잔에 담긴 샴페인처럼 보석을 닮은 금빛 기포들을 자꾸만 위로 솟아오르게 해주지. 아름답지 않아? 우리의 몸 안에 이토록 큰 기쁨을 담을 수 있다는 것이.

"고향 친구들은 저를 이해하지 못할 거예요."

방금 전 그 말을 한 루비의 몸 안에서도 보석 같은 금빛 기포들이 생성되고 있어. 그들은 이제 데스클럽 이야기를 나누고 있지. 인간의 죽음과 죽어가는 모습에 대해 공유하는 매혹적인 이야기.

"호주에 있는 친구들이 요즈음 제 모습을 좋아할지 모르겠어요. 아마 저를 문제적 인간이라고 생각할 수도 있을 거예요."

조시도 자신에 대해 털어놓았어.

"사고 이후, 저 역시 사람들이 어울리기에 부담스러운 인물이 되었나 봐요. 저에 대해 누구보다 잘 알고 있었던 그녀의 눈에는 특별히 더 당혹스럽게 보였겠죠."

루비가 눈썹을 치켜 올리며 물었어.

"전 부인 이야기를 하시는 거예요?"

그 말에 조시가 인상을 살짝 찌푸렸지.

"그녀는 이전과 달라진 저를 받아들이지 못했어요. 그게 아니라면 저의 달라진 모습에 당혹스러워하는 그녀를 제가 잘 받아들이지 못한 것이었든지. 아무튼 원인은 둘 중 하나겠지만 우리 사이는 결별로 귀결되었어요."

"이혼도 일종의 죽음이라고 하는 사람들도 있더군요."

루비는 잠시 망설이다가 그렇게 말하고는 팔을 뻗어 테이블 너머에 있는 조시의 손을 잡아주었어.

"세상이 이미 한 번 크게 뒤집힌 상태였을 텐데 그런 일까지 겹쳐 더욱 힘들었겠네요."

조시는 뭔가 말하려는 듯 입을 열었다가 말없이 고개를 저었어.

그가 한참 동안 침묵을 지키다가 겨우 말했지.

"이제는 다 지난 일이죠. 우리 두 사람 모두에게요."

루비는 그의 손을 놓아주고 대화의 방향을 바꾸었어.

"여태껏 왜 아무도 앨리스가 실종된 사실을 몰랐을까요?"

"앨리스를 잘 알고 있던 사람들에게 뭔가 숨겨야 할 게 있지 않았을까요? 앨리스를 안다고 나섰다가 불이익을 당할까 봐 걱정스러웠겠죠."

그렇게 두 사람은 나에 대한 이야기를 다시 시작했어. 조시가 내 주변 사람들에 대해 거의 정확하게 예측하는 바람에 화가 나기도 했지,

아예 나를 밀어내버린 사람들도 있어. 나를 찾는 걸 포기하거나 아예 시도조차 해보지 않은 사람들이지. *나로부터* 거리를 두고 싶어 했던 사람들. 나에게 나쁜 일이 일어난 게 기정사실처럼 분명해진 이후에도 그들은 입을 꾹 다물고 있었어.

아마 이제부터 더욱 힘들어질 거야. 많은 사람들의 입에서 내 이름이 오르내리게 될 테니까.

밤이 점점 깊어가고 있는 가운데 두 사람은 내가 꼭 해보고 싶었던 한밤의 데이트를 즐기고 있어. 혀끝에서 느껴지는 맨해튼, 실내에서 흐르는 재즈, 몸속에서 흐르는 짜릿한 전류가 그들과 함께하고 있지.

나는 문득 작은 도전을 해보고 싶다는 충동을 느꼈어. 내

가 아직 사람들에게 조금이나마 영향력을 발휘할 수 있는지 확인해보고 싶었지. 시험 삼아 그들의 앞자리에 앉아 루비의 무릎을 툭 건드렸어. 루비가 아무런 반응을 보이지 않아서 이번에는 지금껏 나를 실망시킨 사람들에 대해 느끼고 있는 분노의 힘을 모두 끌어 모아 조금 더 세게 건드렸지. 루비는 여전히 꼼짝도 하지 않고 자리에 앉아서 손가락으로 칵테일 잔을 어루만지고 있을 뿐이야. 이번에는 조시의 귓불을 살짝 잡아당겼어. 역시 꼼짝도 하지 않았지. 그 순간 루비의 다리에 닿은 그의 다리를 잡고 움직이지 못하도록 꽉 잡았어. 비로소 조시는 뭔가 감각을 느낀 게 분명했지. 당황한 표정으로 자신의 다리를 내려다보며 살짝 고개를 갸웃거린 걸 보면.

처음으로 내 힘으로 영향을 미친 사람이 죽었다가 다시 돌아온 남자라는 게 신기하지 않아?

나는 유리잔을 만지작거리고 있는 루비의 손가락을 떼어 내 조시의 입술에 대주고 싶었어. 조시에게는 내 말이 들릴 수도 있다는 생각을 하면서 소리쳤지.

당신들을 위한 밤이야. 맘껏 즐겨.

내 말은 조시에게 전달되지 않고 바를 가득 채운 색소폰 소리가 되었을 뿐이야.

당신들을 위한 밤이야.

이번에는 더 크게 말하자 바의 커튼이 살짝 흔들렸어.

저질러버려!

내가 또다시 고함을 치자 그들 사이에 놓인 촛불이 일렁거렸지. 내 목소리는 색소폰 소리, 촛불, 커튼에 닿았어. 가볍게 닿았을 뿐이었지만 오래 머물렀어. 나는 한 남자의 온몸을 타고 푸른 강물을 밀어 보내는 불꽃을 닮아가고 있어.

나에게 새로운 감각과 힘이 생긴 느낌이야. 세상을 내가 원하는 방향으로 움직이게 할 수 있는 능력이 생긴 거야. 매우 각별한 기분이야. 그야말로 어마어마해. 그토록 오랫동안 시달려온 끝에 비로소 나는 어디로 가야할지 정확하게 알게 되었어.

나를 죽인 남자는 허드슨 강가에서 고작 한두 블록 떨어진 자기 방에 앉아 있어. 밤바람이 휘파람 소리를 내며 불어오자 촛불이 일렁거렸어. 그는 담배를 깊이 빨아들였다가 내뱉은 연기가 소용돌이를 일으키는 모습을 바라보고 있었지. 그는 그날 자신이 얼마나 강한 존재였는지 생각하며 만족해했어. 나는 그의 파렴치한 생각에 분노가 치밀어 올라 번개와 천둥으로 그가 앉아있는 의자가 흔들리게 했지. 나의 분노가 그의 방 안을 가득 채웠어. 그가 나에게서 빼앗아 간 팔다리, 머리카락, 뼈, 치아가 오래지 않아 그의 집 문을 두드리게 될 거야.

*

다음날, 루비는 조시에 대한 생각을 멈출 수가 없었다. 어젯밤에 그는 허드슨 강가에서 죽은 소녀의 이름을 알려주었다. 그들은 재즈가 흐르는 바에서 밤늦도록 이야기를 나누었고, 부슬비가 내리던 새벽 2시 30분에 밖으로 나왔다. 루비가 택시를 타기에 앞서 조시가 몸을 기울여 그녀의 비에 젖은 뺨에 키스했다. 루비가 그의 목을 잡고 입술에 키스하는 순간 그가 몸을 바짝 밀착시켜왔다. 조심스럽고 짧은 키스였지만 루비는 택시를 타고 집으로 돌아오는 동안 자꾸만 터져 나오는 웃음을 멈출 수 없어 한 손으로 입을 가려야 했다. 그녀가 자꾸 혼자서 웃자 택시 기사도 재미있다는 듯 따라 웃어주면서 즐거운 시간을 보낸 손님을 모시게 되어 기분이 좋다고 했다.

어젯밤에는 기분이 좋았지만 오늘은 어떻게 되는 거지? 혹시 그가 술기운 때문에, 비가 와서, 어쩌다 보니 키스를 하게 된 건 아니었을까? 아침 해가 떠오른 지금 간밤에 벌어진 일을 민망해하며 한 발 뒤로 물러서야 할까?

루비는 서른여섯 살에 이렇게 복잡하게 생각할 필요가 있을까 하는 생각이 들었다. 조시는 어젯밤 루비가 집에 무사히 도착했는지 확인하는 문자메시지를 보내주었다. 분명 좋은 징조였는데 오늘 아침에는 편안하게 잘 잤는지 묻는 문자메시지를 보내지 않았다. 어젯밤, 조시와 키스하는 순간 몸 안에서 나비 떼가 날아다녔다. 나비들이 얼마나 오랫동안 몸 안에서 날개를 접고 있었으면 기쁨을 주체하지 못하고 한꺼번에 날아올랐을까? 그때 조시도 나비의 감각을 느꼈는지는 알 수 없었다. 루비는 그가 자신을 어떻게 생각하는지 알 수 없어 답답했다. 상처가 있던 자리는 쉽게 말랑말랑해질 수 없었다. 다른 도시로 떠난다고 해서 상처가 저절로 아무는 건 아니었다. 오래도록 반복한 습관과 생각은 끈질기게 따라다니는 법이었다.

어젯밤, 조시와 키스한 시간은 길어 봐야 1초도 되지 않을 만큼 짧았지만 환한 세상이 열리고 있다는 기분을 느끼기에 충분했다. 루비는 택시에서 내려 집으로 걸어가는 동안 혀끝에 남아 있는 키스의 여운을 느끼며 양 팔을 활짝 벌리고 맴을 돌았다. 영화에서 수없이 많이 보았던 장면인데 직접 해보니 기분이 각별했다.

(우리는 어젯밤에 비밀의 커튼을 젖히고 진실을 한 겹씩 드러낸 셈이야.)

오늘은 아무 일도 일어나지 않았다. 애시가 보낸 문자메시지를 받았을 뿐이었다.

안녕, 일어났어?

답장을 보내지 않고 무시했다. 애시에게 자꾸만 입 밖으로 튀어나오려고 하는 그 이름을 말하고 싶지 않았다.

(루비는 그에게 조시 이야기를 *할 수 없을 거야.* 나는 이야기하길 바라지만. 각자 상대에게 연락이 오길 간절하게 기다리는 조시와 루비의 모습을 본다면 누구나 그들이 서로에게 어떤 감정을 갖고 있는지 알 수 있을 거야.)

사람들은 저마다 열망을 간직하는 곳이 있었다. 조시는 손끝에 열망을 간직했다. 열망이 감당할 수 없을 만큼 커지면 조시는 초조하게 엄지와 검지를 문지르거나 양손을 펼치고 손을 비비거나 손가락 관절마디를 딱딱 소리가 나도록 꺾었다. 어떤 여자에게 다가서려고 할 때 조시의 열망이 얼마나 큰지 확인하려면 손을 주시하고 있으면 알 수 있었다. 그 반면 루비의 열망은 팔에 깃들어 있었다. 열망이 깊어지면 그녀는 팔을 흔들어 뜨거운 감정을 털어버리려고 했다.

그들은 강렬한 열망을 어떻게 표현하고 추슬러야 하는지 모르는 사람들이었다. 열망을 관철시키거나 벗어나려고 할 때 그 사이에 끼어 있는 작은 감정들을 어떻게 처리해야 하는지 갈피를 잡지 못하는 편이었다.

조시는 하루 종일 손가락을 꼼지락거리고 있었고, 루비는 그 사실을 전혀 알 수 없었다. 루비가 집 근처 세탁소 건물 입구의 계단에서 단단히 팔짱을 끼고 앉아 세탁물 건조가 끝나기를 기다리고 있을 때 조시에게서 연락이 왔다.

하루 종일 연락이 오길 기다렸으면서 휴대폰이 울리는 순간 루비는 화들짝 놀랐다.

루비, 어젯밤에는 정말 고마웠어요. 마지막 장면은 좀 예상 밖이었지만 멋진 시간이었죠. 미리 해주었어야 하는 이야기가 있는데 늦었지만 지금이라도 해야겠네요. 저는 아직 혼인 상태를 유지하고 있어요. 별거 중이지만 법적으로는 아직 부부 사이죠. 오늘 밤, 만나서 그 이야기를 나눌 수 있을까요?

루비는 깜짝 놀라 휴대폰을 떨어뜨렸다. 휴대폰이 바닥에 부딪치면서 요란한 소리가 났다.

사실 나조차도 예상하지 못한 일이었어.

19

사람들이 내가 누군지 알게 된 이후 고약한 일들이 벌어지기 시작했어. 이전과는 *모든 게* 달라졌지. 사람들은 내 삶을 속속들이 파헤치려고 들었어. 세상 사람들이 '죽은 소녀'에 대해 흥미를 잃지 않게 하려면 커다란 갈고리가 필요했지. 그들은 소녀가 살해되었다는 것만으로는 사람들의 시선을 끌어 모으기에 충분하지 않다고 판단했는지 내가 살아온 날들을 파헤치고, 들쑤시고, 내 뼈를 헤집어 놓으려 하고 있는 중이야. 황색 저널리즘 기자들과 편집자들은 내 죽음이 불러온 충격파와 비극성을 질리지도 않고 보도하느라 여념이 없어.

나의 과거는 사이비 기자들의 일을 수월하게 만들어 주었어. 엄마는 자살로 생을 마쳤고, 아빠는 아예 누군지도 모르고, 심심풀이 땅콩으로 삼기에 좋은 작은 마을에서의 내 삶이 여지없이 기사로 도배되었지. 나와 함께 학교에 다녔던 동창생들이 추정하는 내 죽음의 원인에 대한 가설들도 세상 사람들의 호기심을 자극하기에 부족함이 없었어. 그들이 파헤치고 있는 내 과거의 결론들은 하나같이 실망스럽기 그지없었지. 나는 모범생이었고, 성적이 우수했고, 그들이 기대하는 만큼 남학생들과의 관계가 난잡하지 않았으니까. 나는 학교에 다니는 동안 단 한 번도 떠들썩한 사건에 연루된 적이 없었으니까. 허드슨 강가의 자갈밭에서 그 일이 있기 전까지는.

잭슨 선생님은 스튜디오에 앉아 노크 소리가 들려오길 기다렸어. 그는 목탄이 묻은 손가락을 비비꼬고 있었고, 조금 전에는 벽장 안 상자에 숨겨둔 사진들이 바닥을 보도록 뒤집어 놓았지. 그는 그 사진들을 버릴 생각은 없었어. 사진을 땅에 묻어버리거나 태워버려야 마땅하다는 생각이 들었지만 결국 시도하지 못했지. 내가 그 집을 떠난 이후 그는 내 사진을 꺼내본 적이 없었어.

그날 그가 외출했다 돌아와 보니 집이 텅 비어 있었지. 머릿속을 차분하게 정리하고 마음을 진정시킨 그는 이 방 저 방 헤매며 나를 찾아다녔어. 나에게 사과하고 용서를 구할 생각이었지. 이제는 열여덟 살이 되었으니 상관없다고. 이 집에서 함께 살아도 된다고. 그는 곧 얼마간의 돈과 어머니의 유품인 라이카 카메라가 사라진 걸 알게 되었지. 그날 아침 그가 내게 퍼부었던 끔찍한 말들이 그의 머리에서 메아리가 되어 울려 퍼졌어. 그는 당연히 내가 태미가 사는 호숫가 오두막으로 갔을 거라고 짐작했지. 우리가 다시는 예전으로 돌아갈 수 없으리라는 걸 느끼면서.

그는 자신이 무엇을 잃었는지 깨닫고 침대에 앉아 흐느꼈어. 두 달 뒤에는 TV 화면과 컴퓨터에서 내 이름이 오르내리고 있는 걸 확인하고 더욱 서럽게 흐느꼈지.

우리 지역 출신 여성 앨리스 리, 뉴욕에서 살해당하다

그는 어떤 남자가 나를 목 졸라 죽이고 허드슨 강가 자갈밭에 버려두고 사라지는 모습을 떠올려 보았어. 이제 더는 진실을 외면하기 힘들겠다는 생각이 들었지만 담당 형사를 찾아가 만나보자니 껄끄러운 기억이 너무 많이 떠올랐지.

잭슨 선생님, 그는 내 인생으로 걸어 들어온 단 한 사람의 남자는 아니었지만 내 피부가 얼마나 매끌매끌하고, 내 살이 얼마나 부드럽고, 내 마음이 얼마나 눈송이처럼 쉽게 녹는지 알고 있는 유일한 사람이었지.

그는 다시는 내 사진을 꺼내 보지 못할 거야. 그가 무심코 사진에 담아놓은 나의 천진스런 아름다움을 다시는 마주할 수 없을 거야. 하지만 그와 동시에 내 사진들이 그에게는 언제 터질지 모르는 시한폭탄이자 그의 잘못을 뼈저리게 깨닫게 해주는 증거가 되어줄 거야. 그는 언젠가는 나와 관련된 누군가가 찾아와 방문을 노크하게 되리라는 걸 예견하고 있었어.

그럼에도 막상 진청색 제복 차림의 경찰들이 허리에 권총을 차고, 손에 수첩을 들고 찾아온 날, 그는 아무런 마음의 준비가 되어 있지 않았어. 그는 시트를 깔아놓은 소파에 앉아 부들부들 몸을 떨기만 했지.

"몇 가지 물어볼 게 있어서 찾아왔습니다. 그렇다고 당신을 용의자로 보는 건 아닙니다. 혹시 당신의 증언이 수사에 도움이 될 수 있을까 해서 찾아왔어요. 뭐든 괜찮으니까 거리낌 없이 증언해주길 바랍니다."

형사는 그렇게 말하고 나서 그의 집 서재에 꽂혀있는 책들, 벽에 걸린 그림, 잔뜩 웅크리고 있는 그의 몸을 번갈아 살펴보았어.

"우선 앨리스 리가 이 집에 머무는 동안 무슨 일을 했는지 알 수 있을까요?"

그의 입에서 거짓말이 술술 흘러나왔어.

"앨리스는 문제가 많은 아이였어요. 당장 지낼 곳이 없다며 몇 주 동안 머물게 해달라고 해서 이 집에 있게 했죠. 앨리스는 고교 시절에 모범생이었기 때문에 제가 각별히 잘해주었던 아이였죠. 앨리스가 태미에게 저에 대해 어떤 이야기를 했는지 모르겠군요. 10대 소녀들은 흔히 실제보다 과장된 이야기를 하길 좋아하니까요. 아무튼 저는 앨리스의 몸에 손끝 하나 댄 적이 없습니다. 잠시 머물 곳이 필요하다고 해서 방을 내주었을 뿐입니다. 앨리스에게 그런 불행한 일이 벌어진 줄은 몰랐습니다."

*

루비는 다시 달리기를 시작했다. 조시에게 마음이 끌리고 있었는데 그가 보낸 문자메시지의 내용 때문에 혼란스러웠다. 오래 전, 애시가 약혼한 사실을 고백했을 때 뭐라고 말해주었어야 바람직했을지 상상해 보았다. 애시와 처음으로 술자리를 함께한 날 타이밍이 어긋나는 바람에 몹시 안타까워하며 집으로 돌아오던 자신의 모습도 상상해 보았다.

애시가 약혼했다고 말했을 때 자리를 박차고 일어나 밖으로 나왔다면 어떻게 되었을까?

조시가 보낸 문자메시지를 보고 나서 루비는 그와의 연락을 차단하기로 마음먹었다. 기분이 좋지 않았다. 당장은 마음이 불편했지만 다른 여자와 자신을 저울질하던 남자를 좋아하기로 마음먹은 순간부터 겪어야 했던 고통에 비하자면 아무것도 아니었다. 아무튼 조시는 거짓말을 했다. 그녀가 누군가의 말을 빌려 이혼은 일종의 죽음이라고 했을 때 그는 적어도 진실을 털어놓았어야 했다. 법적으로는 아직 결혼한 상태라고. 고의적인 누락은 거짓말과 다름없었다.

루비는 모처럼 마음에 드는 남자를 만났다고 생각했는데 자신을 거짓말로 속인 그에게 화가 났다. 레니와 수에게도 덩달아 화가 났다. 조시가 결혼한 남자라는 사실을 그들은 분명 알고 있었을 테니까. 수가 기꺼이 자기 이야기를 하던 때, 레니가 수시로 로맨스 이야기를 입에 담았을 때 그들은 루비에게 조시가 결혼한 남자라는 사실을 알려주었어야 마땅했다.

왜 다들 조시가 결혼한 남자라는 사실을 감쪽같이 속였을까?

루비는 마음이 조금 가라앉자 자신이 비이성적으로 굴고 있는 건 아닌지 돌아보았고, 조시가 별거를 하고 있다면 실질적인 이혼 상태일 수도 있겠다는 생각이 들기도 했다. 다만 애써 그렇게 생각한들 별거와 이혼을 동일선상에 놓을 수는 없기에 여전히 속았다는 느낌을 지울 수 없었다.

루비는 당분간 조시는 물론이러니와 데스클럽 멤버들을 만나지 않기로 마음먹었다. 그러다 보니 루비가 일주일 동안 답하지 않은 문자메시지들이 쌓여갔다.

*

루비가 어딘가에 마음을 안착시키지 못하고 표류하고 있을 경우 나 역시 기분이 어수선해. 조시와 그런 일이 있은 후 루비와 나는 또다시 목적지도 없이 뉴욕 거리를 떠돌았어. 루비는 멜버른의 집으로 돌아갈까 고심 중이야. 나는 내가 가야 할 집이 어딘지 모르겠어. 나는 이름을 돌려받았고, 나를 둘러싼 억측과 논란이 잠잠해지면 내가 무엇을 해야 할지 알 수 있을 거라 믿었는데 전혀 그렇지 않았어. 어쩌면 죽은 여자들이 어디로 가는지 알게 될 거라고 생각했는데 나는 여전히 아무것도 몰라.

나는 어느 누구에게도 보이지 않는 모습으로 뉴욕에 남아 있어.

앨리스 리를 죽인 사람은 누구인가?

그 질문은 사실 나랑 무관할 뿐만 아니라 굳이 내가 답해 주어야 할 의무는 없어.

루비가 그동안 나침반이 되어준 데스클럽에 나가지 않게 된 이후 우린 다시 제자리로 돌아온 느낌이야. 뉴욕에 온 외로운 여자, 루비 존스와 앨리스 리. 우린 지금 살아있는 사람들과 죽은 사람들이 벌이는 줄다리기 사이에서 옴짝달싹 못하고 있어.

루비는 그 일이 있은 이후 한 번도 허드슨 강가의 자갈밭에 갈 수 없었어. 내 시체를 발견한 그날 아침 이후로는 아예 리버사이드 파크에 간 적이 없었지. 심지어 허드슨 강을 따라 나있는 리버사이드 드라이브에서 산책하는 것조차 꺼려했어. 여름이 점점 가까워지자 따사로운 햇빛을 쐬러 공원을 찾는 사람들이 많아졌지. 리버사이드 파크의 달리기 트랙에는 해가 저물도록 사람들의 자취가 끊이지 않았어.

루비는 머릿속으로 허드슨 강가의 자갈밭을 수천 번은 돌아본 데다가 범죄 현장을 찍은 사진들을 수없이 보았기 때문에 그 장소를 지도처럼 선명하게 기억하고 있어. 다만 무의식중에 그녀의 발길이 리버사이드 파크 쪽으로 향할 때마다 왠지 모를 반감이 느껴졌지.

루비는 답답한 날이 계속되자 레니와 수를 만나 이야기를 나누고 싶었어. 아니면 자전거 사고가 벌어졌던 장소에 가볼 수 없었다고, 그럴 용기를 내기까지 몇 주의 시간이 필요했다고 말했던 조시와 이야기를 나눌 수 있었으면 좋겠다는 생각이 들었어. 조시는 어렵사리 사고 현장에 갔을 때 아무것도 발견할 수 없었다고 했었지. 혹시 자전거 사고가 벌어졌던 장소가 다른 곳은 아닌지, 그의 피가 다른 곳의 흙 속으로 스며든 건 아닌지 생각하며 그 자리에 앉아 있었다고 했어. 그러다가 그는 자신이 겪었던 자전거 사고는 인생의 큰 그림으로 볼 때 지극히 사소하기 그지없다는 걸 깨달았다고 했지.

"그 장소는 저를 기억하고 있지 않았어요."

조시는 그렇게 말하며 고개를 절레절레 저었어.

만약 아직도 조시와 대화를 나누는 사이였다면 그가 허드슨 강가의 자갈밭까지 함께 가주었을지도 몰라. 손을 꽉 잡아주며 이제는 걱정하지 않아도 된다고 안심 시켜주었을지도 몰라. 하지만 루비는 그 대목에서 단호하게 생각을 멈춰버렸어. 조시는 그녀가 생각했던 사람이 아니었으니까. 서로 마음이 끌렸던 적이 있었지만 이미 다 끝난 이야기니까.

앞으로는 사람을 사귈 때 신중해야겠어. 너무 빨리 마음을 열면 상처를 받게 되니까.

왜 좋은 사람들은 상대에게 속임을 당했을 때에도 늘 자신의 불찰이라며 자책할까? 그 반면 나쁜 사람들은 왜 잘못을 저지르고도 늘 아무런 처벌을 받지 않고 넘어갈까?

*

루비는 뉴욕에 와서 처음으로 마음이 맞는 사람들을 찾았다고 생각했는데 예기치 않게 어긋나는 바람에 씁쓸한 마음을 금할 수 없었다. 뭔가 다른 일에 몰두하며 조시를 잊고 싶었다. 이제 오랜 시간이 흘렀으니 한시바삐 앨리스의 시체를 발견한 그날의 악몽과 공포를 벗어던져야 한다는 생각이 들었다.

5월 말의 화요일, 앨리스가 살해된 지 6주가 지났을 때 루비는 처음으로 리버사이드 파크를 방문했다. 날씨가 따뜻해지면서 공원은 찾는 사람들이 많았다. 루비는 달리기를 하는 사람들, 자전거를 타는 사람들, 인라인 스케이트를 타는 사람들을 지나 〈트와일라잇〉 개봉을 알리는 포스터와 이제 곧 시작될 일출 요가 수업을 알리는 안내문이 붙어있는 게시판 앞을 지나쳤다.

(내가 5월에 여기에 왔더라면 무척이나 마음에 들어했을 것 같은 장소야.)

날씨는 화창했고, 루비는 공원 상부에서 강가로 내려가는 길로 접어들면서 비바람이 몰아치던 그날 아침에 이곳에 왔던 기억이 마치 영화의 한 장면처럼 머릿속에 떠올랐다. 습기로 가득 찬 터널과 막다른 길이 있던 자리에는 꽃이 활짝 핀 나무들, 산책을 나온 가족들, 목줄을 맨 개들이 있었다. 강가를 따라 나있는 길에서는 사람들이 앞서거니 뒤서거니 달리기를 하고 있었다. 그날, 장대비가 억수처럼 쏟아지던 이 길에 혼자 있었다는 게 믿기지 않았다.

루비는 고개를 좌우로 돌려가며 길가에 설치된 안내판들을 빠짐없이 읽었다. 밝은 햇빛 아래에서 보는 안내판들이라서 그런지 낯선 느낌이 들었다. 마치 처음 와보는 길인 듯했다.

그 장소는 저를 기억하지 못했어요.

루비가 앨리스를 발견했던 날 아침에는 세찬 비가 내리고 있었고, 습기가 자욱한 리버사이드 파크가 사방에서 거리를 좁혀오는 느낌이 들었다. 지금은 사방이 환하게 트인 데다 날씨가 화창해 전혀 다른 분위기를 자아냈다. 오른쪽의 허드슨 강은 뉴저지를 향해 흐르고 있었고, 왼쪽 계단 위로는 트랙 있는 운동장과 강둑이 보였다. 5월의 화창한 날에 방문한 리버사이드 파크는 엽서에서 흔히 보았던 사진만큼이나 아름다운 곳이었다.

앨리스의 시체를 발견했던 장소에 도착한 순간 루비는 몸이 갑작스럽게 말을 듣지 않았다. 6주 전에도 그랬듯이 상체를 기울여 철제 난간에 두 손을 올려놓은 순간이었다. 아드레날린이 솟구치고, 심장을 옥죄는 기억이 머릿속에서 선명하게 떠올랐다. 분명 영화 속의 한 장면이 아니었다. 허드슨 강을 바라보고 있는 지금 루비는 순식간에 이곳에서 벌어졌던 사건 속으로 들어와 있었다. 하늘에서는 번개가 번쩍였고, 위쪽 도로에서는 차들이 물보라를 일으키며 지나갔다. 몸은 세차게 내리는 비에 흠뻑 젖어들었고, 두 눈은 축축해 앞이 잘 보이지 않았다. 루비는 엎드린 자세로 자갈밭에 쓰러져있는 소녀를 소리쳐 불렀지만 미동도 하지 않았다.

현장에 도착한 구급대원들이 소녀의 시신을 들것에 싣고

길 위에서 대기하고 있던 구급차로 옮겨가고 있을 때 루비의 눈에 머리에서 흘러내리는 피와 새하얀 두 다리가 유난히 선명하게 잡혔다. 번쩍거리는 경찰차의 경광등이 눈꺼풀 안쪽까지 밝은 빛을 뿌렸고, 누군가가 그녀의 어깨를 우비로 감싸주었다. 경찰이 부지런히 시체가 발견된 주변 일대를 수색했다.

루비가 그날의 기억을 더듬어보고 있던 바로 그 순간 조시와 애시가 머릿속으로 비집고 들어왔다. 그들이 그녀의 감정을 혼란스럽게 하는 한편 마음을 뒤숭숭하게 했다.

머릿속에서 뒤엉켜있는 기억들 때문에 숨이 답답해져오는 순간 한 남자가 옆으로 다가오더니 친근한 미소를 지으며 물었다.

"정말 멋진 곳이죠?"

루비는 키가 훤칠하게 크고 어깨가 떡 벌어진 남자가 앞에서 해를 가리며 아는 체를 하는 게 마음에 안 들었다. 그녀는 덩치 큰 남자를 바라보며 눈을 깜박였다. 그는 반바지에 폴로셔츠 차림이었고, 우디 계열의 고급 향수 냄새를 풍겼다. 눈은 밝게 반짝이는 파란색이었다. 앨리스 리의 시신을 발견한 장소라 멋진 곳이라는 말에는 동의하기 어려웠다. 루비는 이제 앨리스에 대한 기억을 잊고 싶었고, 이 장소에 대해 아예 모른 척하고 싶었다.

루비가 파란 눈의 남자를 보며 말했다.

"아름다운 곳이네요."

남자가 가까이 다가서며 말을 받았다.

"억양이 매우 특이하시네요. 어디에서 오셨죠?"

루비는 가급적 웃어 보려고 애썼다.

"호주에서 왔어요. 아직은 뉴욕 억양이 입에 배지 않았죠."

"저는 이 동네가 마음에 들어 근처에서 오랫동안 살아왔어요."

"경치가 수려한 공원이 있으니 그럴 만도 하겠네요."

루비는 대화를 나누는 동안 남자의 그을린 피부와 파란 눈, 가지런한 치열에 시선이 갔다. 그가 입고 있는 셔츠와 신발에 붙어 있는 디자이너 브랜드 상표로 보아 부유층 사람 같았다. 달리기 복장을 한 루비는 대화를 주고받는 사이 그가 자신을 은근히 훑어보고 있다는 사실을 놓치지 않았다.

"혹시 제가 방해된 건 아니죠?"

"아뇨, 전혀요. 대화를 나눌 수 있어서 좋았어요."

"혹시 시간되시면 저랑 커피 한잔 하실까요? 예전부터 호주를 여행하고 싶었는데 아직 가보지 못해 궁금한 게 정말 많아요."

그 순간 조심하라는 경고 신호가 머릿속에서 울려댔지만 루비는 이제 이 장소를 잊고 싶다는 생각에 사로잡혀 경계심을 허물어뜨렸다.

"네, 그럼요."

루비는 그렇게 대답하고 나서 그를 따라 사람들로 북적거리는 작은 카페의 파티오로 가서 자리를 잡고 앉았다. 그의 이름은 톰이고, 월스트리트의 금융회사에서 일한다고 했다. 그의 대화 방식이 빠르고 경쾌했지만 경박한 구석이 있었다. 루비는 애써 흥미로운 대화 주제를 떠올릴 필요도 없이 그가 하는 말에 고개를 끄덕이거나 질문에 대답하며 가끔씩 커피를 홀짝거렸다. 그가 혼자서 일방적으로 떠들어대는 바람에 말을 하면 열심히 들어주었던 데스클럽 멤버들이 새삼 보고 싶었다. 오늘 처음으로 앨리스의 시신을 발견한 장소를 다시 찾아왔었기에 멤버들에게 해주고 싶은 말들이 많았다.

조시를 만난 지 일주일이 지났다. 레니가 다음번 모임을 알리는 문자메시지를 보내왔지만 루비는 답장을 보내지 않았다. 다른 멤버들도 각자 개인적인 메시지를 보내주었다. 루비가 계속 답장을 해주지 않자 더는 메시지가 오지 않았다.

루비는 예기치 않게 생긴 멤버들과의 간극을 어떻게 뛰어넘을 수 있을지 알 수 없었다. 조시의 고백이 만든 거리감이 좁혀지지 않고 계속 이어질 경우 인생에서 가장 중요한 뭔가를 영영 잃게 되는 건 아닐까 하는 두려움이 일었다.

루비가 커피를 홀짝이며 데스클럽에 대한 생각을 떨쳐버리려고 애쓰는 사이 마시던 커피 잔을 내려놓은 그가 저 멀리에서 흐르는 강물을 바라보며 뭔가를 곰곰이 생각하다가 입을 열었다.

"이곳에서 어떤 여자아이가 살해당했어요. 고작 몇 주 전인 4월에요."

루비는 두 뺨이 확확하게 달아오르는 걸 느꼈다.

"알고 있어요."

그는 햇빛 때문에 눈이 부신 듯 두 눈을 가늘게 뜨고 여전히 강물 쪽을 바라보고 있었다.

"정말이지 끔찍한 사건이었죠. 뉴욕에 혼자 오셨다기에 조심해야 한다는 뜻으로 말씀드렸어요."

그가 강물을 바라보고 있던 시선을 돌리더니 루비의 눈을 들여다 보았다.

"혼자 낯선 곳에 갈 때는 각별히 조심할 필요가 있어요."

(그들은 그런 말을 해주고 나서 우리가 고마워하기를 바라지. 우리에게 마음을 쓴다는 걸 과시하면서. 루비도 남자들의 위선적인 친절에 대해 익히 알고 있었기에 그의 말이 아무리 좋은 의도였다고 해도 그다지 고맙다는 느낌이 들지는 않았어.)

미소를 드리우고 있던 루비의 입매가 아래로 내려갔다.

"충분히 조심하고 있어요. 여자들은 대부분 알아서들 조심해요. 이곳에서 살해당한 앨리스도 무척이나 조심했을 거예요."

"앨리스는 비가 억수처럼 쏟아지는 날 어두컴컴한 공원에서 혼자 걷고 있었죠. 그 정도면 조심스런 행위와는 거리가 멀지 않나요?"

루비의 말에 기분이 상한 듯 그는 말끝을 올리며 고개를 절레절레 저었다.

"미안합니다. 제가 여자들에 대해 뭘 알겠어요. 다만 저에게는 여동생이 있고, 조카도 있으니까요. 저의 가족들에게 혹시 그런 일이 벌어질 수도 있다고 생각하면 머리가 아득해지더군요."

그는 머릿속에 떠오른 생각을 털어내려는 듯 다시 고개를 저었다.

"우리가 화창한 날씨에 전혀 어울리지 않는 이야기를 나누었군요. 어쩌다가 뉴욕에 왔는지 듣고 싶어요. 예전부터 호주에 가보고 싶었거든요. 특히 시드니에."

다시 가벼운 대화로 돌아왔지만 루비는 이 자리가 왠지 불편했다. 그는 앨리스 사건에 대해 잘 알고 있었다. 아직도 신문을 도배하고 있으니 모르는 게 이상할 수도 있었다. 다만 루비는 이제 그 사건에서 벗어나고 싶었다. 마지막으로 앨리스의 시신을 발견한 장소를 돌아보고 나서 끔찍한 기억을 잊고 싶었는데 애초부터 불가능한 일이었다는 생각이 들었다. 위험은 여전히 진행형이었다.

루비는 내심 지나치게 낙관적인 자세를 유지했던 자신을 꾸짖었다. 조금 전까지만 해도 쾌활한 사람이라고 생각했던 그가 지금은 피부에 난 염증처럼 거슬리기 시작했다.

자기가 사는 동네에서 끔찍한 살인사건이 벌어졌는데 어쩜 저리 태평스러울 수 있지?

심지어 그는 루비의 기분이 착잡해졌다는 사실을 전혀 알아차리지 못하고 일방적으로 혼자 떠들어대고 있었다.

이 남자는 그저 상대를 깊이 배려하는 스타일이 아닐 뿐 딱히 비난받을 짓을 하지는 않았는데 너무 과민 반응하는 건 아닌지 몰라.

루비는 한편으로 그런 생각이 들었다.

그는 계속 시답잖은 이야기를 늘어놓았다. 지금은 시내의 바에 갔다가 유명 배우 멜 깁슨을 만났다는 이야기를 자랑삼아 주워섬기고 있었다.

"멜 깁슨은 역시 탑 블로크*더군요."

그가 어설프게 호주 억양을 흉내 냈을 때 루비는 억지로 미소를 지어 주었지만 머릿속으로는 어서 적당한 핑계를 대고 이 자리를 떠야겠다는 생각을 하고 있었다. 멜버른의 날씨는 변덕스러워 기온이 갑자기 뚝 떨어지기도 하고, 하늘이 맑고 푸르다가 우박이 쏟아지기도 해서 하루에 사계절을 모두 경험해볼 수 있는 날이 더러 있었다. 루비는 마치 오늘 하루가 멜버른의 날씨처럼 되어버린 기분이었다.

테이블에 바닥이 보이게 뒤집어 놓았던 그의 휴대폰이 울

* Top Bloke 멋진 남자, 좋은 녀석 등을 뜻하는 호주 속어.

렸다. 비로소 자연스럽게 사라져줄 기회가 찾아온 셈이었다.

"잠시 실례하겠습니다."

루비는 고개를 끄덕이며 말했다.

"어서 전화 받으세요. 저는 이만 가볼게요."

그는 실망한 기색이었지만 의자를 밀고 일어서는 루비를 잡으려고 하지는 않았다.

"즐거운 시간이었어요."

"즐거우셨다니 저도 기분이 좋네요."

루비가 테이블 위에 지폐를 내려놓으려고 하자 그가 손사래를 쳤다.

"커피는 제가 사야죠. 그 대신 다음에 공원에서 우연히 마주치면 술 한잔할 수 있는 기회를 주세요."

그냥 해보는 소리로 치부하기에는 뼈 있는 제안이었다. 그녀를 다시 만나고 싶다는 뜻이었다.

루비는 그다지 마음에 들지 않는 남자가 만나고 싶어 하는 게 부담스러웠다. 그럼에도 그녀는 억지 미소를 지으며 테이블 건너편에서 손을 내밀고 있는 그와 악수를 나누었다.

단단하고 따뜻한 손가락이 루비의 손을 감싸 쥐었다.

"다음에 만나면 꼭 한잔 하십시다."

그는 한 번 더 손에 힘을 가한 다음 루비의 손을 놓았다.

"제가 아까 했던 말 진심입니다. 몸조심 하세요. 여긴 그다지 안전한 곳이 아니니까."

그는 카페를 나와 헤어진 뒤에도 뒤를 돌아보며 과장되게 손을 흔들어주고 나서 계단을 한 번에 두 칸씩 뛰어올라 어디론가 사라졌다.

루비는 집으로 돌아가는 대신 다시 강가로 내려가 구불구불한 길을 걸어 파도가 자갈밭 위로 넘실거리는 그곳으로 갔다. 그녀는 철제 난간에 몸을 기대고 터져 나오려는 울음을 애써 참았다.

이곳에서 어떤 여자아이가 살해당했어요. 고작 몇 주 전인 4월에요.

알아요, 내가 발견했으니까요.

루비는 그 말을 해주지 않았다. 이 장소를 *멋진 곳*이라고 표현했던 그에게 진실을 말해주는 편이 나았을 수도 있었다는 생각이 드는 한편 그다음에 할 말이 마땅찮았다는 걸 인정하지 않을 수 없었다.

*

사실 내 시체가 발견된 강가의 자갈밭을 피해온 사람이 루비뿐만이 아니야. 그동안 루비가 그 장소 가까이 가보려고 하다가 물러설 수밖에 없었던 건 사실 나 때문이었지. 내가 루비의 가슴에 두 손을 대고 있다가 현장에 가보고 싶다는 생각을 할 때마다 세게 밀쳤거든. 왜냐하면 그 남자 역시 현장에 자주 방문한다는 사실을 알고 있었거든. 그 남자의 귀에서 피가 격류처럼 요동치는 소리가 들렸어. 물론 그는 늘 신중한 태도를 유지했고, 사건 현장을 방문할 때마다 적절한 핑곗거리를 미리 준비해 두었지. 그는 내가 쓰러져 있던 강가의 자갈밭을 자주 방문하긴 했지만 혹시 경찰이 물을 경우 웨스트사이드에 사는 다른 사람들처럼 공원을 찾을 이유는 차고 넘쳤지. 사건 현장은 그가 손바닥처럼 훤히 아는 곳이었지. 그의 집에서 불과 얼마 떨어져 있지 않은 곳이었거든.

저는 거의 매일 여기에 옵니다.

경찰이 그에게 그곳을 방문한 이유를 물어보았더라면 아마 그렇게 대답했을 거야.

솔직히 말하면 나는 루비를 그에게서 떨어뜨려 놓으려고 애썼어. 그가 이 장소에서 강물을 바라보고 있는 동안 그의 가슴 가득 기쁨이 충만해 있었다는 걸 알고 있었거든. 나는 분노가 치밀어 올라 손끝이 찌릿찌릿 해지는 느낌이 들 정도였어. 그는 내게 고통을 가하며 기뻐하고, 뼈를 부러뜨리면서 즐거워하고, 내 삶의 마지막 순간을 욕정을 푸는 도구로 활용했지. 나는 그의 상상할 수 없을 만큼 잔인한 모습을 대하는 동안 공포에 질려 압도당했지.

그나마 이제야 그를 똑바로 바라볼 수 있게 되었어. 그가 자신감 있게 구축해놓은 세계에서 더는 뒤로 물러서지 않을 거야. 나는 그의 주변에 머무르면서 너무 쉽게 사람들을 속이는 뻔뻔한 거짓말이 속속들이 드러날 기회가 찾아오길 기다릴 거야. 내 이름이 목소리가 되어 울려 퍼진 그날 밤, 내 분노는 찬란하게 타올랐어. 비록 짧았지만 아름다운 불길이었지. 나는 반드시 그를 체포할 수 있는 기회를 잡을 거야. 그가 내 시체의 무게를 느끼게 만들 거야.

조시가 사고가 발생했던 현장으로 돌아갔던 이야기를 루비에게 해주었을 당시 빠뜨린 게 하나 있었지. 조시는 그의 자전거를 쓰러지게 만들었던 나무뿌리, 그에게 하마터면 죽음을 안긴 증거물을 찾아보려고 했지만 끝내 아무것도 발견하지 못했어. 그는 마지막으로 사고 현장에서 뒹구는 나뭇가지, 돌, 흙을 둘러보다가 수색을 포기했지. 바로 그때 썩어가는 낙엽 더미 아래에서 빛나고 있는 뭔가가 눈에 들어왔어. 그가 차고 있던 손목시계에서 떨어져 나간 숫자판의 잔해였지. 조시의 몸이 바닥에 떨어져 뒹굴 때 엄청난 충격이 가해지면서 손목시계의 숫자판이 조각조각 부서졌던 거야.

조시는 숫자판의 잔해를 집어 들고 어느 정도 손상되었는지 살펴보면서 묘한 안도감을 느꼈어. 그는 증거물을 찾고 있었던 거야. 그의 세계가 과거와는 완전히 다른 모습으로 새롭게 구성되었다는 사실을 확인해 줄 그 무언가를. 그 증거물이 둥글게 오므린 그의 손바닥 안에 있었어. 그 증거물이 얼마나 중요한지 모르는 사람들의 눈길을 피해 사고 후 몇 주 동안 그 자리에서 기다리고 있었던 거야. 진실은 스스로 큰 소리를 내지 않아. 때로 진실은 손바닥 안에 쏙 들어갈 만큼 작기도 하지. 당신이 찾고 있는 진실이 무엇인지 알고 있다면 언젠가는 반드시 찾을 수 있어.

가끔 루비가 강가에 나와 있는 동안 나는 장례식장에서 일하는 레니 옆에 앉아 그녀가 죽은 사람들의 시신을 다루는 모습을 지켜봐. 시신의 주인은 이미 오래 전에 몸을 빠져 나간 경우가 대부분이야. 하지만 나는 가끔 시신의 주인이 허공에 떠서 작업에 몰두하고 있는 레니의 팔을 조심스레 토닥이거나 이마에 입술을 가져다 대는 모습을 본 적이 있어. 그럴 때마다 레니의 팔에 난 가느다란 털이 곤두서고, 두피가 바짝 긴장하는 게 보이지만 다음 순간 시신의 주인은 어디론가 사라져 버렸어. 레니가 다루는 시신의 주인은 가끔 다른 곳에서도 나타나지. 레니를 따라 식당에 들어가거나 제일 좋아하는 빈티지 옷가게의 진열대를 살펴보는 그녀 옆에 서있기도 해. 레니는 가끔 자신이 그다지 냉철하지 못한 사람이라 물을 엎지르거나 길을 가다가 종종 넘어지는 일이 발생한다고 생각해. 하지만 나는 레니를 사랑하는 시신의 주인들이 그녀에게 너무 가까이 다가가는 바람에 가끔 그런 일이 발생한다는 걸 잘 알고 있지.

나는 가족과 친구들이 시신을 확인하러 와 사랑하는 사람의 시신을 둘러싸고 앉아 있는 모습을 본 적도 있어. 추모객들은 하나같이 가슴 가득 사랑, 추억, 고통을 품고 있었지. 그들의 애틋한 감정들이 모여 다양한 빛깔의 물줄기가 되어 흘러내리는 걸 보았어. 추모객들이 애도하는 모습을 가까이에서 보면 빛이 프리즘을 통과하는 것과 비슷해. 무지개와도 비슷하지만 더욱 화사한 빛깔이야. 활처럼 휘어진 애도의 무지개는 세상에서 가장 눈부시지. 한 사람의 시작과 끝이 눈부신 무지개로 이루어져 있는 것 같아.

살아있는 사람들의 눈에는 내가 본 무지개가 절대로 보이지 않아. 사람들은 늘 자신을 다시 일으켜 세우느라 바쁘니까. 애도가 사라진 자리에는 곧 다른 감정들이 밀려들지. 분노, 절망, 불신, 포기 따위 감정이야. 하지만 처음에는 늘 애도의 감정이 만들어낸 무지개가 방 안을 환하게 밝히지. 무지개가 죽은 자를 환히 비추며 사람들의 뇌리에서 잊히지 않으리라는 걸 알려주기에 우리는 떠날 수 있는 거야.

나는 가슴이 미어질 것 같은 순간들을 바라보다가 또 다른 사실을 알게 되었어. 우리를 *누가* 기억하는지가 무엇보다 중요하다는 거야. 나를 알던 사람들은 서로를 몰라. 그들은 앨리스 리라는 사람에 대해 어느 누구와도 공유하지 않는 혼자만의 기억을 간직하고 있는 경우가 많아. 어느 누구에게 묻는지에 따라 내 모습은 다양한 모습으로 해석되지. 루비는 나를 알고 있는 모든 사람들의 기억을 하나로 모아 나라는 존재를 완벽하게 복원하고 싶어 해. 하지만 아직은 나를 아는 사람들 모두가 나에 대해 말하길 꺼려하고 있지. 아직 루비를 이끌어줄 사람은 내가 유일해. 내가 아직 떠나지 못하고 삶과 죽음의 줄다리기가 펼쳐지는 곳에 남아 있는 이유야. 아직도 나는 루비가 강가의 자갈밭에 쓰러져 있던 나를 발견했던 때와 조금도 다르지 않아. 나를 알고, 내 죽음을 애도하는 사람들의 기억이 아직은 조각조각 흩어져 있기 때문이야.

사람들은 나에 대해 *몇몇* 사실들을 새롭게 알게 되었어. 그 사실들을 최대한 이어 붙여 앨리스 리라는 이름을 가진 소녀의 퍼즐을 만들었지. 하지만 아직은 채워지지 않고 빈 곳으로 남아 있는 부분이 너무 많아. 내가 만약 채워지지 않은 부분을 대신 채워준다면 사람들은 나에 대해 뭐라고 할까?

앨리스 리는 포르노 사진 모델을 한 적이 있다.

앨리스 리는 고등학교 시절 교사와 사귀었다.

앨리스 리는 나이 많은 남자와 살면서 경제적인 지원을 받았다.

잭슨 선생님에게 마지막으로 전화를 걸었던 그날 밤, 나는 잠을 이룰 수 없었어. 오전 5시에 일어난 나는 지금껏 한 번도 본 적 없을 만큼 세차게 퍼붓는 빗속으로 터덜터덜 걸어 나갔지. 보라색 파카의 지퍼를 최대한 끝까지 올리고, 라이카 카메라를 재킷 속에 넣고 꼭 끌어안고 있었어. 사진학교에 포트폴리오와 입학 신청서를 제출해야 했기에 무슨 일이 있더라도 사진을 찍어야 한다는 생각밖에 없었지. 한편으로는 거침없이 내리는 폭우가 살아오는 동안 겪었던 우울한 일들을 한꺼번에 깨끗이 씻어가 버렸으면 좋겠다는 생각이 들기도 했어. 얼마 되지는 않지만 기분 좋은 추억들마저 모두 씻어내야 한다는 게 마음에 걸렸지만 앞으로 좋은 일들을 많이 만들며 살아갈 자신이 있었기에 상관없었지.

우선 비바람이 치는 강가의 풍경을 사진에 담기로 마음먹었어. 사진을 찍으려고 강가에 서있던 나를 향해 하필 며칠 연속으로 운수 나쁜 날들과 실망스런 아침을 겪은 남자가 다가왔지. 낯선 남자가 뭔가 물었는데 내가 고개를 들지도 않고, 아예 상대를 해주려고 하지 않자 그는 몹시 화가 났나봐. 나는 사실 비가 쏟아지는 강가의 풍경을 카메라에 담을 생각에 몰두해 있느라 그 남자가 다가와 뭔가 물었다는 걸 전혀 몰랐을 뿐이야.

남자의 뇌리에서 운수 나쁜 날들의 기억이 풍선처럼 부풀어 오르면서 주먹에 힘이 들어갔어. 남자는 내 머리를 흉기로 때려 나를 바닥에 쓰러뜨리고 나서 목을 세게 눌렀지. 마치 나의 몸에서 압력을 빼내 납작하게 만들어 버리기라도 하듯 거침없이 내 몸에 상처를 냈어.

내가 좀처럼 웃지 않자 남자는 더욱 분노가 치밀었나 봐. 내가 무시했다고 생각한 거야. 빗물에 담뱃불이 꺼지는 바람에 불을 빌릴 수 있는지 물었는데 내가 대답 대신 쳐다보지도 않고 있었던 거야. 남자는 나에게 버릇이 없다고 했어. 그가 나를 향해 거침없는 분노를 퍼붓고 있을 때 번개가 치며 하늘이 반으로 갈라졌지. 그때 금이 가며 반으로 쪼개진 건 하늘만이 아니었지.

비로소 미래로 나아가는 길을 찾게 되어 기뻤는데 고작 담뱃불이 꺼져 잔뜩 화가 난 남자에게 목숨을 잃게 되다니? 남자는 담뱃불 대신 반짝이는 나의 미래를 빼앗아 갔어. 주먹으로 관자놀이를 때리고, 흙투성이가 된 몸으로 깔아뭉개고, 팔꿈치로 짓눌렀지. 내게 아주 잠깐 도망칠 기회가 있었는데 발을 헛디뎌 넘어지는 바람에 다시 꼼짝없이 붙잡히게 되었지.

그는 마치 자신이 절대자가 된 듯 우쭐한 눈빛으로 나를 내려다보다가 카메라 렌즈로 머리를 사정없이 내리쳤지. 그는 피와 살점이 튀고, 광대뼈가 내려앉아 참혹하게 변한 내 얼굴이 보기에 역겹다고 생각하며 가느다란 목을 조르기 시작했어. 그 순간 그의 손에 나의 과거와 미래가 하나도 남김없이 잔혹하게 파괴되었지.

청바지 지퍼를 내린 그는 흉측하게 변한 내 얼굴을 보지 않으려고 축 늘어진 고개를 돌려놓았어. 그때 그는 마치 자신이 세상에서 가장 강한 남자가 되어 온 세상을 자신의 손아귀에 넣었다고 느꼈는지 원하는 대로 내 몸을 유린했지.

그는 결국 담배에 불을 붙이지는 못했어. 집으로 돌아가고 나서야 성냥을 찾아내 불을 붙였지. 폭풍우는 거세지고, 주머니 속에는 피투성이가 된 내 속옷과 잡동사니들이 들어 있었어. 그는 내 소지품들을 전리품마냥 모두 챙겨온 거야.

그는 거울을 노려보면서 뇌까렸어.

"그저 불을 빌려달라고 했을 뿐인데 친절하고 예의바르게 굴었어야지."

그날 오전, 어느 정도 시간이 흐른 뒤 경찰차의 사이렌 소리가 빗소리에 섞여 울려 퍼지는 동안 담배를 쥐고 있던 그의 손가락이 꿈틀거렸어. 그는 내가 담뱃불을 빌려주었더라면 이런 일이 발생하지 않았을 거라고 생각하며 조금도 잘못을 뉘우치지 않았지. 내가 조금이나마 관심을 보이면서 친절하게 웃어주었더라면…….

나는 이제 더 많은 사실들을 털어놓을 준비가 되어 있어. 내 말을 귀 기울여 들으면 사건의 진실을 자세히 들여다볼 수 있을 거야. 그가 나에 대해 하는 말들을 아무것도 믿어서는 안 돼.

20

노아는 제복 차림 경찰들이 집 안 구석구석으로 흩어져 수색에 착수하는 모습을 지켜보면서 그들의 움직임에는 확고한 목적의식과 지침이 있다는 걸 알게 되었어. 과학수사대 요원들은 숙련된 솜씨로 물건들을 집어 들고 가루를 뿌리고 있었지. 개인인 동시에 조직의 일원이기도 한 경찰이 살인사건의 해답을 찾고자 수색에 매달리는 모습이 노아의 눈에는 매우 인상 깊었나 봐. 노아는 팔걸이의자에 앉아 마치 발레를 하듯 우아하고 능숙한 그들의 일거수일투족을 주시했지.

프랭클린은 친절하게 웃어주지 않는 낯선 사람들 앞에서 잔뜩 풀이 죽은 모습으로 앉아 있었어.

왜 다들 피아노 의자에 앉아 있는 앨리스를 못 본 척하지? 내 눈에만 보이는 건가?

녀석은 마음속으로 그런 생각을 하며 눈을 굴리며 가만히 앉아 있었지.

노아는 경찰이 내 이름을 공식적으로 발표하자마자 직접 경찰서를 찾아갔어. 그는 담당 형사를 만나 나에 대해 알고 있는 모든 사실들을 허심탄회하게 털어놓을 작정이었지.

노아는 증언을 마치고 나서 담당 형사에게 말했어.

"압수수색 영장이 없어도 상관없으니 우리 집에 와서 필요한 수색 작업을 해주세요."

노아는 혈액검사와 DNA 채취에 기꺼이 동의했고, 커피를 권하거나 나의 죽음에 대해 애도를 표하는 말들은 모두 무시했어. 그가 경찰서를 찾아간 목적은 오로지 하나뿐이었으니까. 경찰이 나를 살해한 범인을 찾아낼 수 있도록 협조를 아끼지 않을 생각이었지.

노아는 사실 내가 죽었다고 생각하고 싶지 않았어. 내가 사라진 날, 노아는 TV 뉴스로 리버사이드 파크에서 한 소녀의 시신이 발견되었다는 소식을 들었지만 설마 나에게 불미스러운 일이 벌어졌을 거라고 생각하고 싶지 않았지. 그날 노아는 경찰차의 사이렌 소리와 TV 뉴스를 외면하고, 개 돌보기 일정도 모두 취소하고 프랭클린과 함께 거실에 앉아 내가 무사히 돌아오길 눈이 빠지도록 기다렸어. 그는 가끔씩 창문을 두들기는 굵은 빗줄기를 바라보며 몇 시간 동안 그 자리에 우두커니 앉아 내가 문을 활짝 열고 반갑게 인사하며 나타나길 학수고대했지. 노아와 프랭클린은 다음날 아침이 올 때까지 현관문에서 인기척이 나기를 기다렸지만 끝내 나는 나타나지 않았어.

내가 다음날에도 나타나지 않자 노아는 크게 실망해 마음을 닫아버렸어. 차라리 내가 지긋지긋하고 좀이 쑤셔 멀리 떠나버렸다고 믿는 편이 나을 거라고 생각했기 때문이야. 내가 살해당했을지도 모른다는 가능성을 품고 살아가긴 싫었던 거야.

노아는 난생 처음 눈앞의 현실을 외면하기로 결심했어. 나는 사실 그가 그런 태도를 취할 줄은 전혀 상상하지 못했지. 노아는 내게 별과 먼지에 대해 알려주었고, 내가 진심으로 좋아하게 된 사람이었으니까. 나는 처음에 노아가 현실을 외면하기로 결심한 게 마음에 들지 않았고, 잠시 오해하기도 했어. 나에게 전혀 관심이 없기 때문에 아예 신경 쓰지 않는 것이라고 치부했지.

이제야 알게 되었지만 노아는 나를 너무나 좋아했기 때문에 그런 결정을 내린 거야. 참담한 진실을 알고 나면 견디기 힘들 거라고 생각했던 것이지. 물론 노아가 좀 더 일찍 경찰서를 찾아가 오번 형사를 만났더라면 수사 상황이 훨씬 좋아졌을 거야. 나에 대해 알고 있는 사실들을 솔직하게 털어놓았더라면 경찰의 시행착오를 줄일 수 있었겠지.

노아는 원래 그런 사람이라는 걸 알아주길 바랄게. 노아가 경찰서에 가지 않은 건 자신의 안위를 위해서가 아니었어. 그는 오로지 나를 중심에 두고 모든 생각을 꿰어 맞추고 있었으니까.

나만이라도 노아의 진실을 좀 더 일찍 알았더라면 좋았을 거야. 노아가 설마 내가 살아오는 동안 만났던 남자들처럼 치졸하게 굴 리 없다는 걸 알았어야 했지. 노아의 인간 됨됨이와 신의를 믿었어야 해. 나는 지금 형사들이 냉장고 문에 붙어있는 포스트잇을 떼어내 하나하나 읽고 있는 모습과 내가 붙여놓은 외상 쪽지들을 주의 깊게 들여다보는 모습을 보고 있는 중이야. 방금 전에 파란색 포스트잇 한 장이 바닥에 떨어지자 젊은 형사 하나가 허리를 굽혀 집어 들었어. *여성용품*이라는 단어 뒤 마침표가 찍혀 있어야 하는 자리에 웃는 얼굴이 그려져 있으니까 이상하게 보일 만도 했지.

노아가 앉아 있는 자리에서는 포스트잇에 적혀 있는 글씨가 보이지 않았지. 다만 젊은 형사가 눈이 빠지도록 포스트잇을 들여다보는 모습을 볼 수는 있었어. 노아는 포스트잇에 어떤 내용이 적혀있는지 이미 알고 있었을 뿐만 아니라 내가 메모를 남긴 의도를 충분히 이해하고 있었지.

9달러 87센트 앞으로도 쭉.

노아는 심장이 옥죄어오는 느낌을 받았어. 내가 포스트잇에 그런 메모를 남기고 있을 때 앞으로 살아갈 날이 수십 년은 더 남아 있을 거라고 확신했을 테니까. 노아의 생각대로 나는 새로운 미래를 열 계획으로 충만해 있었지.

"앨리스 리."

노아는 포스트잇을 향해 손을 뻗으며 중얼거렸어. 그는 내가 아직 매끈하게 다듬어지지는 않았지만 재미있고 다정한 아이라고 생각했지. 뉴욕을 사랑하고, 자기 안에 시인처럼 기발한 창의성이 들어있다는 걸 까마득히 모르는 아이.

"이게 가온 다(Middle C) 맞아요?"

내가 이 집에 있었던 마지막 날 밤, 노아는 피아노 앞에 앉아 그렇게 말하는 내 목소리를 들었어. 내가 피아노 건반을 치자 노아는 지금 앉아 있는 팔걸이의자에서 고개를 끄덕이고 나서 장난스럽게 인상을 찌푸렸지. 나는 노아를 향해 콧등을 찡긋해준 다음 가능한 한 최대한도로 많은 건반을 한꺼번에 두드리며 활짝 웃어주었어.

"이제 그만!"

그 순간, 노아의 집에서 숨을 거칠게 몰아쉬는 소리가 울려 퍼졌어. 물건을 집어 들고 가루를 뿌리고 무릎을 꿇고 구석구석 살펴보던 경찰의 수색이 그 소리가 울려 퍼지는 순간 일제히 중단되었지. 그들은 하나같이 그 소리가 울려 퍼진 팔걸이의자 쪽을 바라보았어. 그 소리는 우는 데 익숙하지 않은 한 남자가 평생 처음 당장이라도 무너져 내릴 듯 온몸을 부들부들 떨며 우는 소리였지.

프랭클린은 뭔가 크게 잘못되었다는 걸 알아차리고 코를 킁킁거리며 노아의 다리를 핥아댔어. 녀석은 내가 왜 피아노 의자에서 일어나지 않는지, 당장 달려와 위로해주지 않는지 영문을 모르겠다는 눈치였지. 프랭클린은 다시 나를 향해 고개를 돌리더니 초콜릿색 눈에 애원을 가득 담아 쳐다보았어. 내가 다시 온힘을 실어 '가온 다' 건반을 누르자 프랭클린이 큰소리로 컹컹 짖어대기 시작했지.

"착하지, 프랭클린."

내가 속삭이는 목소리는 노아의 울음소리에 묻혀 들리지 않았어. 경찰은 집주인의 울음을 터뜨리자 수색 작업을 잠시 중지하고 노아의 주위로 하나둘씩 모여 들었지. 내가 노아에게 빚진 내용을 적어둔 포스트잇은 비닐봉투 안에 넣어 봉인한 가운데 주방 식탁에 놓여 있었어. 이 집에서 지낸 내 짧았던 이야기, 쪽지에 적어둔 미래의 약속들이 모두 비닐봉투 안에 들어가 있었지.

앞으로도 쭉.

이 집에 있는 동안 내가 살아온 날들을 통틀어 가장 안전한 느낌을 받았다는 걸 아무도 모를 거야.

*

루비는 뉴욕 생활에 적응하면 꼭 연락하라던 옛 직장 동료들에게 문자메시지를 보냈어. 금세 동료들이 보낸 답장이 답지했지.

목요일 이후로 2주쯤 지나면 한가해질 거야.

다음 주 일요일에 스피닝 수업이 있는데 날짜를 옮길 수 있을지 알아볼게.

루비는 동료들이 보낸 답장을 보는 순간 우울한 생각이 들어 휴대폰을 내려놓았어.

혹시 이렇게 살다가 나 혼자 죽게 되는 건 아닐까?

루비, 당신은 혼자가 아니야.

나는 루비에게 그렇게 말해주고 싶었어.

오늘 같은 날, 내가 루비 옆에 있어준다고 해서 그녀의 기분이 그다지 나아질 것 같지 않다는 생각이 들어 마음이 아팠지.

나는 아무도 모르게 잭슨 선생님과 한 달 동안 살았던 경험이 있었어. 그 덕분인지 어느 누구의 눈에도 띄지 않고 살아가는 데 익숙해진 느낌이야. 어쩌면 엄마와 함께 여기저기 옮겨 다니며 살았던 탓인지도 모르겠어. 내가 전학 왔을 때 어느 누구도 어떤 아이인지 궁금해 하지 않았고, 다른 곳으로 떠났을 때 어느 누구도 나를 그리워하거나 기억하지 않았지. 소리 소문 없이 슬쩍 끼어들었다가 곧 다시 빠져나와 낯선 학교와 새로운 친구들 사이로 끼어드는 날들이 계속 되었어. 그런 일이 반복되다 보니 나는 이미 투명인간이 되는 기술을 완벽하게 습득하고 있었는지도 몰라.

잭슨 선생님도 나와 아무런 관련이 없다고 주장하는 게 얼마나 쉬운 일인지 잘 알고 있었나 봐. 타인의 눈에 띄지 않는 것에 익숙한 사람은 머리를 소파 아래로 처박은 개가 꼬리가 훤히 드러나 있다는 사실을 모르듯 아무도 자기를 볼 수 없을 거라고 생각하지만 명백한 오산이지. 실제로 위트콤 선생님이 키우던 늙은 테리어 갬빗은 실수로 바닥에 오줌을 쌀 때마다 머리를 소파 아래로 처박는 버릇이 있었어.

고개를 푹 숙이고 있으면 자기를 볼 수 없다고 생각하는 여자들을 찾아다니며 인생을 보내는 남자들이 있지. 그런 여자들만 전문적으로 노리는 사냥꾼들이야. 그들은 멀리 떨어진 곳에서도 그런 여자들을 포착할 수 있었고, 어떻게 다루어야 하는지에 대해서도 잘 알고 있었지. 여자들을 노리는 사냥꾼들은 절대로 방심하지 않아. 그들은 여자들이 눈에 띄지 않게 어디론가 사라져도 언제나 주시하고 있지.

루비는 매일이다시피 리버사이드 파크에 갔어. 뉴욕 생활의 길잡이가 되어주었던 데스클럽 멤버들이 없어 늘 길을 잃고 헤매는 심정이었지. 아마추어 탐정들이 드나드는 게시판의 관심이 벌써 다른 사건으로 옮겨갔다는 사실이 그녀를 더욱 우울하게 만들었어. 요즘 범죄 게시판에서 시선을 독차지하고 있는 사건은 애리조나 주에서 어린 나이에 시신으로 발견된 베스 살인사건이야. 미국의 언론의 관심도 온통 베스 살인사건에 집중되어 있지. 내 사건과 달리 베스 살인사건은 이미 많은 실체적 진실이 밝혀졌어.

루비는 언젠가 나와 관련된 많은 사실들을 알게 되면 어떤 기분이 될지 생각해봤어. 그녀는 허드슨 강가의 현장에 올 때마다 내 이름을 소리 내 불러. 어떤 남자가 그 장소를 향해 다가오는 모습을 보게 될 때마다 지난번에 우연히 마주쳤던 톰을 떠올렸지. 그가 아니라 지나가던 행인이라는 사실을 알게 될 때마다 안도감과 실망감이 교차했어. 현재 깊은 외로움을 느끼고 있는 사람에게는 종종 그런 일이 생기는 법이야. 외로운 사람은 마음이 싱숭생숭해 생각이 수시로 변하지. 이성적인 생각이 갈대처럼 흔들리며 갈피를 못 잡게 되기도 해.

허드슨 강가의 자갈밭에서 깊은 생각에 잠긴 루비가 잊고 있는 사실이 한 가지 있었어.

여자들을 해치기로 마음먹은 사람은 반드시 방법을 찾아낸다는 사실이야.

21

"안녕하세요. 이렇게 또 마주치게 되었네요."

6월로 넘어가기 직전인 5월의 마지막 주가 되었다. 루비는 매일이다시피 허드슨 강가의 자갈밭을 찾았다. 지나가던 사람들이 간혹 루비 옆에 멈춰 서서 난간을 잡고 강물을 바라보거나 미소를 지으며 인사를 건네기도 했지만 대부분 무심하게 지나쳐갔다. 사건 현장은 요즘 뉴욕에서 몹시 외로운 날들을 보내고 있는 루비가 마음을 추스르기 위해 찾아오는 피난처가 되었다. 루비는 아마도 자신이 뉴욕에서 가장 외롭게 지내는 여자일 거라고 생각했는데 그런 자기연민을 부끄러워하지 않기로 했다. 뉴욕에 오게 만들었던 마음의 상처를 밖으로 드러내 치유할 필요가 있으니까.

어젯밤 애시는 루비에게 사진을 보내달라고 했다.

사진을 보면서 기운을 내게 해줘.

애시가 보낸 메시지의 의미를 곧바로 알 수 있었다. 그 메시지가 최근 주고받았던 '*지금 뭐 하고 있어?*' 라든지 '*오늘 내가 뭘 했는지 알아?*' 같은 말들보다는 익숙했다. 루비는 휴대폰 카메라로 셀프 사진을 찍으려다가 도저히 못하겠다는 생각이 들어 그만두었다. 삶을 연기처럼 느끼게 만드는 행위였으니까.

사진을 찍으려고 했는데 기분이 안 내켜.

루비는 그렇게 답장하고 나서 불을 끄고 잠을 청했다. 아침 해가 떠오르자마자 또다시 허드슨 강가의 자갈밭을 향해 걸어갔다. 심리적으로 볼 때 그곳은 세상에서 애시와 가장 멀리 떨어진 장소였다.

(나에게는 심리적으로 가깝고도 먼 장소야.)

그 자리에 다시 나타난 톰이 루비처럼 철제 난간을 잡고 강물을 바라보았다.

루비는 내심 그를 다시 만난 게 반갑기도 했다.

톰은 특유의 자신감 넘치는 미소를 지으며 말했다.

"오늘, 이 자리에 오면 혹시 당신을 만날 수 있지 않을까 기대했어요. 지난번에 우연히 마주친 이후 자주 당신 생각을 했죠."

톰의 직설적인 표현과 마치 그럴 권리라도 있다는 듯이 자신감 넘치게 옆으로 다가와 서있는 그의 모습이 약간의 경계심과 더불어 당혹감을 불러일으켰다.

톰이 윙크를 곁들여 말했다.

"당신처럼 매력적인 여성을 흔히 만날 수 있는 건 아니잖아요."

노골적으로 수작을 부리고 있는 게 분명했다. 그냥 못이기는 척 받아줄까 하는 생각이 들기도 했지만 하필이면 섬뜩한 기억이 있는 장소에 어울리지 않는 가벼운 유혹이라는 느낌이 들었다. 루비의 머릿속에서는 계속 조시에게 호감을 느끼고 키스했던 기억이 아른거렸다.

차라리 멀리 사라져줘.

루비는 마음을 온통 차지하고 있으면서 너무나 외로운 지금 멀리 떨어져 있는 애시와 조시에게 그렇게 말하고 싶었다. 그들 대신 이제 스스럼없이 관심을 표하며 뚫어지게 바라보고 있는 톰을 계속 외면할 수는 없었다.

루비가 뭔가 말하려는 순간, 머리 위에서 갈매기 한 마리가 끼룩거리며 날아갔고, 달리기를 하는 남자가 거친 숨을 토해내며 달려오다가 하마터면 그녀와 부딪칠 뻔했지만 다행히 살짝 스쳐 지나갔다.

톰이 그녀의 팔을 자기 쪽으로 세게 끌어당겼다. 그가 아무런 사과도 하지 않고 멀어지는 남자의 등 뒤에 대고 고함을 질렀다.

"이봐요, 눈을 제대로 뜨고 다녀요!"

톰이 화가 나 식식대며 말했다.

"빌어먹을! 길이 이리 넓은데 하필 사람이 있는 쪽으로 달려오다니!"

그가 손가락이 하얘질 만큼 루비의 팔을 잡고 있다가 놓아주었다. 아주 잠깐일 뿐이었지만 루비는 그의 손가락 하나하나가 팔을 세게 쥐고 있던 느낌이 아직도 얼얼하게 남아 있었다. 그녀는 그의 욕설을 듣고도 무심코 달려가는 남자의 뒷모습을 바라보았다.

톰이 지나치게 예민하게 반응했다는 생각이 들었다. 방금 전에 벌어졌던 일은 지극히 사소한 해프닝에 불과했다. 심장이 벌렁벌렁 뛸 만큼 충격적인 일도 아니었다.

그는 내가 다칠 수도 있었다고 생각해 화를 낸 것뿐이야.

누구나 순간적으로 화가 나는 경우는 있으니까. 루비는 지나치게 가까이 있는 그와 사이를 벌리며 그가 손으로 꽉 잡아 아직도 얼얼한 느낌이 남아 있는 팔을 문질렀다.

톰이 이제야 화가 풀리는지 웃는 얼굴로 해를 바라보았다.

"오늘은 날씨가 화창해서 좋네요."

그가 눈을 지그시 감더니 말을 이었다.

"어제는 비가 그렇게 많이 내리더니 날이 개어서 다행이에요."

루비의 머릿속에서 억수처럼 쏟아지던 비, 입에서 뿜어져 나오던 하얀 입김, 자갈밭에 고인 물이 출렁일 때마다 흔들리던 금빛 머리카락이 연이어 떠올랐다. 루비는 툭하면 떠오르는 그 기억들을 떨쳐버리려고 고개를 흔들었다.

루비가 파란 하늘을 올려다보며 말했다.

"날씨에 따라 많은 게 달라 보이죠."

그들은 철제 난간을 잡고 나란히 서서 따스한 햇볕을 쬐고 있었다. 톰이 그녀의 등에 손을 올려놓았다.

"이 자리에서 당신을 다시 만난 게 의외이기도 해요. 여기서 벌어진 사건을 안다고 했으니까."

그냥 그를 처음 만난 자리라서 혹시 다시 볼 수 있을지 기대하고 찾아왔다고 할까? 그의 수작을 못이기는 척 받아줄까?

루비는 진실을 말하기로 마음먹었다.

"이 자리에서 앨리스 리의 시신을 최초로 발견한 사람이 바로 저였어요."

"그게 정말이에요?"

톰이 몹시 놀란 표정을 지었다. 그 다음은 혼란스러운 표정이 이어졌다.

"거짓말 같아요? 그날 아침에 달리기를 하다가 이 자리에서 시신을 발견했어요."

톰이 입을 딱 벌리는 순간 묘한 표정이 그의 얼굴에 잠시 드러났다가 사라졌다. 루비를 바라보는 그의 눈빛이 이내 진지해졌다.

"시신이 어떤 자세로 쓰러져 있었는지 기억나요?"

톰의 이상한 질문에 루비는 당황해하며 눈을 깜박였다.

"그냥 궁금해서요."

루비는 고개를 절레절레 젓고 나서 뒷걸음질을 쳐 길 한가운데로 물러섰다. 여전히 철제 난간을 잡고 있는 그의 얼굴에 당혹감이 어려 있었다. 이제 그의 얼굴에 걸려있던 미소는 온데간데없이 사라져 있었다. 그의 반응이 예상과 달리 지나치게 예민해 보였다.

루비는 잠시 경각심을 잃고 있었다는 생각이 들었다. 그가 수작을 걸어오면서 얼굴에 드리우고 있던 미소에 넘어가 경계심을 풀어헤쳐 놓고 있었다. 지난번에 그를 만났을 때에도 석연찮은 느낌을 받았던 기억이 났다.

톰이 다시 그녀의 팔을 잡으려고 손을 뻗어왔다.

"제가 너무 무리한 질문을 했나요? 목격자가 처음 시신을 발견됐을 당시 매우 끔찍한 상태였다는 걸 신문에서 본 적이 있어 몹시 궁금했거든요."

사람들은 예의를 지켜야 한다는 생각에 차마 자리를 쉽게 뜨지 못하는 경우가 있었다. 그 자리가 몹시 불편한데 단호하게 결정을 내리지 못하고 우물쭈물하는 경우도 허다했다. 상대의 감정을 상하게 만들 수도 있으니까.

루비는 그의 병적인 호기심으로부터 도망치고 싶었다. 이제 우연히 두 번 마주쳤을 뿐인데 팔에 손을 올려놓는 것도 마음에 들지 않았다. 그럼에도 단호하게 뿌리칠 수 없었다.

"와인이나 한잔하러 갈까요?"

톰은 그렇게 말하더니 손목시계를 보았다.

"오전 11시가 넘었으니 한잔해도 괜찮을 시간이네요."

루비가 마지못해 고개를 끄덕인 순간 누군가 등을 반대편으로 잡아끄는 느낌이 들었다. 그 느낌은 톰을 따라 나서 사람들이 북적거리는 카페에서 마주앉을 때까지 계속되었다.

톰이 피노 그리지오를 두 잔 주문했다.

"저의 선택을 믿고 마셔봐요. 분명 마음에 들 거예요."

여전히 누군가 등을 잡아끄는 느낌이 들었다. 그녀가 뭔가 동작을 취하려 할 때마다 누군가 방해하는 느낌이 들기도 했다.

루비는 마음속으로 자신을 꾸짖었다.

쓸데없는 생각 마. 내가 너무 예민한 거야. 보스턴 출신 트라우마 전문가가 말한 것처럼 과잉 경계심이야. 내 자신을 믿지 못하는 거야. 그냥 자연스럽게 이루어진 자리일 뿐인데 왜 심각한 경고처럼 받아들이려고 하지?

루비는 머리를 가볍게 흔들며 복잡한 심리를 정리하려고 애썼다. 맞은편에 앉은 그가 머리를 흔드는 걸 보지 못해 다행이었다. 루비는 지나치게 과민 반응을 보이는 대신 손으로 만져볼 수 있고, 눈에 보이는 현실에 집중하기로 마음먹었다. 햇볕을 받은 테이블의 따스한 느낌과 와인 잔의 표면에서 느껴지는 매끈한 감촉을 믿기로 했다.

루비는 와인을 조금씩 홀짝이다가 나중에는 크게 한 모금 들이켰다. 혀끝에서 와인의 산미가 느껴졌다. 와인을 마시자 그나마 다시 마음이 안정되어 갔다.

"맛이 어때요?"

"맛있어요."

루비의 대답은 진심이었다. 톰이 대화를 이끌었고, 이야기를 하다가 와인 잔이 비면 곧바로 다시 주문했다. 루비는 와인을 너무 많이 마셔서인지 소변이 마려워 화장실에 다녀오려고 자리에서 일어섰다. 그녀가 화장실에 다녀와 보니 테이블 위에 새로운 와인과 치즈 플래터가 놓여 있었다.

루비가 자리에 앉자 톰이 말했다.

"어떻게 하면 당신을 더 오래 붙잡아둘 수 있을지 생각해 봤어요."

루비는 와인을 네댓 잔 마셨더니 팔다리의 힘이 풀려있었고, 긴장감도 온데간데없이 사라져 있었다.

그날 아침에 달리기를 하러 나가지 않았더라면 좀 더 일찍 알게 되었을 뉴욕의 모습이 아닐까?

평일 오후에 남자를 만나 와인을 마시고, 로맨틱 코미디 영화나 TV 시트콤에서 봤듯이 뉴욕을 맘껏 즐기지 않았을까?

상처를 받아 우울한 여자는 자신감 넘치는 남자를 만난다. 남자는 끈질기게 구애 작전을 펼치지만 상처받은 여자의 마음은 쉽게 열리지 않는다. 남자는 결코 포기하지 않고 헌신적인 애정을 보이고, 급기야 여자는 크게 감동해 굳게 닫혀 있던 마음의 문을 활짝 연다. 카메라는 책임감을 느낄 필요도 없는 주인공들의 삶에 초점을 맞추고, 그들의 주변 사람들은 주어진 일을 하며 평범한 일상을 영위해 간다. 영화에서 이 도시가 활기차게 돌아가는 것처럼 보이는 이유는 오로지 엑스트라들 때문이다. 그들 덕분에 영화는 한결 더 현실적인 느낌으로 다가온다.

루비는 와인을 홀짝거리며 카메라 렌즈에 대해 잠시 생각했다. 이제 제법 취한 느낌이 들었다.

"방금 전에 지은 표정이 재미있네요. 무슨 생각을 하고 있었는지 물어봐도 될까요?"

"영화에 대해 생각하고 있었어요. 뉴욕에서의 삶이 꼭 영화 같다는 생각이 들어요. 어쩌면 영화인데 저만 모르고 있는 것 같다는 생각이 들기도 해요."

"당신이 등장하는 이 영화의 장르는 뭐죠?"

톰이 팔을 뻗어 그녀의 손에 자기 손을 올려놓았다.

"코미디? 미스터리? 로맨스?"

루비는 겹쳐진 그의 손과 검지에 노랗게 물든 담뱃진을 보다가 약지에 반지를 끼고 있었던 흔적이 하얗게 남아 있는 걸 발견했다. 그녀는 재빨리 손을 거두어들였다.

루비가 왜 그런 반응을 보였는지 알아차린 톰이 그녀를 향해 약지를 구부렸다가 폈다. 그가 오른손 엄지와 검지로 반지를 착용했던 왼손 약지를 문지르며 한숨을 쉬고 나서 루비를 바라보지도 않고 말했다.

"지난겨울에 아내와 이혼했어요. 그때부터 반지를 빼고 다녔는데 여전히 흔적이 남아 있네요."

고개를 든 톰의 푸른 눈이 촉촉하게 젖어 있었다.

"블랙 코미디 같았던 저의 결혼 생활 이야기를 구구절절 늘어놓으며 당신을 우울한 기분에 빠뜨리고 싶지는 않군요."

루비는 뭐라고 말해주어야 할지 알 수 없었다. 아주 잠깐이지만 루비는 그와 알몸을 포개고 있는 모습과 그의 푸른 눈이 자신을 빨아들일 듯이 바라보며 유혹하는 모습을 상상해 보았다. 그 장면은 이내 거칠게 뒤엉킨 팔다리와 애무, 어색한 작별 인사로 바뀌었다. 애정 없는 섹스의 찌꺼기들.

루비는 잠시나마 낯선 남자와의 하룻밤이 외로움의 해결책이 될 수 있을 거라고 생각했던 자신이 한심했다.

(여자가 외로워지면 이런 생각을 하게 돼 위험한가 봐.)

루비는 그를 향해 미소를 지어보였다.

"정말 안됐네요. 이별은 늘 사람들을 힘들게 하니까."

"살다 보면 힘든 일들이 있기 마련이죠. 당신도 앨리스 리의 시체를 발견했을 때 정말 무서웠겠어요."

그 말을 하고 나서 톰이 곧바로 사과했다.

"미안해요. 그 이야기를 해서는 안 된다는 걸 알면서도 무의식중에 또 하게 되었네요. 시신을 발견한 사람을 마주해 본 게 처음이라 자꾸만 호기심이 일어요. 게다가 제가 사는 동네에서 발생한 사건이라서."

톰은 조금도 미안하지 않은 것 같은 말투로 계속 말을 이었다.

"범인이 끝내 잡히지 않을 수도 있잖아요. 당신은 현장을 목격한 사람이니까 그날 생각을 하면 밤잠을 설치겠네요. 그런 짓을 저지르고도 벌을 받지 않고 살아가는 사람이 있다니?"

조시와 밤새도록 살인사건에 대한 이야기를 나누었던 기억이 떠올랐다. 주로 살인사건의 통계와 가설에 대한 이야기였다. 조시는 그 이야기를 할 때 너무나 잔혹해 듣기 거북한 부분들을 최대한 부드럽게 순화시켜 말해주었다. 상대에 대한 존중과 배려가 돋보이는 태도였다.

그 반면 루비는 눈앞의 남자에게 화가 치밀었다. 그녀는 그와 앨리스 이야기를 하고 싶지 않았다. 혹시 그가 원한 이 자리와 와인, 치즈 따위가 모두 앨리스에 대한 이야기를 끌어내기 위한 방편이었을 수도 있다는 생각이 들었다. 무슨 이유 때문인지 정확하게 알 수는 없지만 눈앞의 남자가 자꾸만 앨리스 이야기에 집착한다는 느낌을 받았다.

그 사실을 깨닫는 순간 술기운이 확 달아났다.

"이제 일어나야겠어요. 가봐야 할 곳이 있는데 시간이 늦어서요."

"자꾸만 도망치려 하는군요."

루비가 자리에서 일어서자 톰이 인상을 찌푸렸다.

"다음에 제대로 식사 대접을 할 수 있게 전화번호를 알려주세요."

루비는 뭐라고 대답해야 할지 알 수 없었다. 갑자기 막다른 골목에 봉착한 기분이었다.

이런 경우 상대방의 감정을 상하지 않도록 하면서 자리를 벗어날 수 있는 대답이 있을까?

톰이 자리에서 일어나 그녀에게로 다가왔다. 미처 상황을 이해하기도 전에 그가 그녀를 끌어당겨 품에 안았다. 그저 가벼운 작별의 포옹을 하는 것이려니 생각했는데 느닷없이 두 손으로 그녀의 얼굴을 잡고 키스했다. 그의 입에서 새어 나온 시큼한 와인 냄새가 코로 밀려들었다.

허락도 받지 않고 키스한 그가 말했다.

"미안해요, 아까부터 키스하고 싶었는데 겨우 참았어요."

루비는 눈물이 터질 것 같은 기분이었다. 그녀는 떨리는 목소리를 숨기며 말했다.

"이제 그만 가볼게요. 와인, 고마웠어요."

톰이 능글맞은 미소를 지으며 말했다.

"당신의 마음이 바뀔 때까지 충분한 시간을 줄게요."

그가 얼굴에 걸린 미소를 거두어들이며 희미하게 인상을 찌푸렸다.

"리버사이드 파크에 혼자 올 때는 각별히 조심해야 할 거예요. 지난번에도 말했지만 거긴 여자 혼자서 돌아다닐 만한 곳이 못되니까요. 그날 아침에는 비가 억수처럼 내렸는데 혼자 공원에서 무얼 하고 있었죠? 그날 죽은 앨리스는 사진을 찍으려고 강가에 왔다면서요? 당신은 그런 핑곗거리도 없잖아요. 달리기를 하기에 적당한 장소는 강가 말고도 정말 많으니까."

"그날, 비가 그렇게 많이 내릴 거라 예상하지 못했어요. 어디에나 사람들이 있을 거라 생각했죠. 그렇게 으슥한 곳에 혼자 떨어져 있게 될 줄은 미처 몰랐어요."

톰은 카페 안을 채우고 있는 사람들을 향해 잠시 눈길을 던졌다가 다시 그녀를 바라보았다.

"앞으로 몸조심 하겠다고 약속해요."

"걱정해줘서 고마워요. 그 말, 명심할게요."

루비는 간신히 그렇게 대답하고 나서 그 자리를 벗어났다. 그녀는 강을 따라 걸어왔던 길을 되짚어가는 동안 한 번도 뒤돌아보지 않았지만 톰의 날카로운 눈이 계속 뒷모습을 주시하고 있다는 사실을 느낌으로 알고 있었다. 경찰서에 진술하러 갔던 날 안내데스크에 앉아 있던 젊은 남자 앞을 지나칠 때 들었던 생각이 문득 뇌리를 스쳐지나갔다. 그녀가 어디에 사는지 알고 있을지도 모른다는 생각. 혹시 집에까지 따라올지도 모른다는 생각.

루비는 그런 생각이 들자 문득 불안해져 힘껏 달리기 시작했다. 그녀는 공원을 벗어나 거리를 몇 블록이나 지나칠 때까지 달리기를 멈추지 않았고, 눈에서는 아까부터 눈물이 흘러내리고 있었다.

도대체 무슨 생각으로 그와 마주앉아 술을 마셨지?

내가 사람, 그중에서도 나 자신을 믿지 못해 이러는 것인지도 몰라.

루비는 숨이 차고, 가슴이 들썩거리고, 다리가 덜덜 떨리는 가운데 어쩌다가 전혀 원하지 않던 자리를 갖게 되었는지 이해할 수 없었다. 그녀는 집을 향해 달리면서 오늘만이라도 애시에 대해 생각하지 않기로 마음먹었다.

톰과 와인을 마셨던 그날 밤 레니에게서 메시지가 왔다.

무슨 일이 있었는지 이제야 조시에게 이야기를 들었어요. 조시

가 덜 떨어진 짓을 한 건 맞지만 절대로 파렴치한은 아니니까 오해하지 말아요. 답장 부탁해요. 보고 싶어요. xoxo

수도 메시지를 보내왔다.

메시지를 열 번도 넘게 보냈어요. 루비, 제발 전화 부탁해요.

오래지 않아 조시도 메시지를 보내왔다.

나에게 화난 거 알아요. 진심으로 해명할 기회를 주길 바라요. 그 사이에 당신이 관심을 가질 만한 사실을 한 가지 알게 되었어요.

조시가 노아의 주소를 보내주었고, 뉴욕 지도에서 깜박이는 점 하나가 시선을 집중시켰다.

*

루비가 찾아왔을 때 노아는 그다지 놀라지 않았어. 나와 연관되어 있는 누군가가 찾아올 거라고 예상하고 있었으니까. 다만 하필 내 시체를 최초로 발견한 사람이 찾아올 줄은 미처 몰랐지. 노아는 예전부터 나를 잘 알고 있던 사람이 찾아올 거라 예상했으니까.

노아는 악수를 나누고 나서 루비를 집 안으로 안내하면서 그날 아침에 벌어진 일에 대해서는 아무것도 묻지 않기로 마음먹었어. 내가 어떤 모습으로 죽어 있었는지 절대로 알고 싶지 않았으니까.

노아는 차와 커피, 위스키 가운데 무엇을 원하는지 물었어. 루비는 오전 9시였지만 위스키가 마시고 싶다고 했어. 루비의 눈에서는 신비로운 광채가 돌았고, 노아는 곧바로 이 호주 출신 여자가 마음에 들었지. 노아의 기준으로 볼 때 이 시간에 위스키를 마시고 싶어 하는 사람이라면 무조건 괜찮을 거라 생각했으니까. 루비가 자리에 앉자 프랭클린이 옆으로 다가오더니 환영의 뜻으로 그녀의 손바닥에 코를 비벼대며 등을 어루만져주길 바랐어. 프랭클린은 내가 어디에 있는지 찾으려고 자주 두리번거렸고, 가끔 발견할 때도 있었지.

나는 두 사람의 만남이 순조롭게 진행되길 바라며 멀찍이 떨어져서 지켜보고 있었어. 루비와 그녀만큼이나 외로운 노아를 진심으로 좋아했으니까. 두 사람이 뉴욕에서 나를 북엔드처럼 양쪽에서 지탱해주었으니까. 노아는 내가 이 집에서 지낼 수 있도록 허락해준 남자였고, 루비는 내가 죽은 후 계속 나와 함께 있어주었으니까.

두 사람은 잠시 서로에 대해 이야기를 나누었어. 그런 다음 루비는 심호흡을 하고 나서 그날 아침부터 줄곧 품고 있던 질문을 던졌지.

"앨리스 리는 어떤 인물이었죠?"

노아는 자신의 대답이 앨리스를 어떤 인물인지 규정하는 기준이 될 수도 있겠다는 걸 알기에 대답하기에 앞서 루비를 가만히 쳐다보았어. 노아는 마침내 입을 열었고, 그답지 않게 목소리를 약간 떨었지.

"앨리스는 아직 매끈하게 다듬어지지는 않은 아이였어요. 배운 건 많지 않지만 내가 아는 그 나이 또래 여자아이들 가운데 가장 영리한 편이었죠. 내가 뭔가 한 가지를 알려주면 스펀지처럼 빨아들였고, 끝까지 기억했어요. 얼굴도 예뻤고, 마냥 귀엽다고 치부하기에는 지나치게 영민했죠. 전혀 가공되지 않은 날것 그대로의 아이였어요. 앨리스의 이야기를 들어보니 어린 시절에 아이답게 성장할 기회를 아예 상실한 것 같더군요. 그럼에도 앨리스는 자주 천진난만한 아이처럼 굴기도 했죠. 그 아이와 함께 지내는 동안 큰 즐거움을 얻게 되었어요. 그야말로 빛이 나는 아이였고 상대를 편안하고 즐겁게 해주는 아이였죠. 게다가 너무나 순수하고 사랑스러운 아이였어요."

(내가? 난 그런 생각을 해본 적이 한 번도 없는데?)

노아는 나에 대해 알고 있는 이야기들을 루비에게 전부 들려주었어. 우리 엄마 이야기, 내 생일 파티 이야기, 내가 사진 찍기를 좋아하고 라이카 카메라를 보물처럼 애지중지하게 다루었던 이야기까지. 노아는 내가 라이카 카메라를 '못된 선생님'에게서 훔친 물건이라는 걸 알고 있었지만 그 이야기는 하지 않았어. 노아는 불과 얼마 전에 경찰로부터 그 이야기를 들어 알고 있었지만 왠지 들려주기 싫었지.

(노아에게는 정말 숨기고 싶었는데, 그는 이미 내가 잭슨 선생님과 어떤 사이였는지에 대해서도 알고 있어.)

노아는 내가 크라이슬러 빌딩을 좋아했고, 아직 다듬어지지 않은 존 디디온* 같은 면이 보였다고 했어. 노아는 루비에게 나를 처음 만났던 날 내 모습이 집 없는 아이 같았다고 했지. 노아가 나를 마지막으로 본 날, 밤늦은 시간에 피아노를 친다고 가볍게 핀잔을 주었던 날, 내가 초조해하는 걸 미처 알아채지 못했다며 눈물을 보이기도 했어. 그날, 밤늦은 시간까지 나를 앞에 앉혀두고 마음속에 담아두고 있는 걱정거리들을 모두 털어놓으라고 하지 못한 게 후회된다고.

"내가 그 아이의 고통이 뭔지 빠짐없이 알고 있었더라면 얼마나 좋았을까요."

노아는 말끝을 흐렸고, 루비는 그에게서 들은 내 이야기 때문에 감정이 울컥했어. 그녀가 노아를 향해 손을 뻗었지. 노아가 피하지 않자 그녀는 그의 손을 꼭 잡아주었어.

루비가 나지막이 말했어.

"앨리스가 그렇게 떠날지 어느 누가 알았겠어요. 조만간

* Joan Didion 미국 작가.

다시 찾아뵈어도 괜찮을까요?"

노아가 좋다는 뜻으로 고개를 끄덕였지.

"얼마든지요."

그날 오후 루비는 침대에 앉아 노아에게서 들었던 이야기를 되새겨 보았어. 그때 문득 톰이 와인을 마시며 했던 말이 떠올랐지.

앨리스는 사진을 찍으려고 강가에 왔다면서요.

루비는 그 순간 몸을 벌떡 일으키며 마주 댄 손끝을 입가로 가져갔어.

노아가 들려준 놀랍고도 아름다운 이야기들 가운데 분명 라이카 카메라 이야기가 있었지. 루비는 정신을 집중해 기억을 더듬어 보았어. 노아가 해준 이야기에 따르면 나는 라이카 카메라를 애지중지했고, 뉴욕을 사진에 담아 남기고 싶다며 사진학교에 입학할 예정이었다고 했었지. 루비는 곰곰이 생각해 보았어. 앨리스가 사진 찍길 좋아했다는 사실이 이미 세상에 공공연히 알려진 사실이었나?

루비는 내 사건을 다룬 신문기사와 게시판을 거의 빠짐없이 읽어보았지만 카메라 이야기를 본 기억이 나지 않았어. 그녀는 노트북 화면을 열고 내 이름을 키워드로 관련 기사를 검색했지. 그 어떤 기사에도 라이카 카메라와 사진 이야기는 등장하지 않았어. 그 다음에는 아마추어 탐정들이 주로 드나드는 게시판에 접속해 그날 아침 내가 리버사이드 파크에 간 이유가 무엇인지에 대해 대화를 나눈 게시물을 모두 살펴보았지. 어쩌면 톰도 아마추어 탐정 게시판에서 활동하고 있는 아마추어 탐정일 수도 있으니까. 그가 사는 동네 근처에서 내 시신이 발견되었고, 깊은 관심을 갖고 게시판을 훑어보다가 카메라에 대한 정보를 얻게 되었을 수도 있으니까. 게시판을 샅샅이 뒤지며 나와 관련된 글들을 모두 읽어 보았지만 카메라 이야기는 끝내 찾을 수 없었지. 간혹 내가 매춘, 노숙, 실패로 돌아간 채팅과 관련이 있을지도 모른다는 막연한 추론이 있었지만 공원에 사진을 찍으러 갔다는 이야기는 그 어디에서도 찾을 수 없었어.

이곳에서 어떤 여자가 살해당했어요.

루비의 심장이 쿵쿵 뛰기 시작했고, 톰이 했던 말들을 모두 머릿속에 떠올려 보려고 애썼어. 그녀가 마땅찮아 하는데도 그가 계속 내가 어떤 자세로 죽어있었는지 물었던 게 떠올랐지. 달리기를 하던 사람이 그녀의 몸을 스치고 지나갔을 때 지나치게 과민 반응하며 화를 내던 모습도 생각났어. 톰이 기습적으로 키스했을 때 예의 없다는 느낌을 받았지만 과연 끔찍한 살인을 저지른 범인으로 몰아도 될지는 여전히 의문이었지. 아마추어 탐정들이 드나드는 게시판을 자주 들락거리다보니 사소한 단서를 앞세워 전혀 근거 없는 사실들을 억지로 연결시키고 꿰어 맞추고 있는 건 아닌지 의심되기도 했어.

루비는 어쩌면 주로 혼자 지내다보니 예민한 생각을 갖게 된 것인지도 모른다는 느낌이 들었어. 데스클럽에 나가지 않게 된 이후 생긴 빈자리를 어떻게든 채워보고 싶어서.

그럼에도 스멀스멀 머릿속으로 스며든 생각은 좀처럼 사라지지 않았어.

톰과 또다시 마주친 게 과연 우연이었을까? 지난주, 아니 지지난주에도 톰이 그 자리에 서서 난간을 잡고 허드슨 강을 바라보고 있었다면? 그가 훨씬 오래 전부터 그 자리를 즐겨 찾는 사람이었다면? 그렇다면 그가 혹시 그날 아침에도 그 자리에 있지 않았을까?

루비는 둥글고 검은 렌즈 캡을 발로 밟던 걸 기억해 내지 못했어. 그녀가 발로 밟아 부서뜨린 건 내가 라이카 카메라가 비에 젖지 않도록 재킷 안에 넣고 강가로 가던 길에 떨어뜨린 렌즈 캡이었지. 그날 나는 서두르느라 렌즈 캡이 빠져 길바닥에 떨어진 사실을 미처 몰랐어. 그날 아침에 너무 많은 일들이 일어났었으니 루비가 기억 못하는 건 어쩌면 당연해.

아무튼 상관없어.

더 크고 결정적인 발견이 루비를 기다리고 있었으니까.

22

루비가 수의 집에 도착했을 때 레니는 주방에서 채소를 썰고 있었다. 레니가 칼질을 할 때마다 날카로운 칼날이 아슬아슬하게 손을 베지 않고 채소를 정확하게 썰었다.

그 집에 도착했을 때 수가 문을 열어주며 부드럽게 타이르듯이 말했다.

"다시는 우리 앞에서 말없이 사라지기 없기예요."

루비가 집 안으로 들어섰을 때 레니는 수보다 섬세하지 못한 말을 던졌다.

"도대체 어디 갔다 이제야 나타난 거예요?"

"미안해요."

루비의 눈에 눈물이 고였다.

"혼자 집에 틀어박혀 생각해봐야 할 일이 있었어요."

수와 레니는 루비가 보낸 SOS 메시지에 즉각 응답했다. 루비는 답장이 오자마자 두 사람이 살고 있는 브루클린의 아파트로 향했다. 따스한 위로와 레니가 손수 만든 요리가 기다리는 그들의 집으로.

이상한 일이 있었어요. 두 분의 의견을 꼭 들어보고 싶어요.

루비가 두 사람에게 보낸 긴급 메시지였다. 루비는 작은 방 안에서 혼자 머리를 싸매고 생각에 몰두하자니 미쳐버릴 것 같아 두 사람에게 갑자기 연락했다. 수와 레니가 아무런 반감도 표하지 않고 자신을 기다리고 있었다는 사실을 깨닫자 갑자기 창문을 여는 순간 시원한 바람이 방 안으로 들이닥쳤을 때처럼 가슴이 후련했다.

루비는 수가 서툴게 칼자루를 쥔 레니의 그립을 고쳐주고 다시 자기 몫의 재료를 써는 모습을 지켜보았다. 그다지 각별한 의미를 담지 않은 행위였지만 루비의 눈에는 수의 친밀감이 엄마처럼 푸근하고 자연스러웠다.

수가 와인을 따라 루비에게 건넸다.

어쩌면 진실한 우정이란 이런 것인지도 몰라. 조용하면서도 편안하고 따스하게 위로를 전하는 것.

데스클럽 멤버들과의 우정에 대해 긍정적인 결론을 얻기까지 너무 오랜 시간이 걸렸다. 친구들에게 비밀의 대상이 되기보다는 힘들 때나 즐거울 때나 늘 옆에 있어주는 존재가 되는 게 바람직하다는 사실을.

때로는 당신이 어떤 사람인지 도저히 이해가 안 돼!

애시가 이런 말을 쏟아낸 게 몇 번인지 헤아리려면 손가락과 발가락을 다 합쳐도 모자랐다.

루비는 아직 톰에 대한 이야기를 어디서부터 시작해야 할지 결정하지 못했다. 그녀가 입을 열려는 순간 레니가 고개를 돌려 마주보며 말했다.

"조시와 이야기를 나누어 봤어요?"

루비는 톰에 대한 이야기를 잠시나마 뒤로 미루고 다른 이야기부터 시작할 수 있게 되어 차라리 다행이라는 생각이 들었다.

"제가 뉴욕으로 온 이유 가운데 아직 말하지 않은 게 있어요."

루비가 초조하게 입을 열자 수는 칼질을 멈추고 귀를 기울였고, 레니는 벌써부터 숨을 참으며 긴장한 표정을 지었다.

"제가 호주를 떠난 이유 가운데 하나는 바람을 피우고 있었기 때문이죠. 제가 만나던 사람은 올 하반기에 다른 여자와 결혼해요. 저는 오랫동안 약혼자가 있는 남자를 만나온 거예요. 그가 저를 선택해주길 기다리며 고통스러운 시간들을 견뎌오다가 그 남자와의 관계를 정리하기로 결심하고 뉴욕에 왔죠. 조시에게 좋은 감정을 느끼게 되었는데 결혼한 남자라는 걸 알게 되었죠. 문득 호주에서의 불행이 또다시 반복될지도 모른다는 생각에 마음이 불안했어요."

루비는 멜버른에서 뉴욕까지 그녀를 힘들게 했던 상처와 수치심에 대해 이야기했다. 그녀는 말을 하면서 줄곧 눈물을 흘렸다. 레니가 자리에서 일어나 그녀를 꼭 안아주었다.

"이제야 어떻게 된 사연인지 알겠어요."

레니는 자기도 모르게 울먹이며 말했다.

"호주에서 괴로운 사연이 있었을 거라 짐작했는데 이제야 알게 되었네요. 좀 더 일찍 털어놓지 그랬어요."

"그러게요."

수는 옆에서 레니의 말을 거들면서 짧게 자른 머리를 손가락으로 꾹꾹 눌렀다. 그녀가 말을 하기 전에 생각을 정리하는 습관이었다.

"솔직하게 말해줘서 고마워요. 나는 당신이 겪었던 지난 일들에 대해 옳고 그름을 판단하지 않을래요. 다만 조시의 경우 당신이 호주에서 겪었던 일들과는 분명 다르다고 생각해요. 조시는 부인과 별거한 지 정말 오래되었죠. 그렇잖아도 조시에게 여러 번 서류 정리를 해두어야 한다고 잔소리를 한 적이 있는데 끝내 이런 일이 발생하네요. 서류상 부부이기는 해도 두 사람의 관계는 이미 오래 전에 끝났다고 봐야 해요."

수가 동의를 구하는 표정으로 레니를 바라보았다. 그러자 레니가 공감한다는 뜻으로 고개를 끄덕였다.

"우리는 조시가 당신과 함께 새로운 인생을 찾길 바랐어요. 조시는 툭하면 당신 이야기를 했거든요."

루비는 눈을 깜박이며 방금 전 수가 한 말의 의미를 생각해 보았다. 지난 이틀 동안 너무 많은 일들이 있었기에 정리하기 쉽지 않았다.

(수는 내 이름을 알게 된 지도 얼마 되지 않았어.)

루비는 머릿속에서 *앨리스*가 놀랄 만큼 뚜렷이 떠오르는 바람에 오늘 이 집에 오게 된 가장 중요한 목적을 기억하게 되었다. 그녀는 와인을 한 모금 들이켜면서 조시에 대한 생각을 잠시 뒤로 미뤄두기로 했다.

"무슨 말씀인지 이해했어요. 정말 고마워요. 다만 조시에 대해서는 다시 한번 차분하게 생각해 볼게요. 사실 오늘은 긴히 의논해야 할 문제가 있어 두 분을 만나자고 했어요."

루비는 두 사람에게 어제 톰을 만났던 이야기를 차분하게 들려주었다.

"제가 앨리스 리의 시체를 발견한 바로 그 자리에서 톰과 우연히 마주쳤어요. 처음에는 서글서글한 태도를 보이며 붙임성 있게 다가와 그에 대해 전혀 의심하지 않았죠."

톰에 대해 이야기하는 동안 루비는 앨리스의 시신을 처

음 목격했을 당시 경찰서에 출두해 오번 형사에게 진술했던 일이 떠올랐다. 그 당시 오번 형사는 디테일한 일들까지 모두 기억해 내려면 시간이 오래 걸릴 수도 있다고 했었다. 루비는 두 사람에게 그동안 톰을 두 번 만났던 일과 그에 대해 느꼈던 인상을 최대한 객관적이고 선명하게 전달하려고 애썼다. 우선 톰과 시체를 발견했던 강가의 자갈밭에서 우연히 마주쳤던 순간 이후 그에 대해 기억하고 있는 모든 사실들을 순차적으로 정확하게 말해주었다. 톰이 '사진'에 대한 이야기를 언급했던 당시 상황을 설명할 때는 자기도 모르게 목소리가 떨려 나왔다. 그가 기습적으로 키스를 시도했던 이야기도 했고, 그의 사소한 동작 하나하나까지 상세히 설명했다. 그 다음으로 조시에게서 온 메시지, 노아를 만났던 이야기에 대해서도 설명을 덧붙였다.

"노아가 들려준 앨리스 이야기는 어찌나 동화 같던지 마치 선물을 받은 느낌이었어요."

루비는 지금 자신이 하고 있는 말들에 얼마나 중요한 의미가 깃들어 있는지 알고 있었다.

루비의 머릿속에서 문득 조시가 꽃다발을 건네듯 휴대폰을 보여주었던 일이 떠올랐다. 앨리스가 활짝 웃는 얼굴이 화면 가득 떠올라 있었다.

루비는 심호흡을 크게 하고 나서 말을 이었다.

"톰을 만나는 동안 계속 불편한 느낌이 들었어요. 그가 앨리스에 대한 이야기를 듣기 위해 무리하게 접근하고 싶어 한다는 느낌을 받았기 때문이에요."

루비는 다시 톰에 대한 이야기가 시작된 지점으로 돌아왔다.

"오늘, 저는 두 분을 만나러오는 동안 나름 걱정이 많았어요. 혹시라도 두 분이 면전에서 저를 외면하며 문을 닫아버릴까 봐 두려웠거든요. 톰이 했던 말 가운데 도저히 납득할 수 없는 부분이 있었어요. 톰은 그날 저에게 앨리스가 사진을 찍기 위해 현장에 왔었다고 했죠. 앨리스가 사진을 찍기 위해 현장에 간 사실은 아직 담당 형사도 모르는 일이에요. 톰은 당사자가 아니고서는 도저히 알 수 없는 사실을 알고 있는 셈이죠. 저는 노아를 만나보고 나서야 앨리스가 사진학교에 입학하기 위해 포트폴리오를 준비하고 있었다는 이야기를 처음 들었어요. 앨리스가 사진에 관심이 있었다는 사실은 언론에서도 전혀 다룬 적이 없어요. 톰은 그 사실을 어떻게 알고 있을까요?"

루비는 정신을 집중시켜 말하느라 기진맥진해질 정도로 지쳤다. 레니와 수의 표정을 보니 다행히 두 사람은 그녀의 말을 정확하게 알아들은 눈치였다.

"세상에! 그 말이 틀림없는 사실이죠?"

레니는 할 말을 잃은 듯 잠시 루비를 멍하니 바라보다가 고개를 돌려 수에게 어떻게 생각하는지 눈빛으로 물었다.

수는 잔 세 개에 차례로 와인을 따르는 동안 깊은 생각에 잠겨 말이 없었다. 와인을 따르는 그녀의 손이 떨리고 있었다. 두려움 때문이 아니라 분노 때문이었다.

"가엾기도 해라. 앨리스는 우리 리사 또래더군요. 아직 파릇파릇한 나이인데 그런 끔찍한 일을 당하다니 정말이지 분노가 치밀어요. 힘이 약해 방어할 능력이 없는 여자들의 목숨을 함부로 빼앗는 개자식들에게요."

레니가 맞장구를 쳤다.

"나도 화가 나서 미쳐버릴 것 같아요. 그런 한편 너무나 잔혹한 살인이라 겁이 나기도 해요."

레니가 잔을 가득 채운 와인이 출렁거리다가 테이블 위로 넘쳐흐르는데도 아랑곳하지 않고 커다란 눈으로 루비를 바라보았다.

"톰이 살인자라고 확신해요?"

아직 톰이 범인이라고 단언할 수는 없었다. 아마추어 탐정들이 즐겨 드나드는 게시판에서 범죄를 논하는 글타래를 많이 읽어보았다고 해서 누구나 범죄 전문가가 될 수 있는 건 아니니까. 상상의 날개를 펼치고 인터넷을 돌아다니다가 저명한 프로파일러의 범죄 심리 분석을 많이 읽어봤다고 해서 범인을 특정할 수 있을 만큼 전문 지식을 갖추었다고 볼 수는 없으니까. 과학수사대가 현장 감식을 하는 모습, 제닝스 형사가 수사하는 모습, 오번 형사가 참고인 진술을 청취하며 날카롭게 질문하는 모습을 실제로 보았지만 톰이 어제와 오늘 혹은 다른 날에 허드슨 강가를 찾은 동기를 명확하게 알아냈다고 확신할 수는 없었다. 톰의 마음속을 훤히 들여다볼 수는 없으니까.

"톰이 앨리스 이야기가 나오면 지나치게 집착하는 모습을 보이기도 하고, 경찰도 모르는 정보를 알고 있긴 하지만 아직 살인자로 단정하기에는 단서가 부족해요."

수가 말했다.

"그렇긴 하죠. 나는 이렇게 묻고 싶어요. 루비, 당신은 자신의 본능을 믿어요?"

루비는 대답하기 전 그 질문의 의미를 생각해 보았다. 어두운 갓길에서 시동을 켜고 정차 중인 차가 마음에 걸려 길을 건너 피해갔던 일, 뒤에서 걸어오던 남자가 너무 가까이 따라붙는 바람에 휴대폰을 꺼내들고 가족과 통화하는 척했던 일이 떠올랐다. 지하철에서 무섭게 생긴 남자가 옆자리에 앉는 바람에 내리는 척하며 다른 칸으로 옮겨갔던 일, 초면에 술을 사주겠다는 남자에게 *'고맙지만 괜찮아요.'* 하고 답했던 일들이 연상되었다. 그때도 본능을 믿었다기보다는 나름 자신을 보호하기 위해 내린 결정이었다. 그녀의 본능이 옳았다면 정말 위험한 상황이 벌어졌을 수도 있었으니까.

그 사실을 자각한 순간 루비는 마치 허공에 뜰 정도로 몸을 덜덜 떨었다.

"제 본능이 옳을 수도 있다는 생각이 들어서 겁이 나요. 만약 제 본능이 옳다면 톰이 범인일 수도 있으니까요."

루비의 머릿속에서 함께 술을 마시던 날 조시가 해준 말이 문득 떠올랐다. 두 사람이 마침내 앨리스의 이름을 알게 된 첫날이었다.

"범인이라고 늘 괴물의 모습을 하고 있지는 않아요. 때로는 평범한 사람도 끔찍한 범죄를 저지를 수 있는 충동을 자제하지 못하는 경우도 있고요."

지나치게 사소해 놓쳐버릴 뻔했던 단서였다. 진실은 늘 그 자리에 있는 법이었다. 자갈과 흙 속에 반쯤 숨겨진 채로. 눈에 띄길 기다리면서.

*

그날, 루비는 밤새 잠을 이룰 수 없었어. 레니와 수는 당장 경찰에 신고하자고 했지만 루비는 원룸으로 돌아가 한 번 더 고민해보고 결정할 생각이었지.

"내일 아침에 담당 형사에게 제보할게요."

루비는 두 사람에게 그렇게 대답해 주었어.

오번 형사는 본능적인 직감 말고, 확실한 증거를 원하는 사람이라서 만나서 무슨 이야기를 할지 미리 정해두어야 할 필요성이 있었으니까. 루비의 머릿속은 온통 톰과 나눈 이야기들로 가득 찼어. 이제야 그의 말이 *전부 다 문제가 있다*는 사실을 알 수 있을 것 같았지. 분명 한 가지 사실은 명백해 보였어.

톰은 앨리스에 대해 무언가를 알고 있다.

루비의 생각은 다시 처음의 자리로 돌아왔지.

그 아이는 폭우가 쏟아지고 있는데도 사진을 찍겠다고 그 자리에 나왔죠.

루비는 아무리 생각해봐도 톰이 그 사실을 알 수 있는 방법이 없었어. 그녀는 강가의 자갈밭에서 최초로 내 시신을 발견했고, 사건의 진실을 알아보기 위해 아마추어 탐정들이 즐겨 찾는 사이트를 자주 드나들었지.

톰이 그 중요한 사실을 어떻게 알게 되었을까?

젠장맞을!

그날 아침과 똑같은 기분이었어. 방은 너무 작고, 생각은 지나치게 확장되었지. 어둠 속에서 몸을 일으키고 러닝화를 신는 순간 루비는 아직 꿈속을 헤매는 기분이 들었어. 아파트를 나와 리버사이드 파크를 향해 가는 길은 그날 아침과 마찬가지로 텅 비어 있었지. 비가 내리지 않는다는 점이 그날과 달랐을 뿐이야. 해뜨기 전이고 차가 다니지 않아 사방이 온통 고요했고, 루비는 절망감을 느꼈어. 그날 아침에는 애시 때문에 절망감을 느꼈던 기억이 났지. 손목시계를 보니 30분 뒤면 해가 떠오를 시간이었어.

루비는 동 트기 직전의 하늘이 밝아지는 모습을 보며 용기를 냈지. 그녀는 보폭을 크게 해 달리며 리버사이드 파크 안으로 들어갔어. 몸에서 솟구친 아드레날린이 그녀를 강가로 이끌어가고 있다는 게 나에게도 느껴졌지.

가지 마!

나는 고함을 질러서라도 루비를 말리고 싶었지만 불가능했어. 루비의 마음을 돌려 원룸으로 돌아가게 하고 싶었지만 방법을 찾아낼 수 없었지. 가능하면 하늘을 반으로 쪼개서라도 폭우가 쏟아지게 하거나 땅을 뒤집어 공원의 나무들을 다 쓰러지게 했을 거야. 하지만 루비는 계속 달렸어. 내가 안타까워하는 모습을 보거나 내 말을 들을 수 없었으니까. 게다가 강가의 자갈밭에서 어떤 일이 기다리고 있을지 전혀 몰랐으니까. 나는 그녀가 계획을 바꾸도록 하기 위해 절박한 마음으로 강가와 트랙 사이를 이리저리 돌아다녔어.

아직 이른 시간이었지만 공원에는 달리기를 하거나 자전거를 타는 사람들이 간혹 눈에 띄었지. 나는 그 사람들이 진로를 바꿔 루비가 있는 쪽으로 가게 해보려고 애썼지만 뜻대로 되지 않았어.

다행스럽게 루비가 달리기를 멈췄어. 하늘은 아직 어둡고, 허드슨 강이 있는 쪽은 더욱 어두컴컴했어. 루비는 지금 사건 현장이 보이는 곳에서 아래쪽을 내려다보고 있는 중이야. 루비가 계단을 내려가면 바로 강가의 자갈밭이야. 루비는 지금 머릿속으로 그날 아침에 강가를 향해 걸어갔던 나는 어떤 기분이었을지 생각해보고 있어. 그냥 알 수 없는 힘에 이끌려 신변의 안전을 돌보지 않고 강가로 내려갔을까? 위험을 무릅쓰고라도 반드시 해야 할 일이 있었기에?

그날 아침, 공원에서 혼자 뭘 하고 있었던 겁니까?

루비는 조심조심 계단을 내려갔어. 계단 중간쯤에 도달했을 때 드디어 그녀의 눈에 내가 지금껏 온 힘을 다해 다가가지 못하도록 막았던 그 물건이 보였어. 톰 마틴이 강가의 자갈밭에서 어떤 물건을 떨리는 손으로 주워 들고 바라보고 있었지. 그는 이번 주에 매일 사건 현장을 찾아왔어. 그것도 언제나 해뜨기 전에. 톰은 사건 현장에 서서 눈을 지그시 감고 있는 중이야. 나 역시 매일 아침 이곳을 방문했어. 나는 루비를 어떻게 하려는 그의 음험한 욕망이 점점 커져가는 걸 알고 있었기에 비명이라도 지르고 싶었지. 두 사람이 처음 만난 날 나는 그의 귀에 대고 뭔가 속삭였고, 그가 그 말을 입 밖으로 꺼내게 만들었지.

이곳에서 어떤 여자아이가 살해당했어요.

나는 갈매기가 소리 내어 울며 날아가게 만들었고, 그와 루비가 마시는 와인에 시큼한 맛을 더했지. 그가 허락도 받지 않고 루비에게 기습적으로 키스하는 순간에는 그의 입을 손으로 막았어. 루비의 입술에 내 차가운 손의 느낌이 전해지도록 한 거야. 내 노력만으로는 루비의 마음을 바꾸도록 하기에 역부족이었지. 루비를 그에게서 떨어뜨려놓고 싶었지만 끝내 실패로 돌아갔어.

루비는 이제 몸을 덜덜 떨기 시작하더니 본능적으로 계단을 뛰어 올라갔어. 허드슨 강을 바라보고 있는 톰이 언제라도 몸을 돌려 쳐다볼 경우 그녀의 존재를 알아차릴 수 있는 위치였지. 톰이 쫓아오려면 자갈밭을 지나 철제 난간을 기어올라야 할 테니까 제법 시간이 많이 걸릴 수밖에 없었어. 루비는 짧은 순간에 그런 계산을 마쳤지. 하지만 그렇다고 안전이 보장된다고 확신할 수는 없었어. 맞서 싸울지, 도망칠지, 그 자리에 서있을지 선택해야 하는 순간이었지.

루비는 도망쳐야 한다고 생각했지만 머릿속에서 분노가 끓어넘치고, 몸에서 불길이 활활 타오르고 있었어. 그녀는 계단을 달려 내려가 그와 한바탕 격투를 벌이는 장면을 상상하고 있는 중이야.

루비, 터무니없는 상상이야!

나는 그렇게 소리쳐주고 싶었지만 방법이 없었어.

이제 루비는 추호도 의심하지 않았어. 루비는 이제 톰이 범인이라고 확신하게 되었지. 이틀 전 허락도 받지 않고 키스한 남자가 나를 강간하고 살해했다는 사실을.

내가 톰에게 미처 하지 못했던 말이 있다는 걸 이제야 깨달았어.

난 어떻게 거절해야 할지 몰랐고, 당신은 내 동의를 기다리지 않았어.

우리는 경고의 종소리가 울려도 듣지 않고 무시해 버리는 경우가 종종 있어. 우리의 본능이 위험하다고 경고를 보내도 무시하고 넘겨버리는 경우가 많아. 우리는 흔히 정중하게 예의를 갖추고 점잖게 말하면 상대방이 알아듣고 스스로 물러설 것이라고 생각하지. 그가 친절을 가장한 말을 하고 미소를 짓고 나서 우리 몸에 손을 대면 그저 이 순간이 어서 지나가기만을 기다리며 참으려고 해.

비바람이 몰아치던 그날 아침에 그가 자갈밭을 걸어와 내 옆에 서더니 말했어.

"정말 멋진 곳이지?"

그 말을 듣는 순간 나는 겁이 나지는 않았지만 경계심이 일었어. 그 순간 본능적으로 이제부터 적절히 대처하지 않을 경우 심각한 일이 발생할 수도 있다는 걸 느꼈지. 내가 어떻게 대처하는지에 따라 그가 계속 이 자리에 머물지, 아니면 다른 곳으로 떠날지 결정할 거라고 생각했어.

앞이 보이지 않을 만큼 쏟아지는 폭우 속에서 그가 내 앞에 나타났을 때 머릿속에 떠올렸던 순진한 생각이야. 그 당시만 해도 나는 사실 안전 문제에 대해 그리 심각하게 생각하고 있지 않았어. 그때는 오전 5시 30분이었고, 비가 내리고 있었기 때문에 주변 공기가 서늘했지. 나는 파카를 벗어 우산처럼 카메라에 씌워두었기 때문에 두 팔의 맨살이 그대로 드러나 있었어. 피부에서 느껴지는 빗방울의 감촉과 얼음처럼 찬 공기가 기분을 스산하게 했지만 나는 설마 무슨 일이 있으려니 생각하며 사진을 찍을 준비에 몰두했지. 허드슨 강 저편의 건물들에 불이 켜지기 시작하면서 어두운 하늘을 희뿌옇게 밝히기 시작했지. 그때 나는 어느 누구에게도 구속되어 있지 않은 존재라고 생각했어. 잭슨 선생님에게 연결되어 있던 줄도 느슨해졌고, 어쩌면 완전히 끊어진 것 같기도 했으니까. 그날 새벽에 잭슨 선생님은 자다 깬 목소리로 전화를 받았어. 나는 그가 '여보세요?'를 반복하는 목소리를 말없이 듣고만 있었지. 그러다가 그가 내 이름을 말했어.

"너, 앨리스지?"

몹시 지친 목소리였어.

"앨리스 맞지?"

"카메라를 가져가서 미안해요."

나는 끝내 그렇게 말했고, 그는 한숨을 푹 쉬고 나서 물었어.

"앨리스, 어디에 있니?"

그 순간 나는 침실을 둘러보며 내 새로운 삶을 눈에 담아보았어. 서랍장 위에 놓인 사진학교 브로슈어가 유난히 눈길을 끌었지. 내 펜이 닿길 기다리는 포스트잇, 개들이 흔히 보이는 행동을 알려주는 책 한 권, 침대 아래 놓인 보라색 운동화 한 켤레가 차례로 시야에 들어왔어.

바깥에서는 요란한 천둥소리가 울려 퍼졌고, 커튼을 살짝 올리고 바깥을 내다보니 비바람 몰아치는 새벽하늘이 눈에 들어왔지.

"집에 있어요."

나는 그렇게 대답하면서 지금껏 내가 했던 모든 말처럼 그

말 역시 진실이라고 생각했어.

"앨리스, 괜찮지?"

"네, 저는 괜찮아요."

그렇게 대답한 다음 나는 몇 분 동안 침묵을 지키며 가만히 있었어. 나는 잭슨 선생님이 내가 떠난 이후 지난 한 달 동안 어떤 기분이었는지 모두 털어놓기를 기대했는데 그는 끝내 말이 없었지.

"이제 끊을게요."

마침내 나는 그렇게 말했어.

"제가 잘 살아 있다는 걸 알려주려고 전화했어요."

잭슨 선생님은 계속 침묵으로 일관했고, 나는 전화를 끊었어.

잭슨 선생님의 숨 막히는 침묵이 내가 리버사이드 파크로 가게 만든 원인 가운데 하나였다는 걸 부인할 수 없을 거야. 그가 나를 얼마나 작게 만들고 싶어 했는지 비로소 알 수 있을 듯했어. 그 순간 나에게는 온몸을 쭉 펴고 시원한 공기를 들이마실 넓은 공간이 필요했지.

잭슨 선생님은 내가 제멋대로 통제할 수 있는 대상으로 남아주길 바란 거야. 그는 내가 실수할 여유를 주지 않았지. 그가 어떤 사람인지 알아갈 기회를 주지 않았어. 그가 정해준 틀 안에서 행동해주길 바랐고, 그의 뜻을 거스르지 않길 바랐지. 한동안 나는 그의 길들이기가 사랑인 줄 알았던 거야.

이제부터 그가 나에게 정해준 틀을 깨고 밖으로 나가고 싶었어. 그의 구속으로부터 벗어나 자유로워지고 싶었지. 나의 세계관이 크게 확장되는 순간이었어. 나는 집을 나와 두려움 없이 리버사이드 파크를 향해 걸어갔지. 처음 느끼는 자유의 짜릿한 맛을 맘껏 음미하며 톱밥을 뿌려놓은 개 운동장을 지났어. 노아의 말에 따르면 여름에는 개를 데리고 산책 나온 사람들로 미어터지는 곳이었지. 나도 날씨가 활짝 개면 개들을 데리고 운동장에 나와야겠다고 생각했어.

비 오는 하늘을 향해 얼굴을 들었더니 뺨에 부딪는 빗방울이 따갑게 느껴질 정도로 굵어 다시 고개를 숙였지. 번개가 하늘을 갈랐고, 지축을 흔들 만큼 큰 천둥소리가 사방으로 울려 퍼졌어. 나는 비가 와 차가워진 공기를 들이마시면서 내가 폭풍우만큼이나 강한 존재이고, 무엇을 하든 성공할 가능성이 충분한 사람이라고 생각했지. 순간적으로 나는 사진학교에 제출할 포트폴리오에 폭풍우를 담고 싶었어. 폭풍우처럼 강렬한 열정을 가진 예술가가 되고 싶었으니까.

바로 그때 낯선 남자 하나가 자갈밭으로 기어 내려오더니 나를 향해 다가왔어. 그는 맨살이 드러난 내 팔을 빤히 바라보다가 불이 꺼진 담배를 흔들어 보이며 라이터를 빌릴 수 있는지 물었지. 아마도 내가 대답 대신 고개를 살짝 저은 것이나 전혀 관심 없다는 듯 다시 라이카 카메라를 향해 몸을 돌려버린 게 그의 기분을 거스르게 했을지도 몰라. 나는 라이카 카메라의 뷰파인더로 폭풍우 치는 하늘을 바라보았어. 그때 방금 전 주변을 환하게 밝혔던 번개가 마치 사람의 혈관 같다는 생각이 들었지. 하늘에서 뻗어 내려온 핏줄.

그 순간 내 몸을 내리친 건 번개가 아니라 라이터를 빌려 달라고 했던 그 남자였어.

계단 위에서 톰을 내려다보고 있는 루비의 머릿속에서 그날 그가 나에게 저지른 짓이 그려졌어. 루비의 머릿속에는 그의 온몸에서 번들거리는 피가 보였지. 나는 어떻게 루비가 그 모습을 정확하게 떠올릴 수 있는지 알 수 없었어. 루비가 갑자기 내 눈으로 세상을 보기 시작한 것이라는 느낌이 들었지. 하늘을 거울처럼 반사하는 허드슨 강을 보려고 자갈밭으로 내려가는 나, 뷰파인더에 눈을 대고 셔터만 누르면 폭풍우가 치는 장면을 렌즈에 담아낼 수 있을 거라고 자신하는 나, 그러다가 어둠 속에서 빛나는 남자의 눈을 알아차리고 깜짝 놀라는 나.

루비는 내게로 다가오는 그의 모습에서 그로테스크한 박동이 전깃불처럼 튀고 있는 걸 보았어. 너무나 끔찍한 일이지만 루비는 그 순간 갑자기 그날 아침에 내가 느꼈던 모든 것들을 그대로 느낄 수 있게 되었지. 그날, 나에게 일어났던 일들이 지금 루비에게 다시 한번 일어나고 있는 듯했어.

"아가씨, 안녕."

처음에 그가 그렇게 말을 걸었을 때 나는 설마 무슨 일 있겠어하는 생각에 그다지 경계심을 품지 않았어. 남자는 깔끔한 셔츠에 평범한 신발을 신고 있었고, 인상을 보아하니 전혀 범죄형으로 보이지는 않았으니까. 아마 그도 나처럼 잠이 오지 않거나 집에 틀어박혀 있자니 답답한 마음에 비바람이 몰아치는 그 자리로 나온 사람이겠거니 생각했어.

겁먹을 필요 없어.

나는 내심 그렇게 말했지만 남자가 난간을 넘어와 천천히 내게로 다가오자 덜컥 겁이 났어.

"라이터 있어?"

그가 피우다가 만 담배를 흔들어 보이며 내게 물었고, 나는 그의 목소리가 지나치게 계산된 듯 매우 신중하다는 느낌을 감지했지. 마치 겨우 감정을 억제하고 있는 눈치였어.

나는 어깨를 한껏 펴며 대답했어.

"라이터 없어요."

절대로 두려워하는 모습을 보여서는 안 돼.

언젠가 책에서 본 적이 있는 말이 떠올랐어. 나는 카메라 하나를 사이에 두고 내 앞에 서있는 그 남자가 내심 두려웠지만 속마음을 들키지 않으려고 무진장 애썼지. 이전에도 언젠가 한번 일촉즉발의 상황이 있었고, 그때도 목구멍에서 맥박이 뛰는 것 같은 느낌을 받았던 기억이 났어. 그 남자가 날씨 얘기를 하고, 내 카메라의 기종이 뭔지 묻고, 혼자 이 으슥한 곳에 왜 왔는지 묻는 동안 나는 마음속으로 이번에는 그냥 별일 없이 넘어갈 수 있을 거라는 생각이 들었지. 나는 그의 질문에 가급적 짧고 예의바른 태도로 대답하며 해가 뜰 때까지 시간을 벌어볼 심산이었어.

그때 그가 노골적으로 물었어.

"어이, 예쁜 아가씨 *씹하*는 거 좋아해?"

그제야 나는 위기를 직감했고, 무사히 넘어가지 못하리라는 걸 분명하게 알 수 있었지.

"왜 갑자기 벌레 씹은 표정을 짓지? 웃어! 넌 웃어야 예쁘니까."

그가 웃으라고 명령하더니 우쭐한 표정을 지으며 내게로 다가왔어. 그 순간 나는 도망치지 않고 가만히 있었지. 그때 머릿속에서 마지막으로 들었던 생각은 그의 기분을 맞춰주면 혹시 목숨만은 구할 수 있지 않을까 하는 것이었어.

이미 전에도 말했잖아. 마지막 순간에 내게 아무런 기회도 주어지지 않은 건 정말 뜻밖이었다고. 톰 마틴에게는 내 삶을 끝내버리는 게 그다지 어려운 일이 아니었지. 순식간에 간단히 해치웠으니까.

루비는 내게 일어난 모든 일을 보고 실제처럼 보고 *느꼈*

어. 갑자기 구토가 이는 바람에 루비는 몸을 돌려 달려갔지. 그녀는 그나마 안전한 공원 상부에 다다르자 한껏 몸을 구부리고 방금 전에 눈으로 목격한 모든 장면들을 바닥에 토해버렸어.

루비는 도망치기 직전 뭔가를 강물에 집어던지는 것 같은 첨벙 소리를 들었어. 지극히 짧은 순간이었지.

사람이 크게 다친 것 같아요. 제가 가까이 가도 될지 모르겠어요. 제가 가볼까요? 어떻게 해야 하는지 알려주세요.

지난 몇 주 동안 루비는 자신이 나를 실망시켰을까 봐 걱정했어. 루비는 그날 아침에 자신이 뭔가 조치를 했더라면 상황이 달라졌을 수도 있지 않았을까 생각했지. 공원에서 길을 잃지 않았더라면, 난간에서 미끄러지지 않았더라면, 나를 발견하기 직전 비바람에 대한 걱정보다 주변 상황에 좀 더 주의를 기울였더라면 상황을 반전시킬 수 있는 기회가 있었을지도 모른다고.

루비는 용서를 구하고 싶었어. 너무 늦게 도착해서 미안하다고, 제때 오지 않은 걸 용서해 달라고 말하고 싶었지. 루비가 사건 해결을 위해 집착했던 건 나에게 나름 사과를 하고 싶었던 거야.

"루비, 정말 그 힘든 과정을 너무나 완벽하게 잘해주었어요."

그날 루비의 신고를 받고 현장으로 달려왔던 제닝스 형사가 했던 말이야.

루비는 떨리는 손으로 그날 아침 오번 형사에게서 받았던 명함에 나온 전화번호를 누르면서 노아가 했던 말을 믿기로 했어.

뉴욕은 두 번째 기회를 주는 곳이야.

23

루비의 신고를 받은 경찰은 다시 현장으로 나가 수색 작업을 벌였어. 경찰은 자갈밭에 버려진 담배꽁초에서 톰 마틴의 DNA를 채취했지. 톰 마틴의 DNA는 내 몸에 남겨진 그의 흔적과 일치했어. 경찰은 톰 마틴이 범죄 현장을 수시로 방문한 것에 착안해 그가 피우다가 버린 담배꽁초를 찾아낸 거야. 루비는 오번 형사에게 연락했을 때 톰이 '사진'에 대해 언급했던 이야기를 들려주었어. 그녀는 오번 형사가 작성한 둔기 목록 네 번째 항목에 *카메라 렌즈*가 들어있었다는 사실을 미처 모르고 있었던 거야. *토치*보다는 아래에, *렌치*와 *해머*보다는 위에.

노아가 경찰서를 찾아가 오번 형사에게 라이카 카메라를 찾았느냐고 물은 이후 중요한 단서로 부상한 거야. 라이카 카메라와 렌즈는 보라색 운동화와 재킷 말고도 내 방에서 사라진 게 분명한 물건들이었으니까. 카메라 렌즈를 흉기로 사용했다고 가정할 경우 오번 형사가 지목한 용의자의 프로파일과도 맞아 떨어지는 점이 많았지. 충동적인 분노를 참지 못하는 인물, 소녀를 살해하는 과정에서 강간하고 바닥에 엎드린 자세로 방치해둘 만큼 잔인한 인물. 그런 인물들은 늘 현장에 있는 물건을 둔기로 사용하니까.

*

오번 형사는 범인들이 언제나 현장에 단서를 남긴다고 믿었다. 루비의 전화를 받은 오번 형사는 등을 꼿꼿이 펴고 일어섰다. 당장 톰을 체포하기에는 증거가 불충분했다. 오번 형사는 인내심이 강한 경찰이었고, 매일이다시피 수하 형사들을 강가에 배치했다. 며칠 동안 공원에서 가벼운 스트레칭으로 몸을 풀고 달리기를 하던 형사들은 키가 큰 남자가 하루도 빠짐없이 강가의 자갈밭을 돌아보고, 난간을 잡고 강물을 바라보는 걸 발견했다.

한편 오번의 수하 형사들은 리버사이드 파크 인근의 카메라 판매점과 전당포를 빠짐없이 조사했다. 그들은 카메라 상점에 들러 주인에게 톰 마틴의 사진을 보여주며 물었다.

"이 남자를 본 적 있습니까?"

카메라 상점 주인들은 대부분 고개를 저었다.

"아니오."

그들은 톰 마틴이 강가의 자갈밭에서 발견된 앨리스 리 사건과 관련이 있는 것 같다고 짐작했지만 괜한 일에 휘말리길 꺼려했다.

오번 형사의 지시에 따라 경찰은 사건 현장을 다시 한번 정밀 수색했다. 오번 형사는 루비가 전화해 톰이 강가의 자갈밭에 있는 걸 보았고, 그가 물속으로 뭔가를 던지는 소리를 들었다고 진술한 날짜를 계산해 보았다. 강물은 언젠가는 비밀을 토해내는 법이었다. 병 속에 넣어 바다에 띄운 편지가 100년이 지나 멀리 떨어진 외국의 해안에서 발견된 사례도 있었다. 허드슨 강은 대서양과 연결되어 있어 똑같은 인력을 적용받았다.

경찰은 마침내 강가의 시커먼 진흙 속에서 매우 중요한 증거물을 찾아냈다. 밀물이 다시 강가로 밀어올린 증거물이었다. 주마르 50밀리미터 스크루 마운트 렌즈. 니켈 도금한 제품으로 핏자국이 조리개 링의 굴곡진 부분에 녹처럼 남아 있었다. 피의 흔적은 쉽게 사라지지 않고 남기 마련이었다. 물로도 말끔히 씻어낼 수 없는 법이었다.

오번 형사는 반박할 여지가 없을 만큼 다양한 증거들을 하나씩 찾아내고 있었다. 다만 라이카 카메라 본체의 행방이 묘연했다. 톰 마틴을 조사해본 결과 그는 기념품을 간직하길 좋아하는 편이었다. 오번 형사는 톰의 기념품 수집 취향과 사진이라는 매체에 어떤 상관관계가 있을지 골똘히 생각해 보았다. 톰은 루비에게 '사진' 이야기를 먼저 꺼낸 적이 있었다. 그가 꺼낸 사진 이야기는 명백한 실수였지만 그 자체로 음미해볼 부분이 있었다. 그런 남자들은 대개 숨기고 싶었던 비밀을 노출하게 되는데 자신이 만물의 중심에 서고 싶은 간절한 욕망이 작용하기 때문이었다. 나르시시스트는 아무리 영리해도 한 순간 경솔한 실수를 저지르게 마련이었다. 톰이 카메라를 어딘가에 숨겨두었다면 아직 현상하지 않은 필름이 그대로 들어 있을 테고, 자신이 살해한 소녀가 어떤 사진을 찍었을지 몹시 궁금해하기 마련이었다. 게다가 소녀의 신원이 오랫동안 밝혀지지 않았기 때문에 톰은 어떤 사진인지 알아보려고 필름 현상을 맡겼을 가능성이 높았다. 그 *사진*들이 자신이 이룬 성취를 증명해주는 궁극적인 기념품이 되어줄 테니까. 그 당시만 해도 그 소녀가 누구였는지 아는 사람은 오로지 그 자신밖에 없으니까. 아마도 그 당시만 해도 그는 그 소녀를 영원히 자신의 소유로 만들었다고 믿고 싶었을 테니까.

톰 마틴은 소녀의 신원이 밝혀지고, 실제 사진이 몽타주를 대체한 이후에는 필름을 현상하지 않았을 가능성이 높았다. 그렇다면 그는 범행을 저지른 직후에 뉴욕이 아닌 다른 지역으로 가서 필름을 현상했을 공산이 컸다. 오번 형사가 겪은 바에 따르면 나르시시스트들이 가끔 치명적인 실수를 저지르긴 해도 대놓고 멍청한 짓을 하는 경우는 없었으니까.

오번 형사는 열두 번째로 찾아간 필름 현상소에서 마침내 덜미를 잡았다. 맨해튼에서 차로 두어 시간 떨어진 곳에 있는 가게였다. 온라인 홍보를 활발하게 하는 가게라 구글 검색으로 쉽게 찾아낼 수 있었다. 오번 형사가 필름 현상소 주인에게 톰의 사진을 보여주자 그녀는 즉각 시인했다.

"한 달 전쯤 우리 가게에 왔던 손님입니다. 뉴욕 주에 살지 않는다고 했던 기억이 나요. 멀리 사는 손님들은 대부분 우편으로 필름을 보내고, 우리는 현상한 사진을 CD에 담아 보내주고 있죠. 특이하게도 그 손님은 사진을 출력하고 싶다고 하더군요. 손님이 원하는 대로 사진을 출력해 놓았는데 아직 찾으러 오지 않았어요. 사진이 어딘가에 있을 거예요. 필름도 있고요. 기억하기로 몇 장은 사진을 잘못 찍었는지 잘 나오지 않았더군요."

*

나는 내 눈으로 본 뉴욕을 사진으로 남기고 싶었어. 뉴욕의 다리들, 크라이슬러 빌딩, 지하철에서 쏟아져 나오는 시민들을 자주 찍었지. 스태튼아일랜드 페리선의 갑판에서 찍은 자유의 여신상, 떠오르는 태양이 하나 남은 세계무역센터 건물에 반사되는 모습, 방향감각을 잃게 만드는 타임스 스퀘어, 센트럴파크에 있는 나와 이름이 같은 동상, 그 동상에 장식처럼 달라붙은 어린아이들을 렌즈에 담았어. 그 모든 장소에 내가 있었고, 그 순간을 포착하고 싶었지. 이제 그 사진들이 내가 뉴욕에 존재했었다는 증거로 남게 되었어.

오번 형사는 흑백사진들을 한 장씩 자세히 살펴보다가 충격인 증거 하나를 발견했어. 억수처럼 퍼붓는 비, 강가의 자갈밭, 폭우로 불어난 강물, 건너편에서 반짝이는 뉴저지의 불빛, 그 다음 내가 찍은 사진은 흐르는 강에 비친 번개였어. 그 사진을 찍기 위해 내가 상체를 뒤로 빼고 있었기 때문에 실수로 프레임 아래쪽에 보라색 운동화가 찍힌 거야.

오번 형사의 손에 내 마지막 순간들을 담은 사진이 들려져 있어. 그는 지금 내가 카메라에 담은 피사체들을 유심히 보고 있지. 비를 뚫고 나타난 남자가 내 목숨을 앗아가기 전에 찍은 사진들이야. 그는 내가 들고 있던 카메라를 빼앗아 들고 렌즈로 내 두개골을 단숨에 박살낼 만큼 화가 나있었어. 죽어가는 내 몸에 성기를 들이밀고, 내 등이 돌에 긁혀 피멍이 들게 만들면서 헉헉거리는 숨결을 토하다가 내 몸 안에 정액을 쏟아냈지. 그때 이미 나는 그 자리에서 벗어나 있었어. 이미 내 몸 바깥으로 빠져나왔으니까. 다만 그가 으르렁거리는 소리를 내면서 내 몸을 덮치는 걸 보았어. 다행히 나는 그 전에 숨이 끊어져 차가운 살갗에 달라붙는 그의 뜨거운 숨결과 끈적이는 감촉을 느끼지 않아도 되었지. 그가 몸을 떼어내고 지퍼를 채우던 소리를 잊을 수 없어. 이 세상에서 내 존재를 마감하는 소리였으니까.

오번 형사의 생각이 옳았어. 톰은 내가 어떤 사진을 찍었을지 궁금증을 떨쳐버리지 못했지. 그는 카메라에서 필름을 꺼내 충분히 먼 곳이라 생각되는 필름 현상소를 찾아갔어. 당연히 현상한 사진을 찾으러 갈 생각이었는데 경찰이 내 신원을 밝혀낸 거야. 몽타주 대신 내 진짜 사진이 신문에 실리기 시작했어. 톰은 하마터면 체포될 뻔했다고 생각하며 사진을 찾으러 가지 않았지.

다만 강가의 자갈밭을 수시로 찾아가는 발걸음을 멈추지는 못했어. 처음에는 오전 5시나 자정처럼 수상하게 보일 수 있는 시간대는 피하고, 많은 사람들이 오가는 시간대를 주로 이용했지. 루비가 현장에 나타났을 때 톰은 그곳에서 *기다리고 있었어.* 톰은 그녀가 그곳에서 일어난 사건을 알고 있을 거라고 생각했지. 처음에 그는 루비가 비극적인 드라마를 남기고 죽은 소녀를 추모하기 위해 현장을 방문한 것이라고 생각했어. 사람들이 촛불을 들고 모여 들었던 추모제에서 이미 그런 사람들을 본 적이 있었으니까.

추모제에 참석한 날 밤 톰은 부인 옆에 서서 눈물을 흘렸어. 남편의 뺨을 타고 흐르는 눈물을 본 그의 부인은 고맙다는 의미로 손을 꼭 잡아주었지. 톰의 부인은 그가 죽은 소녀를 추모해 운다고 생각했지만 실제로는 그 자신이 지휘한 웅장한 비극이 너무나 아름답고 장엄했기 때문에 흘린 눈물이었어. 지금껏 어느 누구에게도 주목받지 않고 살아온 그에게 그날의 추모제는 진한 감동을 불러일으켰던 거야.

루비에게 접근해 커피를 마시자고 할 때만 해도 톰은 그녀가 시체를 처음 발견한 목격자일 줄은 꿈에도 몰랐지. 루비의 입을 통해 그 엄청난 사실을 듣게 되었을 때 그는 마치 전기에 감전된 듯 짜릿한 느낌을 받았고, 그날 나를 가격한 순간에 느꼈던 전율이 떠올라 온몸이 뜨거워졌어. 이 호주 여자를 만날 수 있게 된 건 운명적이라는 생각이 들었지.

현장을 최초로 발견한 목격자와 대화를 나눌 수 있게 되다니?

이미 몇 주가 지난 때라 톰은 그때 일이 마치 꿈결처럼 느껴졌어. 루비와 이야기를 나누다 보면 축복처럼 그때 그 순간이 다시 생생하게 떠오를 것 같았지. 기대와 달리 루비는 그 이야기를 하길 거부했어. 그는 분노가 폭발하기 직전이었지만 겨우 참았지.

루비를 두 번째 만났을 때 그녀는 그가 산 와인과 음식을 먹고 마시는 주제에 시종 침착하고 신중한 태도로 일관했어. 톰은 그녀를 당장 때려죽이고 싶은 충동을 느꼈지. 그날의 날씨가 그의 마음 같지 않게 맑았던 게 무척이나 아쉬웠을 정도야.

그날, 루비와 헤어질 때 톰은 치명적인 말실수를 했어. 루비를 후미진 공사 현장으로 끌고 가 죽이는 건 식은 죽 먹기일 거라는 생각에 빠져 있느라 말조심하는 걸 깜박 잊은 거야. 다행히 루비는 그의 말실수를 눈치 채지 못한 듯 아무런 반응이 없었어. 톰은 그때의 말실수가 나중에 꼬리를 잡히는 빌미가 될 줄은 꿈에도 몰랐지.

톰이 저지른 두 번째 결정적인 실수는 현장에 담배꽁초를 버린 거야. 경찰이 담배꽁초에서 그의 DNA를 채취했지. 오번 형사의 손에 내 사진이 들어간 바로 그 날이었어.

*

톰은 경찰이 그의 집 문을 두드리게 될 거라고 미처 예상하지 못했다. 톰이 문밖으로 나갔을 때 경찰이 그의 손목에 수갑을 채웠다. 바로 그때 그의 부인이 복도로 걸어 나왔다.

"토미, 무슨 일이야?"

처음에는 혼란스럽고, 그 다음 순간에는 공포를 느끼기 마련이었다. 그녀가 깜짝 놀란 얼굴로 남편을 향해 다가가는 순간 경찰이 즉시 제지했다.

경찰은 그녀의 남편을 앨리스 리 강간 및 살해 혐의로 체포한다고 말해주었다. 그녀는 추모제에서 남편의 손을 꼭 쥐었던 일이 떠올랐다. 그때 톰은 그녀에게 말했다.

"요즘에는 그런 남자들이 어디든 많아. 그러니까 어디서든 몸조심해야 한다는 걸 명심해."

톰의 부인은 그 말을 들으며 마음 든든하게 생각했었는데 남편이 잔혹한 살인을 저지른 범인이라니?

요즘에는 그런 남자들이 어디든 많아.

톰이 그녀에게 했던 거짓말들은 평생 박박 문질러도 지울 수 없을 것이다. 그녀는 이제 곧 톰의 컴퓨터에 들어있는 미성년자 하드코어 포르노, 채팅 앱에 올려놓은 가짜 프로필, 벽장에 숨겨둔 암페타민, 그와 헤어지고 나서 줄곧 스토킹을 당했다는 전 여자 친구의 증언, 열여덟 살 소녀의 머리를 카메라 렌즈로 가격하고 목을 조른 다음 강간하고 죽인 사실들을 알게 될 것이다.

톰이 소녀의 속옷, 신발, 재킷을 집어 들고, 카메라에서 피 묻은 렌즈를 빼내는 동안 죽은 소녀는 물이 출렁거리는 자갈밭에서 엎드린 자세를 유지하고 있었다. 소녀의 공포가 얼마나 컸을지 구체적으로 이해할 수는 없을지라도 톰의 부인이 영원히 잊지 못할 끔찍한 악몽은 따로 있었다. 그녀는 이제 어떤 사람이 무슨 말을 하더라도 결코 진실로 받아들일 수 없을 것이다. 이렇듯 살인은 단 하나의 삶만 파괴하는 것으로 끝나지 않는 법이었다.

*

이제 톰의 이야기가 세상에 널리 알려지게 되었어. 언론은 그의 삶을 속속들이 들여다보며 왜 그런 끔찍한 범죄자가 되었는지 보도했으니까. 이제 나에게 그런 건 그다지 중요하지 않아. 나는 어차피 그에 대해 자세히 알고 있었으니까. 이제 나는 그의 이름을 입에 담고 싶지도 않아.

나는 앨리스 리이고, 이건 그 남자가 아니라 *나의* 이야기야.

루비는 그가 체포되었다는 소식을 들었을 때 어찌나 놀랐던지 할 말을 잃었어. 풀리지 않는 수수께끼를 오랫동안 가슴에 담아두고 지내다 보면 막상 답을 알게 되었을 때 그다지 속이 후련하지는 않는 법이야. 루비는 TV 뉴스에 나오는 톰의 얼굴을 빤히 들여다보고 나서 그에 대해 생각했어. 그를 머릿속에 떠올리자 마치 몸에서 벌레들이 기어 다니는 느낌이 들었지. 내 시체를 처음 발견했을 당시 온종일 벽을 바라보게 만들었던 둔중한 슬픔이 아니라 화상을 입거나 피부병에 걸린 것처럼 심한 가려움을 느꼈어.

데스클럽 회원들은 정성을 다해 루비를 다독여 주었어. 수는 갓 구운 파이, 케이크, 머핀을 가져다주었지. 루비가 쉽사리 자리를 박차고 일어나지 못하자 레니는 꽃병에 꽃을 꽂아 창틀에 놓아두었고, 날씨가 화창해 창문을 활짝 열어 주었지. 두 사람은 나란히 앉아 융단폭격 하듯이 쏟아지는 뉴스를 보며 끔찍한 진실들을 회피하지 않고 직시했어. 루비는 범인이 잡힌 직후 밤마다 잠을 깨기 일쑤였고, 레니는 매번 옆에서 지키고 있다가 다시 재워주었지.

레니는 호주에 있는 루비의 언니 캐시에게 대신 전화를 걸어 동생을 안전하게 잘 돌보겠다고 약속했어.

"경찰이 범인을 체포할 수 있었던 건 루비의 눈부신 활약 때문이었어요. 루비가 살인사건을 해결한 주역이라니까요. 훈장을 받아야 할 만큼 대단했죠."

루비는 어느 정도 마음이 안정된 이후 세 사람에게 전화를 걸었어. 첫 번째 전화는 캐시와 엄마였어. 루비는 요즘 잘 지내고 있다며 가족들을 안심시켰지. 리버사이드 파크 살인사건은 태평양을 건너 호주 신문과 뉴스에도 게재되었어. 루비의 활약상을 아는 사람은 거의 없었지만 그녀는 굳이 알려지고 싶어 하지 않았지.

루비는 언제나 말했어.

"이 이야기의 주인공은 앨리스 리야."

루비는 노아에게도 전화를 걸었어. 노아가 사건의 전모에 대해 알고 싶어 하지 않을 거라 짐작했는데 역시 예상대로였지. 심지어 노아는 TV 뉴스에 나오는 범인의 얼굴을 똑바로 바라볼 수가 없었다고 했어. 그의 얼굴을 보는 순간 치밀어 오르는 분노를 억제하기 힘들다는 걸 알고 있었으니까. 노아는 복수심에 익숙지 않은 사람이었고, 범죄자들이 분노의 감정을 먹고 살아가는 존재들이라는 걸 알고 있었지. 노아는 나를 살해한 범인을 아예 외면하고 무시하기로 마음먹었어. 만약 범인을 알게 될 경우 엄청난 분노가 일어 그가 숨을 쉴 수 있는 산소를 고갈시켜 버릴 테니까.

"당신은 정말이지 용감한 전사로군요."

노아는 전화 통화를 끝내며 말했어.

"당신이 앨리스를 위해 해준 모든 일에 감사해요."

루비의 마지막 통화 상대는 조시였지. 두 번째 신호음이 울리자 조시가 전화를 받았어.

"미안해요."

두 사람은 거의 동시에 말했어.

조시는 서로 연락하지 못하고 지낸 그 짧은 시간에 이렇게 많은 일들이 벌어졌다는 사실에 새삼 놀라움을 금치 못했어.

조시가 루비에게 말했어.

"뭐든 말해봐요. 당신이 원하는 일이라면 뭐든 해줄 테니까."

"레니가 말한 대로 지금껏 당신이 살아온 이야기를 듣고 싶어요."

조시는 자전거 사고 이후 결혼 생활이 파탄에 이르게 된 이야기를 들려주었어.

*

자전거 사고 이후 치료를 받는 몇 달 동안 조시는 모든 의욕과 일상을 잃어버렸다. 마치 그의 정신이 다른 사람의 몸에 들어와 있는 것 같은 느낌이 들었다. 손목에서 맥박이 느껴지고, 병원에서 치료를 받은 이후 뼈를 으스러뜨리는 것 같던 고통이 잦아들긴 했지만 머릿속이 텅 비어버린 것 같은 무력감에서 헤어날 수 없었다. 분명 숨은 쉬는데 살아있는 것 같지 않았다. 글을 다루는 직업은 창의적인 상상력이 필요한 법인데 그의 정신은 짙은 먹구름 속에 갇혀 밖으로 나오지 못했다. 그 자신 말고도 많은 사람들이 그가 다시 글을 쓸 수 있을지 회의적으로 보기 시작했다. 병원에서 처음 치료를 받기 시작할 무렵에는 부인 리지도 그를 열심히 응원해주기도 하고 나름 최선을 다해 간호해 주었다. 그러다가 퇴원했고, 그 이후로도 무기력하게 지내는 날들이 길어지자 리지는 몹시 초조해했다.

"당신은 상황성 우울증을 앓는 거야."

리지는 웹 사이트를 둘러보며 찾아낸 정보들을 토대로 그에게 말했다. 그녀는 조시가 자전거 사고 이후 예전의 삶으로 돌아가길 머뭇거리는 원인이 뭔지 짐작하게 해주는 기사들을 찾아내 읽어주기도 하고, 전문가들을 찾아다니며 의견을 듣기도 했다. 무엇 때문에 조시의 내면이 텅 빈 백지처럼 되어 버렸는지, 왜 다시 사회 활동을 재개하려고 노력하지 않는지 다수의 전문가들을 찾아다니며 의견을 청취해 보았지만 뚜렷한 해답을 얻을 수 없었다. 조시는 자전거 사고가 나기 전만 해도 대단히 활동적이고 열정적인 사람이었기에 그를 이전부터 알고 있었던 사람이라면 누구나 이해하기 힘든 변화였다. 그런 나날들이 계속되었고, 리지가 LA로 거처를 옮기고 TV 드라마를 집필하기 시작한 지 어느새 일 년이 넘었다.

리지는 LA에 정착한 지 두 달쯤 되었을 때 조시에게 말했다.

"당신은 다른 사람보다 더 깊은 곳까지 갈 수 있는 사람이었어. 조시, 이제 예전의 당신으로 돌아가야 해."

리지는 그가 인생의 활력을 찾는 데 도움이 될 거라며 명상 비디오와 발리에서의 요가 수행 참가 링크를 보내주었다.

어느 날 밤, 센트럴파크를 가로지르던 조시의 자전거가 나무뿌리에 걸려 뒤집어진 이후 그의 인생은 하루아침에 돌변했다. 리지는 유명 잡지의 바이라인에 자주 등장하던 남편이 다시 이전의 명성을 찾을 수 없을 것 같아 안타까웠다. 리지의 사랑은 서서히 식어갔다. LA에 정착한 이후 리지는 집 안 냄새를 없애는 스머지 스틱이나 사막에서 나는 만병통치약 이야기를 자주했는데 언젠가부터 그만두었다. 요즘 그녀가 가끔씩 보내는 이메일이나 문자메시지에는 이혼하자는 이야기와 이스트 97번가의 아파트를 팔자는 내용이 주를 이루었다.

조시는 지금껏 리지의 요구사항을 회피해왔다. 리지와의 결혼 생활을 찾고 싶어서가 아니라 모든 게 그대로 두어도 상관없었기 때문이다. 조시는 괜히 변화를 모색했다가 어떤 결과가 초래될지 몰라 두렵기도 했다.

"자전거 사고 이후 겪은 변화를 또다시 경험하고 싶지 않다는 방어기제가 작동한 것 같아요. 그때는 정말 견디기 힘들었으니까요."

"충분히 이해해요."

루비는 어린 시절에 바닷가에서 자라면서 저절로 습득하게 된 교훈을 생각했다. 거센 파도와 맞닥뜨릴 경우 벗어나려고 애쓰기보다는 물이 데려가는 대로 몸을 맡겨두어야 한다는 것이었다. 조류의 흐름에 몸을 맡기고 있다 보면 파도는 이내 잠잠해지기 마련이었다. 바로 그때 방향을 바꾸어 해변을 향해 열심히 헤엄치면 안전하게 바닷가로 돌아올 수 있었다.

루비는 파도를 헤치고 앞으로 나아가는 법을 잘 알고 있었다.

루비가 조시에게 말했다.

"사랑도 자연 현상과 크게 다르지 않다고 생각해요. 조류의 흐름에 몸을 맡겨두는 게 순리일 거예요. 산더미 같은 파도가 밀려올 때 안간힘을 다해 헤엄치기보다는 조류의 흐름에 몸을 맡기고 때를 기다려야 해요. 파도에 떠밀려가는 동안 고개를 들고 주변 상황을 잘 살피기만 한다면 격랑은 곧 가라앉을 테니까요. 때로 목숨을 구하는 방법은 투쟁이 아니라 순리인 경우도 있어요."

루비는 애시에게 전화하지 않았다. 루비가 살인사건을 해결하는 데 중요한 역할을 했다는 신문기사를 보았다며 애시가 먼저 문자메시지를 보내왔다.

대박! 엄청난 모험이었네! 어서 당신을 만나 이야기를 나누고 싶어. 뉴욕에서.

루비는 언젠가 애시가 자신을 진지한 상대로 바라보게 될 날이 있을지 생각해 보았다. 질문 안에 이미 답이 들어 있었다. 애시는 그녀와의 관계가 진지해지는 걸 원하지 않았다. 애시가 진지한 결혼 생활의 도피처로 삼은 상대가 바로 그녀였으니까. 이제 루비는 애시와의 합의를 더는 지킬 수 없다고 생각했다. 이제 뉴욕에서 *무슨 일이라도* 일어나길 바랐던 소망은 이루어졌다. 루비는 자신의 연인이 약혼했다는 사실을 알고도 계속 관계를 유지하고 싶어 했던 예전의 그녀가 아니었다. 오번 형사를 찾아간 루비는 앨리스 리를 살해한 남자를 만난 이야기를 자세하게 털어놓았고, 그 덕분에 지지부진하던 수사는 급물살을 타게 되었다. 루비는 위험을 무릅쓰고 범인을 만났고, 오번 형사에게 결정적인 증거를 제공해

범죄를 해결하게 만든 강인하고 유능한 여성이었다. 이제는 굳이 다른 여자와 약혼한 남자를 만나고 싶지 않았다.

지금의 루비는 애시가 알던 여자와는 완전히 다른 사람이 되어 있었다.

루비는 이제 애시의 내연녀가 아니라 자기 자신이 되고 싶어 하는 여성이었다.

뉴욕에 와도 나를 만나지 못할 거야. 앞으로는 약혼 상대에게 충실하길 바라. 나는 당신의 선택을 방해하고 싶지 않으니까. 우리는 이제 끝낼 때가 되었어.

루비는 메시지를 보내고 나서 한 시간 동안 꼬박 천장을 바라보았다. 진실이 우리를 자유롭게 해줄 것이라는 말이 있었다. 그녀는 진실이 자유를 준다는 말은 거짓이라는 생각이 들었다. 그녀는 애시와 관련해 마지막으로 맘껏 눈물을 흘렸다. 애시가 뉴욕에 오면 무얼 하며 즐길지 오랫동안 생각해 두었는데 이제는 필요 없게 되었다. 루프탑 바에서 애시와 함께 즐거운 시간을 보내는 모습이 연상되었다. 언제나 톡 쏘는 느낌이었던 애시와의 잠자리와도 작별을 고해야 할 차례였다. 이미 사라진 삶에 매달려서는 안 되니까.

당신을 사랑했어.

이 마지막 말은 나름 진실이었지만 보내지 않기로 했다. 완전한 남이 되어야 하는 사람들끼리 자꾸만 말을 더해 봐야 좋을 게 없으니까. 오늘 밤 그녀의 슬픔을 위로해 주기에 적당한 건 오로지 침묵뿐이었다.

*

내가 찍은 사진들 가운데 뉴욕 사진 말고 한 장이 더 있었어. 잭슨 선생님이 흑백필름 한 통을 카메라에 집어넣고 나서 나에게 사용법을 알려주다가 찍은 사진이야.

"레인지파인더를 장착한 카메라야. 처음에는 상이 두 개로 보이지만 초점 레버로 조절하면 점점 하나로 보이게 될 거야. 무슨 말인지 알겠니?"

그때 잭슨 선생님이 너무 가까이 있었기 때문에 나는 고개를 돌렸고, 그 순간 그는 셔터를 눌렀지. 내 머리카락이 어둠 속에서 빛을 내듯 프레임 가득 은빛을 흩뿌리고 있는 사진이야. 내 얼굴은 보이지 않지만 나는 그때 웃고 있었던 것으로 기억해. 그런 순간은 영영 잊을 수 없는 법이지.

24

루비는 시 외곽 지역을 향해 오랫동안 걸었다. 허드슨 강변을 따라 북쪽으로 걷기 시작하면서 조지 워싱턴 브리지까지 갈 생각이었는데 그 거대한 구조물은 다가갈수록 더욱 멀어지는 느낌이 들었다. 루비가 발길을 돌려 자신이 사는 웨스트 90번가를 향해 걸음을 옮겨놓기 시작할 때는 어느새 해가 기울고 있었다. 그녀는 브로드웨이를 거쳐 계속 걸었다. 다음에 꼭 와보고 싶은 카페들을 눈여겨 봐두었고, 지난 겨울에 출시된 디자이너 브랜드 재킷이 진열된 중고 옷가게를 머릿속에 기억해 두었다.

루비는 컬럼비아대학교에 다다랐을 때 캠퍼스 안으로 걸어갔다. 사방으로 뻗어 있는 계단과 고전적이고 위풍당당한 건물들이 시야에 들어왔다. 그동안 수많은 영화와 드라마에서 본 적이 있어서인지 제법 눈에 익은 느낌이 들었다. 그녀는 중앙 잔디밭을 지나 캠퍼스 동쪽을 향해 걸어갔다. 학생들이 잔디밭에 둥그렇게 앉아있는 모습을 본 그녀는 미소를 지으며 오늘 그들이 무엇을 공부하게 될지 가늠해 보았다.

루비는 뉴욕에 계속 머무르게 될 경우 가을학기부터 대학에 들어가 공부할 계획을 갖고 있었다. 컬럼비아대학교를 나온 그녀는 모닝사이드 파크 서편 경계를 따라 집으로 향했다. 뉴욕은 시민들에게 다양한 공원과 경이로운 볼거리를 제공해주는 도시였다. 아직 뉴욕에 대해 알아야 할 게 정말 많았다.

암스테르담 애비뉴에 있는 현대적인 주거지역의 낮은 건물들 사이에서 웅장한 외관으로 시선을 끄는 세인트 존 더 디바인 대성당이 눈앞으로 다가왔다. 신에게 할애할 시간은 없었지만 성당의 압도적인 모습에 사로잡힌 그녀는 계단을 올라 안으로 들어갔다. 영롱한 햇빛이 스며들어 만화경처럼 다양한 변주를 만들어내는 성당 내부의 모습이 시야에 들어왔다. 평일 오후라 스무 명 남짓 되는 사람들이 굵은 기둥과 아치 사이를 천천히 오가며 성당을 장식하고 있는 예술품들을 감상하고 있었다.

루비는 평화롭고 조용한 성당 내부를 둘러보는 동안 넘어가지 않고 목에 걸려있는 음식 찌꺼기가 삼키기에 힘들 만큼 자꾸만 커지는 느낌을 받았다. 그녀는 지금 이 나라 최고의

문호들, 인간의 경험을 짧고도 완벽한 문장들로 치열하게 옮겨 썼던 이들을 기리는 기념물 앞에 서 있었다. 그녀는 익숙한 시인의 글귀를 소리 내 읽어보았다.

밀레이의 노래와 비문이 있었다. 감금과 의식을 묘사한 디킨슨의 시도 있었다. 오로지 진실만을 구했던 에머슨과 헤밍웨이 그리고 강물만큼 깊은 영혼을 지닌 휴즈, 작가란 평화를 어지럽히는 존재라고 쓴 볼드윈의 글귀도 있었다.

월트 휘트먼. 뉴욕을 너무나도 사랑했고, 뉴욕으로부터 사랑받았던 시인의 한 문장이 눈에 들어왔다.

나는 어딘가에 멈춰 서서 당신을 기다린다.

루비는 시인들이 남긴 글귀 앞에 서서 눈물을 흘렸다. 수 세대에 이르는 작가들이 몸을 숙여 그녀를 품어 안아주었고, 자신들이 창조한 글귀들을 그녀의 머릿속으로 부드럽게 밀어 넣어주었다.

루비는 집으로 돌아오자마자 조시에게 전화해 만나자고 했다. 조시가 원룸으로 들어온 순간 루비는 그가 미처 인사도 하기 전에 달려가 말없이 끌어안았다. 두 사람은 처음으로 서툴고 조심스러운 사랑을 나누었다. 입술을 맞대고 웃고, 눈을 뜨고 있어야 할 때 감기도 했지만 몇 시간 동안 서로의 몸을 탐색했다. 조시의 애무로 절정에 도달하는 순간 루비의 몸에서 텅 비어 있던 마음 한 구석이 마침내 가득 채워지는 느낌이 들었다.

"나는 이곳에 멈춰 서서 당신을 기다리고 있었어요."

루비는 나지막이 속삭였지만 그녀의 목소리는 조시의 온몸을 타고 흐르는 푸른빛 속에 잠겨버렸다. 그가 듣지 못했어도 상관없었다. 그들은 앞으로도 계속 서로에 대해 익숙해지도록 상대방에게서 새로운 모습을 발견해갈 테니까.

*

노아가 내 장례식 비용을 지불했어. 그는 내 장례식에 직접 참석하지는 않았고, 언젠가 위스콘신에는 영영 가지 않겠다고 말했던 약속을 지킨 셈이야. 그 대신 노아는 장례식에 필요한 꽃들과 관, 음식, 화장 비용을 선뜻 지불했지.

노아의 단 한 가지 부탁은 내 유해로 무언가 특별한 일을 해볼 생각이 없느냐는 것이었어. 그는 성운에 대해, 푸른 밤하늘과 죽어가는 별들에 이야기했지만 아무도 알아듣지 못했지.

노아가 말했어.

"루비, 우리가 직접 해야겠어요. 그 아이를 위해."

*

내가 살던 동네의 작은 성당에서 내 장례식이 열렸어. 추모객들이 자갈 깔린 성당 진입로까지 들어차 내 장례식을 지켜보았지. 내 고교 시절 친구들도 있었고, 인근 마을에서 호기심을 참지 못하고 구경 온 사람들도 있었어. 태미, 태미 엄마, 글로리아가 맨 앞줄에 앉았어. 내 사건이 널리 알려진 이후 그들은 언론의 스포트라이트를 받았지. 이미 TV 범죄 프로그램 제작자들과 미팅 약속을 잡았고, 지난주에는 타블로이드 판 주간지와 인터뷰를 했어. 나도 그들이 제발 위스콘신의 작은 동네를 벗어나 보다 넓은 세상으로 눈길을 돌렸으면 좋겠다는 생각이 들었지. 내가 살아있는 동안 태미는 언제나 내게 잘해주었어. 어쩌면 이번 일을 계기로 태미 엄마와 글로리아도 나에 대해 다시 한번 생각해보는 계기가 되었을 거야.

글로리아는 주간지 기자와 인터뷰할 때 우리 엄마에 대해 언급했어. 나도 대부분 아는 이야기들이었지. 엄마가 어린 시절에 극심한 가정 폭력에 시달렸고, 열여덟 살에 가출했고, 그 이후 아무도 엄마를 찾지 않았다는 이야기. 글로리아가 말하길 그렇게 힘든 삶을 살았지만 언제나 엄마는 나를 위해 최선을 다했다고 말했어. 글로리아는 내가 미처 모르는 말도 했지. 엄마는 어린 시절에 당한 폭력으로 트라우마에 시달렸고, 어른이 되어서도 극복하지 못했다고. 엄마는 신경쇠약으로 고생하는 동안에도 나를 위해 가능한 모든 일을 다 했다고 했지. 마약 거래도 하고, 생활비를 제공하는 남자들과 원하지도 않는 잠자리도 했다는 거야. 엄마의 내면과 불화해 가면서. 글로리아는 그날 오후 엄마가 방아쇠를 당긴 이유를 알지 못한다면서 이렇게 말했어.

"적어도 나는 앨리스의 엄마가 딸을 진심으로 사랑했다는 걸 알아요. 이제 두 사람이 하늘에서 만나 좋은 시간을 보낼 수 있으리라 믿어요."

잭슨 선생님은 장례식에 오지 않았어. 그는 이미 동네를 떠난 지 오래 되었지. 그는 집과 스튜디오의 문을 굳게 잠그고 떠났고, 가을학기가 되어도 학교로 돌아오지 않을 거야. 나와 관련해 안 좋은 소문이 파다해 학교로 돌아오는 건 현실적으로 불가능하게 되었으니까. 잭슨 선생님이 가르친 적 있는 여학생들 대부분은 그가 나를 이용했다는 소문에 동의하지 않았지.

"잭슨 선생님이 앨리스를 이용한 게 아니라 *그 반대일 거야.*"

더러는 그런 말을 하는 아이들도 있었어. 그 아이들이 나보다 잭슨 선생님을 더 좋아하기 때문에 하는 말이었겠지. 그 아이들은 잭슨 선생님이 나에게 옷을 벗어보라고 했을 때 내가 느꼈던 서글픔에 대해 영영 이해하지 못할 거야. 때로는 살아남기 위해 원하지 않는 일을 받아들일 수밖에 없다는 걸. 언젠가 직접 그런 일을 겪기 전까지는 아무도 모를 거야.

잭슨 선생님은 어디로 간다는 말도 없이 감쪽같이 사라졌어. 언젠가 사람들의 머릿속에서 나에 대한 기억이 희미해지면 다시 나타나 앨리스 리를 사랑했고, 그 아이가 죽은 이후 큰 충격을 받고 동네를 떠났다고 하겠지. 그는 자기에게 유리하도록 진실을 각색하고, 마침내 자기 자신도 그렇게 믿어버리게 될 거야. 때가 되면 또다시 열일곱 살 소녀를 침대로 불러들일 테고, 자신이 저지르는 행위를 폭력이 아니라 위안이라고 주장하고 싶겠지.

언젠가는 나랑 비슷한 일을 당한 소녀 하나가 잭슨 선생님에 대해 이야기하게 될 거야. 그때는 그 아이를 찾아내려고 하는 사람들도 있을 테고, 그들이 잭슨 선생님이 사는 집의 문을 두드리는 노크 소리가 울려 퍼질 거야. 내 귀에는 벌써 그 소리가 들리는 것 같아.

이제 우린 어떤 소리에 귀를 기울이면 되는지 알게 되었으니까.

*

노아와 루비는 함께 강가의 자갈밭으로 내려갔어. 계절이 바뀌어 여름이 되었고, 하늘이 온통 푸르고 맑은 날이었지. 노아는 장미 꽃다발을 한아름 들고 있었고, 루비는 작은 은빛 자물쇠 하나를 손에 꼭 쥐고 있었지. 두 사람은 서로 반갑게 인사하고 나서 가벼운 포옹을 나누었어. 보라색 스카프를 목에 매고 있는 프랭클린의 모습이 너무 귀여웠지.

날씨가 좋아 리버사이드 파크에는 사람들이 정말 많았어. 노아와 루비는 야구 경기가 한창인 운동장을 피해 걸어갔지. 루비는 리버사이드 파크에서 미국 사회를 떠들썩하게 만든 사건이 있었지만 삶은 변함없이 계속되고 있다는 생각에 다시 한번 놀랐지.

노아와 루비는 개 운동장 옆을 지나쳐가는 동안 목줄을 푼 개들이 뛰어다니며 공놀이를 하는 모습을 보았어. 루비는 잠시 울타리 앞에서 걸음을 멈추고 생각했지. 언젠가 달리기를 하다가 이곳에서 개들을 산책시키는 나를 스쳐 지나갔을지도 모른다고. 루비는 금발 소녀가 비글이나 퍼그와 산책하는 모습, 개들이 그 아이 주위를 빙글빙글 돌고 있는 모습을 상상했어. 노아 역시 그런 모습을 상상하고 있었는지도 몰라. 노아는 한참 동안 개들이 노는 모습을 바라보다가 어서 가자는 뜻으로 루비의 어깨를 살짝 찔렀지.

두 사람은 함께 강가의 자갈밭을 향해 걸어갔어. 그 자리에 가까워지자 두 사람은 숙연한 마음에 할 말을 잃었지. 허드슨 강은 고요하게 흐르고 있었고, 건너편 뉴저지가 선명하게 보였어. 만약 사건이 없었다면 이 자갈밭은 리버사이드 파크에서 눈에 잘 띄지 않는 조용한 구석으로 남아 있었을 거야. 마치 무슨 특별한 권한이라도 부여받은 듯이 한 소녀를 무참하게 살해한 한 남자가 아니었다면. 4월의 어느 날 아침에 너무 일찍 꽃다운 삶을 마감한 앨리스 리 사건이 없었다면 그냥 평범한 자갈밭으로 남아있었겠지.

노아가 화사하고 아름다운 꽃다발에 살짝 가려진 얼굴로 물었어.

"무슨 생각을 그리 골똘히 하세요?"

"이 자리는 원래 조금도 특별할 게 없는 곳이었다는 생각을 하고 있었어요."

루비는 자갈밭에 버려진 주스 포장지를 보면서 말을 이었어.

"아마 달리기를 하면서 천 번쯤 이 앞을 지나갔더라도 그냥 무심코 지나쳤을 거예요."

루비는 은빛 자물쇠를 꼭 움켜쥐고 돌아서서 노아를 바라보았지.

"그런데 이제 가장 유명한 장소가 되었어요. 그날 제가 달리기를 계속했더라면 어떻게 되었을까요? 만약 이 자리에서 걸음을 멈추지 않고 계속 달렸다면 어떤 일이 생겼을지 상상이 되세요?"

노아가 장미 한 송이를 빼들고 강물에 던졌어.

두 사람은 강물 위에서 샛노란 별처럼 떠내려가는 장미를 바라보았어. 노아는 난간 너머로 남은 장미들을 한 송이씩 강으로 던졌지. 허드슨 강의 시커먼 수면 위로 화사하고 아름다운 장미들이 펼쳐졌어. 노아는 손에 남은 마지막 장미 한 송이를 던지고 나서 한동안 멍하니 흐르는 강물을 바라보았지.

루비는 바닥에 쪼그리고 앉아 난간 아래쪽에 은빛 자물쇠를 걸었어. 그녀는 자물쇠가 찰칵 잠기는 소리를 들으면서 집게손가락으로 자물쇠 표면에 새겨진 A라는 글자를 더듬어보았지. 그녀는 한 아이가 위쪽 길에서 깔깔 웃는 소리를 듣고 자리에서 일어나 숨을 들이쉬며 그녀의 허파에 뉴욕을 가득 채웠어.

"고마워, 앨리스 리."

루비는 나직하게 말한 다음 등을 돌려 그 자리를 떠났어.

*

내가 살아 있었더라면.

한 여자가 힘겹게 숨을 고르며 공원의 벤치에 앉아 있었다. 그녀는 허드슨 강을 따라 남쪽을 향해 달리고 있었다. 중간에 멈춰 서서 돌아갔어야 하는데 무작정 달리다 보니 크루즈 터미널까지 오게 되었다. 그녀는 고개를 두 다리 사이에 묻고 가쁜 숨을 진정시키려 애썼다. 그녀는 내 존재를 알아차리지 못할 뻔했지만 뺨에 프랭클린이 축축한 코를 가져다댔다. 녀석이 반가울 때 하는 특유의 표시였다.

그녀는 축축한 감촉에 소스라치게 놀라며 고개를 들었다가 이내 프랭클린을 알아보고 활짝 미소를 지었다.

"안녕, 친구."

그녀가 프랭클린에게 반갑게 인사하고 나서 귀 뒤 목덜미를 긁어주었다.

그러더니 나를 향해 활짝 웃었다.

"정말이지 귀여운 개네요."

나도 그녀를 보며 웃어주었다.

"프랭클린이야말로 진정한 뉴요커죠. 자기가 뭘 원하는지 너무나 잘 알아요."

"아무리 개라지만 저도 그런 점은 배워야겠어요."

나는 그녀의 억양에 놀라며 물었다.

"혹시 어디에서 오셨어요?"

"글쎄요, 그거야 아무도 모르죠."

그녀는 그렇게 대답했고, 우리는 처음으로 서로의 눈을 유심히 들여다 보았다.

나는 손을 내밀며 말했다.

"저는 앨리스라고 해요."

"저는 루비."

악수를 나누면서 우리의 손이 맞닿을 때 작은 불꽃이 일었다.

"뉴욕에 온 지 한 달쯤 되었어요."

나는 우리가 똑같이 봄이 끝날 무렵 비 내리던 밤에 처음 뉴욕에 발을 들여놓았다는 걸 알게 되었다.

"저는 도망쳤어요."

내가 솔직하게 털어놓자 루비 역시 누군가로부터 도망치기 위해 뉴욕에 왔다고 했다.

"저도요!"

드디어 똑같은 카드 두 장을 맞췄다는 생각에 나는 소리쳤다.

"그래요? 몇 살인데요?"

루비가 눈썹을 치켜들며 물었다.

"열여덟 살, 당신은요?"

"서른여섯 살. 내 나이가 정확하게 두 배 많네요."

"내 나이가 절반이든지."

내가 농담 삼아 말했고, 다음 순간 그녀가 활짝 웃는 모습을 보며 나는 우리가 친구가 될 수 있을 거라고 생각했다. 우리는 약 한 시간 동안 공원 벤치에 앉아 이야기를 나누었다. 프랭클린이 내 발치에 쭈그리고 앉아 촉촉한 눈으로 우리 두 사람을 번갈아 쳐다보고 있었다. 떠나온 고향 이야기를 하다 보니 우리를 도망치게 만들었던 남자들 이야기가 자연스레 흘러나왔다.

루비가 한숨을 쉬고 나서 말했다.

"그 이야기를 다 하자면 길고 복잡해요."

"저도 그래요."

루비에게 내 이야기를 모두 해줄 날이 반드시 올 것이다. 언젠가는.

너무 오래 이야기를 나누는 바람에 빗방울 하나가 프랭클린의 머리에 툭 떨어졌을 때 우리는 하늘이 어둑어둑해진 걸 알고 깜짝 놀랐다. 큰 비가 내릴 조짐이 보이고 있었다.

"얼마 전에 이 공원에서 길을 잃은 적이 있어요. 비바람이 몰아치는 아침이었죠."

루비가 손바닥을 앞으로 펼쳐 빗방울을 받으며 말했다.

"이 자리에 혼자 있으려니 좀 무서웠어요."

"지난 주 화요일, 천둥 번개가 치던 그날?"

나는 들뜬 마음으로 물었다. 비로소 두 장의 카드가 맞아떨어진 느낌이었다.

"스냅! 그날 저도 이 자리에 있었어요. 폭풍우 치는 날씨를 카메라 렌즈에 담고 싶었거든요. 결국 끝내주는 사진이 나왔어요! 억수처럼 쏟아지는 비를 맞으며 여기까지 온 보람이 있었나 봐요."

"그래도 조심했어야……."

루비는 말을 마저 맺지 않고 어깨를 으쓱했다.

"당신은 알아서 잘 할 것처럼 보여요. 다음에 만나면 사진을 꼭 보여주세요."

그러다가 그녀는 잠시 생각에 잠겼다.

"그날 이 자리에 온 사람이 저 혼자가 아니었다니까 기분이 좋아요."

내가 살아 있었더라면, 누군가가 그날 아침 나를 죽일 마음을 먹지 않았더라면 우리가 뉴욕에 있는 동안 내내 서로를 찾고 있었다는 걸 알 수 있었을 텐데. 우리는 결국 만나 서로에 대한 이야기를 들었을 텐데.

*

루비가 결국 나를 발견했다는 게 가장 중요한 사실 가운데 하나야. 루비는 나와 함께 있다가 나를 데리고 집으로 갔어. 악몽과 혼란에 시달리면서도 끝내 나에 대한 의문을 포기하지 않았지. 루비는 나를 잊지 않게 해주려고 거친 파도를 헤쳐나갔어. 내 이름조차 알지 못했던 때였지만.

우리네 삶은 낯선 사람에 의해서도 바뀔 수 있다는 걸 알아야 해. 정말 그렇지 않아? 내가 루비의 삶을 바꿨어. 루비가 나를 만나 더 긍정적인 쪽으로 변화했길 바라. 물론 그렇지 않다고 느낀 날들도 있었을 거야. 슬픔이 흘러넘치는 것보다 차라리 계속 잔잔하게 끓는 게 낫다고 느껴질 때.

노아는 나 같은 사람이 찾아오리라는 걸 알고 광고를 냈어. 노아에게 갚아야 할 외상 쪽지들, 온화한 미소, 뉴욕에 대해 알려주었던 친절한 강의.

나를 알게 된 이후 노아의 삶도 크게 바뀌었어. 나는 세상을 떠나기 직전에 그를 다시 세상으로 끌어들였지. 그 사건이 일어나기 전까지 우리에게 더 많은 시간이 있었으면 좋았을 거야. 노아는 내가 집으로 돌아오기를 끝까지 간절히 기다렸지.

루비와 노아는 뉴욕에서 내 북엔드가 되어준 사람들이야. 나를 받아들이기 위해 그들이 얼마나 큰 위험을 감수했는지 알아. 두 사람이 드디어 만났을 때 나에 대한 기억들도 하나씩 다시 맞춰지게 되었지.

세상을 내 쪽으로 끌어당기면 더 이상 그 무엇도 멀게 느껴지지 않아.

"노아, 데스클럽에 들어오세요."

루비는 지난날 자신이 받았던 초대를 노아에게 되풀이했다. 노아는 그 제안을 받아들였다. 그는 그 시절의 루비만큼 외로웠으니까.

데스클럽 회원들은 노아를 만날 생각에 마음이 들떠 리버사이드 파크 근처의 간소한 바에서 모임 약속을 잡았다.

루비가 주소를 문자로 보내주며 설명했다.

앨리스를 위한 추모 행사에 함께해 주세요. 규칙은 단 하나입니다. 그 남자에 대해 언급하지 않기를 부탁드려요.

이 규칙은 루비와 노아가 마음의 준비를 마칠 때까지, 남자에 대한 재판 판결이 내려질 때까지 지켜져야 할 거야.

*

나는 데스클럽 회원들이 하나둘씩 도착하는 모습을 지켜보았어. 레니는 그녀의 손길을 거쳐 갔던 시신들이 남긴 먼지에 둘러싸여 있었어. 그 모습은 마치 반짝이는 별들이 모인 성단 같았지. 수는 루비에 대해 걱정하며 앞장서서 달려왔어. 조시는 서로 맞닿았던 루비의 몸을 떠올리며 걸음을 재촉한 덕분에 그의 온몸이 반딧불처럼 빛나고 있어.

그들은 오래전 헤어졌던 친구를 만나기라도 한 듯 노아를 반갑게 맞이했어. 바의 바닥이 끈적거리고, 의자가 덜컹거리고, 바텐더가 손님들에게 신경 쓰지 않고 TV 스포츠 중계를 보고 있었지만 상관없었지. 데스클럽 회원 다섯 명과 프랭클린이 서로 만나게 되어 무척이나 기뻐하는 마음이 내 눈에도 잘 보였어. 그들이 테이블을 사이에 두고 듬성듬성 앉아 있는 모습이 마치 별자리 같아 보이기도 했지. 나는 오늘 밤에 무언가가 달라졌다는 느낌을 받았어. 분명 그들이 나에 대해 이야기할 때 쓰던 말투가 달라졌다는 걸 느꼈지. 수수께끼와 긴장감이 서려 있던 자리에 슬픔과 비통한 마음이 깃들어 있었어. 내가 살아 있었더라면 좋았겠지만 나는 세상을 떠났지. 난생 처음 행복한 삶을 살게 될 거라는 희망을 갖게 된 순간 살해당했지. 내가 행복한 삶을 살 수 있었더라면 얼마나 좋았을까? 그런 일이 발생하지 않았더라면 충분히 가능한 일이었는데.

이제 그들은 내가 누구인지 궁금해 하지 않아. 오늘 밤부터 그들은 나에 대해 궁금해 하는 대신 기억하게 되었지.

노아가 회원들에게 물었어. 나는 노아가 언젠가 그 질문을 할 거라 예상하고 있었지.

"죽은 사람들은 어디로 갈까요? 그들은 영영 우리 곁에서 사라지는 걸까요? 아니면 지금도 여전히 이곳에서 우리와 함께하고 있을까요?"

"두 가지 다 진실일 수도 있지 있을까요?"

수는 꿈속에서 리사를 만나는 순간들을 떠올리며 그렇게 말했지.

이미 죽었는데 사람들 앞에 나타나는 건 나만이 아닌가 봐. 그런 생각을 하고 있는데 언뜻 리사가 눈에 보였어. 리사는 여기서 그리 멀지 않은 곳에 있어. 몸이 하늘하늘하고 아주 예뻐.

노아가 익숙한 말투로 말했어.

"기초 물리학에서는 에너지가 사라지지 않고 지속된다고 봅니다. 에너지는 창조하거나 파괴할 수 없다는 뜻이죠. 에너지를 파괴하려고 들 경우 그저 상태가 바뀌어 다르게 표출되니까요. 그런 원리에 바탕을 두고 생각하자면 앨리스를 이루었던 모든 원자는 영원히 존재한다는 의미가 되겠지요. 앨리스를 이루고 있던 원자는 분명 어딘가에 존재하고 있습니다. 우리처럼 한몸에 집약되어있지 않다는 게 다를 뿐이죠."

루비는 노아의 말을 곱씹다가 눈물을 흘렸어. 그녀는 조만간 중요한 결정을 내려야 하거든. 뉴욕을 떠나거나 아예 뿌리를 내리고 정착하거나. 루비와 나는 같은 날 이곳에 왔고, 예전의 우리를 전속력으로 지나쳐 왔지. 나는 루비에게 우리가 내리는 결정은 그다지 중요하지 않다고 말해주고 싶었어. 세상은 멈추지 않고 돌아가고 있고, 뉴욕을 떠나든 머무르든 루비의 마음이 내키는 대로 하면 되니까. 우리는 이미 새로운 곳에 와있으니까. 가끔 하늘을 보면 새롭게 변해 있다는 걸 알게 될 테니까.

그 다음에는 정말 뜻밖에도 놀라운 일이 벌어졌어. 엄마의 손길이 내 머리카락에 닿은 거야. 데스클럽 친구들은 과학과 천국을 화제로 토론하는 한편 죽은 사람들의 속삭임을 들은 것 같았던 순간들에 대해 이야기를 나누고 있었지.

"분명 그 아이가 내 곁에 있는데 눈에 보이지 않을 뿐이라는 느낌이 들었어요."

루비가 말하자 나는 기분이 녹아내리는 느낌이 들었어. 아주 일이 많았던 긴 하루가 지나고 편안하고 깊은 잠에 빠져드는 것 같은 느낌이었지.

테이블 위에 빈 술병들이 하나둘씩 늘어나고 바에서는 소울 음악이 적당한 볼륨으로 흘러나오고 있었어. 샘 쿡, 알 그린, 마빈 게이, 아레사 프랭클린, 오티스 레딩. 아직 허드슨 강은 노아가 던진 화사한 장미들을 너른 바다를 향해 실어가고 있는 중이야.

조시가 루비를 향해 손을 뻗은 순간 하늘색이 또 한 번 바뀌었어.